# Les contrebandiers de l'ombre



J'AI LU

| LAURIE McBAIN | *ŒUVRES* |
|---|---|
| LUNE TROUBLE | *J'ai lu* 1673**** |
| LES LARMES D'OR | *J'ai lu* 1644**** |
| L'EMPREINTE DU DÉSIR | *J'ai lu* 1716**** |
| SPLENDEUR ET DÉCADENCE | |
| LE DRAGON DES MERS | *J'ai lu* 2569**** |
| LES CONTREBANDIERS DE L'OMBRE | *J'ai lu* 2604**** |

# Laurie McBain

## Les contrebandiers de l'ombre

*traduit de l'américain par Judith CREWS et Eric WATON*

*Éditions J'ai lu*

*Ce roman a paru sous le titre original :*

DARK BEFORE THE RISING SUN

# PROLOGUE

A l'ouest, sur la côte nord du Devon, se dressait Merdraco, la forteresse imperméable à l'usure du temps. Ses sombres tours de pierre se profilaient orgueilleusement dans la brume du matin comme si le destin les avait postées là pour l'éternité. Bien qu'élevée pierre après pierre par des mains mortelles, Merdraco n'était plus habitée que par la rumeur infinie de l'océan, dont les échos se répercutaient sur les remparts, et par les embruns qui s'engouffraient dans ses escaliers en spirale.

La nuit, seul le hurlement d'un hibou niché dans l'une des tours abandonnées déchirait l'air. Le seigneur du fort avait disparu et le silence s'était installé dans le sinistre château qui retentissait jadis du cliquetis des armes et des boucliers. Seul demeurait le murmure incessant de la mer.

Aucun bruit de pas ne troublait la paix des galeries baignées de lune. Aucune main ne détruisait le dessin compliqué des toiles d'araignée. Aucun intrus ne déplaçait la couche de poussière accumulée au cours des ans. Seule la mer maintenait une présence vivante.

Nuit après jour, jour après nuit, les remparts avaient été les témoins impassibles de la course du soleil et de la lune qui accomplissaient leur cycle immuable.

Lentement, les siècles avaient passé. Chaque génération avait vécu à Merdraco dans la joie et dans la douleur. Le soleil déclinant avait poursuivi sa chute vers la mer, au-delà des hautes tours, pendant que les cloches des vêpres annonçaient la venue du soir. Et la lune, sereine et fière, continuait à monter. Mais elle aussi allait décliner à son tour pour glisser dans l'eau glauque de la mer, tandis que le chant de l'alouette annonçait l'arrivée du matin et que les teintes pourpre et or du levant venaient effleurer les tours de Merdraco.

Le soleil et la lune, la mer et Merdraco, toujours changeants et pourtant toujours les mêmes.

Merdraco !

Bâtie en pierres et en mortier, Merdraco était l'unique vestige de la grandeur d'une noble famille. Vide et oubliée, elle demeurait la gardienne du passé. La mélancolie qui régnait sur les remparts déserts était si insinuante que la vie semblait simplement marquer un temps d'arrêt avant de recommencer comme avant.

La bannière en lambeaux, décolorée par le soleil et le sel marin, flotterait de nouveau, fière et glorieuse, et la plainte sépulcrale de la mer serait bientôt dominée par l'appel du clairon. Aux cris aigus des mouettes viendraient se joindre les aboiements frénétiques des chiens et le claquement des sabots sur les pavés de la cour d'honneur. La mélodie des flûtes et des mandolines s'envolerait avec la fumée des cheminées à la rencontre des brumes marines qui s'étiraient près du rivage.

Mais le vent soupirait, tombait et se couchait, comme s'il ne s'était jamais levé. Un calme surnaturel s'installait entre les pierres glacées du vieux château, tandis qu'une tristesse enveloppante transformait les ombres en silhouettes mouvantes. Les dragons héraldiques de Merdraco n'étaient plus figés dans la pierre et leur grondement silencieux se mêlait au mugissement de la tempête. Mais les dragons restaient prisonniers. Le corps tapi au-dessus des portes, les yeux baissés, la tête surmontée de cornes prêtes à frapper, les dragons de pierre attendaient.

Un danger rôdait dans le calme de cette nuit sans lune. Ni le pont-levis, ni la herse, ni aucune mesure de sécurité n'auraient pu protéger Merdraco contre son ennemi implacable, le temps.

Contre lui, Merdraco était sans défense, vulnérable dans la nuit qui couvre tout, victime des jours, marquée par les félonies d'un autre ennemi tout aussi implacable.

Le temps avait été complice de cet ennemi, qui s'était acharné contre la famille et qui, du fond des âges, commençait à savourer sa victoire et à se réjouir de la destruction de l'antique demeure.

Seuls les fantômes d'un autre temps restaient sur les lieux pour pleurer un passé glorieux. Seul le vent se lamentait sur une époque révolue.

Dans l'ombre de la nuit que seul troublait le sanglot de l'océan, avant l'aube de temps nouveaux, Merdraco attendait le retour de son maître.

# 1

C'était une nuit sans lune de début septembre, en l'année de Notre-Seigneur 1770. Plus sombres que le pot du rétameur étaient les eaux de la Tamise. Le brouillard, tel un fantôme jaillissant d'un mur, sortait en silence des eaux visqueuses, où mouillait le *Dragon des mers*, un brigantin retour de Charlestown, dans les Carolines.

Ses voiles carrées étaient soigneusement serrées, et le grand mât se balançait majestueusement, dépouillé de ses larges formes blanches. Dans ce simple appareil, la figure de proue, une tête de dragon rouge et grimaçante, apparaissait bien dégagée, ainsi que sa queue, ses palmes dorées et sa langue pendante. Elle avait nargué de bien nombreux adversaires assez malchanceux pour tomber sur ce vaisseau et son capitaine, aventurier et corsaire, Dante Leighton. Pour ceux qui avaient essuyé les bordées du *Dragon des mers*, Leighton n'était qu'un terrible pirate et un contrebandier sans foi ni loi.

Dante Leighton, pour ceux qui avaient davantage de curiosité, était plus qu'un simple routier des mers : c'était aussi le marquis de Jacobi, dernier survivant d'une famille jadis honorée, et propriétaire d'un fort ancien titre, respecté et porté par des hommes d'honneur assez courageux et impitoyables pour conquérir la grandeur et fonder une dynastie.

Mais tout cela remontait à fort loin et, à présent, la gloire était aussi fanée que les fleurs à l'automne de cette année, quand le *Dragon des mers* et son capitaine revinrent à Londres.

Dante Leighton était revenu pour réclamer tout ce que les pères de son père lui avaient légué. Car il était le seigneur et maître de Merdraco...

Beaucoup de choses avaient changé en cet homme qui, il y avait si longtemps, s'était enfui d'Angleterre. Dante Leighton n'était plus le jeune lord déconsidéré qui avait dilapidé son héritage sur les tables de jeu.

Ces excès avaient détruit très tôt la candeur de son adolescente beauté. Sans écouter les conseils de prudence, sans même un regard pour lui-même, il avait jeté jusqu'à sa dernière guinée dans cette course vers l'enfer. Trahi par sa conduite et abandonné par son confident, ruiné et déshonoré, Dante Leighton avait disparu dans la nuit, incapable de sauver les souvenirs de sa famille qui lui étaient les plus chers.

Un homme sans éducation, assez rustre pour refuser la parole d'un gentilhomme, l'avait emmené à bord de son navire, la *Perdita*, pour qu'il remboursât sa dette en travaillant honnêtement.

La *Perdita* du capitaine Sedgewick Christopher n'était pas un confortable vaisseau marchand, mais un corsaire de seize canons, muni d'une lettre de marque l'autorisant à attaquer tout ennemi de la Couronne. Avec un zèle et une efficacité incomparables, la *Perdita* avait mené la guerre de course tout au long de la guerre de Sept Ans.

Dans cette tourmente, le jeune lord sans honneur comprit le sens de la vie, au moment même où il pouvait si facilement la perdre. Dante Leighton accepta sa destinée, persuadé que le jour de la vengeance se lèverait, et qu'il n'y aurait pas de quartier dans cette aventure.

Les premières années en mer ne furent pas sans difficulté, mais un jeune homme comme Dante Leighton était prêt à tout supporter sans une plainte.

Traité sans le moindre égard, il commença par fauberder le pont après la bataille, puis grimpa dans la mâture pour s'y geler les doigts comme n'importe quel gabier. Puis il fut canonnier, et chargea les canons pendant que l'équipage se préparait à l'abordage. Malgré sa fatigue, il luttait contre le sommeil dans son hamac, pour mûrir sa vengeance ultime, avec une volonté qui ne le trahissait jamais.

Les années passèrent, et Dante gravit les échelons, gagna le respect des autres, pour arriver au poste de premier maître, responsable de l'équipage. Plus que cela, Dante Leighton gagna le respect et l'amitié de son capitaine, et pourtant Sedgewick Christopher était un homme avare de son amitié. Dur, voire odieux, selon certains, c'était un chef sur la dunette, et cela, il était impossible de ne pas le reconnaître.

C'était un capitaine tyrannique, mais les hommes de la *Perdita* n'auraient jamais voulu naviguer avec quelqu'un d'autre que lui.

Quand Christopher disparut au combat, tout l'équipage en fut profondément affecté, mais son second en souffrit certainement le plus. Le défunt capitaine avait légué à Dante les quelques biens qu'il avait en propre. Dans un vieux coffre de mer se trouvaient le sextant et le compas, attributs du commandement, et un portrait que Christopher avait gardé à l'abri et qui, autrefois, était la propriété des Leighton.

C'était le portrait d'une femme d'une étonnante beauté, et d'un enfant. Les cheveux de lin, les yeux gris, cette femme était une vision éthérée d'or et d'albâtre, sortant de la brume marine. Elle semblait prise entre ciel et mer, son esprit emporté par le vent vers un destin incertain. L'enfant, à son côté, à peine âgé de dix ans, la regardait, ses yeux gris remplis d'admiration. Sa petite main était perdue dans les plis soyeux de la robe de sa mère. C'était le portrait de lady Elayne Jacobi et de son fils, Dante. Quand Dante Leighton tomba sur ce portrait qu'il croyait perdu à jamais, il comprit qu'il serait toujours le débiteur de son capitaine.

Dante lut la vérité dans le testament de Christopher ; tout venait de ce portrait. Rentrant d'une longue course, n'ayant personne pour l'attendre à terre, Sedgewick Christopher était tombé sur ce portrait en vente chez un marchand de Londres et avait eu le coup de foudre pour cette femme. Cet homme dégoûté de la vie était devenu amoureux d'une image, l'image d'une femme qu'il ne pourrait jamais posséder, qui était morte longtemps avant qu'il ne découvrît ce portrait. Fréquemment par la suite, il s'était interrogé sur l'étrange tristesse qu'on pouvait lire dans ces yeux gris si tendres. En silence, Dante Leighton parcourut le message hâtivement griffonné :

« ... Maintenant que j'ai fait le grand plongeon, je crois que tu as droit à une explication. Sans que je comprenne le pourquoi et le comment, du reste... Peut-être était-ce le destin ? J'ai vu trop de choses étranges, et je ne me pose plus trop de questions...

« Tout ce que je sais, c'est ce que j'ai ressenti ce jour-là, il y a si longtemps, quand je suis passé devant la vitrine d'un magasin de Londres et que j'y ai vu le portrait d'une femme et d'un enfant. Je n'arrivais plus à m'en détacher. Impossible de me dégager de l'emprise de ces yeux gris, comme s'ils perçaient jusqu'au plus profond de mon âme. Ils me suppliaient, moi, Sedgewick Christopher, et personne d'autre. Soudain, j'ai senti que je pouvais faire quelque chose pour chasser la tristesse de ces yeux.

« C'était du gâtisme avant l'âge, et le marchand ne s'y trompa point, quand je lui demandai avec insistance qui était cette femme. Il me répondit que son nom était lady Elayne Jacobi, une dame de bonne naissance. Quand je découvris qu'elle était morte tragiquement quelques mois avant mon retour en Angleterre, j'eus l'impression que le monde s'effondrait. Le brave commerçant dut me croire fou, surtout quand je payai le prix exorbitant qu'il demandait pour ce tableau. Heureusement, il ne se rendit pas compte que j'en aurais offert dix fois plus.

« Sa bourse comblée, il fut ravi de me régaler de tous les ragots concernant les deux personnages du tableau. L'enfant au visage angélique, fils unique de la dame, était devenu le jeune lord le plus sauvage et déluré de Londres. Ce portrait avait été vendu pour payer ses dettes. Ma décision fut prise et, comme fou, je décidai de tuer le porc que je crus voir en toi. Je comptais te provoquer en duel et t'expédier *ad patres*. Je voulais te tuer, mon vieux, mais quand je pris place en face de toi, à la table de jeu, et que ces yeux gris si semblables à ceux de la dame m'ont regardé, je la vis en toi et je ne pus faire du mal à son fils.

« Bien sûr, tu n'étais pas exactement ce que je croyais trouver. Cet orgueil était dans ton sang et je ne pouvais y voir une faute. En fait, tu jetais aux ordures le meilleur de toi-même. La mort était déjà ton ombre. Je t'aurais laissé à ton destin si je n'avais pu lire dans tes yeux. J'y ai lu le regret et la tristesse, et la même expression que dans les yeux de ta mère. C'était en soi assez mystérieux, car le tableau avait été peint longtemps avant que tu ne tombes au plus bas. J'ai eu pitié cette nuit-là, et sans aucune raison. Je forgeai l'idée de te ramener à une vie décente... ou de te laisser au fond de la mer. J'ai eu des doutes pendant les premiers mois, tellement tu manquais de force de caractère. Puis tu as survécu... Elle aurait été fière de toi, dès ce moment. Je n'ai jamais eu l'honneur de la rencontrer, mais j'aimais la femme du portrait comme jamais je n'ai aimé quelqu'un d'autre. Un peu fou, ce rêve, mais j'ai vécu avec lui pendant de longues années et je ne voudrais pas les recommencer différemment.

« Je ne regrette qu'une chose : en cachant ce portrait, j'ai abusé de ta confiance en me convainquant que je faisais cela pour ton bien. C'était injuste et je te demande de me pardonner. Ta mère a été mienne, oui... et je considère cela comme ma faiblesse.

« Je voulais aussi que tu saches que j'ai pensé à toi comme au fils que je n'ai pu avoir moi-même. Je ne pourrais être plus fier de mon propre sang et c'est pour cela que je te laisse ma part de la *Perdita*, mon fils. Elle ne pourrait avoir un meilleur capitaine, et j'espère que mes partenaires te garderont à ce poste. Mais ce sont de vulgaires marchands qui ne voudront pas risquer leur bien avec un si jeune capitaine. Dans ce cas, vends ta part et trouve-toi un navire en propre. Tu as aussi ta part, et je sais que tu n'en as pas dépensé beaucoup. Si j'étais toi, je me mettrais à mon compte, sans partenaires pour me casser les pieds. Sois ton propre maître, mon garçon. Mais prends garde à ton caractère inflexible et farouche ! Tempère ton ardeur ! C'est ton devoir de maintenir à tout prix ton navire et ton équipage en état, mais prends garde à bien comprendre les hommes ! Je crains que tu ne sois devenu rancunier au cours des ans. Je ne peux te blâmer, mais veille à ce que cette vengeance que tu prépares ne brûle pas tout sur ton passage. Parfois, c'est trop cher payer. Après un plaisir trop attendu, vient parfois une amertume immense. Souviens-toi que tu peux, dans une telle aventure, perdre beaucoup plus que tu n'as déjà perdu.

« Un dernier conseil de vieux loup de mer : ne navigue pas trop près du vent. A ce jeu-là, on peut rapidement se retrouver avec le diable à ses basques.

Prends garde à toi, garçon,
Sedgewick Christopher. »

Effectivement, Dante Leighton suivit les conseils de son ancien capitaine et vendit sa part héritée de lui. Avec ce qu'il avait mis de côté, il acheta un brigantin, un deux-mâts effilé comme un rasoir, qui revenait tout juste des colonies, le rebaptisa *Dragon des mers* et fixa un dragon à sa proue. Ce brigantin fut armé avec une grande partie de l'équipage de la *Perdita*.

Huston Kirby, autrefois valet personnel du vieux

marquis, n'avait pas le pied marin. Attaché au service de lord Dante, le petit-fils du marquis, Kirby avait espéré pendant quelques années que son jeune maître se lasserait de jouer les loups de mer. Comprenant finalement qu'il n'en serait rien, il lui fallut admettre que pour servir son maître et honorer la promesse qu'il avait faite au grand-père, il ne lui restait plus qu'à embarquer. N'ayant pas vu lord Dante pendant huit ans, il fut pardonné de ne l'avoir pas reconnu en cet homme au teint hâlé qui l'avait si chaleureusement accueilli à la coupée. Ce n'était plus le jeune aristocrate affecté et pâlot d'autrefois.

Les années qui suivirent, Kirby avait souvent douté de sa sagesse quand les bordées balayaient le pont, emportant tout sur leur passage, ne laissant que le sang et la souffrance. Il s'était fréquemment demandé s'il reverrait jamais Merdraco. Pour cette raison, son espoir s'éveilla quand le traité de Paris, signé en 1763, mit fin aux hostilités entre la France et l'Angleterre. Enfin, la terre était en vue ! Il avait dû déchanter bien vite : le capitaine avait des idées très différentes au sujet de leur avenir.

Un jeune homme, nommé Alastair Marlowe, s'était joint à l'équipage d'une façon un peu surprenante, un jour de pluie, dans le port de Portsmouth, deux ans auparavant, échappant de justesse à l'embarquement obligatoire sur un navire de Sa Majesté, au prix d'un grand coup de masse sur la tête.

Dernier-né d'une famille terrienne, et incapable de maintenir ses créanciers à distance, Marlowe n'avait pas d'autre choix que la soutane ou l'uniforme rouge, qui ne l'inspiraient ni l'un ni l'autre. Assoiffé d'aventures, il avait réussi à faire naître de la générosité et de la pitié chez quelqu'un qui n'était pas réputé pour cela : Dante Leighton, qui, seul, savait pourquoi. Du reste, promu subrécargue, Alastair Marlowe se montra largement à la hauteur des espérances que Dante avait mises en lui.

D'autres hommes complétèrent l'équipage au

cours du voyage : à New Providence, ils engagèrent Longacres, sans prénom ni dents de devant ; à Charlestown, Seumus Fitzsimmons, un Irlandais fort en gueule. A l'ancre, à St-Kitts, le capitaine revint avec un gosse irlandais du nom de Conny Brady, qui fut institué garçon de cabine. Le bruit se répandit que Dante avait gagné le garçon aux cartes contre le capitaine d'un négrier. L'histoire avait enrichi la réputation de Dante Leighton, capable aussi bien de sauver un gosse de sept ans que d'envoyer un navire concurrent par le fond.

Les années suivantes, le *Dragon des mers* s'occupa pour l'essentiel de contrebande entre les Antilles et les Carolines, tout en restant hors de portée des frégates de Sa Majesté le roi George.

Avec le temps, Dante apprit à connaître son ennemi le plus passionné : le capitaine sir Morgan Lloyd, du H.M.S. *Portcullis*. Cependant, le *Dragon des mers* avait eu de la chance, et jamais le *Portcullis* n'avait pu manœuvrer assez près pour tirer un seul coup dans sa direction.

Tout cela était maintenant du passé et le *Dragon des mers* était désarmé et à l'ancre devant les docks ; l'équipage, les poches pleines, avait été dispersé, après la prise d'une épave pleine d'or espagnol, près de la côte de Floride.

Les tentacules de brume qui avaient enveloppé le navire se faufilèrent à travers la forêt des mâts, pour ramper dans les ruelles voisines, au cœur de la cité. Dans un silence qui étouffait les pas et les voix, perçaient encore les cloches de veille ou quelques mesures de violon sortant d'un estaminet.

Un cab jaillit du brouillard, ses roues raclant le pavé avec fracas. Il ne laissa qu'une seconde à un passant pour se jeter sur le côté et sauver sa vie.

– Abruti ! Tête de veau ! rugit le petit piéton aux jambes arquées.

Le cocher se demanda s'il n'avait pas été trop hardi de s'arrêter après cet incident.

– Eh ! De quoi j'me mêle ! répondit-il, hargneux. Toute la nuit que je danse sur ce machin pendant que tu te tournes les pouces ! Moi, j'travaille ! Peux pas en dire autant des illuminés qui divaguent par ici, le nez en l'air !

Huston Kirby aboya sans ménagements :

– Quel travail ? Le seul que j'te vois faire, c'est de décider quelle poche tu vas détrousser !

Le cocher grogna une réponse inintelligible et passa prudemment son chemin, sans regarder derrière lui. Kirby haussa les épaules et continua en marmonnant :

– Quelle impertinence ! Jamais aimé cette ville ! Toujours pressés comme des lavements, à Londres ! Pourrait être poli ! ( Le petit homme jeta un coup d'œil sur ses bottes à bout arrondi.) ... P't-ête pas des chaussures à la mode, mais au moins, elles ont pas le bout carré !

Il sauta le caniveau plein d'eau sale en se recroquevillant contre la bruine glacée, laissa sur sa droite les échoppes d'un orfèvre et d'un apothicaire, pour approcher de l'entrée de l'*Auberge de la Cloche*, juste au moment où il pleuvait le plus. Son manteau pesait déjà deux fois plus que lorsqu'il l'avait enfilé, et comme il était beaucoup trop long, ses genoux étaient trempés. Une activité fiévreuse régnait dans la cour, remplie de valets d'écurie tirant et poussant des chevaux et des malles. La grande salle était bondée ; toute l'Angleterre avait dû s'y donner rendez-vous, et Kirby joua des coudes pour se frayer un passage jusqu'à la cheminée, mais il y avait toujours une muraille d'épaules pour obstruer l'accès à la chaleur. Au moment où il s'apprêtait à saisir un tabouret de sous le pied d'un bavard, une voix le héla à travers la pièce. Deux têtes connues se manifestaient à une table près du feu : Alastair Marlowe agita le bras frénétiquement, puis commanda une autre tournée de bière. Les bourses étaient pleines, donc le sourire de l'aubergiste facile à obtenir. Kirby s'installa dans un nuage de vapeur nauséabonde dégagée par son manteau soudainement réchauffé près du feu. Alastair l'aida à se débarrasser de cette carapace mouillée et à l'accrocher à une patère qui eût été un peu trop haute pour le petit homme. Seumus Fitzsimmons renifla bruyamment.

– Faut croire que quelqu'un a renversé un pot de chambre par ici ! murmura-t-il avant de comprendre la source de cette odeur désagréable. Par le diable, monsieur Kirby ! Mais par où êtes-vous passé ?

Kirby avala une large gorgée de bière, pleine de sucre, de beurre et de cannelle. Une chaude sensation le parcourut jusqu'aux orteils.

– Je reviens de loin, monsieur Fitzsimmons. Par deux fois, j'ai manqué de me faire renverser par des cabs. J'me demande si le pont du *Dragon* n'était pas plus sûr pendant la guerre !

Sur cette affirmation, il vida sa pinte d'un coup.

Alastair posa une autre chope devant le petit valet, qui l'en remercia par une grimace de satisfaction.

– J'parie que la plupart de l'équipage a déjà brûlé jusqu'au dernier souverain, reprit Kirby après un tour d'horizon des visages familiers dans la salle.

Certains avaient acheté des vêtements neufs et pouvaient difficilement être reconnus.

– Quelques jours à peine que nous sommes à terre, rappela Alastair. Et il y a eu du pain sur la planche, avant de diviser les parts !

Kirby renifla bruyamment, presque dans sa bière.

– Avec ce qu'on raconte en ce moment sur le capitaine, sa réputation est plus noire que lorsqu'il est parti de Londres ! Et c'est pas peu dire ! Tout ça à cause de certains que je peux nommer !

Kirby lança un coup d'œil en coulisse vers un membre de l'équipage qui tenait salon, une table plus loin, caché derrière les chopes de bière. Des histoires fabuleuses de piraterie, des contes et des racontars sur le capitaine du *Dragon des mers* couraient à travers Londres comme le feu sur le petit bois. L'aspect même du second maître Longacres, avec sa culotte élimée, sa veste mal coupée, un pistolet passé dans le ceinturon, contribuait certainement à renforcer ces légendes. Comme il était aussi facile d'accès que haut en couleur, Longacres avait acquis une grande popularité en très peu de temps.

– Bah ! C'est un minable, Kirby. Il s'amuse seulement à être le centre d'intérêt d'une bande de jobards ! Devrait seulement s'acheter des nippes convenables ! Ou au moins une nouvelle culotte ! Il a l'air de descendre du *Hollandais volant* ! grimaça Fitzsimmons.

Alastair Marlowe n'était pas intervenu et observait en silence les pantomimes du petit serviteur des Leighton. Il savait Kirby plus compliqué que beaucoup de gens ne le voyaient.

– T'as quand même quelque chose qui te chipote, hein, Kirby ? (Kirby ne réagit pas, ce qui était inhabituel chez lui.) Si tu t'en fais à cause du capitaine et des charges qui pèsent contre lui, moi, à ta place, j'm'en ferais pas trop, tu sais. C'est un marquis, après tout, un vrai gentilhomme, non ? J'crois pas que Leurs Seigneuries le questionneront trop longtemps. C'est fou ce que ça peut aider, un titre ! Et pourtant, le capitaine en mérite d'autres, et des plus glorieux ! En plus, il est innocent de ce qu'on lui reproche dans ce mandat !

Alastair passait un peu vite sous silence leurs activités de contrebande.

– Ils ne se pendent pas entre eux, ces nobles ! lança Fitzsimmons. Peu leur importe le motif, en fait.

– Au moins pas cette fois ! marmotta Kirby dans sa bière.

Il voûtait ses épaules comme si un poids énorme reposait dessus.

– N'oubliez pas que le capitaine a deux témoins parfaitement respectables pour se porter garants de sa conduite. La fille d'un duc et un officier de la

Marine royale ne peuvent être suspectés de faux témoignage.

Seumus Fitzsimmons éclata d'un rire sonore :

– Sûr que le capitaine a la chance du diable en personne ! Penser que sir Morgan lui-même serait le témoin de notre capitaine !

Le petit valet baissa, avec une tristesse encore plus grande, sa tête toute burinée par l'âge. Ils furent interrompus par l'arrivée des plateaux.

– Allez, voyez ce qui arrive là ! brailla l'Irlandais. Haut les cœurs ! Tout ce dont on a besoin, Kirby, c'est de cette excellente venaison dans les tripes ! Bon pied, bon œil après ça ! Pour sûr !

Une servante déposa un plateau couvert de viandes et de légumes et Fitzsimmons observa la mise en place des plats tout autant que le décolleté de la serveuse. Comme l'Irlandais était occupé, Alastair en profita pour sonder le petit homme :

– Vous vous demandez ce qu'il va advenir du capitaine, maintenant qu'il est de retour au pays, pour de bon cette fois-ci, pas vrai, Kirby ? C'est un homme puissant, maintenant, et capable de reprendre une vieille partie de bras de fer !

Kirby regarda dans sa chope comme s'il allait y lire l'avenir.

– J'ai vécu trop longtemps dans la crainte de ce jour...

– Mais, Kirby, tout est différent, à présent ! fit Alastair avec un sourire encourageant.

– Ah oui ? demanda Kirby plein de doutes. Mon ami, j'aimerais pouvoir le croire, mais je connais les gens.

– Le capitaine est plus riche qu'il ne l'a jamais été. C'est le genre de choses qui rend plus coulant, vous savez... Le capitaine peut oublier toutes ces choses du passé ! Il revient en vainqueur, même en héros pour certains ! Il peut recommencer à zéro. Après tout, il n'avait pas vingt ans quand il a mis les bouts ! Près de seize ans se sont écoulés. La plupart du temps, il était de par le monde. Il doit se sentir différent, aujourd'hui ! Londres n'est plus la même ville, pas plus que Merdraco et les bouseux qui y vivent ! En tout cas, vous oubliez lady Rhea ! Croyez-vous que le capitaine risquerait de la perdre ?

Lady Rhea Claire n'était certainement pas quelqu'un que l'on pouvait oublier facilement. Même son nom appelait une image de grâce et de beauté dans l'esprit des deux hommes. Kirby approuva. Ce n'était pas un homme à faire des rêves romantiques ou de la poésie ; pourtant, il ne pouvait s'empêcher de voir en Rhea Claire un ciel d'aurore. Ses cheveux étaient aussi purs que l'or du soleil levant et ses yeux violets comme la mer des Caraïbes. Pour Kirby, c'était là le vrai trésor que le capitaine avait ramené en Angleterre.

Le capitaine et l'équipage du *Dragon des mers* n'avaient-ils pas sauvé la ravissante lady Rhea d'une mort certaine ? La fille du duc et de la duchesse de Camareigh avait été brutalement enlevée dans la propriété campagnarde de la famille et envoyée aux colonies pour y être vendue comme servante[1].

A moitié morte des privations qu'elle avait endurées pendant le voyage, lady Rhea avait échappé à ses tortionnaires sur les docks de Charlestown, pour trouver refuge à bord du *Dragon des mers*. Tout naturellement, le capitaine et l'équipage de ce magnifique navire avaient pris la pauvre jeune fille sous leur aile protectrice. Sans le bon cœur de ces gens, qui avaient accepté de l'emmener aux Antilles avec eux, lady Rhea serait probablement morte de fièvre, ou assassinée par les brigands qui la cherchaient. Au moment où ils jetèrent l'ancre à Saint-Jean d'Antigua, lady Rhea avait non seulement retrouvé la santé, mais était tombée éperdument amoureuse du capitaine. D'après Longacres, l'amour était venu dès le premier instant et l'accusation d'enlèvement lancée

1. Voir *Le Dragon des mers*, du même auteur, J'ai lu, n° 2569.

contre le capitaine du *Dragon des mers* n'était que pure invention, il pouvait en jurer. Et si la justice était bonne, avait proclamé Longacres, alors les marins du *Dragon des mers* devraient être anoblis sur-le-champ pour leur acte de charité, et non pas interrogés comme une bande de criminels.

Huston Kirby avait de cette affaire un souvenir quelque peu différent. D'abord, la première rencontre entre le capitaine et lady Rhea avait été tout ce qu'on voulait sauf un coup de foudre et, bien que le voyage d'Antigua ressemblât de loin à une croisière de plaisance, l'atmosphère à bord avait été des plus orageuses. Oh, on ne pouvait pas décemment blâmer Longacres, qui n'avait pas eu accès à toutes les informations, ni vécu toutes les péripéties. Lui-même, Huston Kirby, connaissait-il la vérité ?

Le premier responsable de tous les ennuis qu'ils avaient maintenant était probablement ce marin espagnol qui, plus d'un siècle auparavant, avait survécu au naufrage de son navire, pris dans un cyclone, dans le détroit de Floride. Tout avait été englouti et, en premier lieu, la riche cargaison d'or et d'argent venant de Mexico. Non content de s'en tirer avec la vie, le survivant avait décidé d'en profiter et, les années suivantes, de récupérer quelques miettes du fabuleux trésor de son galion.

La conscience un peu troublée, cependant, il avait laissé derrière lui un testament dans lequel il confessait son histoire. Ce document fut gagné par le capitaine du *Dragon des mers* à Sainte-Eustasie. Le fait qu'il s'agissait de confessions d'un homme devant la mort avait poussé Dante Leighton à conduire une expédition à Trinidad. Dans les ruines d'une plantation envahie par la jungle, le capitaine avait découvert un coffret contenant une carte. L'endroit du naufrage y était parfaitement indiqué...

Ce genre de secret est difficile à garder longtemps. Dante Leighton et son équipage n'étaient pas les seuls dans la course.

Pour cette raison, lorsque le capitaine avait découvert la jeune fille agonisant dans sa cabine, la carte du trésor sur la table, il n'avait pas cru un mot de cette histoire d'enlèvement, ni de fille de duc. Il avait pensé simplement que c'était une fille envoyée à bord par un chasseur de trésor rival, afin de se procurer la carte. Le hasard n'avait pas beaucoup de place dans leur course, et il était difficile d'avaler qu'elle fût tombée de cette façon sur une carte que l'on cachait avec tant de précautions. Ils n'avaient pas le choix, la fille avait vu la carte, il fallait l'emmener avec eux. Mais seuls Kirby, Marlowe et le capitaine connaissaient la vraie raison de sa présence à bord.

Lady Rhea Claire Dominick retrouva la santé rapidement, et il apparut qu'elle était bien la personne qu'elle avait dit être. Même la meilleure actrice n'aurait pu jouer le rôle d'une femme aussi gracieuse et raffinée. Chaque geste, chaque mot trahissait son éducation aristocratique.

Le capitaine continua malgré tout à se comporter comme s'il existait un antagonisme entre eux. Bien sûr, il venait d'être la victime d'une aventure peu agréable (une femme de Charlestown avait, par son égoïsme et ses mensonges, découragé son amour pour elle), mais lady Rhea était si différente ! Il n'y avait pas de comparaison ! Kirby ne comprit rien à l'attitude de Dante. Puis, brusquement, tout était devenu clair : le capitaine se conduisait ainsi, non parce qu'il la détestait, mais bien parce qu'il tombait amoureux d'elle. Il était évident, pour un valet un peu observateur, que si lady Rhea Claire était bien la fille d'un duc, sa place n'était pas sur un brick de contrebandiers. Pour Kirby, la seule chance qu'ils avaient de s'en sortir était le témoignage de la jeune femme, dont l'innocence ne faisait aucun doute. Mais, tout naturellement, ce qui intéressait lady Rhea, c'était de retrouver sa famille en Angleterre. Une fois que le *Dragon des mers* jetterait l'ancre à Antigua, elle oublierait définitivement Dante Leighton et son équipage de forbans. Le capitaine aussi oublierait bien vite ses yeux violets et sa chevelure d'or.

A l'arrivée dans le port de Saint-Jean, Dante prit la décision d'interdire à la jeune fille de sortir de sa cabine. Ses explications étaient parfaitement justifiées. L'enjeu était d'importance pour l'équipage. Ils ne pouvaient risquer de la voir questionnée et retenue à Antigua. Kirby ne fut pas déçu de voir la lueur de détermination dans l'œil de son maître.

Habillée de pièces et de morceaux, autant de contributions gracieuses de chacun des membres de l'équipage, lady Rhea était devenue une figure familière de la vie à bord. Elle représentait aussi pour le capitaine un peu de ce qu'il avait perdu en quittant l'Angleterre. Kirby, comme de bien entendu, en était même inquiet. La détermination qu'avait Dante de la posséder pouvait faire basculer cette histoire dans un cauchemar qui les engloutirait tous. Lady Rhea était, elle aussi, déterminée : à peine l'ancre mouillée à Saint-Jean, la jeune fille s'échappa. Elle aurait bien pu réussir sans l'intervention du jeune garçon de cabine, Conny Brady. En effet, lady Rhea Claire s'était liée d'amitié avec l'orphelin durant la traversée. Celui-ci en était venu à l'idolâtrer et, quand une équipe fut envoyée à sa recherche, il demanda à en faire partie. Comme l'avait prévu le capitaine, lady Rhea se trouva en difficulté dès qu'elle atteignit le port. Vêtue comme elle l'était, venant d'un bateau de mauvaise réputation, elle avait fort peu l'air de la fille d'un duc, et les portes se fermèrent devant elle. Lady Rhea tomba finalement sur une bande de marins éméchés et ce fut grâce à l'intervention de Conny, puis d'un officier de la Marine royale, qu'elle put échapper à un bien triste sort. Dans l'altercation avec les ivrognes, le petit Conny fut blessé et seule l'arrivée providentielle de l'officier avait arrêté le combat. A ce point de l'histoire, la destinée joua encore un des tours dont elle a le secret, car le galant sauveur n'était autre que sir Morgan Lloyd du H.S.M. *Portcullis*, l'ennemi juré des gens du *Dragon des mers*. La rencontre n'était pas seulement un coup de malchance, mais vraiment un mauvais sort. Du moins, ce fut ainsi que tout le monde pensa sur le moment.

Et pourtant, lady Rhea, de sa propre volonté, ne dévoila rien de la façon dont elle avait été forcée à s'embarquer avec eux à Charlestown, ni de son enlèvement en Angleterre. Elle avait simplement donné son nom et affirmé sa volonté de coopérer dans les poursuites contre l'homme qui avait blessé Conny Brady. Ensuite, elle était rentrée à bord du *Dragon des mers* de son propre chef, pour s'occuper du garçon de cabine.

De retour à Charlestown, sir Morgan entendit des témoignages contradictoires concernant le départ de lady Rhea de cette ville. Deux femmes donnèrent leur version personnelle des aventures de la fille du duc. L'une était l'ancienne maîtresse du capitaine Leighton, l'autre la compagne d'infortune de lady Rhea à bord du vaisseau qui les avait enlevées de Londres. Cette dernière put prouver ses affirmations, et notamment que lady Rhea avait bien été enlevée en Angleterre et jetée à bord d'un vaisseau à destination des colonies d'Amérique. Convaincues que lady Rhea avait été à nouveau enlevée par les gens du *Dragon des mers*, les autorités locales avaient lancé un mandat contre eux. Ecoutant ensuite l'ancienne maîtresse déchue de Dante Leighton, Helen Jordane, sir Morgan fut convaincu que le *Dragon* et son patron n'étaient pour rien dans l'enlèvement de lady Rhea. Aussi décida-t-il d'intercepter le navire et de l'escorter jusqu'en Angleterre pour aider à faire éclater la vérité. C'est ainsi que le capitaine du H.M.S. *Portcullis* donna sa protection au *Dragon des mers* et au trésor que son équipage avait, entre-temps, récupéré.

En conséquence, sir Morgan, qui était un homme d'honneur, se porta garant devant la cour à Londres de la conduite irréprochable du capitaine et de l'équipage du *Dragon des mers*.

Dante Leighton n'avait pas seulement trouvé un trésor englouti, mais aussi la dame de ses désirs. Dans une crique abritée, alors que les vagues caressaient doucement les sables réchauffés par le soleil et que le ciel se couvrait d'écarlate et d'or, un homme et une femme s'étaient unis. A la tombée de la nuit, leurs destinées n'étaient plus qu'une.

Et c'était précisément l'objet des soucis de Huston Kirby devant sa bière à l'auberge de Hawke.

– Alors, Kirby ? Tu ne penses pas que le capitaine risquerait de perdre lady Rhea, non ? Il a tout ce qu'il veut, le patron ! Il n'a qu'à laisser le passé où il est, bien enterré. Il est pas fou, le capitaine ! Kirby ?

Mais Kirby fixait sans un geste les chopes et les patates bouillies qui s'étalaient devant eux sur la table. Les vapeurs aromatiques de son dîner et la voix interrogatrice d'Alastair le firent redescendre dans le présent.

– Non, j'ai pas oublié la dame, marmonna-t-il. Les choses peuvent cependant se présenter différemment, maintenant qu'ils sont de retour en Angleterre.

– Mais non, j'peux pas croire ça. Avez-vous vu combien le capitaine est différent quand il est auprès d'elle ? Elle le transforme, Kirby. Il est tout doux, tout aimable... Et la façon dont il la touche ? Comme s'il craignait qu'elle ne disparaisse.

– Oui (Kirby surprit Alastair Marlowe en acquiesçant aussi facilement) et c'est bien ce qui m'ennuie : pourrait bien y avoir d'autres gens qui ressentent la même chose pour elle. Comme sa famille, par exemple. Ils pourraient bien ne pas croire les conclusions de sir Morgan ou de leur fille. Le capitaine donnait le ton aux Antilles, mais ici, en Angleterre, sa famille pourrait bien avoir ses propres idées sur ce qui est bon pour elle. Le capitaine ne fait peut-être pas partie des projets du duc. J'en ai entendu parler, de ce duc, ces derniers jours... C'est pas un commode !

– Lady Rhea est amoureuse du capitaine, et sérieusement. Elle ne l'abandonnera jamais, Kirby !

– Ça serait p't-être mieux pour tout le monde qu'elle le fasse ! fit le petit laquais, pas gêné d'exprimer ses opinions à haute voix. Je ne voudrais pas voir la jeune dame mêlée à tout ce qui pourrait bien se passer si le capitaine (Kirby fit une pause et corrigea), lord Dante retourne à Merdraco. Et c'est ce qu'il veut faire. Vous voyez ? (Il continua plus lentement, avec réflexion :) Il pourrait bien y avoir d'autres personnes qui n'ont pas oublié le passé non plus, par là-bas... La vengeance n'est pas uniquement dans le cœur de lord Dante, qui reste, malgré le temps, le marquis de Jacobi. Certains ont de mauvais souvenirs et pourraient se croire revenus aux jours anciens. Rien de pire que les vieux ressentiments pour empoisonner l'esprit de certains et l'existence des autres !

– Mais, Kirby, quel besoin le capitaine aurait de se mêler de tout ça ?

– Il n'aura pas forcément le choix, interrompit le petit homme avec force. Peut-être est-il trop tard pour arrêter l'engrenage ! Lord Dante n'est plus le jeune freluquet sans caractère qui ne savait que fuir. Il est capable de tout devant ses ennemis, on est bien placés pour le savoir !

– Allons, ça peut bien se passer dans le calme, affirma Alastair, sans conviction. (Il connaissait trop bien son capitaine.) Si seulement on pouvait oublier le passé.

– Eh non, monsieur Marlowe, parce que le passé, c'est ce que vous êtes aujourd'hui ! Une partie de vous. En plus, où est le passé, où est le présent ?

– Par Belzébuth, je n'ai jamais vu de visages plus tristes, s'exclama Fitzsimmons. N'avez-vous jamais lu l'Ecclésiaste ? « Un homme n'a pas mieux à faire sous le soleil que de manger, de boire et d'être joyeux. » Alors ? On a la boisson, la nourriture, donc soyons joyeux, les amis ! Si vous croyez que je vais me laisser couper l'appétit par vos trombines d'enterrement !

Il plongea les dents dans une portion de fromage.

– Ouais, c'est à voir, grogna Kirby en s'emparant de son couteau.

L'Irlandais aurait plutôt dû citer Isaïe. « Même les galériens ont besoin d'un dernier repas. » Il engloutit un morceau de porc arrosé d'une gorgée de bière. Kirby jeta un coup d'œil vers la porte d'une salle, au fond d'un corridor obscur, où dînaient, à l'écart de la foule, le capitaine du *Dragon des mers* et lady Rhea. Il se demanda s'ils souffraient aussi du manque d'appétit. Ou bien étaient-ils, comme le sont les jeunes, inconscients du lendemain, et célébraient-ils la fin de cette journée, se moquant bien du vieux Kirby et de ses soucis ?

## 2

– Un autre morceau de tarte aux groseilles, Conny ? sourit lady Rhea Claire.

– Non, merci, m'lady. J'suis bien près d'éclater dans mon pantalon ! fit le jeune Irlandais en étouffant de la main une éructation.

Il regarda la jeune femme avec la tendresse d'un agneau.

– N'oublie pas ton lait, Conny, lui rappela-t-elle une seconde fois.

Conny renifla à la façon de Kirby quand il n'était pas content.

– J'm'excuse, m'lady, mais j'n'ai pas vraiment envie de lait. J'ai entendu que c'est pas vraiment bon pour une personne. Par contre, une chope de bière, j'dis pas !

– Tiens ? Il faudra que j'expose ton point de vue à ma mère et à mon oncle...

– J'vous demande pardon, m'lady ?

– Vois-tu, ma mère ne boit que du lait, comme mon oncle Richard. Et ils sont tous les deux en excellente santé.

– C'est la duchesse, c'est ça, m'lady ? Elle boit du lait ? demanda Conny avec méfiance.

Il considéra le pichet de lait avec moins d'inquiétude, mais quand même...

– Pour me faire plaisir, ne voudrais-tu pas en

boire, juste un peu ? minauda-t-elle, un léger sourire incurvant ses lèvres.

Elle l'observa prendre sa respiration et vider le contenu d'un trait, comme tout buveur qui se respecte. Combien il lui rappelait son jeune frère Robin ! Ils étaient tous deux du même âge, ils avaient les cheveux noirs et les yeux bleus. Mais, surtout, ils avaient le même air espiègle, et pas du tout angélique, comme aurait pu le faire croire leur premier abord.

– Cap'taine, m'lady ? J'peux m'excuser, maintenant ? J'aimerais rejoindre mes copains. J'crois bien avoir vu m'sieur Kirby passer sur le chemin, il y a une demi-heure. Et j'ai entendu Longacres dans la salle. J'voudrais lui dire un mot.

– Bien, Conny, va, fit lady Rhea avec compréhension, sachant que jamais Conny ne pourrait se lasser des sornettes racontées par Longacres.

– Cap'taine, m'sieur ?

– Allez, monsieur Brady, consentit le capitaine. Mais faites attention avec la bière, monsieur Brady !

– Vous n'aurez plus besoin de moi ce soir ? J'dois passer un message à M. Kirby ? demanda le gosse en se levant de la table parsemée d'assiettes vides et de plats d'étain.

Conny avait gardé autour du cou sa serviette toute maculée de groseilles.

– Non, je n'aurai plus besoin de vous ce soir. Et, Conny, rappelez-vous que vous êtes un jeune homme de bien. Vous n'avez plus besoin du consentement de personne, ni de servir qui que ce soit. Ce que vous faites à partir de maintenant est votre affaire personnelle, lui rappela Dante Leighton.

Le garçon, qui avait passé la moitié de sa vie à bord du *Dragon des mers*, fut profondément troublé par le discours de son chef. Il resta immobile un instant, puis avec un mouvement d'excuse de ses épaules, il leur souhaita une bonne nuit. Mais, alors qu'il passait la porte, il jeta derrière lui un regard plein de regret pour cette pièce accueillante, avec sa cheminée et ce couple harmonieux et aimant qui le regardait partir.

Quand la porte se referma enfin, lady Rhea plia soigneusement sa serviette et la plaça devant elle, sur la table.

– Il me semble si solitaire, parfois. Il aime être avec des matelots et écouter ces histoires anciennes de boucaniers du vieux Longacres, mais au fond, c'est un petit garçon trop seul, Dante, dit-elle avec un peu de tristesse.

Bien qu'elle eût été élevée dans une famille aimante, elle avait connu la solitude au moment de son enlèvement. Il semblait pourtant que Dante Leighton avait oublié sa propre période de solitude, quand il n'avait plus de famille.

– Ne le confonds pas avec ton frère, Rhea. Conny Brady a vu plus de pays et vécu plus de situations difficiles que bien des hommes âgés ! Il est fort, Rhea, et son avenir fera envie à beaucoup de Londoniens. Il n'a besoin de rien et surtout pas de ta pitié, ma chère.

– Mais peut-être a-t-il besoin d'amour et d'une famille qui prendrait soin de lui ! Et pas seulement de ce que l'argent peut offrir ! répondit Rhea avec calme et assurance.

– Une famille ? Mais je te prie de me dire ce qu'est une famille ! Un groupe de personnes éperdues d'amour les unes pour les autres ? Ou plutôt un groupe d'affreux égoïstes liés par le sang, mais qui se foutent pas mal de leur sort réciproque ?

Son sourire n'était guère plus amène qu'un ricanement dégoûté.

– C'est horrible, ce que tu viens de dire !

En l'embrassant sur le front, en manière d'excuse, il comprit qu'il l'avait profondément choquée.

– Je ne suis pas issu d'une famille heureuse, Rhea. Mon père vivait dans un petit monde dont j'étais totalement exclu. Pour une raison quelconque, il ne m'appréciait pas. Enfin... Peut-être est-ce là un jugement un peu expéditif, admit-il dans un souffle.

Disons qu'il se désintéressait de mon bien-être. Et mon estimé grand-père était plus occupé à maintenir les traditions familiales qu'à veiller aux besoins des autres membres de sa noble famille ! Aucun de nous ne s'est dévoué aux autres...

– Et ta mère ? demanda Rhea avec douceur, ses yeux violets remplis d'ombres.

– Ma mère ? répéta Dante, comme si le mot lui semblait étranger. Elle m'aimait tellement qu'elle a préféré la mort plutôt que voir son fils devenir un adulte. Non que je lui aie donné beaucoup d'espoir de devenir un homme honorable, ni même un fils dont elle aurait pu être fière. Trop tard, j'ai découvert mon véritable ennemi. Ma mère n'avait jamais été heureuse avec... (Dante s'arrêta, puis reprit d'une voix plus dure :) Eh bien, il suffit de dire que je ne lui ai pas rendu la vie très supportable. Je suppose que je suis en partie responsable de ce qui est arrivé. Si seulement j'avais pu être un ami pour elle ! Si seulement elle m'avait demandé de l'aide...

Dante parlait dans un murmure, plus pour lui-même que pour Rhea. Ses yeux se fermèrent sous l'afflux des souvenirs et ne virent pas le mouvement instinctif qu'elle fit vers lui. Il déplaça la main que Rhea aurait prise pour le réconforter et passa avec impatience les doigts dans les boucles châtaines qui couvraient son front et ses tempes.

– Le désespoir qu'elle a connu ! Combien elle a dû souffrir à cause de moi ! Parfois, je me demande ce qui a bien pu se passer dans sa tête, cette nuit-là. Si seulement elle avait attendu, et m'avait donné une chance de réparer le mal que je lui avais fait ! Mais non, nous avons eu une querelle, une de plus ! Je pensais qu'elle avait tort et je suis sorti de la bibliothèque avec emportement, sans même lui accorder un dernier regard. Elle m'a appelé plusieurs fois, mais je ne me suis pas arrêté... Je ne l'ai jamais plus revue... Je suis parti pour Londres immédiatement. Quelques jours plus tard, j'ai reçu la nouvelle... On disait qu'il s'agissait d'un accident, que le chemin était glissant après l'averse et qu'elle avait perdu pied. Tout le monde savait qu'elle aimait se promener le long des falaises. Même avant une tempête, il lui arrivait de rester des heures dans la contemplation de la mer, là, en haut des falaises. Maintenant, je comprends que c'est ainsi qu'elle échappait à la torture continuelle de son existence. Probablement a-t-elle pensé que ce serait un moyen définitif d'échapper à tout. Ce devait être un soulagement que ce ressac, en bas sur les rochers acérés. Elle a fait le dernier pas à l'aube... pour ne plus avoir à supporter un lendemain qui ne lui apporterait que des malheurs.

– Non, ce n'est pas cela, Dante ! Elle aurait très bien pu glisser, murmura Rhea.

– Les derniers mots qu'elle m'a adressés furent : « Peut-être la mort sera-t-elle la seule issue à cet enfer que j'ai créé pour ceux que j'aime... » Puis elle m'a demandé pardon. (Dante rouvrit des yeux assombris par les réminiscences du passé, et Rhea eut l'impression de se trouver en face d'un étranger.) Elle voulait *mon* pardon. Mon Dieu ! Quelle ironie ! Les villageois de Marleigh assurent que son ombre apparaît encore, les jours de tempête, près des falaises de Merdraco. Certains affirment même qu'elle hante la grande salle du château et que sa voix résonne parfois, un appel sans réponse... Même le vicaire de Westlea Abbot, un bourg voisin, a prétendu un jour avoir aperçu un spectre au sommet d'une des tours de la forteresse ! Par une nuit sans lune, bien sûr... (Dante lança un regard cynique que Rhea connaissait trop bien.) Il cherche l'inspiration de ses sermons dans la bouteille, plus que dans le livre saint, l'abbé. Difficile d'admettre que sa parole soit d'évangile !

– Mais comment sais-tu tout cela ? Je croyais que tu n'avais plus remis les pieds à Merdraco depuis quinze ans ?

La curiosité de Rhea envers l'homme qu'elle aimait

était insatiable. Dante sembla momentanément troublé par cette question, puis il grogna :

– Ce n'est pas là l'important... Les bonnes gens pensent qu'il est sacrilège de se donner la mort et pensent que l'âme ne trouve jamais la paix éternelle et erre sans espoir, damnée pour toujours. Si cela est vrai, ma mère n'a pas fait une bonne affaire en échangeant un enfer pour un autre.

– Dante, je suis vraiment désolée, fit Rhea avec compréhension. Je ne savais pas... Tu ne m'avais jamais parlé des jours qui ont précédé ton départ d'Angleterre. J'aimerais que tu me racontes, insista Rhea, sa fine main caressant la joue rugueuse du capitaine.

Mais elle n'était pas préparée à la violence de sa réaction quand il l'empoigna par l'avant-bras et la souleva de sa chaise pour la fixer droit dans les yeux, face à face. Il déclara avec une froideur extrême :

– Tu ne dois pas connaître cette partie de ma vie. Je ne veux à aucun prix te voir atteinte par celle-ci, ni apprendre quelle sorte d'homme j'étais jadis. Je me demande parfois si, apprenant tout cela, tu garderais vraiment confiance en moi. Ou si, malgré tout ce que tu pourrais entendre, tu resterais. Vais-je te détruire comme tous ceux qui ont connu ma vie d'autrefois ? Continueras-tu à me croire ou à croire en moi ?

Son regard erra sur les cheveux d'or.

– Dante, tu sais que tu es mon amour pour toujours ! Je t'ai juré cela.

Il relâcha son étreinte quand il comprit la douleur qu'il infligeait à Rhea. Lui tournant la paume vers sa bouche, il déposa un baiser au centre.

– Pour toujours ? Si je pouvais y croire ! Mais j'ai bien peur que rien ne soit pour toujours. Tu tomberas peut-être de plus haut, voilà tout.

Sans doute était-il inconscient de la cruauté de ses paroles. Rhea détourna le visage. De telles phrases lui faisaient peur. Quel désespoir en émanait !

– Je t'ai fait mal, n'est-ce pas ? Je ne le voulais pas,

mais maintenant tu comprends mieux comment un mot malheureux peut facilement faire douter, et même détruire des sentiments que l'on croit inviolables. Ne laisse jamais quiconque te détourner de moi, te monter contre moi, Rhea. Promets-moi cela...

– Je te promets.

– Tu pourras avoir des doutes sur mon compte, un jour, mais ne doute jamais que je t'aime. Tu viendras peut-être à entendre à quels scandales mon nom a été associé, mais viens me voir et laisse-moi t'expliquer. Donne-moi une chance de m'innocenter. Ou peut-être de confirmer, mais donne-moi cette chance, Rhea. Ne me quitte pas sans me laisser t'expliquer, demanda-t-il, presque implorant.

– Jamais je ne te quitterai, Dante, répéta-t-elle.

Elle venait de voir de Dante Leighton un côté que peu de gens connaissaient, et qui était tout ce qu'on voulait sauf arrogant.

– Comme c'est facile de promettre cela à présent, mais plus tard ?

Rhea lui caressa les cheveux et répondit avec une passion grandissante à son baiser. C'était toujours ainsi, pensa-t-elle quand elle sentit ses doigts glisser vers les dentelles de son corsage, elle ne pouvait rien lui refuser. Elle ne pouvait penser qu'à lui quand il la regardait, la touchait, lui faisait l'amour. Le reste du monde cessait d'exister quand ils étaient ensemble.

Malheureusement, le reste du monde ne pouvait les laisser en paix. Un vacarme continu provenant de la porte s'insinua dans la conscience de Rhea. Avec regret, elle libéra ses lèvres de l'étreinte possessive de Dante.

– Il y a quelqu'un derrière la porte, essaya-t-elle de lui dire, mais ses mots étaient à peine plus forts que des soupirs.

– L'idiot peut bien attendre, répliqua Dante, peu pressé d'obliger quelque benêt malavisé, alors qu'il pouvait s'engloutir dans les tresses parfumées de Rhea.

– Dante, je t'en prie...

Elle sentit sa bouche descendre dans les courbes de sa poitrine, que révélait le décolleté de son corsage. Les coups à la porte devenaient impatients.

– Ou ce type est cinglé, ou bien il a une armée derrière lui, car peu d'hommes oseraient déranger mon intimité. C'est un des avantages d'être considéré comme le démon incarné, ma chère, soupira Dante en se reprenant.

Le chêne de la porte commençait à craquer et l'intrus à s'essouffler. Dante était loin d'être de bonne humeur en voyant Rhea traverser la pièce en rétablissant sa toilette.

– Ce doit être une armée, faisons face ! lança-t-il. Entrez ! Mais à vos risques et périls ! Honneur aux pistolets ! hurla-t-il de la voix puissante du capitaine du *Dragon des mers* et non de celle du gentilhomme.

Rhea sursauta devant le volume de cette voix et s'attendit à voir Dante les mains armées de gros pistolets d'abordage. Mais il n'avait pas bougé de son siège et souriait d'un air gamin.

Il sembla étonné du silence qui régnait à présent derrière la porte.

– Alors ! Entrez donc ! Par le diable ! cria-t-il.

– Seigneur, aidez-nous ! chuchota une des chambrières dans le couloir.

– Qu'est-ce que je t'avais dit ! C'est un pirate, et des pires ! L'a navigué depuis les Indes sur le vaisseau du diable ! Y en a qui disent qu'une des caisses d'or était remplie d'ossements ! C'est le trésor du diable, oui ! déclara sa compagne.

– Oh, mais c'est un diable élégant, aussi !

– Bah ! T'as pas à t'en faire !

– Non ? Va même pas nous faire les yeux doux... pas avec la dame à côté, prédit la plus jeune en rajustant sa coiffe sur ses boucles rousses.

– C'est une beauté aussi ! Et gentille avec ça. Pas un mot contre personne. C'est pas une cruche non plus, si tu vois ce qu'j'veux dire. Ainsi, l'autre jour, elle m'a dit...

– Et alors, qu'est-ce que vous me foutez là, vous deux ! J'savais bien ! rugit l'aubergiste dans le corridor. (Les deux coupables étaient paralysées de terreur.) J'savais bien que vous étiez là à bavasser pendant que je me tape tout le travail ! Et avec les gages que j'vous donne !

– Oh, mais nous avons frappé, plusieurs fois même ! On s'est démoli les poignets sur la porte, sûr ! firent-elles en chœur.

Le rire de l'aubergiste rassura deux jeunes gens qui se tenaient derrière lui à prudente distance. Il ouvrit la porte et, empoignant d'une main chacune des filles, les escorta dans le repaire du dragon.

– Enfin ! Je me demandais vraiment si j'avais entendu des voix ! lança le capitaine du *Dragon des mers* avec un grand calme.

Sans sa veste ni son manteau, la chemise largement ouverte sur une poitrine bronzée et musclée, sa culotte ajustée ne laissant aucun doute sur sa virilité, Dante Leighton avait l'air, jusqu'au moindre détail, du capitaine pirate que la moitié de Londres voyait en lui. Mais à le voir là, assis, un pied botté reposant nonchalamment sur un tabouret, jouant avec une rapière posée sur ses genoux, il paraissait d'une nonchalance bien décevante.

– Nous vous demandons pardon, m'lord, m'lady, mais si vous avez fini le souper, les filles vont débarrasser la table, expliqua l'aubergiste, obséquieux.

Il poussa les deux servantes en avant et sans ménagements.

– Tout à fait bien, votre souper, murmura Dante.

Mais son regard dériva sur les deux jeunes hommes mal à l'aise, qui dansaient d'une jambe sur l'autre devant la porte.

– C'était un repas délicieux, monsieur Parkham, reprit Rhea avec un sourire qui alla droit au cœur de l'aubergiste. M. Brady a beaucoup apprécié la tarte.

– N'est-ce pas ? fit M. Parkham avec un sourire rayonnant. Je ne manquerai pas de le dire à Mme Parkham, m'lady. J'suis bien content de l'entendre aussi. La vieille Farquhar du *Messager du Roi* prétend faire les meilleures tartes aux groseilles du coin. Mais moi, j'comprends toujours pas comment ses clients peuvent en avaler une seule bouchée. J'imagine qu'elle en mange une grande partie elle-même. Du gâchis...

– Si je peux me permettre de vous interrompre, monsieur Parkham, fit Dante d'une voix suave mais ferme, nécessaire pour arrêter le bavardage de l'aubergiste, que veulent ces messieurs ?

– Ils m'ont dit devoir faire une livraison, m'lord, répliqua M. Parkham en se tournant vers les intéressés avec un air mauvais. Et ils ont intérêt à m'avoir dit la vérité, sinon...

Son regard en disait long. M. Parkham était un homme sérieux, qui savait se faire respecter dans son commerce.

– Oh, mais c'est exact, m'lord ! s'écria un des jeunes hommes, préférant s'adresser au gentilhomme qui donnerait plus probablement les pourboires. Nous venons de chez Mme Lambere. Elle nous a envoyés avec les vêtements qu'elle a finis pour lady Rhea Claire. Elle a dit de faire vite, car la dame en avait besoin. Et madame n'aime pas décevoir les clients. Et que les Dominick payent toujours leurs notes immédiatement, a-t-elle dit. Sinon, m'lord, nous ne serions pas venus si tard, expliqua le jeune homme sans prendre le temps de respirer, les yeux fixés sur la dame qu'il avait enfin repérée dans le coin de la pièce.

Les livreurs ne perdirent pas de temps à déballer leurs paquets. Leur contenu s'éparpilla sur un meuble qui prit aussitôt l'apparence d'un immense bouquet de fleurs.

Une robe jaune et primevère damassée, brodée d'une chaîne de fleurs sauvages et de papillons, et un jupon de satin bleu piqué se répandirent en avant comme les premières heures du printemps après les frimas. Ensuite venaient un brocart rose avec un corset de soie blanche, richement brodé et semé de petits boutons de rose en satin, orné de manches bouffantes bordées de cascades de manchettes en dentelle à trois points, descendant jusqu'aux coudes. Suivait un taffetas turquoise en soie vaporeuse, avec volants et falbalas de dentelle de Valenciennes ; des nœuds violets décoraient les manches de la robe. Un jupon lavande s'échappa lestement de la masse multicolore. La pelisse en velours bleu saphir, bordée d'hermine, passa presque inaperçue, comme l'assortiment de mouchoirs, certains bordés de dentelle, d'autres brodés, ou simplement de couleurs vives. Les bas de soie, de tous les tons imaginables, avec des gants assortis, restèrent pliés dans un coin. Les chaussons de satin rose, ceux de velours pourpre furent rapidement perdus dans la montagne de tissus. Le chapeau de soie lavande orné de plumes violettes eut droit à quelque attention, mais le chapeau de paille aux rubans jonquille et la bergère embellie de roses en tissu furent oubliés.

– Avec la permission de milady, je laisse ce paquet-ci fermé, ce sont chemises, corsets et sous-jupes, suggéra le plus volubile avec une courtoisie forcée, l'œil toutefois concupiscent.

– Quelle prévenance ! répliqua Rhea, ignorant le regard de l'individu. Ma mère et moi avons toujours été satisfaites de nos achats chez Mme Lambere. Je n'ai pas plus de raisons de me plaindre aujourd'hui. Mme Lambere s'est surpassée pour cette robe : elle est magnifique !

– Madame sera très heureuse d'entendre cela. Bien sûr, m'lady a un goût exquis. Et si je puis me permettre, j'ai su dès le moment où m'lady est entrée chez Mme Lambere que cette robe était la sienne, et celle de nulle autre. Et madame m'a souvent confié que la duchesse de Camareigh est sa cliente favorite, et si vous voulez bien me pardonner, une des plus belles femmes du royaume, tout comme sa fille. Comme Sa Grâce le duc doit être heureux d'avoir d'aussi jolies femmes dans sa maison ! Pour citer madame, c'est *magnifique** ! s'exclama le jeune homme. (Son accent était atroce, mais ses gestes éloquents.) Madame m'a dit combien Camareigh est une demeure *extraordinaire**. Je crois que madame est allée jusqu'à Camareigh pour préparer les nouvelles robes de Mme la duchesse. Oui, Sa Grâce est certainement un homme comblé ! ajouta-t-il, l'œil résolument attiré par le décolleté de Rhea.

Il retira un fil ou deux dans la couture.

– C'est très gentil à vous, *monsieur**, mais comme je suis le gentilhomme qui réglera les factures pour ces vêtements, je serais ravi que dorénavant vous adressiez ces remarques à moi et non à Sa Grâce, interrompit Dante Leighton d'une voix glacée.

Le jeune commissionnaire n'avait plus grand espoir de recevoir un quelconque pourboire, et considérant le regard du célèbre capitaine, il espéra simplement sortir de la pièce en un seul morceau.

Il était en train de s'esquiver vers la porte dans cette intention quand une des chambrières entra avec un plateau à thé et poussa un cri à réveiller les morts. Dans sa grande frayeur, elle laissa tomber le plateau, et son contenu alla s'écraser avec fracas sur le sol. La jeune fille s'enfuit en hurlant dans le couloir.

Les deux livreurs étaient glacés de peur et d'indécision, les mots d'excuses n'arrivant pas à traverser leurs lèvres tremblantes, et la gorge trop nouée pour émettre le moindre son. Brusquement, Dante Leighton éclata de rire. Emis sans raison apparente, ce rire sonore ne suffit pas à rassurer les commis. Aucun d'eux n'avait de peine à imaginer Dante Leighton debout sur le pont ruisselant de sang de son navire.

* En français dans le texte.

La dame, assez curieusement, ne semblait pas troublée outre mesure.

– Remerciez votre patronne d'avoir livré ces robes si vite, fit le capitaine. Et voici quelque chose qui compensera la peur que je vous ai causée.

Dante leur compta un généreux pourboire. Ils balbutièrent des remerciements et disparurent sans demander leur reste.

– Voyez-vous, mon amie, vous avez maintenant une aussi mauvaise réputation que moi, commenta Dante avec une grimace de satisfaction. Bien sûr, j'aurai fort à faire pour vous éviter d'être brûlée vive comme sorcière, et pour ne pas voir ce chat jeté dans la Tamise.

– Mais il n'est pas noir, répliqua Rhea, fort peu alarmée.

– Oh, mais quelqu'un peut bien proclamer que tu as jeté un sort sur lui et sur le capitaine et l'équipage, par la même occasion. Les hommes sont, du reste, prêts à penser que tu es une enchanteresse. Et moi, je jurerai que tu m'as ensorcelé ! fit Dante, provocateur. (Son clin d'œil fit rougir les joues pâles de Rhea.) Ma petite marguerite... murmura-t-il doucement, pensant à la lumière et aux couleurs des Antilles.

Combien elle ressemblait à un jardin anglais, par comparaison avec ce qu'ils avaient connu ces derniers mois. Même son parfum rappelait les fleurs sauvages du Somerset, avec leur léger arôme piquant.

– Je n'ai pas besoin d'être ma tante Mary pour connaître tes pensées.

– Ah oui ? Et qui est cette tante Mary ? Une devineresse ?

– Exactement, répondit Rhea, ravie de la surprise qu'elle causait à Dante. Mais c'est surtout une lady et je doute qu'elle trouverait tes pensées décentes.

– Mes sentiments, pour être exact. Mais pourquoi gaspillons-nous de la salive ? Des actes ! réclama Dante à voix basse.

Il se dirigeait vers elle, quand quelqu'un se manifesta encore une fois à la porte.

– Probablement notre bon aubergiste qui vient constater les dégâts, prédit le capitaine, qui commençait à douter des possibilités de rester plus d'une seconde en tête à tête avec Rhea. Désolé, mon amour...

Elle se blottit au coin du feu et prit le chat Jamaïca sur ses genoux.

Elle présenta ses mains à la chaleur des flammes pendant que la conversation entre l'aubergiste et les servantes se développait. Rapidement, leurs voix se perdirent et les pensées de Rhea s'envolèrent loin de Londres. Elle admira, sans un geste ni un mouvement de pupille, la danse des flammes dans l'âtre. Soudainement, elle vit une vallée paisible où poussaient les iris sauvages, où les prés se couvraient de jacinthes et les bois de pensées. Au loin, au-delà d'un étang parcouru par les cygnes, sur une petite hauteur, se trouvait Camareigh, ses murs ondulant dans la chaleur d'un après-midi de fin d'été. C'était le Camareigh qu'elle se rappelait, bien que l'automne fût arrivé la dernière fois qu'elle avait vu la maison. Une année s'était écoulée depuis le jour où elle avait été enlevée. Sa destinée avait changé à jamais.

La jeune fille insouciante qui galopait sur sa jument Skylard n'était plus. Rhea se demanda quels seraient ses sentiments à son retour au sein de sa famille. Pendant ces longs mois de captivité à bord du *London Lady*, au plus profond du désespoir, elle avait renoncé à l'idée de revoir les siens. Comme ils devaient avoir souffert !

Elle était de retour. Le moment des retrouvailles était imminent. Dans son âme, elle se sentait si proche et si éloignée à la fois ! Tout de suite, elle avait voulu prévenir sa famille qu'elle était saine et sauve. Mais dès son arrivée à Londres, elle s'était laissé accaparer par les problèmes de Dante, qui s'était trouvé dans une situation délicate à cause d'elle.

Aussi avait-elle attendu ; le capitaine voulait être dégagé de l'accusation d'enlèvement avant de rencontrer sa famille.

Elle était, et il l'appréciait hautement, son principal témoin et le seul qui pût prouver définitivement son innocence.

Dante Leighton pouvait être très persuasif quand il le voulait, et son dernier argument était de poids. Ne valait-il pas mieux se rendre ensemble à Camareigh et être réunis dans la grande maison familiale, plutôt que d'envoyer une lettre un peu impersonnelle pour informer ses parents de son arrivée ?

Rhea, qui ne soupçonnait pas d'arrière-pensée chez les autres, avait cru en la bonne foi de Dante et avait même été touchée par la prévenance de ce dernier pour sa famille. Ce ne fut que par la suite qu'elle comprit pleinement les émotions plus profondes qui s'affrontaient en lui.

Un homme comme Kirby n'aurait pas été aussi facilement dupe, car il connaissait trop bien son capitaine et ses actes d'apparence innocente et il pouvait dire que c'était précisément à ce moment qu'il fallait se méfier. Mais Rhea était parfaitement inconsciente de cela. Il n'y avait plus dans son esprit que sa réunion prochaine avec sa famille. Elle était pressée de retourner à Camareigh. Elle avait le désir violent de revoir leurs visages, d'entendre leurs voix. Il y avait tant à dire, tant à expliquer...

Elle frissonna légèrement en imaginant cette rencontre toute proche. Elle eut brusquement peur de ne plus être la Rhea qu'ils avaient aimée autrefois. Tellement de choses lui étaient arrivées ! La reconnaîtraient-ils ? Comprendraient-ils qu'elle soit devenue différente ? Seraient-ils capables d'accepter ce qui était arrivé ? Accepteraient-ils le fait qu'elle...

– Rhea ? (Elle tourna la tête, ses pensées divaguant encore à des lieues de là.) Rhea ? Tu es malade ? Tu as l'air si pâle... demanda Dante avec empressement.

Surprise, elle remarqua que la pièce s'était vidée.

Dante était assis à la table nettoyée et débarrassée, des feuilles de papier étalées partout, une plume devant quelques lignes déjà écrites.

– Je me sens parfaitement bien, merci. Je pensais simplement à quelque chose.

Prise dans ses réflexions et ses souvenirs personnels, elle ne comprit pas combien vague était sa réponse et combien elle excluait Dante. La plume continua à gratter le papier pendant un instant, puis Dante la replaça avec précaution dans son porte-plume, avant de passer méthodiquement du sable fin sur les caractères qu'il venait de tracer.

– Et à quoi pensais-tu ? demanda-t-il à brûle-pourpoint.

Il plia le papier parcheminé, fit couler la cire et frappa de son sceau le liquide chaud. Le document fut ainsi convenablement scellé.

Rhea soupira à contrecœur :

– A ma famille, ma maison, mon retour...

Son sourire exprimait des souvenirs connus d'elle seule, mais quand elle sentit le regard de Dante, elle essaya d'élargir ce sourire pour y inclure son bien-aimé. Ce ne fut pas du goût de Dante. Les ombres mouvantes créées par le feu donnaient à son visage une expression menaçante. Il y eut quelques secondes de tension désagréable. Rhea se sentit de nouveau face à un étranger. Puis, brutalement, Dante sourit, et elle se mit à respirer librement, sans s'être rendu compte qu'elle avait pendant un instant retenu sa respiration. Pour casser cette étrange tension qu'elle sentait grandir entre eux, elle désigna la lettre sur la table.

– A qui écrivais-tu ? demanda-t-elle avec curiosité, pensant que Dante ne devait pas avoir beaucoup d'amis en Angleterre. Aux colonies ?

– Non, répondit Dante, en observant la lettre, ce qui rétablit le silence. C'est une relation d'affaires. Certaines transactions doivent être faites avant qu'il ne soit trop tard. (Cette réponse réticente surprit

Rhea.) Mais ne nous laissons pas ennuyer par le travail. J'ai un cadeau pour toi, sais-tu ? (Il se leva et prit son manteau de mer, posé sur le coffre près de la porte.) J'allais te l'offrir demain, mais pourquoi pas maintenant ? L'instant me semble parfait !

Sa main disparut dans une de ses poches et réapparut avec une petite boîte en cuir.

– Tu es trop bon avec moi, protesta Rhea, inquiète de ces extravagances. C'est si peu nécessaire ! J'aurais aimé que tu ne commandes pas autant de nouvelles robes chez Mme Lambere. D'autant que ses prix, comme son renom, ont vraiment augmenté !

– Bien sûr ! C'est la meilleure. Penses-tu ne pas mériter les plus belles robes ? Celles-ci ne te plaisent-elles pas ? Elles ne sont pas convenables ? Si c'est le cas, j'aurai un mot à dire à cette Mme Lambere quand...

Rhea hocha la tête en signe d'exaspération. Dante lui rappelait un petit garçon dont la surprise aurait été gâchée.

– Mais non, ce n'est pas cela. Ce sont les plus belles robes que j'aie jamais vues, mais...

– Mon seul souci est qu'elles te plaisent !

Les mots de Dante étaient sans appel, et la discussion impossible.

– J'ai des armoires pleines de robes chez moi... Des robes que j'ai à peine mises, répliqua Rhea, essayant de le convaincre de sa sincérité. Mes parents ont toujours veillé à tous mes désirs, je suis certaine que tout cela est encore à Camareigh !

L'expression de Dante était indescriptible. Son corps se tendit soudainement. Il se tenait debout devant elle, son regard errant sur les cheveux d'or de Rhea, que faisait vivre la danse du feu.

– Tes parents n'ont plus besoin d'avoir la responsabilité de ton confort, Rhea. Ces vêtements que tu as là-bas sont ceux d'une autre vie. Je veux que tu ne portes que ce que je t'ai offert. Tout ce que tu porteras, c'est de moi que tu l'auras reçu, et de personne d'autre. Comprends-tu ?

Sa voix se faisait implacable.

— Je ne comprends pas... Tu veux que j'oublie ma famille et ma vie d'avant ? demanda Rhea, interloquée, mais calme.

— Mais non, dit-il rapidement, comprenant trop tard qu'il était allé un peu loin. Ce que je voulais dire, c'est que je n'avais pas l'intention de te laisser retourner à Camareigh habillée comme tu l'étais à bord du *Dragon des mers.* C'était pourtant charmant, il faut l'avouer. Mais peut-être que si tu apparais bien habillée, ton père acceptera de me laisser m'expliquer avant de me faire sauter la cervelle ? Je ne puis le blâmer. Si j'étais à sa place et qu'un gentilhomme de réputation aussi discutable arrive avec ma fille dans ses bras, je ne perdrais certainement pas beaucoup de temps pour l'envoyer en enfer ! ajouta-t-il avec un sourire froid.

— Oh, Dante ! soupira Rhea soulagée.

Elle comprenait enfin : Dante retardait l'événement et la comblait de cadeaux pour s'assurer de sa loyauté. Si elle ne l'aimait pas tant, elle en aurait été certainement offensée.

— Pour un homme aussi intelligent, tu te comportes vraiment comme un fou, parfois. Ne t'ai-je pas convaincu que je t'aimerais toujours ? Tu n'as pas besoin de t'inquiéter à propos de ma famille. Ils t'accueilleront dans leur cœur, comme dans leur maison, dès qu'ils te rencontreront.

Rhea oublia ses propres doutes aussi vite qu'ils étaient arrivés.

— Alors c'est bien vrai que l'amour est aveugle, murmura Dante avec un sourire d'amertume, se demandant combien de temps passerait avant que Rhea, influencée par d'autres, commençât à voir « son » Dante sous un jour moins favorable.

Jusque-là...

Dante tenait la petite boîte de cuir hors de sa portée. Il grimaça :

– Peut-être as-tu raison, ma chère : je me suis donné bien du mal pour décorer un lys. Je suis bien dans l'embarras à présent : ça m'étonnerait que je puisse retourner ceci, ou l'échanger. Je suppose qu'il faudra trouver quelqu'un de plus intéressé. Tu pourrais éventuellement me suggérer cette personne, non ? demanda-t-il le plus sérieusement du monde. Je suppose que tu n'as pas de sœur qui soit blonde aux yeux bleus, et suffisamment vénale pour accepter un colifichet ou deux ?

Rhea déplaça le chat et le posa sur le siège à côté sans qu'il s'en plaigne.

– Effectivement, j'ai une sœur, et je croyais te l'avoir dit. Evidemment, le genre de colifichets qu'elle apprécie t'empoissera les mains : elle a seulement deux ans. Non ! (Rhea se corrigea avec un mouvement nerveux de la tête.) Elle en a trois maintenant ! Elle aime les tartelettes à la crème. Non, je ne crois pas qu'elle puisse convenir. Cependant, continua-t-elle sur le même ton, il y a toujours Caroline. Oui, je crois qu'elle serait parfaite pour toi, Dante. Elle est blonde, elle a les yeux bleus, et malheureusement, elle est assez grigou. Je pourrais arranger une rencontre ? Elle vient d'une famille très respectable, et c'est la fille d'un très bon ami de mon père, sir Jeremy Winters.

– C'est la fille qui était avec toi, le jour de ton enlèvement ?

– Oui, et jusqu'à hier encore, je ne savais pas si elle était seulement en vie. J'avais tout lieu de croire qu'elle était morte, de même que je n'en pensais pas moins de Wesley Lawton.

– Ah, oui ! Le seigneur de Dindale. Si je me souviens bien, tu étais très soucieuse de son sort et soulagée d'apprendre qu'il s'était remis de ses blessures. Tu étais destinée à épouser ce distingué personnage, n'est-ce pas ? demanda Dante, sarcastique.

– Seigneur de Rendale, d'abord, corrigea Rhea, sachant bien que Dante se souvenait parfaitement de ce nom. Et ce n'était pas plus qu'un ami de la famille. Effectivement, l'idée a traversé mon esprit, avant que je ne sois enlevée, qu'il pourrait devenir plus que cela. Sans cet enlèvement, j'aurais probablement considéré avec attention un mariage avec Wesley Lawton.

– Vraiment ? Dieu me garde ! Que les fortunes changent ! commenta Dante, peu soucieux du hasard qui avait joué un si mauvais tour au pieux seigneur de Rendale. Cela dit, cette Caroline m'a tout l'air prometteuse. Fait-elle à peu près ta taille ? Je n'aimerais pas avoir à dépenser plus d'argent en robes, rubans et autres pantoufles de satin !

Rhea se retenait difficilement de rire :

– Je ne crois pas que Caroline soit un bon parti pour toi.

Elle imaginait cette fille, qui était d'une nature déterminée, lancée à la poursuite de Dante, et surtout de son titre.

– Quel dommage ! Non, je ne crois pas que cette Caroline fera l'affaire, en dépit du tableau particulièrement enchanteur que tu en as fait. Aurais-tu quelqu'un d'autre sous la main ? demanda Dante, tenant toujours la petite boîte bien en vue.

– Je ne vois que moi, répliqua Rhea, oubliant le cadeau dès que leurs regards se croisèrent.

– Chère petite fleur, seras-tu mienne ?

La requête de Dante était à peine audible. Il enveloppa son index dans une des boucles d'or qui tombaient sur les épaules de Rhea. Lentement, elle se rapprocha jusqu'à sentir la chaleur de son corps fondre dans la sienne. Elle se mit sur la pointe des pieds, faisant courir ses ongles le long de sa mâchoire, avant que sa paume n'enveloppe le menton de Dante.

– Tout le temps et à jamais ! promit-elle, ressentant un indéfinissable frisson lui parcourir l'échine lorsque la bouche de Dante effleura sa paume ouverte.

Les bras de Dante entourèrent les épaules de Rhea, leurs corps s'entremêlèrent plus près encore. Ils ne furent plus que lèvres enlacées.

Elle sentit les doigts de Dante sur sa nuque. Elle eut même un sursaut en sentant quelque chose de froid glisser sur sa chair. La froideur du métal coula sur sa peau.

– Dante, c'est magnifique ! souffla-t-elle en découvrant le reflet multicolore des diamants ruisselant sur sa poitrine. Quelle folie !

Elle ne pouvait cependant retenir un sourire de plaisir.

– Je croyais que nous avions mis les choses au point une fois pour toutes. Il faudra que tu t'habitues à recevoir des cadeaux, parce que je ne crois pas que je me fatiguerai de te plaire, mon amour, fit Dante sur le ton de la réprimande. (Il recula pour juger de l'effet.) Les diamants te vont à ravir, mon amie. Il faudra aussi penser à des pierres de couleur pour exprimer ta chaleur. Tu n'es pas une femme glacée, ma chère Rhea.

Des larmes envahissaient les yeux de la jeune femme, ce qui rappelait les violettes sauvages après une averse de printemps.

– Je ne vois pas en quoi je mérite un tel bonheur. Surtout après tout ce que j'ai dit sur la malheureuse Caroline. Elle n'est pas aussi horrible que je l'ai décrite. C'était faux de dire qu'elle ne trouvera jamais le bonheur que je connais, déclara-t-elle, honteuse.

Pour elle, rien ne pouvait détruire l'amour qu'elle partageait avec Dante. Il l'embrassa avec force.

– Voilà pourquoi je t'aime, Rhea. Tu es si compréhensive, loyale. Quand je suis perdu dans mes plus noires pensées, ton image apparaît dans mon esprit et mon amertume tombe. Peut-être m'as-tu été envoyée pour ma rémission. Je prie pour ne jamais perdre l'amour si peu égoïste que tu m'as accordé et l'estime dans laquelle tu sembles me tenir.

– Tout cela s'est fait librement, et jamais ne s'en

ira. Mais tu es diantrement difficile à convaincre. Devrais-je te donner ma vie pour le prouver, Dante ?

Son sourire s'évanouit devant la colère qui éclata dans les yeux gris qui la fixaient. Il la saisit par le bras avec violence.

– Jamais ! Entends-tu ! Ne répète jamais cela ! commanda-t-il d'une voix blanche. Jamais plus, tu m'entends ? Promets-moi ! Je ne veux plus être tenu pour responsable des actes des autres ! Plus jamais, par Dieu !

Rhea déglutit péniblement :

– Je te le promets, Dante. Je suis désolée de ce malentendu. C'était une manière de parler... Je suis bien sûre que tu ne pourrais rien faire de tel. Je sais bien que c'est impossible.

– Tu n'as pas tout vu... fit Dante lugubre.

Libérant Rhea de son étreinte, comme si son contact le dérangeait, il reprit son manteau. Plongeant dans les profondes poches latérales, il ramena plusieurs boîtes à la lumière, les plaça sur la table, bien alignées, et les ouvrit l'une après l'autre. Dans la première, des boucles d'oreilles de diamants, sur un fond de velours bleu ; dans l'autre, une aigrette de mêmes pierres, en forme de plume ; et dans la dernière, sur le même fond de velours bleu, une broche en forme d'arc, flanquée de trois autres identiques, mais plus petites.

Rhea resta sans voix devant ces innombrables scintillements qui se réfléchissaient partout dans la pièce. Mais son cœur était lourd. Jamais depuis qu'ils s'étaient déclarés l'un à l'autre, Dante ne l'avait regardée ainsi. Ses yeux étaient cruels et sans pitié.

– Ils sont exquis... lança Rhea à bout de forces, d'une voix tremblotante. (Ces pierres si nombreuses n'avaient pas le moindre soupçon de vie.) Merci, dit-elle simplement, sans parvenir à réprimer le tremblement de sa lèvre inférieure.

Une grosse larme s'échappa et tomba sur la main de Dante.

Il sursauta comme si cette larme l'avait brûlé.

– Rhea ? appela-t-il, plein d'un remords tardif.

Elle sanglotait silencieusement, essayant de s'écarter de lui, mais il ne voulait pas la lâcher. Elle maintint sa tête détournée : sa fierté lui interdisait de montrer combien l'attitude de Dante lui avait fait plus de mal que la plus violente des gifles. Mais Dante était déterminé à la regarder dans les yeux. Il lui saisit le menton et chercha son regard avec insistance.

– Tu me fais peur, Rhea. Personne ne m'a jamais fait aussi peur, admit-il. Tu es si jeune, étrangère à tous les démons de ce monde. Tu es si facile à blesser ! Je crois en fait que c'est en t'aimant que je t'ai blessée le plus fort. Je me demande si cela est bon d'être aussi vulnérable. Un jour, tu m'en voudras de t'avoir aimée. Kirby m'a mis en garde, mais je n'ai pas voulu l'écouter. Je voulais t'avoir, Rhea. Je ne t'aurais pas permis de sortir de ma vie. Comment peut-on aimer un homme que les gens convenables ont rejeté et qui semble ne pouvoir apporter que souffrance à ceux qu'il approche ?

Rhea leva la tête et brava son regard durci par les épreuves. Avec une ingénuité presque enfantine, elle répondit :

– Mais parce que sans ton amour, mon cœur se briserait !

Doucement, Dante essuya les larmes de son ravissant visage, sans la quitter des yeux.

– Alors, aimons-nous cette nuit, Rhea. Oublions les larmes, les paroles désagréables et les incompréhensions, murmura-t-il, ses lèvres lui caressant le coin de la bouche. Laissons-nous porter par l'inspiration du moment et repoussons les soucis à demain...

– Fais-moi oublier, fit-elle d'une voix caressante et passionnée.

– Tu es mienne, Rhea. Ne l'oublie pas. Quel que soit l'avenir, souviens-toi que personne ne sera jamais capable de te tenir comme je le fais, ni de t'aimer autant. Jamais tu ne pourras oublier mes caresses, ni moi les tiennes, affirma Dante, comme par défi.

Rhea sentit ses mains défaire les lacets de son corsage, et rapidement la chair de ses seins se dévoila. La bouche de Dante déposa une traînée de feu tout au long de la courbure de sa gorge, là où les diamants réfléchissaient son brasier intérieur, en ondulant au rythme des battements de son cœur. Dante retira les pinces des cheveux de la jeune femme, libérant les épaisses mèches dorées qui dévalèrent en cascade le long de son dos, les pointes lui effleurant les hanches. Les lèvres de Dante parcoururent la tendre courbe de ses seins, mais ce n'était pas assez ! Dante voulait sentir sa peau nue contre la sienne, goûter encore une fois la douceur d'encens de ce corps de femme, connaître à nouveau ce moment ultime d'extase, quand ils deviendraient un.

Soudain, ils se retrouvaient sur les sables chauds de cette crique à l'écart de tout, loin au bout de l'océan, où les seuls bruits qui auraient pu les déranger étaient les piaillements des oiseaux à la tombée de la nuit et le clapotis des vagues frappant le rivage. Rhea s'approchait de lui, sortant des eaux comme Ondine. Son corps blanc était peint en or par la lumière mourante du soleil dans un ciel sauvage, couvert de cuivre en fusion. Pourtant la pluie frappait à la fenêtre et le feu crissait dans l'âtre, mais peu importait qu'il n'y eût pas d'alizé pour caresser leurs corps. Pour Rhea, en effet, les sensations étaient exacerbées par le souvenir et le désir d'anticiper, pour parvenir à une union plus satisfaisante et plus intime. Avant ce moment de réveil sexuel, sur cette plage, elle était une enfant sans connaissance de sa propre sensualité. La passion lui était inconnue jusqu'à cet instant. Aujourd'hui, c'était une femme qui acceptait et vivait tous les désirs pressants que Dante l'avait aidée à ressentir, en l'initiant aux voies de l'amour. Et seul Dante pouvait calmer le feu qui coulait dans ses veines.

Quels que soient les événements futurs, Dante était une partie d'elle-même, et jamais plus elle ne serait affranchie du besoin de ses baisers.

Répondant à ses étreintes, Rhea sentit les doigts de Dante concentrer leurs efforts sur les lacets de son corsage, comme sur ceux de son jupon. Dans un bel ensemble, ces effets glissèrent sur le parquet, la laissant en corset, chemisier et bas. Une fois qu'elle fut débarrassée de la mousseline et de la dentelle qui la cachaient, les mains de Dante enserrèrent sa taille. Les bras de la jeune femme s'enroulèrent autour de son cou et il enfouit son visage dans la soie parfumée de ses cheveux, en la tenant très fort contre sa poitrine.

– Tu deviens chaque jour plus voluptueuse. Je n'en peux plus ! fit-il, la voix étouffée par la masse de cheveux blonds. (Rhea sentit son souffle chaud contre son oreille, alors qu'il lui léchait le lobe, sa langue chatouillant la chair délicate.) Tu m'as vraiment ensorcelé, Rhea !

Il la débarrassa rapidement des derniers nœuds du corset, qui atterrit sur la pile de vêtements abandonnés çà et là. Dante la souleva avec aisance et la jeta sur le lit, sans prêter la moindre attention à la pudeur féminine qui aurait pu encore lui rester. Elle tomba mollement sur la couverture et la pile de coussins. Sa surprise intérieure jaillit en un éclat de rire qui se mêla à celui de Dante. Elle n'avait pas compris que sa chemise remontait maintenant au-dessus de ses hanches, laissant sa pudeur tout à fait compromise.

Dante s'agenouilla devant elle et entreprit de rouler ses bas avec un soin particulier, ses doigts se détournant souvent de leur tâche. Cette délicate opération achevée, Rhea s'assit confortablement dans les coussins, les bras croisés derrière la tête, la chemise couvrant les fermes rotondités de sa poitrine. Elle observa Dante qui enlevait sa chemise, découvrant son torse d'athlète.

– Tu veux connaître un secret ? commença-t-elle avec hésitation.

– J'ai l'intention de connaître tous tes secrets, répondit-il en ajoutant avec plus de sérieux : Pas de secrets entre nous, sinon nous nous comprendrons toujours mal.

– Aucun, promit Rhea, croyant la promesse facile à tenir.

– Dis-moi quel est ce terrible secret.

– Je crains que ce ne soit pas bien extraordinaire, admit-elle. Si je te disais que tu me rappelles quelqu'un de ma famille ?

– Bon Dieu ! Pas ton père, au moins ? demanda Dante avec une horreur feinte.

– Idiot ! s'écria-t-elle en riant. Oh, bien sûr, maintenant que j'y pense, je trouve aussi certaines ressemblances de caractère entre vous deux... Il s'agit d'un ancêtre. Il y a un portrait de lui dans la galerie longue à Camareigh. Etant enfant, j'ai conçu une grande fascination pour ce personnage. C'était même ma peinture favorite là-bas !

– Quel était cet ancêtre ? Un homme exemplaire, sans doute ?

Son attention se concentrait plutôt sur les boutons de sa culotte et il ne vit pas l'éclair diabolique dans les yeux de Rhea.

– Il faut bien le dire, c'était un fieffé coquin.

– Vraiment ?

– Hum, oui. Je le crains bien, répliqua la jeune femme, qui essayait de garder son sérieux. C'était un corsaire à l'époque de la reine Elisabeth.

Un léger bruissement, et les vêtements de Dante tombèrent au milieu du tas d'effets appartenant à Rhea. Ses bottes volèrent à travers la pièce.

– Un corsaire ? répéta-t-il, assez enchanté. Alors, il va sans dire que c'était un gredin.

– D'après le regard qu'il a sur le portrait, j'ai toujours été persuadée qu'il aurait pu charmer le diable en personne, continua Rhea, que fascinait la masculine beauté du corps nu de Dante. (Il s'approcha du lit et se tint debout devant elle.) Je me suis demandé pourquoi tu me semblais si familier quand je t'ai vu pour la première fois sur la dunette du *Dragon des mers*. Physiquement, tu ne lui ressembles pas du tout, mais enfin...

La voix de Rhea se remplissait d'émotion. Elle baissa les yeux vers la mèche avec laquelle elle n'avait pas cessé de jouer.

– Je t'en prie, continue. Ce que tu me dis m'intéresse beaucoup, murmura-t-il d'une voix de velours.

– C'était simplement une certaine arrogance, un air provocateur dans les yeux. Il me faisait frissonner chaque fois que je passais devant lui, comme s'il pouvait sortir du cadre et m'attraper. J'avais l'impression qu'il pouvait lire dans mes pensées. Quand je t'ai rencontré, tu me semblais être la réincarnation, au moins dans l'esprit, de mon ancêtre boucanier.

Les bras de Dante l'encerclèrent et l'attirèrent contre sa poitrine. Un instant plus tard, sa chemise vola sur le plancher. La chaleur de leurs corps se communiqua sans obstacle.

– Oublie l'homme du portrait. Moi, je suis de chair et de sang. Lui ne peut t'atteindre. Il ne peut pas te tenir dans ses bras, te caresser et t'embrasser au point que tu souffres de plaisir. Embrasse-moi, Rhea, murmura-t-il contre ses lèvres. Aucune peinture ne peut t'aimer comme moi !

Les doigts de Rhea glissèrent à travers les poils broussailleux qui couvraient sa large poitrine. Elle frissonna quand elle sentit sa langue jouer avec un de ses tétons durcis par le plaisir, effleurés par les mains agiles du corsaire. Rhea plongea les doigts dans ses épais cheveux châtains. Les mains de Dante glissèrent vers la courbe de ses hanches, puis émigrèrent lentement vers ses cuisses effilées en explorant les parties intérieures, si sensibles au toucher.

Les cheveux de Rhea s'étalaient maintenant sur les coussins comme du miel renversé. Elle regarda au-dessus d'elle la lueur grise dans l'œil de son amant. Ses propres paupières se fermèrent quand il se glissa entre ses cuisses. Ils ne furent plus qu'un. Ses hanches ondulèrent contre les siennes et la réponse fut immédiate. La pression s'accrut graduellement en elle avec le mouvement rythmique du corps de Dante, jusqu'à ce que, ployée sous sa force, elle hurlât de ce plaisir exquis qu'elle ne manquait jamais d'avoir quand ils faisaient l'amour. Il la laissa sans un souffle, tremblante, avec une sensation de plénitude qu'aucun autre plaisir ne pouvait apporter.

– Jamais ! Jamais je ne te perdrai ! jura Dante d'une voix rauque, et ces mots restèrent inaudibles pour sa compagne.

Il ferma les yeux après l'avoir embrassée sur la tempe, content de s'endormir, sachant qu'elle serait encore à côté de lui, le lendemain matin.

Quand il se réveilla, plusieurs heures après, les premières clartés de l'aube filtraient à travers les fenêtres couvertes de poussière. Le feu s'était pratiquement éteint, à l'exception de quelques braises rougeoyant au milieu des cendres.

Dante considéra la jeune femme qui dormait paisiblement ; la chaleur de son corps remplaçait avantageusement le feu qui faisait défaut à présent. Après un premier mouvement pour l'effleurer, Dante résista à l'envie de la réveiller et sortit avec grande précaution du lit. Elle avait l'air si pur, si doux, si éthéré ! Quelle force avait répondu à son appel avec un si sauvage abandon ? Dans un accès de désespoir mêlé de jalousie, Dante se demanda comment il pourrait la garder.

Peut-être ne ressentait-elle que de la fascination pour lui ? Que savait-elle de l'amour ?

N'importe quel homme, peut-être, aurait pu provoquer une réponse similaire. Pourquoi se croire indispensable à son bonheur ? Et sa famille ? Avant qu'il n'entre dans sa vie, ils formaient tout son univers. Il resterait un intrus. Que feraient-ils ? Quel serait l'effet de cette brève coupure dans les relations familiales ?

Dante arrangea la couverture sur les épaules de Rhea.

– T'ai-je déjà perdue ? murmura-t-il enfin.

La fraîcheur du petit matin se faisait cruellement sentir et Dante passa sa robe de chambre en frissonnant. Il écrivit ensuite l'adresse sur l'enveloppe qu'il avait scellée la veille. Une adresse bien familière, maintenant :

*Sir Jacob Weare*
*Sevenoaks House*
*Westlea Abbot*
*Devonshire.*

Huston Kirby se chargerait plus tard de la poster, mais, même Dante, qui avait planifié toutes les manœuvres qu'il faisait maintenant, ne savait pas trop quelles seraient les conséquences de cette lettre une fois remise à son destinataire.

## 3

La cloche avait dû juste sonner le changement de quart à bord du H.M.S. *Hindrance*, un cotre garde-côte, stationné dans le canal de Bristol. Surveillant une partie de la côte du Devonshire, cette unité avait eu la charge d'empêcher le trafic des contrebandiers. Les alcools, le thé, le tabac et les soieries de contrebande privaient la Couronne de revenus substantiels et nécessaires. Pourtant, dans ces parages, les criques étaient trop nombreuses et les brigands abondaient, prêts à tout pour de l'argent facile. Les officiers étaient en nombre insuffisant, les cachettes innombrables entre les fermes et les celliers d'églises, avec la complicité ou la simple complaisance des paysans et des vicaires contre une caisse de bon cognac.

Ce jour-là, l'aurore avait vu flotter en lambeaux les couleurs du roi, qui avaient été levées à l'appui du coup de semonce contre un lougre de contrebande. Le rugissement des canons qui avait suivi la montée du pavillon faisait place à un lourd silence, troublé par le flot de la houle sur le pont du bateau, maintenant désemparé sur les rochers. Ceux de l'équipage qui n'avaient pas été balayés par-dessus bord avaient abandonné le bâtiment. C'était un bon navire pourtant, servi par un bon capitaine et un excellent équipage. Trop bon, en fait, et cela au point d'être trahi. Le H.M.S. *Hindrance* avait été donné par un félon dès son départ en campagne, pour qu'il s'échoue sur ce rivage inhospitalier.

Froide et furieuse, la mer soulevait, roulait et laissait retomber le *Hindrance* sur la crête écumeuse d'une vague, sans autre but que de le précipiter contre les rochers pointus et de déchiqueter sa coque. Ses voiles étaient en loques, et son mât abattu, coupé à hauteur d'homme. Contre la limite grisâtre du ciel, on pouvait voir la ligne sombre des récifs mortels. Deux tours noires dominaient cette scène funèbre. D'une de ces tours, un signal lumineux avait guidé le *Hindrance* contre les récifs.

A la base d'un escarpement se trouvait un étroit croissant de plage sablonneuse, un abri précaire contre la colère de l'océan. Les quelques survivants du cotre n'y trouvèrent aucun salut et furent impitoyablement massacrés par une équipe de contrebandiers armés de couteaux et de gourdins.

Les morts ne parlent pas... Mais si le capitaine du H.M.S. *Hindrance* avait pu remuer ses lèvres maintenant incrustées de sel, ou simplement lever un doigt accusateur, son assassin eût été aussitôt identifié.

Peu auparavant, le capitaine du cotre avait suspecté la présence d'un informateur parmi la troupe de dragons qui stationnait à Westlea Abbot. En essayant d'identifier le traître qui prévenait les contrebandiers de ses allées et venues le long de la côte, le capitaine avait commis l'erreur fatale de frapper à la mauvaise porte. Bien trop tard, il avait compris son aveuglement.

Entre-temps, le capitaine et l'homme en qui il avait placé sa confiance, un homme hautement respecté, occupant une fonction officielle, avaient amené l'officier démasqué à avouer sa faute et à demander son pardon.

Le traître avait offert des informations intéressantes au sujet des contrebandiers : une livraison était prévue ce soir-là à Bishop's Creek. Deux signaux lumineux, puis trois étaient le code pour cette opération. Bien que ce fût contre son bon sens, le capitaine s'était laissé persuader de ne pas informer ses supérieurs de la trahison, ni de la confession de cet officier, tout au moins dans l'immédiat. Le gentilhomme qui l'assistait était après tout le magistrat local : il conseilla la plus grande discrétion. Le lendemain serait plus approprié pour envoyer une dépêche résumant la situation, en attirant l'attention sur son heureuse conclusion. Ils auraient certainement arrêté les chefs de cette bande. Tout ce beau monde serait aux fers et le rapport n'en serait que meilleur.

Sans méfiance, le jeune capitaine avait accepté ce marché. L'officier déshonoré serait enfermé à la prison de Westlea Abbot. La décision prise, le capitaine retourna à son navire. Mais il aurait dû être sur ses gardes quand il vit le lougre sortir de la nuit, alors qu'il montait la garde le long de la côte en vue de ce coup de filet. Le capitaine avait cru la victoire à portée de main en ordonnant d'ouvrir le feu sur le navire des contrebandiers. En regardant vers la côte, il avait pourtant vu, à la place du signal des contrebandiers, quatre signaux blancs, qui signifiaient, selon le code convenu au préalable, l'arrestation de la bande. Il avait déjà coupé la route du large au lougre, et ce dernier était prisonnier entre la bouche de l'anse et la troupe des dragons sur le rivage. Coincé comme il était, le lougre ne pouvait même pas tirer un coup de canon.

Mais, brusquement, le bandit avait viré et tourné au vent. Ce changement soudain de direction avait pris le capitaine du *Hindrance* de court. Avant qu'il pût donner l'ordre de virer de bord, un inquiétant craquement avait ébranlé la carcasse du navire. Le choc brusque démâta le *Hindrance*, qui fila tout droit sur un banc de récifs. Un silence mortel planait maintenant sur la scène...

Le capitaine se rendit compte alors qu'ils ne se trouvaient pas devant Bishop's Creek, mais avaient été attirés dans les eaux traîtresses de Dragons' Cove, l'anse du Dragon ! Un endroit où aucun navire ne s'aventurait sans être habitué au mince chenal navigable au milieu des dangereux récifs. Son bâtiment broyé entre la houle et le roc, le capitaine et les quelques survivants capables de nager furent jetés au rivage. Là, sur les sables mouillés, le capitaine du *Hindrance* se trouva face au traître qu'il croyait sous les verrous à Westlea Abbot. La dernière chose qu'il fut donné de voir au capitaine furent les tours de Merdraco et, non loin de la forteresse, l'ombre d'un cavalier. Cette ombre était celle de l'homme en qui le capitaine avait placé sa confiance et sa vie.

Une quinzaine de jours plus tard, dans un petit village du pays de Galles, un visiteur solitaire se tenait au milieu du cimetière, dominé par une pauvre église de pierre grise. Bravant les puissants vents d'ouest venant du chenal, il fixait, de ses yeux embués de larmes, la terre fraîchement remuée. Devant lui, à quelque distance, s'agitaient les eaux turbulentes du canal de Bristol et, au-delà, se trouvait l'Angleterre. Il baissa la tête et médita sur la tombe de son frère, luttant de tout son être contre les vents qui jouaient avec lui et son couvre-chef. Après un dernier adieu et une promesse, il s'en alla lentement, cherchant chaque pas sous la contrainte des rafales. Il ne pourrait jamais oublier les mots qui venaient d'être ciselés sur la pierre glacée :

*A la mémoire de*
*Benjamin Lloyd*
*Capitaine du H.M.S.* Hindrance
*Aimé – Honoré – Pleuré.*

# 4

L'homme qui accompagnait Dante Leighton, quand ce dernier entra dans la grande salle de l'auberge, attira immédiatement l'attention de Huston Kirby, car c'était sir Morgan Lloyd en personne, le capitaine du *Portcullis*.

Le petit valet se dirigea aussitôt près des deux hommes, tandis qu'un groupe de marins du *Dragon des mers* portait un toast en l'honneur de l'officier de marine. C'était la première fois et probablement aussi la dernière qu'on enregistrait un tel événement dans les annales de la contrebande.

– Je n'aurais jamais cru cela possible, commenta sir Morgan avec un sourire détendu, tout en acceptant une chope pleine à ras bord des mains d'un gabier.

– A votre santé, capitaine, répéta Dante Leighton en levant sa propre pinte débordante de mousse en l'honneur de son ancien adversaire.

– Et à la vôtre, capitaine, répéta sir Morgan, qui ne voulait pas être en reste de courtoisie.

Néanmoins, par-dessus la mousse, leurs regards se mesurèrent.

– Allez-vous rester à Londres plus longtemps, ou bien retournez-vous en poste aux Carolines ? demanda Dante en époussetant sa manche droite.

– Je ne reste à Londres que quelques jours. On

n'en a jamais fini avec la paperasserie de l'Amirauté. Puis j'irai à Portsmouth pour des raisons de service. Et si celui-ci me le permet, peut-être m'accorderai-je quelques jours de repos chez moi, au pays de Galles, expliqua sir Morgan sans pouvoir retenir un accent de nostalgie dans sa voix.

– Vous avez de la famille, là-bas ? demanda Dante avec curiosité.

Bien qu'il jouât au chat et à la souris avec cet homme depuis de nombreuses années, il ne connaissait rien de la vie personnelle de son ennemi.

Sir Morgan sourit, assez tristement en fait.

– Ni femme ni enfant, si c'est ce que vous vouliez dire. Mais une maison et un jeune frère que j'aimerais bien revoir. Cela fait longtemps... Nous étions assez batailleurs dans notre enfance, pourtant. Et ma mère, qui était veuve, a fait face à pas mal d'épreuves avant que nous recevions brevets et commissions.

– Ah ? Votre frère est donc aussi dans la Marine royale ?

– Oui. Il a suivi mes traces, et toujours au grand désespoir de notre mère. Elle aurait préféré garder au moins l'un de nous deux à la maison. On ne peut la blâmer...

– Eh bien ! Je n'aurais pas imaginé l'éventualité d'avoir deux hommes comme vous sous mon vent, sir Morgan !

Sir Morgan éclata de rire comme un enfant.

– Ne vous en faites donc pas, capitaine. Mon frère commande un cotre qui patrouille dans le canal de Bristol. Un réconfort pour ma mère, qui pouvait ainsi le voir de temps en temps. Il a du reste pu ainsi arranger l'enterrement, l'année dernière. J'étais, comme vous le savez, occupé sous d'autres cieux.

– Quelle chance cependant que j'aie quitté la contrebande ! remarqua Dante. Je parie que votre frère doit être un sérieux tracas pour les contrebandiers du coin, s'il vous ressemble !

Le regard de sir Morgan se figea brusquement,

comme si, à l'improviste, une idée lui avait traversé l'esprit :

– J'avais oublié ! Vous êtes des pays de l'Ouest, n'est-ce pas, capitaine ?

Dante Leighton sourit :

– Oui, du Devonshire, sur la côte nord, répondit-il pour éviter à son interlocuteur des questions supplémentaires.

– Ah oui ! murmura sir Morgan. (Dante avait la nette impression que l'homme le savait depuis toujours.) Je crois que cette partie sauvage de la côte est du ressort de la station à laquelle il est rattaché. Connaîtriez-vous par hasard un village appelé Westlea Abbot ? demanda l'officier, mine de rien, tout en jetant un coup d'œil indifférent à l'entour.

Rien, pourtant, ne lui échappa du mouvement de surprise que Dante ne parvint pas à réprimer.

– Oui, c'est un petit village, au sud-ouest de Merdraco, mon domaine de famille.

– Ah, je vois !

– Vraiment ? Et puis-je vous demander la raison de votre intérêt pour cette minuscule bourgade de pêcheurs ? demanda Dante, soudainement sur la défensive, bien que son expression laissât supposer qu'il n'attachait aucune importance à cette conversation, voire qu'il ne la souhaitait que par stricte politesse et qu'en fait il la trouvait tout bonnement ennuyeuse.

– Oh, ce village était mentionné dans une lettre de mon frère que j'ai reçue il y a six mois. Il parlait aussi d'un village appelé Marleigh. Il paraît que les naturels du pays, qui n'aiment pas trop les hommes du roi, font une pêche d'un genre particulier...

Le sourire de Dante s'élargit. Kirby, qui s'était approché insensiblement, comprit que ce sourire n'était pas celui de la franchise.

– Oui, c'est un village côtier, au nord-est de Merdraco, ainsi nommé en l'honneur de ma famille, du reste.

Sir Morgan resta silencieux pendant un moment.

– C'est un joli point stratégique que ce château de Merdraco. Il se trouve exactement entre deux villages suspectés d'abriter des contrebandiers. Aurais-je quelques doutes sur vos intentions futures, milord, je considérerais comme nécessaire d'informer mon frère de vos entreprises illégales d'autrefois. Vous êtes un trop dangereux bonhomme pour être négligé, si je puis me permettre, milord, déclara sir Morgan.

L'hilarité de Dante attira l'attention d'un certain nombre de marins, qui n'en furent que plus édifiés sur le compte de ce chef capable de rire et de boire avec son ennemi.

– Je serais certainement plus rassuré de vous savoir sur le chemin du retour, vers les Carolines, sir Morgan, répliqua Dante. Je suis déjà assez mal considéré par les villageois de Marleigh et de Westlea Abbot, sans qu'ils aient connaissance de mes plus récentes activités.

Les yeux de Dante croisèrent l'espace d'une demi-seconde ceux de Kirby, et ce regard était plein de sous-entendus.

– Comment m'appelaient si gentiment les habitants de ces bourgs, Kirby ? demanda-t-il au petit valet, qui était resté si avidement à l'écoute de la conversation sans en avoir l'air. Allons, Kirby. Pas besoin d'épargner ma sensibilité ! Nous nous souvenons parfaitement de ces aimables paroles. J'étais connu sous le vocable de « Chiard du Dragon ». Et surtout ne vous y trompez pas, sir Morgan, c'était en grande partie parfaitement justifié.

– Mon capitaine ! (Kirby retrouvait finalement sa langue.) Nous savons bien, l'un et l'autre, que vous n'avez pas fait la moitié de ce dont ces bouseux vous ont accusé ! Les médisances, c'est toute la vie de ces culs-terreux !

Huston Kirby n'avait pas le cœur de noircir le nom des Leighton devant sir Morgan.

– Toujours loyal et dévoué ! Cher Kirby ! murmura Dante. Alors, vous voyez, capitaine, quand je retournerai à Merdraco, je crains de n'avoir que des ennemis pour m'accueillir. On est loin du cercle de conspirateurs dévoués à mon nom.

– Le temps nous le dira, répondit sir Morgan avec le plus grand calme, car il pensait qu'il ne serait jamais vraiment surpris des agissements de son adversaire.

L'homme demeurait une énigme encore non résolue.

– Je devine que je n'ai pas complètement apaisé vos soupçons. Resterai-je toujours un contrebandier à vos yeux ? demanda Dante en ricanant. Je crains que les villageois autour de Merdraco ne pensent aussi la même chose : que je resterai toujours un meurtrier.

Avec un plaisir cynique, Dante Leighton vit l'étonnement se peindre sur le visage de sir Morgan.

– Il s'agissait d'un soupçon ! Il n'y a jamais eu un commencement de preuve ! intervint Kirby avec colère.

– Je ne saisis pas très bien, fit sir Morgan, le regard passant plusieurs fois du valet contrarié au capitaine indolent. De quel meurtre êtes-vous accusé ? Vous pouvez m'expliquer ?

– Une jeune femme, fit Dante après une pause. On a dit que je l'ai entraînée dans la lande, séduite, puis étranglée.

Pour la première fois de sa vie, sir Morgan ressentit une peine infinie à soutenir le regard d'un homme et c'est avec un soulagement non dissimulé qu'il sentit les yeux gris se porter vers un membre de son équipage qui approchait.

Sir Morgan termina patiemment sa chope, jusqu'à ce que Dante se retournât vers lui. La tension était passée.

– Eh bien, capitaine ? Nous y allons ? Maintenant que vous connaissez mon triste passé, vous serez sans doute rassuré de trouver Rhea toujours vivante. Elle sera certainement ravie de vous voir ; après tout, c'est en partie grâce à vous que je ne suis pas allé à Newgate. Elle vous en saura gré !

Mais l'officier restait mal à l'aise après cet incident.

– Etes-vous sûr que je ne la dérangerai pas ? Je ne voudrais pas m'imposer, fit sir Morgan, glacé.

Il eût été fort désappointé de ne pouvoir présenter ses hommages à lady Rhea.

Les deux capitaines montèrent en silence par le petit escalier, puis empruntèrent l'étroit couloir. Une des soubrettes de la veille les croisa en chemin, les yeux pleins d'une sainte terreur dès qu'elle reconnut la silhouette du capitaine corsaire. Elle salua d'un air traqué et accéléra le pas une fois l'épreuve passée.

– Vous semblez avoir d'étranges effets sur les femmes, commenta sir Morgan.

Les mots lui échappèrent, mais Dante n'en prit nul ombrage. Au contraire, il répliqua sur le ton de la conversation :

– Quelle pitié ! Il semble que des rumeurs se soient répandues à mon sujet parce qu'un chat a eu le malheur de remuer une pile de vêtements sous laquelle il se trouvait, dans ma chambre. Avec la réputation que je me taille, on a immédiatement cru à quelque sorcellerie de ma part ! J'ai toujours pensé qu'il ne fallait pas se fier aux apparences...

Il y avait sans nul doute un message sous ces paroles apparemment innocentes.

– Une remarquable leçon de philosophie, capitaine, répondit sir Morgan, candide.

Ils ne remarquèrent pas tout de suite que la porte de la chambre était ouverte et ils n'étaient pas non plus préparés à la scène qu'ils surprirent à l'intérieur.

Lady Rhea se tenait au centre de la pièce dans les bras d'un inconnu. Le dos tourné vers la porte, celui-ci pressait Rhea contre sa poitrine, sa main caressant amoureusement une mèche blonde. Il l'embrassa tendrement sur la joue. La jeune femme ne protestait pas le moins du monde et, au contraire, se blottissait plus étroitement contre lui.

Les deux personnes n'avaient pas encore remarqué que leur intimité avait été troublée, mais le chat Jamaïca, lui, préféra disparaître sous le lit. Peut-être était-ce à cause des sanglots de Rhea, ou de l'attitude possessive de l'homme, qui reposait sa joue sur l'épaule de la jeune femme ? Quelle qu'en fût la raison, Dante Leighton bondit en avant sans que sir Morgan eût le temps de s'interposer et saisit l'homme par l'épaule, lui faisant faire volte-face, tandis que sa main droite empoignait la garde de son épée. Mais Rhea se glissa entre les deux hommes.

– Non ! Dante ! S'il te plaît ! Tu ne comprends pas ! C'est mon père ! s'écria-t-elle.

Peur ou incertitude, Dante Leighton ne savait pas très bien lui-même ce qu'il ressentait, mais il ne montra aucun de ses sentiments en soutenant le regard hostile de l'intrus.

Le visage du duc de Camareigh n'était pas inconnu de Dante. Ce n'était pas un visage que l'on oubliait facilement.

Depuis le coin de la bouche jusqu'au-dessus de l'œil, une fine balafre taillait son chemin avec décision à travers la joue, renforçant l'aspect sinistre d'une tête d'aigle. Les années ne l'avaient guère changé, pensa Dante, se souvenant d'autrefois, lorsqu'il s'asseyait en face de lui, à la table de jeu. Il se tenait toujours droit comme un piquet, sa taille était toujours aussi fine. Il y avait simplement plus de rides pour strier sa peau... L'expression de ses yeux marron-roux était plus cynique et désabusée encore, sauf quand ils se posaient sur le visage de sa fille. Là, seulement, ils reflétaient toute la chaleur de leur teinte.

Oui, Dante se souvenait bien de ces yeux et du mépris qu'ils exprimaient pour ce jeune insouciant, mépris que le duc n'avait guère cherché à cacher le jour, ou plutôt la nuit, où il gagna une fortune aux dépens du dissolu marquis de Jacobi. Dante s'était senti désarmé la dernière fois qu'il avait rencontré le duc, et maintenant, alors qu'il reculait et lâchait prise, il comprenait que les années n'avaient pas changé cela. L'hostilité avait simplement remplacé le mépris dans les yeux du duc de Camareigh, et cela, il ne le cachait pas non plus.

On n'oubliait pas facilement le duc de Camareigh.

Sir Morgan partagea sans le savoir cette même impression. Resté immobile par discrétion, il sentit le regard pénétrant du duc le jauger avec prudence. Soudain, sir Morgan se demanda comment un individu aussi dur et arrogant avait pu engendrer une personne aussi gracieuse et agréable que lady Rhea Claire. Elle devait certainement tenir de sa mère. Il commença à se sentir très mal à l'aise sous ce regard impérieux, d'autant plus qu'il devait être prudent : le duc ne serait pas sans influence sur la carrière d'un officier qui aurait eu le malheur de lui déplaire.

– Père, voici sir Morgan Lloyd, du H.M.S. *Portcullis*. Il nous a escortés jusqu'en Angleterre. Nous lui devons beaucoup, car c'est lui qui est venu à ma rescousse lorsque nous étions à l'ancre à Antigua.

Sir Morgan fut soulagé de cette introduction.

– Capitaine, dit le duc en inclinant légèrement la tête, si ce que m'a dit ma fille est vrai, et je n'ai aucune raison d'en douter, je vous dois ma plus totale gratitude. C'est un honneur de faire votre connaissance.

Sir Morgan eut droit à l'un des rares sourires du duc.

– Cet honneur est le mien, Votre Grâce. Lady Rhea est trop bonne, et je n'ai fait que mon devoir. Je suis simplement heureux d'avoir pu lui rendre service. (Sir Morgan, cela se voyait, ne parlait pas avec fausse modestie, et il croisa le regard de l'autre homme, un peu en avant de lui.) Cet honneur revient au capitaine Leighton, qui a sauvé votre fille de ses agresseurs et des docks de Charlestown, et par la suite, des diverses tentatives de meurtre qu'elle a dû braver.

Pour sir Morgan, il s'agissait de la vérité nue, pour autant qu'il eût des lumières dans ce domaine. Mais le duc ne semblait pas voir le capitaine du *Dragon des mers* sous le même jour.

– Mais tout cela s'est passé il y a plus de six mois. J'ai l'impression que vous n'avez pas pris le plus court chemin pour rentrer ? Ou bien m'a-t-on mal renseigné sur la position des Antilles par rapport à l'Angleterre ?

– Père, je peux vous expliquer. Il faut que je vous dise tellement de choses à propos de...

– Rhea, veux-tu laisser ce gentilhomme expliquer pourquoi il t'a retenue si longtemps à son bord ?

Surpris sur le moment par les souvenirs qui affluaient en présence de Lucien Dominick, duc de Camareigh, Dante n'avait pas encore repris son calme. Mais toutefois, il n'était plus ce jeune lord effrayé et battu qui avait fui Londres. Ce changement devait avoir été perçu par le duc, qui haussa la taille.

– Leighton, murmura-t-il. Le nom ne m'est pas inconnu...

– Effectivement, Votre Grâce. Bien que capitaine depuis de nombreuses années, je suis aussi le marquis de Jacobi.

Cette fois, ce fut au tour du duc de cacher sa surprise. Le capitaine du *Dragon des mers*, un contrebandier notoire, pair du royaume ! Le duc resta un moment à assimiler cette information. Mais il n'était pas de ceux qui se laissent impressionner pour si peu.

– Je n'ai toujours pas compris pourquoi vous avez gardé si longtemps ma fille à bord de votre navire. Ni pourquoi je n'ai pas été contacté dès votre arrivée à Londres, il y a de cela plusieurs jours. Je n'aurais eu personne pour surveiller les débarcadères de ce port, personne ne m'aurait avisé de son arrivée ! Vous semblez avoir oublié que ma famille a souffert l'agonie !

Il se tourna vers sa fille rougissante, à la recherche d'une explication. Notant son air coupable, il sembla étonné qu'elle fût aussi responsable de ce qui était arrivé.

– Oh, père, essayez de comprendre ! soupira-t-elle, les yeux pleins de larmes. Pas un seul jour ne s'est écoulé sans que je languisse de vous revoir, vous, mère, et notre famille. Si vous saviez comme vous m'avez manqué ! Je voulais vous informer de mon retour. Mais Dante et moi ne voulions pas d'une rencontre alors qu'il était encore accusé de m'avoir enlevée à Charlestown. J'étais l'une des seules personnes, la principale même, à pouvoir réfuter l'accusation. Ce qui est maintenant fait. Et sir Morgan a raison quand il affirme que je serais certainement morte à Charlestown si Dante ne m'avait accueillie à son bord. Kirby, le maître d'hôtel, m'a soignée et tous les hommes de l'équipage méritent notre gratitude, et non votre condamnation. Je ne pouvais les abandonner alors qu'ils avaient besoin de mon aide ! Je n'avais d'autre choix que de témoigner de leur conduite irréprochable. Maintenant que tout est devenu clair, nous allions diviser les parts du trésor et venir à Camareigh.

Le duc ne manqua rien des coups d'œil qui s'échangèrent entre-temps. Il devenait absolument flagrant à ses yeux que ce Dante Leighton exerçait une grande influence sur sa fille.

– Je crois que vous devez savoir que Rhea avait toutes les intentions de vous prévenir de son arrivée à Londres, mais que je l'ai persuadée de n'en rien faire. Pour des raisons purement égoïstes, je l'admets, déclara Dante avec franchise et brutalité. Oui, c'est vrai, ma chérie, fit Dante en la regardant. Vois-tu, je n'avais aucune intention de te laisser retourner au sein de ta famille pendant que je serais allé croupir dans un cul-de-basse-fosse. Une fois derrière les barreaux, je n'aurais plus jamais revu la lumière du jour. Connaissant lord Dominick comme je le connais, et compte tenu du pouvoir d'un duc, je pouvais avoir quelque inquiétude. N'est-ce pas, Votre Grâce ?

Impitoyable, le duc ne cilla point, ne nia point la terrible accusation. Rhea comprit que Dante avait bien raisonné.

– Père ! Dites quelque chose ! Ce n'est pas vrai ! Vous ne feriez jamais une chose pareille !

– Il n'y a rien que je ne ferais pour assurer ton bonheur ou venger un membre de ma famille.

– Il convient de dire aussi que votre fille n'avait pas beaucoup le choix à Charlestown. Soyez conscient de cela, également, continua le capitaine du *Dragon des mers*.

– Dante ! Je t'en prie ! interrompit Rhea. Ce n'est pas nécessaire...

– Si, Rhea, au contraire, il est tout à fait nécessaire que ton père connaisse la vérité. Je veux qu'il l'apprenne de moi, sur-le-champ, et non par la voie des ragots, plus tard. Quand Rhea s'est échappée du *London Lady*, à Charlestown, et s'est réfugiée, à moitié délirante de fièvre, dans ma cabine, j'ai refusé de croire à son aventure. Pour des raisons qui paraissaient évidentes à l'époque, je la croyais envoyée par certains de mes concurrents. Ne voulant pas risquer qu'elle divulguât des informations qu'elle avait accidentellement découvertes, je l'ai gardée à bord.

La cicatrice de lord Dominick blanchit sous l'effet de la fureur.

– Il devait pourtant être évident que ma fille était malade ! Vous avez bien peu de pitié !

Sa voix était devenue si dure que Rhea en fut terrifiée. Dante pâlit sous son hâle.

– Votre colère, votre ressentiment sont justifiés. Le cours des choses change l'opinion des individus, et je ne sais si je referais la même chose. Mais, à ce moment-là, je pensais n'avoir d'autre choix, compte tenu des autres responsabilités dont j'avais la charge. Considérant le résultat, j'ai très peu de regrets, fit Dante d'une voix égale. Comme vous le savez, mon passé n'est guère brillant, et je n'en suis pas fier. Ayant perdu les biens de ma famille, j'ai réussi à amasser une certaine quantité d'argent, mais seulement à cette époque, quand votre fille a fait irruption sur mon navire, il m'a été offert la possibilité de revenir en Angleterre et d'atteindre certains objectifs que je m'étais assignés. Quand Rhea est arrivée à bord, nous allions entreprendre un voyage qui devait changer le cours de nos existences à tous. Avec le trésor d'un galion espagnol coulé il y a très longtemps, et dont nous avions déterminé la position par hasard, nous pouvions devenir plus riches que nous ne l'avions jamais espéré. Je pouvais abandonner la course, la contrebande, récupérer mes biens, ce qui m'était impossible auparavant. Je n'aurais jamais laissé passer une occasion comme celle-là, pour rien au monde !

La voix de Dante exprimait la même détermination qui l'avait conduit avec son équipage jusqu'à ce rivage de Floride.

– Alors, au diable ma fille et le reste du monde ! s'exclama le duc avec mépris.

– Non, Votre Grâce, répliqua Dante, alors que les doigts du duc chatouillaient la poignée de son épée. Au cours de ce voyage, un autre élément est intervenu dans ma vie. Je suis tombé amoureux de votre fille, et j'avoue l'avoir retenue à bord à Antigua pour cette raison. Mais Rhea est pleine de ressources, et elle s'est arrangée pour gagner la terre ferme malgré tout. Puis, parce qu'il avait été blessé à cause d'elle dans une rixe, Rhea est retournée à bord de son plein gré, pour soigner un jeune garçon, membre de l'équipage.

Lord Dominick regarda sa fille. Il n'était guère surpris de ce trait de son caractère. Sans s'en rendre compte, il prit une mèche de ses cheveux dans la main et joua avec elle. Il avait guidé Rhea dans toutes les circonstances de sa jeunesse, quand elle était montée sur son premier poney, quand elle était allée à son premier bal. Chaque fois, il était là. Mais cette fois-ci... Sa douce Rhea n'avait jamais apporté que de la joie à sa famille. Elle était tellement merveilleuse ! Tout ce qu'elle venait d'endurer lui faisait plus mal, à lui, que n'importe quelle blessure. Le duc comprit combien avait changé son apparence, et ce n'était que le reflet des transformations de son esprit.

Il avait été frappé par son indicible beauté quand elle lui avait ouvert la porte. Que s'attendait-il à voir ? Probablement l'ombre pâlotte de ce qu'elle avait été. Au lieu de cela, il se trouvait devant une beauté à couper le souffle. Elle avait toujours été saisissante, mais elle possédait à présent une chaleur et une présence jadis masquées. Bien que plus mince, son visage avait mûri. Les couleurs de son corps étaient plus riches, plus éclatantes. De toute évidence, la jeune fille enlevée était devenue femme. Son sourire était naturellement séducteur, sans être dévergondé. Et sa tendresse apparaissait spécialement lorsqu'elle regardait Leighton.

Le duc était blanc de rage. Sa cicatrice ressortait avec violence tandis qu'il parvenait à cette conclusion. Cette colère se communiqua à Dante qui, rencontrant son regard, prit la main de Rhea. Celle-ci lui répondit avec force et leurs doigts se mêlèrent passionnément, alors que son autre main restait dans celle de son père.

– Je pense que vous devez, avant que vous ne tiriez des conclusions excessives, connaître la raison majeure qui a fait demeurer Rhea à Londres, dit Dante calmement.

– Dante ! Non ! Ce n'est pas le moment ! Je voudrais expliquer tout cela à mes parents. Ils ont besoin de comprendre... de temps...

Il y eut un instant de silence pesant. Dante reprit comme si de rien n'était :

– Je crois que c'est le moment. Ton père pense que je t'ai séduite, peut-être même violée. Je devine qu'il donnerait la moitié de sa fortune pour me voir au bout d'une corde.

— Ce n'est pas vrai ! s'écria Rhea en se tournant vers son père.

— Ma pauvre enfant, tu as dû souffrir. Si je pouvais seulement changer le passé ! Je ne te blâme pas pour ce qui est advenu. Tu es si jeune ! Tu as été manipulée par trop de gens pendant toute cette année. Maintenant, je souhaite te protéger contre d'autres peines. Je vais te ramener à la maison, Rhea.

— Père, j'aime Dante, jamais il ne m'a prise sans mon consentement, déclara-t-elle en pressant la main paternelle.

Lord Dominick ne voulait rien entendre de semblable.

— Comme toujours, tu es la loyauté personnifiée. Mais ce sentiment est bien mal placé, cette fois-ci. Cet homme t'a séduite, c'est l'évidence. Il a joué sur l'éloignement, la fatigue. Tu n'es guère plus que sa maîtresse du moment, et quand il sera las de toi, il t'enverra promener.

Il était mieux pour elle d'apprendre l'amère vérité, quelque cruelle qu'elle pût apparaître à ses yeux, sur l'instant.

— J'aime Rhea, fut la réponse de Dante. Je ne nierai pas que j'ai pu exercer une certaine influence sur elle. On peut même éventuellement m'accuser de l'avoir séduite.

— Non, Dante. Je suis venue à toi volontairement.

Elle sentait la main de son père se contracter dans la sienne.

— Avais-tu le choix ? J'ai décidé que je te voulais. J'aurais honoré ta vertu, tu serais encore innocente.

— Répugnant personnage ! fit froidement lord Dominick.

Il saisit son épée.

— Père, je vous en prie ! Vous ne comprenez pas ! Dante est mon mari !

Elle agrippa à deux mains le poignet armé de son père et l'empêcha de continuer son mouvement.

Frappé dans le dos, le duc n'aurait pas fait plus

horrible rictus. Loin de tempérer sa colère, cette nouvelle le fit éclater :

– Ce mariage sera annulé ! Aviez-vous oublié qu'il y a une loi, ici ? Rhea n'est pas majeure, et sans mon consentement, rien n'est possible ! Vous n'êtes pas en Angleterre depuis assez longtemps pour...

– Nous n'avons pas célébré ce mariage en Angleterre, ajouta Dante, tirant un plaisir coupable de l'expression désemparée du duc. Nous nous sommes mariés à New Providence devant un prêtre et des témoins. Notre mariage est inscrit dans le registre paroissial, signé par nous deux, et c'est une chose indissoluble aux yeux de Dieu et des hommes. Ce mariage, ajouta-t-il, a été consommé.

Lord Dominick n'eut pas l'air d'avoir entendu. Son comportement n'était qu'indifférence, et c'était là précisément le danger.

– Alors, ma fille Rhea sera veuve avant la nuit, laissa-t-il finalement tomber.

Dante n'entendit qu'imparfaitement la sentence, prononcée sans intonation particulière. Sir Morgan Lloyd, qui était resté en retrait, entendit également le raclement de l'épée sortant de son fourreau. L'affaire était au plus haut point de tension, et l'officier aurait donné une grande partie de sa solde pour se trouver ailleurs. Il s'avança cependant d'un pas, avant de réaliser que Dante Leighton n'avait pas touché à son arme.

– Je ne lèverai pas la main contre vous. Vous pouvez me provoquer, m'insulter, je ne me battrai pas, déclara Dante. Vous êtes le père de Rhea, Rhea est ma femme, et pour cette seule raison, je vous épargnerai. Je ne suis pas fou : ce duel ne m'apporterait que du malheur. Si je vous tue, votre fille se retournera aussitôt contre moi, et je la perdrai. Si vous voulez vraiment me tuer, prenez garde aux conséquences : ce serait certainement un meurtre, devant des témoins, en présence de votre propre fille. Vous y perdriez certainement Rhea.

L'argument était de poids. Sir Morgan respira plus facilement. Il était impressionné par la logique et le sang-froid de Leighton. Cet homme possédait un instinct étonnant de survie, qui lui permettait non seulement d'échapper à son sort, mais aussi de tirer profit d'une situation périlleuse.

Le coup avait-il porté ou non ? Nul ne le saurait jamais.

– J'attends un enfant...

Les deux hommes, qui étaient l'instant d'avant prêts à en venir aux mains, figèrent leur regard sur le mince visage de la jeune femme qui se tenait encore entre eux.

Sir Morgan toussa discrètement pour attirer l'attention :

– Je crois qu'il est temps pour moi de prendre congé, fit-il avec une certaine solennité. Je crains de m'être déjà trop attardé, mais soyez sans inquiétude, je serai discret.

– Merci, sir Morgan, mais je n'ai jamais pensé un seul instant que vous ne le seriez pas, répondit Rhea en s'avançant vers lui, la main offerte. Je ne saurai jamais vous remercier assez de vos attentions !

– Lady Rhea, ce fut certainement un privilège, répliqua sir Morgan avec galanterie. Je n'aurai sans doute plus le plaisir de votre compagnie. Adieu donc, je vous souhaite un bonheur sans limites, lady Rhea.

– Merci, sir Morgan. J'espère pourtant que nous pourrons vous revoir chez nous, à l'occasion d'une visite en Angleterre. Il s'agit d'une invitation.

– Ce sera un honneur pour moi.

Le duc et Dante Leighton attendaient en silence. Sir Morgan se tourna vers son ancien adversaire.

– Capitaine, ce n'est certes pas de cette façon que je pensais finir notre partie. Elle est toutefois préférable à une conclusion plus funeste, quelque part dans la mer des Caraïbes. Difficile pour moi de dire que ce fut toujours un plaisir de vous rencontrer.

Leighton garda assez longtemps la main de sir

Morgan dans la sienne. Il était content que cet affrontement-là se terminât, et de cette manière.

– Je vous souhaite bonne chance.

– J'ai l'impression que je vais revoir votre sacré Irlandais d'ici peu, fit sir Morgan avec une grimace amusée.

– Longacres ? Il parle beaucoup, mais...

Sir Morgan Lloyd fit une courte révérence et esquissa un premier pas vers la porte, quand la voix impérieuse du duc l'arrêta :

– Vous serez encore à Londres pour quelque temps, n'est-ce pas ?

L'officier du roi se retourna, gêné, car le ton du duc était celui du commandement.

– Non, en fait, deux jours seulement, avant de rejoindre Portsmouth, et peut-être, si le temps me le permet, irai-je chez moi, au pays de Galles.

Lord Dominick semblait avoir des difficultés à rassembler ses idées. Son regard reflétait la rage de se sentir impuissant devant les faits nus.

– Je voudrais avoir un petit entretien avec vous, sir Morgan. Vous êtes le témoin des tribulations de ma fille. Si vous le voulez bien, attendez-moi dans la salle, j'aurai quelques questions à vous poser à ce propos. Vous éclairerez ma lanterne sur d'autres points qui me paraissent obscurs, ordonna le duc. L'occasion ne se représentera pas, car ma fille et moi quittons Londres d'ici une heure.

Sir Morgan opina du bonnet servilement.

– A votre disposition, Votre Grâce.

– Merci, sir Morgan.

Ce dernier referma la porte. Lord Dominick interrogea sa fille :

– Est-ce vrai ?

– Oui, père. Je voulais vous l'annoncer d'une autre manière, pour que vous partagiez mon bonheur. Même Dante l'ignorait.

Elle chercha dans les yeux de son mari les effets de cette nouvelle impromptue. Dante Leighton n'était plus maître des événements. Tous les fils lui échappaient.

– On ne me met au courant de rien, ici. Est-ce vrai ? As-tu décidé de partir avec ton père ?

Il gardait encore quelque espoir, mais Rhea confirma cette décision :

– Ma mère est malade, Dante. Je l'ai appris au moment où vous entriez. Essaie de comprendre. Je dois aller à son chevet. Elle a besoin de savoir que je suis saine et sauve.

Sa détermination était évidente. Rien n'aurait pu la faire changer d'avis. Le duc eut un mouvement de satisfaction devant le dépit qui se peignit sur le visage de Dante et conclut :

– J'envoie une servante pour prendre tes affaires. Mon équipage est en bas. Nous pouvons avoir quitté Londres dans une heure si nous ne nous attardons pas. Des chevaux de rechange attendent notre passage dans plusieurs relais de poste, nous n'avons pas de temps à perdre. Tout le monde sera ravi à Camareigh !

Le duc avait la situation en main, et tous les atouts se trouvaient maintenant dans son jeu. Il poursuivit ses explications : tout était parfaitement minuté. Lord Dominick était prêt à quitter la compagnie de Leighton, avec sa fille, dans la seconde qui suivait.

– Je pense que cela ne troublera pas trop votre emploi du temps, Votre Grâce, si j'ai un mot en privé avec ma femme, demanda Dante, sarcastique. Je suis certain que deux de vos valets de pied seront ravis de monter la garde devant cette porte si j'étais assez fou pour essayer de vous fausser compagnie avec ma femme, continua-t-il, moqueur mais amer. Je saurai toujours où trouver Rhea, n'est-ce pas ?

– Père, je vous en prie, demanda Rhca. Dante est mon mari et le père de mon enfant. Je voudrais m'entretenir avec lui pendant quelques minutes. Je vais me changer et vous devez parler à sir Morgan.

– Bien, je ne serai pas long, concéda le duc.

Il restait cependant hésitant à les laisser ensemble. En outre, il ne voulait pas manquer une occasion d'insulter Dante Leighton, ce qui laissait ce dernier parfaitement insensible.

Rhea suivit le départ de son père sans bouger. Ce ne fut que lorsque la porte se referma que Dante se rendit compte, en voyant ses épaules tressauter, qu'elle pleurait.

– Rhea ? demanda-t-il avec tendresse. Veux-tu que j'appelle un médecin ? Ou ton père ?

– Non, je suis simplement heureuse. Je n'arrivais pas à imaginer la réalité de ce qui allait se passer jusqu'à ce que j'entende la voix de mon père. Tout ce cauchemar est fini. J'ai senti toutes mes craintes s'enfuir quand j'ai compris que j'allais enfin rentrer à la maison.

Elle s'appuya avec satisfaction sur l'épaule de Dante. Ses yeux étaient fermés, et elle ne vit pas l'étrange expression qui s'empara du visage de Dante.

– Tu t'es sentie en sécurité et heureuse avec moi, n'est-ce pas ?

Elle le regarda avec surprise :

– Mais bien sûr !

– Et tu es toujours heureuse d'être ma femme ?

– Bien entendu !

– Et d'attendre notre bébé ?

– Plus heureuse que je ne pourrais jamais l'exprimer, répondit Rhea, cherchant dans les yeux gris et fatigués de son mari ce qu'il pensait de cette paternité inattendue.

– Bien. N'oublie pas que tu es lady Rhea Claire Jacobi et que cet enfant sera un Leighton. C'est le nom de ta famille et ta maison ne sera pas toujours Camareigh.

La mise en garde de Dante et son regard intense effrayèrent un peu Rhea. Elle répliqua pourtant avec sérénité :

– J'ai accepté cela quand je t'ai épousé, Dante, et je persiste à t'aimer, sois-en bien sûr !

La tension cessa de peser sur les traits de son mari.
– Je n'oublierai pas ces mots, promit Dante.
– Est-ce que cela te fait plaisir, le bébé ? demanda-t-elle timidement.
Mais oui, la joie autant que la passion se lisaient sur le visage de Dante Leighton. Ils se serrèrent fortement dans les bras l'un de l'autre.
– Tu ne m'échapperas pas, maintenant, murmura-t-il.
– Bientôt, ça me sera difficile ! plaisanta-t-elle.
– Je ne puis te persuader de rester ? demanda-t-il presque contre ses lèvres. Je ne serais pas long avec le partage. L'équipage est impatient, de toute façon.
– Je t'en prie, Dante. Ne rends pas les choses plus dures qu'elles ne le sont ! Il faut que j'y aille, fit-elle avec force, refoulant son désir de rester dans ses bras.
– Tu vas me manquer, soupira Dante, contre la douceur parfumée de ses cheveux. Je n'ai pas dormi seul depuis de nombreux mois. Comment vais-je faire pour me réchauffer ?
– Je donnerai des ordres pour qu'une chambrière mette une bouillotte dans le lit chaque soir, mais c'est tout, pas plus que la bouillotte.
Elle succombait rapidement à la sensualité de ses caresses. Il dessina de la main la courbe de ses seins. Le silence tomba dans la chambre jusqu'à ce qu'un bruit de pas s'approchant dans le corridor, derrière la porte close, tirât Rhea de son rêve. Elle libéra ses lèvres de celles de Dante.
– Je crois qu'il y a quelqu'un qui...
Dante acquiesça. Une malédiction les frappait dans cette auberge : ils étaient sans cesse dérangés. Avec regret, il dégagea Rhea de son étreinte quand les coups redoublèrent.
– Pas de doute, ce sont les chiens de garde de ton père.
Dante recula jusqu'au coin de la cheminée et contempla la danse des flammes, sans un geste, tandis que les femmes de chambre s'affairaient à plier

les vêtements qu'elles avaient admirés la veille. Dante tourna le dos, refusant de participer au départ comme aux préparatifs de Rhea, mais il entendit les exclamations des jeunes filles qui aidaient sa femme à s'habiller, et il ne put résister à la tentation de jeter un coup d'œil.

Habillée de la robe rose décorée de fleurs sauvages et de papillons voletants, elle apportait toute la fraîcheur du printemps dans la morne chambre londonienne. Ses cheveux d'or étaient simplement rejetés en arrière, retenus par un nœud. C'est avec une profonde tristesse que Dante vit ses épaules d'ivoire disparaître sous la cape de velours bleu.

Il détourna le regard. Aucun feu au monde n'aurait pu le réchauffer à ce moment. Dès que le duc serait rentré à Camareigh avec Rhea, il ferait certainement tout ce qui serait en son pouvoir pour ruiner ce mariage. Il sentit une douce main, légère comme une plume, se poser sur son épaule. Il prit cette main et fixa l'anneau qui l'ornait.

– Viendras-tu bientôt ? demanda Rhea, connaissant les appréhensions de son mari.

– Très bientôt ! Et je parie même que tu seras à l'affût de mon arrivée. Mais je doute que ton père m'autorise à franchir les portes de son domaine.

– Je suis désolée que cette première rencontre se soit si mal passée, mais tu dois admettre que les circonstances de notre mariage ont été assez bizarres. Souviens-toi qu'au départ il pensait que tu m'avais enlevée. Donne-lui un peu de temps pour t'accepter. Quand il verra combien nous nous aimons, il ne mettra plus d'objections à notre union. Les autres membres de ma famille seront très heureux, et impatients de faire ta connaissance, spécialement, tu t'en doutes, ma mère. Tu l'adoreras, Dante, j'en suis sûre. Elle n'est pas aussi sévère que mon père. Pour tout dire, c'est la seule personne qui soit capable de l'apaiser et de le faire changer d'avis.

Ce discours la rendait encore plus impatiente de les revoir tous.

– Vraiment ? dit Dante avec un sourire. Ta mère doit être une femme remarquable !

– Je crois que vous vous entendrez bien tous les deux. Elle a son tempérament, mais cela ne dure pas... (Elle s'arrêta brusquement sur sa lancée.) Conny ?

– Oh, il doit être en bas à écouter les fariboles de Longacres. Tu pourras toujours lui dire au revoir.

– Que vais-je lui dire ? Je lui avais promis de l'emmener à Camareigh. J'espère qu'il comprendra.

Elle se sentit coupable de laisser le jeune garçon seul à Londres après lui avoir fait des promesses qu'elle ne pouvait tenir.

– Ne t'en fais donc pas pour lui. C'est déjà un dur. Cependant, ajouta Dante, sois assurée que je le tiendrai à l'œil. Il sera avec moi quand je viendrai te rejoindre. J'ai déjà pensé à son avenir. On descend ? Tout l'équipage attend pour te saluer.

Le sourire de Rhea était triste. Elle revivait les longues journées à bord du *Dragon des mers*, sous le soleil des tropiques, à l'ombre des voiles gonflées par les alizés ; les nuits remplies d'étoiles ; le lever de la lune, transformant la surface des eaux en vif-argent.

– Difficile d'imaginer que tout cela est terminé. On dirait un rêve, maintenant. Les visages vont se brouiller dans ma mémoire. Mais ces jours passés à bord me resteront chers, Dante.

– Je le sais.

Pendant un moment, ils restèrent enlacés à mêler souvenirs heureux et craintes de l'avenir. Né sur une côte sauvage et déserte, cet amour allait affronter un rivage autrement plus dangereux.

Toujours aux aguets, la curiosité de Kirby fut piquée lorsque sir Morgan et l'homme à la balafre descendirent pour discuter. L'officier de marine s'adressait visiblement au balafré comme s'il parlait au roi George en personne. Le personnage couturé rappelait vaguement quelque chose à Kirby, mais il n'arrivait pas à retrouver le nom. Il vit avec encore plus d'étonnement la malle de lady Rhea emportée dans une voiture par deux valets dont il ne connaissait pas la livrée. Personne ne lui avait dit qu'elle partait, et les bagages du capitaine ne semblaient pas suivre.

Lady Rhea apparut en cape de voyage. Elle avait pleuré, et le capitaine ne semblait pas au meilleur de sa forme.

– Rhea !

Kirby sentit ses genoux se dérober. Seigneur ! C'était lui, le duc de Camareigh ? Il comprenait maintenant pourquoi le capitaine faisait grise mine.

– Oh ! Kirby ! Voici Kirby, père, le steward à bord du *Dragon des mers*. Il m'a soignée et sauvée de la fièvre dont j'étais atteinte.

– Votre Grâce...

– Monsieur Kirby, fit gracieusement le duc, plein de respect pour le jugement de Rhea, il semble que je vous doive ma plus profonde gratitude pour les soins attentifs que vous avez su prodiguer à ma fille.

Le duc n'en revenait pas encore de remercier de la sorte des gens qu'il avait sérieusement envisagé de faire arrêter comme hors-la-loi.

Kirby marmonna quelques mots de remerciements, avant de se rappeler où il avait rencontré le duc, autrefois. Un peu nerveux, il déclara sans réfléchir :

– Si je puis me permettre, Votre Grâce n'a pas du tout changé depuis la dernière fois, il y a vingt-cinq ans, que je l'ai vue.

Lord Dominick s'étonna poliment de cette petite impertinence, et Kirby ajouta précipitamment :

– J'étais au service de lord Merton-Jacobi, dixième du nom.

– Ah oui, je me souviens très bien de lord Merton-Jacobi. Il avait beaucoup de choses en commun avec ma grand-mère. Tous les deux étaient des tyrans !

Lord Dominick lança un bref coup d'œil dans la direction de Dante Leighton, comme s'il le voyait sous un autre jour. La remarque innocente de Kirby avait ravivé à l'insu de son auteur de vieux souvenirs chez le duc, des souvenirs de son caractère vindicatif, mais aussi de la réputation douteuse qu'il avait lui-même en ce temps. Ces souvenirs lui causaient une grande contrariété. Sa fille était maintenant mariée à un homme qui avait égalé, sinon surpassé ses propres folies de jeunesse. Lucien Dominick était autrefois un homme ambitieux, violent et sans principes, comme Dante Leighton.

– Lady Rhea !

Sidéré, consterné, le duc ne put empêcher sa fille de répondre avec joie au douteux individu qui l'avait interpellée depuis le fond de la salle. L'homme se déplaçait comme sur le pont d'un navire et son costume était plus celui d'un pirate que d'un honnête marin.

Avant que ce coupe-jarret au sourire édenté n'atteigne Rhea, Alec Mc Donald le bouscula pour prendre sa place. Au moins, il avait l'air plus civilisé, pensa le duc, mais il portait quand même un inquiétant coutelas à la ceinture.

– Lady Rhea, nous vous remercions d'abord de prendre le temps de nous dire adieu, commença nerveusement Mc Donald.

Il n'avait pas manqué de remarquer l'inconnu au visage austère qui avait pris place au côté de lady Rhea Claire. La balafre n'était guère rassurante. Mais Rhea sourit avec naturel.

– Père, M. Mc Donald a combattu avec mon grand-père à Culloden. Il se souvient de mère et de tante Mary quand elles étaient enfants.

– Votre Grâce, Mc Davanel of Mc Davanel était un homme brave, pour sûr. Il m'a bien aidé et offert l'hospitalité à Timeredaloch après la bataille. Ce fut un bien grand privilège pour moi de connaître sa petite-fille.

Lord Dominick poussa un soupir après cette rocailleuse tirade. Encore une fois, il était privé du plaisir de pouvoir détester l'un de ces contrebandiers.

– Merci, monsieur Mc Donald, fit-il avec un sourire amical. Ma femme, qui a toujours été fière de ses origines écossaises, sera certainement touchée d'apprendre votre obligeance à l'égard de sa fille.

Alec Mc Donald allait commencer une phrase quand un léger coup d'épaule le rappela à l'ordre et lui fit perdre le fil de son discours.

– Ah, euh... Oui, comme j'étais sur le point de vous le dire, lady Rhea, reprit-il en fronçant les sourcils à l'adresse de son voisin, au nom de l'équipage du *Dragon des mers*, nous voulions vous remercier de nous avoir apporté la chance et la fortune, déclara-t-il, solennel, après un long raclement de gorge.

– Je crains malheureusement de n'avoir fait que vous encombrer. Mais ces souvenirs me seront toujours précieux. Je vous souhaite à tous la bénédiction de Dieu et la meilleure chance, répondit Rhea aux hommes qui venaient de s'attrouper autour d'elle.

Un autre homme s'avança pour faire une profonde et un peu théâtrale révérence.

– C'est certainement une mauvaise affaire que de dire adieu à une si jolie femme, mais pour qu'elle n'oublie pas tout à fait l'équipage du *Dragon des mers*, nous espérons qu'elle acceptera cette petite marque de notre estime.

Le discours fleurait le par-cœur, mais cela restait charmant. Fitzsimmons sortit une petite boîte de cuir de sa poche. Sous l'œil impatient de tout l'équipage, Rhea ouvrit le cadeau surprise. Son expression ne le déçut point. Ses yeux se remplirent de larmes. Du bout des doigts, elle caressa la broche si finement ciselée représentant un bateau en or aux voiles de diamants. La lisse était d'émeraudes alternant avec des saphirs. A la proue, trônait un dragon grimaçant en éclats de rubis. Rhea resta sans voix. Une telle générosité était un trésor en soi. L'expression de son visage fut une satisfaction pour chacun.

– Chacun de nous a donné une pierre, commenta Alastair Marlowe, émergeant de la troupe.

– Merci à tous ! s'écria lady Rhea. Cette broche sera partout et toujours avec moi.

Parmi tous les membres de l'équipage, elle n'arrivait pas à trouver la petite tête sombre.

– Je ne le vois pas, je ne peux pas partir sans lui dire au revoir, Dante ! s'exclama-t-elle avec anxiété, sentant la main impatiente de son père sur son épaule.

– Je le lui dirai, fit Dante, se voulant apaisant.

– Je ne peux pas partir sans expliquer à Conny ce qui s'est passé ! répliqua-t-elle avec énervement.

– Qui est Conny ? demanda le duc, de plus en plus exaspéré que sa fille se mêlât si librement à ce groupe de brigands.

– C'était le garçon de cabine à bord, expliqua Dante. Celui qui a été blessé à Antigua et soigné par Rhea. Votre fille s'est beaucoup attachée à lui depuis qu'elle est montée à bord.

– Il nous faut partir, ma chère, lui rappela le duc.

Avec un soupir de déception, elle se laissa entraîner. Plusieurs voix la hélèrent et elle lança un dernier adieu.

Tenant la réplique du *Dragon des mers* dans sa main gantée, elle accepta l'escorte de son père. Dans le hall d'entrée, elle se retourna et rencontra le regard de Dante pendant un long moment de silence presque religieux.

Brusquement, elle sentit une main tirer sa cape.

– Conny ! s'écria-t-elle, soulagée. (Elle l'enveloppa de ses bras.) Je ne pensais pas te trouver pour te dire au revoir !

– Vous partez tout de suite, vrai ? demanda-t-il.

– Oui, Conny. Il le faut. Voici mon père, fit Rhea en désignant l'homme de haute taille à sa droite. Il m'a annoncé que ma mère est très malade. Elle a besoin de moi, Conny, et je dois partir aujourd'hui. Quand Dante viendra, dans quelques jours, l'accompagneras-tu ? Je voudrais tant que tu viennes à Camareigh !

– Vous le pensez vraiment, milady ? demanda Conny prudemment, tandis qu'il observait le visage peu sympathique de l'inconnu. Lui, il voudra bien ?

Le visage balafré ne lui inspirait guère confiance.

– Père ?

Lord Dominick sentit qu'il perdait des points au dernier moment. Voilà maintenant que sa fille invitait ce petit morveux à Camareigh ! Il ne pouvait cependant pas refuser.

– Mais bien sûr. Nous espérons vous voir chez nous. Quel est votre nom, jeune homme ?

– Brady, Votre Grâce. Constantin Magnus Tyrone Brady ! Conny pour mes copains, lança le gamin avec audace.

– J'ai bien compris. Je m'en souviendrai la prochaine fois.

Dévisageant le petit bonhomme au regard fier, il comprit pourquoi Rhea s'était attachée à ce garçon. Il rappelait par certains côtés leur Robin.

Après un dernier sourire à Dante et Conny, Rhea détourna la tête pour qu'ils ne vissent point ses larmes, et sortit devant son père.

# 5

Deux éclairs, puis trois autres jaillirent de l'obscurité profonde. La voie était libre. A l'ancre devant Bishop's Creek, le ruisseau de l'Evêque, le sloop de contrebande répondit à son tour, tandis que les tonneaux de cognac émergeaient de la cale pour être palanqués jusque dans les petites embarcations qui dansaient tout autour, affluant à ce rendez-vous interdit. Les barques chargées de marchandises entamèrent le chemin du retour au rivage. Le sloop remit de la toile et disparut vers le large.

A terre, une procession de porteurs prit soin de la cargaison et l'emmena vers la Croix de Marwest, d'où l'on ne voyait que la lanterne de l'*Auberge de la Tombe-l'Evêque*. Au croisement, le groupe se divisa, une partie gagnant le village endormi de Marleigh, et l'autre, vers le sud, Westlea Abbot. Sam Lascombe, le propriétaire de l'*Auberge de la Tombe-l'Evêque*, observait ce trafic depuis une fenêtre, au premier étage de son établissement. L'horloge sonna une heure. On ne voyait rien au pied de la maison, mais Sam savait que Jack Shelby était là, avec une bande de fripouilles armées de piques, de coutelas et de pistolets. Malheur au pauvre passant qui aurait eu la mauvaise idée de s'approcher à ce moment.

– Ils arrivent ? murmura derrière lui une voix encore trop forte pour le goût de Sam, qui bondit de surprise, le cœur battant la chamade, et se cogna la tête contre une poutre.

– La peste soit de toi ! souffla-t-il en se jetant sur le côté. Qu'est-ce que tu essaies de prouver ? Tu vas m'envoyer six pieds sous terre ! Qu'est-ce que c'est que ces façons de se glisser derrière les gens, comme ça ?

– Si « les gens » ne fourraient pas leur nez là où ça ne les regarde pas, ils n'auraient pas peur que leur femme vienne derrière eux ! Je ne vois rien...

Sam Lascombe leva les yeux au ciel.

– C'est exactement ce qu'ils veulent, et ce qu'ils prétendent faire, Dora ! Qu'on ne voie ni n'entende rien !

Sam Lascombe était fatigué, beaucoup de travail l'attendait le lendemain.

– Je suppose qu'ils vont encore nous prendre les chevaux ? demanda sa femme.

Sam essaya de distinguer son visage dans le noir. A quoi voulait-elle en venir ?

– C'est ça ou la baraque en cendres jusqu'aux fondations. Pas besoin de te rappeler ce qui est arrivé aux Webber quand le vieux Daniel leur a refusé les siens ?

Tous deux se souvenaient trop clairement de la maison des Webber, détruite par l'incendie, et du corps de Daniel Webber, le cou brisé, en bas d'une falaise. Le rebelle avait été fouetté jusqu'au sang avant d'être achevé.

Un bruit de pas s'approcha, puis s'arrêta net. Ils attendirent, blottis à l'angle de la fenêtre, sachant bien qu'ils entendraient sous peu les chevaux sortir des écuries.

Quand le calme serait revenu, Sam irait dans celles-ci pour découvrir éventuellement, à la place des chevaux, une vingtaine de dames-jeannes de cognac, qui devraient rester cachées jusqu'à la prochaine collecte. Certaines étaient pour l'usage personnel de

Sam et signifiaient un joli profit pour l'auberge. Dora s'assit dans un coin.

– Jusqu'où tout cela va nous mener, Sam ? demanda-t-elle pour la millième fois, bien qu'elle sût parfaitement qu'il n'y avait pas de réponse.

Sam soupira, mais pas d'exaspération, et se recoucha dans ce lit qu'ils partageaient depuis trente ans.

– Ce n'était pas comme ça au début, reprit-elle après un long silence.

– Je sais, répondit-il, la main sur le front.

– Ted dit que tout a changé quand Jack Shelby a repris l'affaire.

– Ton frère a bien raison. Shelby a ramené des étrangers, des criminels, des déserteurs pour la plupart. De vrais gibiers de potence. J'ai entendu dire que deux d'entre eux sont recherchés pour meurtre du côté de Bristol.

– Bah, j'parie qu'on est tous recherchés pour meurtre, maintenant, lui rappela Dora.

– Mmm, j'aime pas plus que toi ce qui s'est passé l'autre nuit dans Dragon's Cove. Dans le temps, il n'y avait pas de meurtres de sang-froid, comme ça !

– Tuer des innocents de cette manière, même si ce sont des gens du roi... Tout ça est honteux, et nous y sommes mêlés.

– Tu crois que cela me plaît ? répliqua Sam furieux. Plus personne n'ose rien dire, surtout maintenant. Tout leur est permis et rien ne les arrête. Ils s'invitent, ne payent rien et font bonne chère chez les autres. J'ai entendu dire qu'ils ont même violé Mary Webber et sa fille aînée, la nuit, quand ils ont brûlé leur maison.

– Ô Seigneur Dieu, je ne savais pas ça ! s'étouffa Dora, se félicitant d'être grand-mère.

– Se font appeler les fils de Belial, cracha Sam. Plutôt les fils de p...

– Chut ! Sam ! Ne parle pas comme ça ! s'écria Dora en scrutant les recoins sombres de la chambre. (Les murs pouvaient avoir des oreilles et un mot de trop menait vite à la tombe.) J'espère que Ted ne bavarde pas comme une pie borgne, à tort et à travers. L'ennui, c'est qu'il n'est pas du genre à mâcher ses mots quand il n'apprécie pas quelque chose.

– Pourtant, je crois bien qu'il a une bonne idée. J'vois pas pourquoi on pourrait pas former notre propre bande. C'est la seule façon de faire du commerce, sinon, comment veux-tu vivre avec toutes ces taxes ?

Sam se demandait aussi comment il allait payer l'avoine pour ses chevaux.

– Ted dit qu'il pourrait avoir la moitié de la bande actuelle, la plupart des gens du coin, ajouta Dora dans un chuchotement.

– Sûr que beaucoup voudraient revenir au temps de l'honnête contrebande, pas compliquée. J'sais même pas qui a choisi Shelby pour être le chef. Personne ne m'a jamais demandé mon avis. Il semble toujours avoir la bourse pleine et savoir où les Dragons vont se promener. Mais personne ne l'aime beaucoup. Ted sait bien que je marche avec lui.

– Quand va-t-il parler à Shelby ?

– Demain, je crois, et moi, je préfère être à ma place qu'à la sienne. Ton frère est courageux.

– Tu as l'air inquiet ? demanda Dora, elle-même anxieuse.

– Sûr que je le suis. Shelby devient mauvais comme une teigne, parfois. Chaque année, ça empire. Sûr qu'il va apprécier que Ted lui mange une partie de son bifteck !

– Lui ou un autre ?

– Que veux-tu dire ?

– Ted me disait l'autre jour qu'il ne pense pas Shelby capable de diriger cette affaire. Qu'il y a quelqu'un derrière pour tirer les ficelles. Et Ted me disait qu'il avait deviné qui c'est, confia Dora.

– Et qui c'est ?

– Me l'aurait pas dit. Il sait quand il faut la fermer.

– Bah ! J'espère seulement qu'il n'ira pas dire à

Shelby qu'il est trop couillon pour être le chef. Shelby a de ces poussées de fureur...

– Il a toujours été soupe au lait, non ? Mais ça s'arrange pas... Il a plus jamais été le même depuis qu'il a trouvé sa fille trucidée dans la lande. Il est devenu fou, oui ! Il devrait être au cabanon depuis longtemps !

– D'accord, Dora, mais qui va s'en charger ? Personne de sensé n'élèvera la voix contre Shelby. Il a même rossé le vicaire qui avait osé le critiquer en chaire. Celui-là, il devait en tenir une, de biture, ce jour-là ! fit Sam en ricanant. Oh ! On peut toujours se féliciter d'une chose...

– Et de quoi ?

– Que Merdraco soit toujours vide ! Sûrement que le jeune fou doit être au fond de la mer à cette heure, lui et son rafiot ! J'ai été surpris qu'il devienne corsaire. Quel sauvage, ce coco-là ! Enfin, on n'a pas à s'en faire pour ça. Il aurait pas le culot de se montrer par ici. Shelby le découperait en rondelles, aussi sûr...

– Moi, je dis que c'est dommage. Oh, c'est un sauvage, là d'accord, mais il était jeune. En plus, j'ai toujours pensé que la Lettie n'était pas une innocente non plus. J'savais bien qu'il lui arriverait malheur, un jour. Une gourgandine, oui, et qui a eu ce qu'elle méritait ! La façon dont son père en parle... On dirait que c'était une sainte, ou je ne sais pas quoi !

– Bah ! fit Sam dans un bâillement. On a bien assez de soucis comme ça pour aujourd'hui, sans penser à ceux qui arriveraient si Sa Seigneurie rentrait à Merdraco !

Deux jours plus tard, Ted Samples disparut en rentrant chez lui, après un dîner chez sa sœur, Dora Lascombe, et son beau-frère, à l'*Auberge de la Tombe-l'Evêque*.

Nul n'entendit plus parler de Ted Samples.

## 6

Les premières lueurs de l'aube coloraient le ciel derrière les collines quand la voiture transportant lord Dominick et sa fille emprunta la longue avenue bordée de châtaigniers qui conduisait à Camareigh, la séculaire demeure des Dominick.

La grande maison était encore silencieuse, environnée d'ombres nocturnes et de nappes de brouillards matinaux. Ses occupants étaient encore perdus dans leurs rêves, sous leurs couvertures.

L'heure de l'alouette était celle de la réalité insaisissable, indistincte du rêve.

Un homme s'était cependant éveillé. Alors que le carrosse s'arrêtait en grinçant devant le large escalier de l'entrée à portique, l'ombre d'un homme jaillit des bâtiments en pierre, dont les écuries occupaient le bloc principal. Il était essoufflé mais il arriva néanmoins à aboyer des ordres au cocher et aux valets, et à commander aux palefreniers de s'occuper des chevaux fatigués. Sans reprendre haleine, il se précipita vers la portière.

– Votre Grâce ! Votre Grâce !

Dans son emportement, il bouscula un valet qui s'approchait pour ouvrir la portière aux passagers et saisit lui-même le pêne. La silhouette immense du duc émergea de la voiture calfeutrée.

– Est-ce vrai ? s'écria l'homme, hors de lui.

Le duc garda le silence et se retourna pour aider sa compagne couverte d'une capuche à descendre les deux marches amovibles. Le capuchon tomba et la jeune femme tourna son visage radieux vers l'astre de feu qui venait d'apparaître.

– Oh, mon Dieu ! Ce n'est pas possible !

– Butterick ! fit Rhea en touchant le bras du géant. Il avait la charge des écuries de Camareigh depuis plus d'années que n'en comptait Rhea. Butterick se moucha bruyamment et ne prit garde de cacher les larmes coulant le long de ses joues rugueuses.

– Oh, lady Rhea ! Comme nous avons attendu ce jour ! Milady sera si heureuse ! Vous nous avez tellement manqué... Rien n'a été semblable depuis que vous avez disparu. J'en... J'en crois pas mes yeux, dit-il, bourru.

– Merci, Butterick ! fit Rhea, émue également. C'est bon de vous revoir aussi.

– L'état de Mme la duchesse a-t-il empiré depuis mon départ ? demanda le duc en coupant la conversation impatiemment.

Son pied était déjà sur la première marche du perron.

– La même chose, Votre Grâce.

– Elle ne sait pas que nous sommes de retour ? continua le duc en pressant le pas vers l'aile du château où résidait la famille et d'où la duchesse pouvait contempler les jardins sans sortir de sa chambre.

– Non, Votre Grâce. Comme vous nous l'avez ordonné...

– Bien, allons-y, Rhea, dit le duc en jetant un coup d'œil vers les lourds rideaux encore tirés.

La bonne nouvelle se répandit rapidement à travers Camareigh, et plus spécialement dans le quartier des serviteurs et servantes, où les femmes de chambre émergeaient du sommeil. De nouvelles bougies avaient été mises en place dans le grand escalier. Mais au-delà, vers les chambres, les vieilles chandelles achevaient leur existence d'une nuit. Ils traversèrent au pas de course la galerie longue, où les visages des ancêtres Dominick suivirent d'un regard figé le passage des nouveaux arrivants. Rhea ne put s'empêcher de jeter un coup d'œil furtif vers l'ancêtre corsaire. Dans la pénombre, elle aurait juré qu'il ricanait. Mais ils ne pouvaient s'attarder. Un autre jour...

Devant les doubles portes des appartements privés de la duchesse, le duc marqua un temps d'hésitation, puis escorta Rhea en silence dans une pièce hermétiquement protégée de la lumière du jour.

– Attends ici, ma chérie, souffla Lucien Dominick. Je pense qu'il faut la prévenir avant. Elle a été très affaiblie, et je ne veux pas lui donner un choc inutile. Ton retour lui fera plus de bien que tous les médecins du monde, tu t'en doutes. Elle a connu un tel désespoir.

– Très bien, approuva Rhea. Mais si elle est encore endormie, ne la dérangez pas : je ne vais plus nulle part.

– Lucien ? Est-ce vous ? appela une voix sortie de l'ombre.

Lord Dominick et Rhea se raidirent. Ils réalisèrent qu'une personne se trouvait dans un fauteuil, enveloppée dans une robe de chambre, près de la fenêtre aux rideaux entrouverts.

– Sabrina ? Que faites-vous hors du lit ? Vous ne devriez pas être là, surtout sans feu dans la cheminée. Je suppose que vous n'avez pas mis vos pantoufles et que...

– Vous ne croyez pas que Rawley suffit pour tenir ces discours d'atrabilaire ? répondit la duchesse d'une voix enrouée. Je regardais le soleil se lever. Je crois que le beau temps s'installe. Comment s'est passé votre séjour à Bath ?

– Vous vous sentez mieux ? demanda-t-il, essayant de réchauffer la main glacée qu'elle lui avait tendue.

Il se posta de manière à bloquer partiellement le champ de vision de sa femme, du côté de la porte.

– Oui, vraiment. Comme vous pouvez l'entendre, la voix m'est revenue, dit-elle avec un petit rire qui devint une toux. Qui était avec vous ? Je vous ai entendu chuchoter. Si c'est vous, Rawley, je vous prierais de garder votre « potion spéciale » pour votre usage personnel !

Comme aucune réponse ne venait de Rawley, la duchesse se dressa, cherchant à percer l'obscurité de ses yeux fatigués. Lord Dominick se glissa plus en retrait de sa femme pour laisser la lumière encore faible du soleil filtrer à travers la pièce. Une ombre encapuchonnée s'approcha lentement.

– Mère ?

La duchesse de Camareigh se pétrifia :

– Rhea...

Mais aucun son ne sortit des lèvres qui articulèrent ce nom. Rhea s'agenouilla au chevet de sa mère, son visage pressé contre sa poitrine. Sabrina Dominick entoura sa fille de ses bras pour sentir sa chaleur, sa réalité. Les mains tremblantes de la duchesse caressèrent les mèches dorées de Rhea. Puis, enserrant l'ovale de son visage entre ses paumes, elle scruta les yeux violets de sa fille qui étaient le reflet des siens.

– Ma chère enfant... Ma douce et adorable Rhea, murmura-t-elle, la voix humide, pour se persuader de la réalité de cette apparition.

Lord Dominick se tenait à l'écart, les yeux piquant un peu, dans la contemplation de ces deux femmes pressées l'une contre l'autre ; l'une aux cheveux noirs comme l'encre, et l'autre si blonde, et toutes deux si chères à son cœur. Il ne ressentait aucune fatigue malgré cette nuit de voyage. Son esprit était léger comme jamais il ne l'avait été, surtout depuis le début de ce cauchemar. L'horreur devait être bannie de Camareigh.

Sabrina le regarda par-dessus la tête de leur fille. Les mots n'étaient pas nécessaires. Rhea leur était revenue et, pour le moment, c'est tout ce qui comptait.

Ce répit ne dura pas bien longtemps : une main impérieuse frappa à la porte, et, alors que le duc commandait d'entrer, une femme de robuste constitution, une aigre grimace sur ses lèvres pincées, pénétra dans la chambre comme si elle donnait la charge. Elle s'arrêta un instant devant la silhouette de la mère et de la fille enlacées près de la fenêtre.

– Eh bien ! Il fallait que je voie ça de mes propres yeux ! Lady Rhea Claire ! Je leur avais bien dit, en bas, que vous rentreriez un de ces jours, affirma la femme, qui ne voulait montrer aucune surprise de trouver Rhea auprès de sa mère. Et moi qui croyais que j'allais vous servir une double dose de cette potion !

Pour la première fois depuis que Rhea la connaissait, la gouvernante se permit un sourire. Ainsi, elle était presque jolie !

– Hello, madame Rawley.

– Milady ! Eh bien, toute la maison est sens dessus dessous, Votre Grâce, continua la gouvernante en s'adressant au duc, comme s'il en était personnellement responsable. Vous voulez le petit déjeuner d'abord, ou bien une petite sieste ? Le voyage a dû être fatigant...

– Je ne pourrai certainement pas dormir maintenant, père, fit Rhea, les mains dans celles de sa mère. Je veux voir tout le monde.

– Et j'ai terriblement faim, pour la première fois depuis de nombreux mois, ajouta la duchesse.

Rhea dévisagea sa mère, s'apercevant qu'elle avait affreusement maigri. Ses cheveux libres tombant autour de son visage le tiraient encore plus, accentuant l'impression de fatigue qu'elle donnait. Rhea comprit combien la santé de ses parents avait été affectée par cette année de malheur.

– Ah, ça me fait bien chaud au cœur de vous entendre parler ainsi, Votre Grâce, dit Rawley.

– Bien. Dites à Mme Peacham et Mason que nous prendrons le petit déjeuner ici, commanda le duc. Je vais avertir Francis et Robin. Nous voudrions ne pas être dérangés pendant au moins une demi-heure.

– Bien, Votre Grâce.

Rawley venait, bien évidemment, de faire le vœu que nul ne franchît cette porte à moins de lui passer sur le corps.

– Maintenant assieds-toi, Rhea. Et laisse-moi te regarder de près, dit la duchesse en se demandant combien de fois, depuis un an, elle avait rêvé à ce moment. Je ne t'ai jamais vue aussi belle. N'est-ce pas, Lucien ? D'après Alys, je ne m'attendais guère plus qu'à en voir la peau et les os, fit la duchesse avec un triste sourire.

– Père m'a dit qu'Alys est restée à Camareigh. Je voulais vous en remercier, mère, dit Rhea, qui n'avait pas oublié les liens étroits qui s'étaient créés entre elle et Alys, sa compagne d'infortune.

– C'était bien le moins que je pouvais faire pour cette pauvre enfant ! Nous n'aurions jamais su, sans elle, que tu étais encore vivante. Elle m'a raconté combien vous étiez devenues proches, et toutes ces histoires que tu lui as racontées sur Camareigh et la famille. Elle était un peu effrayée de venir ici, mais comme elle n'a pas de parents, je ne pouvais pas la renvoyer à Londres. Il y a suffisamment de place et de travail, ici, pour une servante de plus.

La duchesse essayait toujours de justifier son bon cœur.

– Au début, j'étais irritée de toutes les questions qu'elle me posait sur Camareigh, avoua Rhea. Et puis, j'ai finalement compris que cela me maintenait en vie, me permettait de lutter contre le froid et la faim.

– Alys s'est mise sous la protection de Rawley. Je crois qu'elle se plaît ici. Mais maintenant, raconte-moi tout ce qui t'est arrivé. Je voudrais savoir comment... (Elle leva brusquement les yeux vers son mari.) Lucien ? Comment saviez-vous que Rhea était revenue ? Vous n'êtes jamais allé à Bath ! Vous m'avez menti, Lucien !

Lord Dominick soupira, les yeux au ciel. C'était inévitable, à un moment ou à un autre.

– Non, ma chère, je ne suis pas allé à Bath, mais à Londres. Je ne savais si Rhea était de retour quand j'ai reçu un message me signalant qu'un bateau sur lequel elle aurait pu être venait de jeter l'ancre à Londres. J'avais, comme vous le savez, des indicateurs pour surveiller le trafic, et surtout l'arrivée de ce bateau. Par manque de certitudes, et vous-même étant malade, je ne voulais pas vous donner de faux espoirs.

Lord Dominick s'attendait à une âpre dispute. Sa femme le surprit au plus haut point en souriant.

– Allons, je ne puis vous en vouloir. Vous avez pris soin de moi, veillé à mon confort. En plus, je vous aurais ralenti. Vous m'aviez promis de me ramener Rhea à la maison, et vous avez tenu promesse. Merci, mon très cher. Vous ne pouviez me donner quelque chose de plus précieux.

Lucien Dominick était extrêmement ému, et mal à l'aise de l'être. De plus, Sabrina devait maintenant apprendre toutes les aventures de sa fille.

– Mais dis-moi : comment se fait-il que tu sois revenue en Angleterre par le même bateau qui t'a enlevée de Charlestown ? Pourquoi cela a-t-il pris si longtemps ? Un bruit répandu par une femme immonde prétendait que tu étais montée de ton plein gré. Un mensonge, bien sûr. Et le capitaine ? Quel est son nom, Lucien ?

Les questions partaient comme la mitraille sur le champ de bataille.

– Dante Leighton, mère, répondit Rhea.

– C'est cela. Une sorte de pirate, n'est-ce pas ? Bon, il est à Newgate, je suppose ?

– Il n'avait pas la moindre relation avec ceux qui m'ont enlevée, répondit Rhea avec empressement, inquiète de la tournure que prenaient les choses dans l'esprit de sa mère, qui aurait fait pendre Dante Leighton avant d'en avoir fait connaissance !

– Non, j'ai bien compris. Ton père t'a expliqué ? demanda-t-elle avec hésitation, cherchant dans les yeux de Lucien une confirmation.

Rhea eut de la peine à croire que son enlèvement avait été un complot manigancé par une cousine de son père, lady Katherine Anders. Celle-ci avait tenu Lucien Dominick pour responsable de toutes les infortunes qu'elle et son frère jumeau, Percy, avaient subies, parmi lesquelles la mort de Percy à Venise. La malheureuse n'avait pas sa tête à elle.

Rhea se souvint avec un frisson de cette femme qui lui avait si gentiment donné une place dans son carrosse, au cours de cet après-midi pluvieux, quand elle, Francis et ses cousins avaient découvert des chiots abandonnés. Cette femme, dont elle n'avait jamais pu voir le visage, avait organisé sa vengeance dès ce jour-là. Elle voulait d'abord enlever un enfant de Camareigh avant de tuer le duc.

Au dernier moment, elle avait échoué, mais pas avant de mettre la première partie de son plan à exécution et de tuer un vieux fermier, qui avait eu le malheur de lui parler du temps où elle et son frère Percy vivaient au château.

– Quelle horreur pour vous quand elle a envoyé des mèches de mes cheveux et mon anneau pour prouver qu'elle m'avait bien enlevée, s'écria Rhea. Et cette nuit où elle a essayé de vous tuer, père !

– Mais c'est fini, maintenant, coupa la duchesse. Kate est hors d'état de nous nuire dorénavant. Tu es revenue, nous ne parlerons plus de cet enlèvement. Mais vous n'avez pas répondu à ma question à propos de cet individu, Dante Leighton, reprit la duchesse, impitoyable. Je ne comprends pas pourquoi on n'a pas mené une enquête. J'imagine que ce quidam n'a aucune réponse à apporter sur cet enlèvement qu'il a perpétré à Charlestown ?

– Je crains, ma chère, que les choses ne soient pas aussi simples que nous le pensions. Il y a d'autres... facteurs que nous devons prendre en considération, répondit le duc, réticent, surtout parce qu'il avait l'air de défendre Leighton. Toutes les charges retenues contre lui ont été levées.

– Comment ?

– Oui. J'ai eu la même réaction, fit lord Dominick avec une certaine amertume.

– Mère, intervint Rhea, rencontrant brièvement le regard de son père, c'est en partie sur mon témoignage que Dante est libre. J'étais très malade quand je suis montée à bord du *Dragon des mers*, et j'ai dû m'en tenir à la seule possibilité : partir avec ces gens.

– Bon, mais alors, je ne comprends toujours pas pourquoi ce forban est libre !

– Mais quand nous avons atteint Antigua, je suis volontairement restée à bord, ajouta Rhea en rougissant légèrement. Je suis amoureuse de Dante Leighton, mère.

C'était la dernière nouvelle que la duchesse s'attendait à entendre. Bien qu'étonnée, elle ne semblait pourtant pas alarmée. Mais en voyant son mari intéressé par des fils blancs sur la manche de son manteau, elle subodora que les affaires étaient plus graves qu'elles ne le paraissaient au premier abord.

– Qu'est-ce que vous essayez de me dire, vous deux ? demanda la duchesse avec une lenteur calculée.

– Mère, je vous en prie ! Essayez de comprendre. J'aime Dante et vous l'aimerez aussi quand vous le rencontrerez !

– Ah bon ? Il est là ? demanda lady Dominick avec une stupéfaction amusée, en se dressant pour voir s'il n'était pas caché derrière une tenture.

– Non, il est resté à Londres pour régler ses affaires. L'équipage du bateau a été congédié et ils partagent les prises, expliqua Rhea avec le plus grand naturel. Il viendra après.

La duchesse ferma les yeux un instant.

– Quelques aspects de la question m'échappent encore, je crois. Il doit y avoir une bonne raison pour que vous acceptiez cet écumeur des mers, Lucien. Quelle est cette raison ?

– Croyez-moi, Sabrina, je n'ai pas accepté cet homme, dit le duc, cachant par l'emphase un ton résolument évasif. J'ai simplement et temporairement accepté...

– Mère chérie, Dante est mon mari, coupa Rhea.

Sabrina resta silencieuse un très court laps de temps.

– Lucien ?

– J'ai bien peur que cela ne soit la vérité pure, ma chère. C'était aux Antilles, à l'église, et tout est apparemment légal. Votre gendre, Dante Leighton, y a veillé soigneusement, ajouta le duc avec une aigreur renouvelée.

– Et vous acceptez cela ? demanda la duchesse, incapable de croire que Lucien Dominick acceptât une telle mésalliance. Rhea, mariée à un faquin de capitaine corsaire, un pirate même ? Rhea ? Pourquoi ? Je ne comprends pas...

– Mère, je suis désolée, mais une fois que vous aurez vu Dante, je crois que vous comprendrez. Père pense que Dante m'a séduite. Mais c'est faux, absolument faux ! Je l'aime depuis le début. Il ne m'a jamais forcée. Et je serais morte s'il n'avait pas insisté pour me garder à bord. Son steward m'a ramenée à la vie !

– Le fait que tu sois mariée à ce mécréant est déjà trop ! Cet homme doit être un coureur de dot. Et il se trompe fortement s'il pense obtenir un seul sou de nous ! déclara la duchesse.

– Il ne croyait pas vraiment que j'étais la fille du duc et de la duchesse de Camareigh, mère. Et ce n'est pas un coureur de dot. Dante a une jolie fortune. Il n'a aucun besoin d'argent et je ne pense pas qu'il en accepterait, répliqua Rhea avec fierté.

– Il me semble parfaitement visible que ce personnage a une influence notable sur notre fille, Lucien. Tu as rencontré ce Leighton ? Et il est encore vivant ? demanda la duchesse, incrédule.

Sabrina avait un caractère emporté, elle n'aurait guère perdu de temps en vaines politesses dans un tête-à-tête avec Dante Leighton.

– Oui, je l'ai rencontré, avec la plupart de l'équipage de ce *Dragon des mers*. Il ne se laissera certainement pas impressionner par une grande famille, car il est lui-même marquis, marquis de Jacobi, pour se montrer précis. Curieusement, il se trouve que je connaissais son grand-père.

– Réellement ? Il ne m'en paraît pas plus sympathique pour autant...

– Oh, j'avais presque oublié, reprit le duc, se réjouissant secrètement de ce qu'il allait lancer. Il y avait un Ecossais à bord de ce navire, qui vous envoie personnellement ses respectueux hommages.

La duchesse en fut bouche bée.

– A moi ?

– Il semble que ce personnage haut en couleur se soit battu au côté de votre grand-père à Culloden ; il se souvient très bien de vous et de Mary. Il a insisté pour que je le rappelle à votre bon souvenir, expliqua le duc d'un ton sarcastique. Il m'a confié avec fierté que ce fut un honneur pour lui de protéger une Mc Davanel. (Ayant mis la duchesse hors d'état de poser d'autres questions, le duc reprit la parole avec plus d'assurance :) J'ai rencontré un certain nombre de membres de l'équipage. On dirait que votre fille a fait une certaine impression sur eux.

– Eh bien, elle paraît avoir fait une certaine impression sur ce Dante Leighton aussi. Cet homme va arriver un de ces jours à Camareigh, n'est-ce pas ? Et je suis supposée l'accueillir à bras ouverts ? Je n'arrive toujours pas à comprendre comment vous pouvez supporter tout cela, Lucien. Il y a autre chose ?

– Ma chère, je n'ai pas accepté ce mariage, mais pour le moment, je ne peux rien faire de plus. Rhea affirme être amoureuse de lui. Ce dernier m'a fait très clairement comprendre que ma fille me haïrait à jamais si je levais la main sur lui, sans croire vraiment que je le pourrais, du reste, ajouta le duc, qui n'avait pas apprécié cette offense. Il m'a aimablement expliqué que la seule raison pour laquelle il épargnait ma misérable vie était mon lien de parenté avec Rhea. Une bonne opinion de lui-même est l'un des traits les plus marquants de sa personnalité.

Lady Dominick ferma les yeux en haussant les sourcils.

– Quelle patience, Lucien ! Devant une telle insolence !

– Pas tout à fait. J'avais bien l'intention de voir notre fille veuve le soir même. Ce n'est qu'à cause des sentiments de Rhea que j'y ai renoncé.

La duchesse n'attendait plus que la révélation ultime ; elle ne tarda point.

– Mère, dit Rhea avec douceur, j'attends un enfant...

Sabrina Dominick, devenue aussi blanche qu'un linge, considéra sa fille avec désespoir. De grosses larmes roulèrent sur ses joues creusées par la maladie.

– Mère, êtes-vous mal ?

– Oh... Ma chère enfant, je suis heureuse que tu sois rentrée, mais il faut que tu me donnes un peu de temps pour saisir tout ce qui t'est arrivé.

– Je sais, mère, répondit la jeune femme, la voix assourdie. J'avais un peu peur de revenir à Camareigh. Je pensais que vous me trouveriez trop changée... que vous ne pourriez admettre ce qui s'est passé... et que vous ne m'aimeriez pas suffisamment pour...

– Nous ne t'abandonnerons jamais, Rhea, et nous t'aimerons toujours quoi qu'il soit advenu pendant cette année, assura la duchesse en la prenant dans ses bras comme quand elle était une enfant.

Lucien et Sabrina Dominick échangèrent un regard par-dessus la tête de Rhea. Pour retrouver la cohésion familiale, ils étaient tous deux prêts à beaucoup de concessions. Et même à accepter Dante Leighton.

# 7

Pour la première fois depuis le jour tragique de l'enlèvement, un an auparavant, les rires fusèrent sans retenue dans l'aile sud du château de Camareigh. Dans les cheminées ronflaient de grosses bûches, car des vents très froids venaient avec le crépuscule dans l'ouest de l'Angleterre. La pluie aspergeait les fenêtres, et bientôt les lourds rideaux de velours allaient être tirés, et les chandeliers allumés pour éclairer les pièces.

La lumière vacillante et rousse du feu se reflétait dans l'argent du service à thé que l'on venait de poser entre les deux femmes assises sur un sofa tapissé de soie rose, près de la chaleur. Rhea pouvait voir sa mère par-dessus sa tasse remplie à l'instant et encore fumante.

– C'est quand même mieux que les affreuses potions de Rawley, fit remarquer la duchesse avec un sourire radieux. Bien que je suspecte notre incorrigible gouvernante d'avoir relevé les doses d'une ou deux gouttes de rhum !

– Vous vous sentez vraiment mieux, mère ? demanda Rhea, cherchant la réponse dans le visage encore blanc de lady Dominick.

Elle ne présentait aucun signe de fièvre et n'avait pas toussé depuis plus d'une heure.

– Je ne me suis jamais sentie en meilleure forme

depuis un an, affirma la duchesse avec un geste apaisant.

Le regard de sa mère se promena à travers la pièce et traduisit sa satisfaction. Elle ne désirait rien de plus. Les plus jeunes, Arden et Andrew, jouaient sur le tapis, sous la table à thé. Les pas plus assurés d'Andrew lui permettaient d'atteindre le plat de biscuits avec certitude. Sa sœur jumelle le talonnait, avec plus de difficultés toutefois.

Robin était leur favori, car il s'était institué grand pourvoyeur de petits gâteaux. Il avait grandi de trente centimètres cette année. Il était plus mince, aussi, mais ses cheveux révélaient parfaitement son état de petit sauvageon.

– Robin n'est plus le même depuis ton enlèvement, dit la duchesse. Vous aviez été si proches l'un de l'autre ! Il en a eu le cœur brisé.

– Il semble plus calme, remarqua Rhea, mais il a le même feu dans les yeux. C'est Francis qui a le plus changé, je trouve.

Francis était le premier enfant mâle des Dominick. C'était donc l'héritier du titre. Il semblait aussi être l'héritier des traits de son père. Bien qu'ayant les yeux de sa mère, il avait la même structure osseuse, la même démarche que son père.

– Oui, Francis est devenu un jeune homme brillant et élégant, avoua la duchesse avec fierté.

Sabrina Dominick considéra son mari et son fils aîné qui parlaient ensemble. Il y avait si peu de temps (c'était comme hier) qu'elle avait rencontré Lucien Dominick, qu'ils s'étaient mariés. Ils avaient d'abord eu Rhea... Les années étaient vite passées et Lucien n'avait pas changé. Aussi beau que la première fois. Son caractère, heureusement, était devenu plus doux. Son cœur pouvait s'ouvrir au malheur des autres. La duchesse souhaitait le même bonheur pour sa fille.

– Nous avons prévenu Mary et Terence, lança la duchesse, puis avec un sourire malicieux, elle ajouta : Je suis sûre, du reste, que c'était inutile. Mary aura certainement « senti » ton retour à Camareigh. Ils croiseront le messager en route, comme d'habitude... Betsie a dû me croire folle quand j'ai commandé d'allumer les feux dans des chambres inoccupées !

Pour confirmer ce qui venait d'être dit, les portes s'ouvrirent brusquement, et une foule de personnes bruyantes fit irruption au milieu de la paisible réunion de famille.

C'était la tribu des Fletcher : lady Mary et le général, sir Terence, escortés de leurs sept enfants.

Les cris de « Rhea Claire ! Rhea Claire ! » résonnèrent dans toute la pièce quand cette nombreuse famille, tout juste arrivée de Green Willows, sa demeure du Wiltshire, aperçut le familier et radieux visage de la revenante, assise près de sa mère.

– Nous avons rencontré votre courrier en chemin ! Oh, ma chère Rhea, c'est merveilleux de te retrouver. C'était très étrange : j'ai vu un bateau embossé à Londres, un chat, puis un visage familier et Camareigh. J'ai compris que tu étais de retour !

S'installant confortablement sur le sofa avec sa sœur et sa nièce, lady Mary se réchauffa les mains et les pieds devant le feu, comme si tout ce qu'elle venait de dire était parfaitement normal.

– Ce voyage me semble plus long et la route plus exécrable chaque fois ! Le temps non plus n'est pas fameux. Je dois vieillir.

– Une tasse de thé ? proposa la duchesse.

Rhea fut entraînée par ses cousins et totalement accaparée par leurs questions.

– C'est toi qui lis dans mes pensées à présent, plaisanta lady Mary. Rhea paraît en bonne santé. Je crois à peine à son retour. Peut-être aurai-je enfin de bonnes nuits de vrai sommeil !

– Tes visions ont toujours été un réconfort pour moi, Mary, et elles ont été bien utiles aussi.

De nombreuses fois, les visions de Mary avaient non seulement sauvé sa propre vie, mais également celle de membres de sa famille.

— Je ne peux te dire le plaisir que j'ai de voir Rhea enfin assise parmi nous, fit le général. Longtemps, j'ai douté des dons de Mary, mais cette fois-ci, j'y ai cru. Nous avons tellement attendu ce jour. (Son ton se durcit au point de prendre des accents plus militaires.) Lucien m'a informé de ces difficultés... inattendues. Ne peut-on rien faire contre ce Dante Leighton ? La conduite de cet homme est indigne, il ne devrait pas pouvoir s'en sortir impuni !

Lady Mary arrêta de se servir de petits fours.

— Et qui est ce Dante Leighton ?

— J'allais justement t'en parler avant que Terence ne se joigne à nous, répondit la duchesse.

— Il n'a rien à voir avec un dragon ou un animal mythique de ce genre, par hasard ?

— Mais comment diable sais-tu cela ? dit Sabrina Dominick, interloquée.

— J'ai vu plusieurs fois des dragons rouges et grimaçants. Une fois, il y a deux mois, et une autre fois, il y a quatre ou cinq jours. Ensuite, ça m'est un peu sorti de la tête, avec tout ce qui est survenu dans mes rêves à propos de Rhea. Je n'avais pas fait le rapprochement.

— Lucien est le seul, avec Rhea, bien sûr, à avoir eu le privilège de rencontrer le capitaine Leighton. Mais je crains que nous n'ayons bientôt le plaisir de sa compagnie, répondit Sabrina Dominick.

— Tu veux dire qu'il s'est invité à Camareigh ? demanda lady Mary, interdite. Mais ce n'est guère mieux qu'un sauvage ! Pauvre Rhea ! Avoir enduré sa présence si longtemps ! Et personne ne l'arrête ! Lucien, ne lui laissez pas passer la porte !

— Mary, Dante Leighton est le mari de Rhea, annonça lady Dominick sans ménagements. Et le père de l'enfant qu'elle porte.

La femme du général faillit s'étouffer, ce qui ne manqua pas d'attirer l'attention de Rhea. Les nouvelles allaient bon train dans le salon : de son côté, le récit qu'elle faisait de ses aventures à ses insatiables cousins entrait dans une étape délicate. Elle craignait les réactions les plus violentes. En observant la vieille garde, autour de sa mère, il était évident, d'après les visages consternés, que Dante ne s'était pas non plus fait beaucoup d'amis dans ce groupe.

S'il était venu, s'il avait été là, avec tous ces gens, la tension n'aurait pas empoisonné toutes les conversations, la haine n'aurait pas été engendrée par la méconnaissance. Rhea rencontra le regard compréhensif de Francis ; pourtant, il ne semblait pas tenir Dante en grande estime non plus.

– Je n'aime pas beaucoup ce type, ce Dante Leighton, fit James Fletcher avec hauteur. Il n'a pas l'air bien acceptable.

James avait toujours été amoureux de sa cousine Rhea. Ce n'était un secret pour personne.

– Ce que tu peux en penser... rétorqua l'aîné, Ewan. Ce qui est fait est fait...

– Et bien mal fait, si vous voulez mon avis, maintint James, dévoré d'amertume. Mais enfin ! On ne peut rien faire ?

– Tu pourrais toujours le provoquer en duel, Francis, recommanda George.

– D'après ce que j'ai compris, c'est un ancien corsaire, fit remarquer Francis avec un certain dépit. Il ne serait pas vivant aujourd'hui sans être diablement doué aux armes. Non. Et Rhea ne nous le pardonnerait jamais si nous le blessions d'une façon ou d'une autre.

– Cela pourrait être un accident, suggéra James, en croisant le regard appréciateur de George.

Les trois cousins en restèrent là. Ils se comprirent vite et aucun discours n'était nécessaire. S'ils avaient eu voix au chapitre, jamais ce Dante Leighton n'aurait osé mettre le pied à Camareigh ni revoir Rhea.

– Et si on l'achetait ? Il me reste encore une grande partie de ma rente, cette année.

– Il est riche comme le Grand Turc, si j'ai bien compris, coupa Francis en haussant les épaules.

– Alors, il n'a pas épousé Rhea pour sa fortune ?
– Ni pour son titre : il est marquis.
Une plus grande pondération s'imposait, et les trois mécontents admirent qu'il n'y avait pas grand-chose à faire. James le comprit-il aussi bien ?
Une semaine s'écoula sans que Dante arrivât. Ces journées parurent des années à Rhea, même si chaque heure était remplie de la joie d'être en famille. Elle passait ses journées devant les grandes fenêtres du château, à fixer le lointain, ou guettait le son reconnaissable des roues d'un carrosse sur les pavés de l'avenue, se figeant brusquement comme une statue, au milieu d'une pièce. Mais finalement Rhea relâcha sa surveillance. Ainsi, elle ne fut pas témoin de l'arrivée de trois visiteurs.
Rhea était dans la galerie longue, devant le portrait de sa grand-mère, entourée de son fils Lucien et de ses neveu et nièce, Percy et Kate, les jumeaux, quand elle fut prévenue de l'arrivée de ces hôtes par Alys Meredith, sa compagne d'infortune sur le *London Lady*, devenue la favorite de Rawley.
Rhea se précipita sans vouloir en entendre plus. Dans un frou-frou de soie et de dentelles, elle traversa la galerie en direction du salon chinois, où l'on avait coutume d'accueillir les visiteurs. Elle prit néanmoins une seconde pour vérifier sa mise devant un miroir, juste avant de faire son apparition. Un homme se tenait le dos à la porte, en conversation avec le duc, et Rhea ne prit garde aux autres visiteurs.
– Dante ! s'écria-t-elle.
Mais les mots moururent dans sa bouche quand l'homme se retourna, rayonnant.
– Lady Rhea ! s'écria Wesley Lawton. (Oubliant sa dignité, il se précipita vers elle.) Mon Dieu ! Je ne vous avais jamais vue aussi belle !
Dans une robe en taffetas turquoise, ses cheveux attachés avec des rubans violets, elle était magnifique. Wesley Lawton n'aurait jamais pensé que Rhea

affichât un tel épanouissement après une année de souffrances.

La jeune femme se figea sur place. Wesley Lawton était indéniablement un bel homme, mais après tant de mois en compagnie de Dante, le seigneur de Rendale semblait infiniment moins viril aux yeux critiques de Rhea Claire ; sa mémoire était encore pleine des souvenirs du corps magnifiquement bâti et de la peau bronzée du capitaine. Vêtu d'un manteau couleur fraise, assorti à sa culotte, Wesley Lawton était au sommet de la mode. Rhea ne voyait plus en lui qu'un homme content de lui, tout rose, tout blanc et tout mou. Elle avait du mal à supporter son contact, mais elle continua, malgré toute sa répulsion, à faire honneur à son hôte.

– Comme c'est gentil à vous, Wesley ! Vous me paraissez aussi en bonne santé, car vous savez que jusqu'à mon retour en Angleterre, je vous croyais mort !

– Mon Dieu, pas vraiment, ma chère Rhea. Je suis simplement honteux d'avoir échoué dans votre protection...

– Rhea Claire ! Comme c'est merveilleux de te revoir enfin ! Et c'est incroyable que tu sois si belle après tout ce que tu as enduré ! (La voix criarde était reconnaissable entre toutes. Rhea pivota sur elle-même pour recevoir en plein visage le sourire doucereux de Caroline Winters.) Mais qu'as-tu fait à ta peau ? Tu es aussi brune qu'une selle ! croassa Caroline.

– Caroline... Sir Jeremy, fit Rhea avec une petite révérence à l'adresse du second.

– Ma chère Rhea, c'est si doux de vous revoir ! Je me suis fait tant de souci pour votre santé et pour vos parents. Ils ont tellement souffert, fit sir Jeremy en prenant la main de la jeune femme.

– Et comment va votre goutte ? Plus de vilaines attaques, j'espère ? demanda Rhea, lui pressant le bras, ravie de pouvoir poliment se dégager de la conversation de Lawton et de Caroline.

– C'est gentil de vous en soucier...

Caroline soupira à rendre l'âme et, suspendue au bras de Wesley, l'entraîna vers le sofa. Lawton, malgré les efforts répétés de la jeune fille pour capter son attention, n'avait d'yeux que pour Rhea.

– Comme je le disais à ton père, nous serions arrivés plus tôt si Caroline n'avait pas insisté pour attendre Wesley à Winterhall, continua sir Jeremy. Il vaut mieux être prudent, ces temps-ci. Après, enfin... euh... Enfin, je suppose qu'il vaut mieux ne plus en parler. Quelle tragédie...

Sa fille, dont la curiosité atteignait notoirement les limites de l'impertinence, était d'un autre avis :

– Allons, père, se lamenta-t-elle. J'ai failli perdre la vie dans cette affaire. J'ai le droit de savoir ce qui est arrivé à Rhea par la suite ! C'est bien le moins qu'elle puisse faire ! J'en ai encore des cauchemars !

– Enfin, ma chérie... fit sir Jeremy, outré. Nous sommes parfaitement satisfaits de savoir qu'elle est maintenant de retour à Camareigh, où nous sommes honorés d'être ainsi invités, alors que Rhea vient à peine de rentrer.

– Vous faites partie de la famille, Jeremy, intervint le duc avec bonhomie.

Sir Jeremy avait fait de son mieux pour élever son unique enfant, orpheline de mère.

– Oh, papa ! Ne sois pas sot ! Je suis la meilleure amie de Rhea et c'est mon devoir de couper court aux bruits scandaleux qui courent à son propos à travers Londres. Ma chère, as-tu réalisé combien ta réputation n'est plus, enfin...

Elle s'arrêta, un peu confuse, mais elle savait que Rendale était très sensible sur ce sujet et qu'il ne s'allierait pas avec une femme dont l'honneur aurait été mis à mal, même s'il s'agissait de la fille du puissant duc de Camareigh.

– Caroline ! s'exclama sir Jeremy, le visage couleur aubergine.

– Eh bien ! C'est la vérité ! protesta Caroline, indignée de cette interruption, saisissant l'occasion pour dire ce qu'elle entendait dire. On dit bien que Rhea n'est plus un aussi beau parti qu'avant. C'est tout à fait odieux, mais que peut-on y faire ?

Elle avait toujours détesté son amie du fond du cœur, envieuse qu'elle était du titre, de la fortune et du renom des Dominick, sans parler de l'incroyable beauté de Rhea. Cela l'avait toujours plongée dans un perpétuel mécontentement depuis le début de l'adolescence.

Croyant avoir mis la jeune femme dans une délicate position, elle fut stupéfaite d'entendre le rire cristallin de Rhea. Les paroles de commisération moururent sur ses lèvres.

– Comme c'est gentil de te préoccuper de mon bien-être, Caroline ! dit Rhea. Mais, tu vois, tu n'as plus besoin de te faire du souci. Je ne suis effectivement plus un bon parti, ni même un parti tout court, car je suis tout simplement mariée.

Le cri d'étonnement de Caroline fut couvert par l'exclamation du seigneur de Rendale. Caroline pouvait exulter : elle n'avait plus de rivale pour conquérir ce dernier.

– C'est merveilleux !

Pour la première fois de sa vie, Caroline était sincère.

– Est-ce vrai ? demanda Rendale à deux doigts de l'apoplexie.

– Mais bien sûr ! répondit Rhea, cherchant à capter le regard de son père, qu'accaparaient des pensées vagabondes.

Pauvre Wesley, pensait-elle, ressentant de la pitié pour ce triste et pompeux seigneur de Rendale, l'éternel malchanceux. Il avait l'air d'un navire après la tempête, et elle était sur le point de suggérer à son père de lui offrir un cognac pour lui redonner un peu de couleurs, quand il demanda d'un air offensé :

– Ce n'est pas quelqu'un des colonies que tu as épousé ? Ou un marin ?

Comment pourrait-il montrer le nez à Londres si on y apprenait qu'il avait été supplanté par un loup de mer sans fortune ni nom ? Quelle humiliation !

Rhea acquiesça d'un mouvement de la tête, avec un sourire béat. Tous les coups portaient. Elle savait que ce pauvre Rendale serait sauvé si, bien que de réputation douteuse, l'heureux élu avait un titre ou une fortune.

– Mon mari s'appelle Leighton, Dante Leighton. Il était capitaine du *Dragon des mers* sur lequel j'ai embarqué à Charlestown et qui m'a ramenée saine et sauve en Angleterre.

Il aurait été difficile de trouver mine plus misérable que celle du seigneur de Rendale à cet instant. Son univers s'écroulait.

– Un capitaine... fit-il, sans force.

– C'est cela, admit Rhea qui prenait plaisir à prolonger cette torture. (Elle accorda aussi quelques instants de joie à Caroline.) Oh, mais n'avais-je pas dit que Dante est aussi connu sous le nom de marquis de Jacobi ?

Même le duc ne put s'empêcher de sourire devant le changement instantané d'expression de Wesley et de Caroline.

– Un marquis ? soupira Caroline, désespérée.

Rhea avait réussi, malgré ses infortunes, alors qu'on la pensait perdue, à se faire épouser par un marquis !

– Jacobi ? répéta Rendale, qui se targuait de connaître toutes les familles du royaume. Une famille de cette région ? du Devonshire ? Ils ont un château, qui doit dater du XI^e^ siècle, je crois bien. Le titre est très ancien, effectivement... Je crois avoir rencontré ce Dante Leighton. C'était un joueur autrefois. Et il a perdu la plus grande partie des biens de sa famille. Ou même la totalité...

– Oui, c'est exact, et Dante s'est fait corsaire après avoir quitté l'Angleterre.

– Je crois me souvenir d'un scandale dans lequel il avait trempé, ajouta Rendale. Oh, rien que je tienne de première main, bien sûr. Mais je crois que je suis de quelques années plus jeune que lui.

Ce qui ne contribuait pas peu à rassurer le seigneur de Rendale.

– Vraiment ? soupira Caroline, croyant comprendre qu'il s'agissait d'un coureur de dot. Oh, ma chère ! Comme c'est horrible ! Vous allez être forcés de vivre sur ta fortune personnelle ?

– Pas du tout. Dante est bien assez riche.

– Mais est-il si riche que ça ?

– Alors que j'étais à bord, nous avons découvert l'épave d'un galion espagnol qui recelait une énorme cargaison d'or et d'argent. Tous les membres de l'équipage sont riches à présent. Certains sont pleins de projets et en mesure de les accomplir.

Le seigneur de Rendale grinça des dents. Une personne issue des basses classes, en possession d'une fortune, cela ne pouvait aboutir qu'au désastre. Bientôt la vermine se retrouverait à la table des plus belles maisons du royaume. Rendale admira ce salon chinois, meublé avec tant de goût et de discrétion, pensant combien il était dommage que deux grandes familles comme les leurs ne puissent s'unir. Il accepta avec plaisir le brandy que lui servit un valet en livrée bleu et or, pétri d'une dignité princière.

Essuyant un peu de crème qui décorait le bord de sa bouche, Caroline, l'esprit traversé par une soudaine idée, demanda, coupant la conversation qu'avait Rhea avec son père :

– Mais où est ton mari ?

– Il est encore à Londres pour en finir avec les affaires de son navire et de l'équipage, expliqua Rhea.

Mais nous l'attendons d'un jour à l'autre, n'est-ce pas, père ?

Le duc sourit distraitement. Sir Jeremy savait par expérience que le sourire de lord Dominick ne présageait rien de bon.

– Sans aucun doute, ce gentilhomme viendra. Un joueur ne peut résister à un défi... ou à un pari.

Et que ce défi, ou ce pari, fût en faveur de Dante Leighton ou non, seul le duc de Camareigh semblait avoir des lumières sur ce point.

# 8

Dante Leighton découvrit Camareigh pour la première fois par l'une de ces rares journées d'automne où la chaleur est celle de l'été. Le château dominait un paysage langoureux du Somerset. Ces parages, joliment plantés de jardins et de vergers entretenus avec soin, étaient couronnés de chênaies profondes, parsemées de fraisiers sauvages et habitées par des daims craintifs.

Les yeux gris pâle de Dante, charmés par ce paysage, suivaient le vol des oiseaux au-dessus des prés verdoyants et des chemins creux, gardés par des haies, qui reliaient les fermettes blanchies à la chaux et coiffées de chaume. Glissant de la colline, un ruisseau coulait le long d'un vieux moulin repeint de frais, maintenant la grande roue crissante dans une continuelle révolution.

– Ooooh ! C'est Camareigh ? s'écria Conny pour la centième fois.

Ce n'était pas la première propriété dont ils avaient pu apercevoir les hauts murs à travers les portes en fer forgé, depuis qu'ils s'étaient mis en route.

Dante promenait un regard intense sur cette scène pastorale et se surprit à penser combien ce domaine des ducs de Camareigh avait probablement fort peu changé depuis des siècles. Il songea qu'il partageait les mêmes impressions que nombre de visiteurs morts depuis longtemps.

Même sans avoir demandé leur chemin au maréchal-ferrant du dernier hameau qu'ils avaient traversé, Dante aurait reconnu, d'après les descriptions de Rhea, la grande maison aux pierres arrondies par le temps et les intempéries, et les hautes fenêtres. Du flanc de cette colline, ils avaient une vue complète sur le domaine des Dominick. Les bâtiments avaient une forme de H, deux ailes vers l'ouest et vers l'est, reliées par des tours. Un certain nombre de constructions s'ajoutaient au château lui-même, les plus larges étant les écuries. Au portique central aboutissait un chemin bordé de châtaigniers. Mais avant d'atteindre cette avenue ombragée, il fallait franchir les portes en fer forgé qui surveillaient l'entrée. Sur le côté, se trouvait la maison du concierge, où des molosses devaient tenir compagnie au tromblon du gardien. Dante Leighton se demanda quels ordres ce dernier avait reçus à son sujet.

– Nous n'allons pas plus loin ? demanda Conny au capitaine.

Kirby risqua un coup d'œil par les larges ouvertures de leur carrosse. Camareigh était aussi impressionnant qu'il l'avait prévu. Il avait déjà eu la même émotion devant une bordée de douze. Pas moyen d'y échapper. Ils étaient en plein milieu des lignes ennemies et, à part lady Rhea, ils ne comptaient aucun allié dans la place. Ils n'allaient pas beaucoup dormir dans cette demeure massive. La moitié de la vallée et surtout les occupants de ces tours dorées devaient surveiller leur progression pas à pas. Dante ralentit son cheval pour permettre à la voiture de le rattraper. Ils entraient dans le parc du château, mais il restait encore un bon bout de chemin à faire avant les bâtiments eux-mêmes. Alors que Dante Leighton se retournait pour apaiser l'ardeur juvénile de l'impatient Conny, deux cavaliers sortirent du rideau d'arbres, bloquant la route avec leurs montures. L'un d'eux tira un coup de pistolet au pied du cheval du capitaine.

Les événements se gâtèrent rapidement et le plan astucieux de James Fletcher et de Robin Dominick se mit à fonctionner de travers. Ils n'eurent pas le temps de lancer leur avertissement, que les chevaux de la voiture, affolés par la détonation, échappèrent au contrôle du cocher. Tout l'attelage recula en hennissant, les sabots raclant nerveusement le pavé, mais il fut maintenu à coups de fouet par son maître.

Dante eut cependant moins de chance : son cheval s'emballa, entraînant ceux du carrosse, l'équipage suivant tant bien que mal. Dante arriva tout juste à rester en selle, tenant la bride d'une main tandis que l'autre flattait l'animal. De sa voix, il venait tout juste de le calmer et de le ramener au trot quand une branche basse qu'il n'avait pas vue le frappa durement en plein visage et entre les épaules. Il fit une chute spectaculaire et tomba de tout son long sur le bord du chemin. L'expérience du cocher et la fatigue des chevaux aidant, la voiture stoppa dans le premier tournant. Kirby, flanqué de Conny, en sortit, encore sous l'effet des secousses, pour apercevoir Dante couché par terre. Conny poussa un cri et courut vers le cavalier démonté et inconscient. Kirby le rejoignit plus lentement. Du sang coulait de l'arcade sourcilière du capitaine.

– Il est mort ? s'écria Conny, éploré, sa voix portant jusqu'aux oreilles des deux garçons qui s'étaient aussi précipités vers le blessé.

– Est-il mort ? demanda Robin avec hésitation.

En considérant l'état de l'individu couché là, le jeune Robin pressentit le pire.

– Seigneur, voilà qui est fait, marmonna James Fletcher.

Kirby, s'étant assuré que le capitainc était cncore en vie, constata ensuite l'étrangeté des vêtements de leurs agresseurs. Alors qu'ils n'étaient guère plus que des gamins, ils s'étaient coiffés de vieilles perruques démodées et avaient visiblement gonflé leurs vêtements avec du linge, pour donner l'impression d'être plus vieux.

– Vous vouliez le tuer ? demanda-t-il calmement en fixant le pistolet tenu par le plus gros des deux.

Devant leur air embarrassé et coupable, Kirby supposa à juste titre que tout cela avait dépassé un peu leurs prévisions. James Fletcher prit un air stupide, paralysé par la présence du sang, et fut pris de nausée en fixant le pistolet qu'il avait encore dans la main. Trop tard, il vit que l'homme agenouillé à côté de Leighton l'avait remarqué.

– On voulait simplement lui faire peur, déclara Robin après s'être mordu les lèvres un moment. Personne n'en veut à Camareigh !

Tout cela ne serait pas arrivé si Rhea n'avait pas été enlevée, pensait-il aussi, mais sans oser le dire. Tout serait resté comme avant.

– Et qui êtes-vous pour dire cela ? demanda Kirby, bien que le regard violet du jeune garçon constituât la meilleure carte de visite.

– Je suis lord Robin Dominick ! Je sais que personne ne veut que Dante Leighton emmène Rhea !

– Alors vous avez pris les choses en main ? C'est ça ? répliqua Kirby. Personne ne sait que vous êtes parti, ni ce que vous avez fait, pas vrai, l'ami ?

– Mais si ! Ils le savent ! Je vous ai dit que la famille n'aime pas Dante Leighton. Qu'il retourne aux colonies ! Rhea ne l'aime pas ! Elle a dit qu'elle ne voulait plus revoir cette canaille, ni aucun de vous !

– Ce n'est pas vrai ! Elle aime le capitaine et elle a dit que je pouvais venir la voir à Camareigh. Elle ne changerait pas d'avis comme ça ! N's'pas, m'sieur Kirby ? s'écria Conny, un sanglot dans la voix.

– Bien sûr, mon garçon, le rassura Kirby.

L'état du capitaine l'inquiétait beaucoup plus. Il n'y avait rien d'autre à faire que de le porter dans la voiture, et de là à Camareigh. Evidemment, ce n'était pas de cette manière que le capitaine avait envisagé de faire son entrée, pensa Kirby en se grattant le cuir chevelu. Il soupira. Toujours des complications. Enfin... Au moins, comme ça, ils passeraient les portes sans encombre. Même le duc ne refuserait pas son assistance à un blessé.

– Tu l'as tué ! hurla Conny Brady, en saisissant Robin par le ruban de sa cravate. Je te ferai payer ça, trouillard, lâche, corniaud ! Et lady Rhea aime le capitaine ! Et elle te détestera, ça, c'est sûr !

– J'l'ai pas tué ! Elle ne me détestera pas !

Robin comprit que ce garçon décharné et sans manières était le fameux Conny dont Rhea avait tant parlé. Il essaya de se dégager mais son adversaire avait une bonne prise, qu'il ne semblait pas vouloir lâcher. Serrant les dents, Robin lui envoya un coup de pied dans le tibia. Mais passé la surprise et la douleur, Conny, qui en avait vu d'autres, fit basculer le jeune lord dans la poussière et plongea sur lui de tout son poids.

Kirby observa la scène avec amusement : on aurait dit deux chats sauvages se disputant un territoire. Ils n'étaient plus que nuage de sable, bras, jambes, coups de poing, cheveux hirsutes. L'autre gamin essaya vainement de les séparer. Il ne reçut que des coups de pied et tomba, le derrière en plein milieu d'une flaque de boue. Il resta là, interdit.

Le cocher, descendu de son poste, s'approcha du théâtre des opérations avec une mine réjouie : les deux gosses étaient gonflés à bloc, de même âge et de même taille. Cela pouvait être intéressant !

– Si vous voulez bien m'accorder un instant, on pourrait mettre le patron dans la voiture, suggéra Kirby sans trop de politesse. Attention, il faut le déplacer avec prudence.

Le cocher hilare accepta finalement de se laisser distraire. Tirant et poussant, leur concentration fut tout de suite détournée par l'approche d'un cavalier lancé au trot, venant de la grande maison. Kirby leva la tête avec l'idée de lui demander de l'aide, mais il n'osa rien formuler en voyant la longue balafre qui parcourait le visage du nouveau venu.

Comment pouvait-il défendre le capitaine dans cette situation ? Il fut surpris de voir le duc sauter de cheval et prendre la main du capitaine, comme s'il venait de reconnaître un ami très cher.

– Que s'est-il passé ? demanda le duc en aidant le steward et le cocher à installer Dante Leighton dans le carrosse.

Kirby resta muet. Que dire ? De longs et délicats éclaircissements n'étaient pas vraiment nécessaires. Le duc vit les deux combattants en train de s'échiner, et James, debout et désemparé, image même de l'impuissance.

– James !

La voix du duc parvint à franchir l'abîme d'abrutissement dans lequel le jeune Fletcher s'était englouti. Le gamin vit en lord Dominick le messager d'un désastre plus grand encore. Une main de fer empoigna chacun des rivaux hors d'haleine, échevelés, et le calme revint promptement quand ils virent le regard menaçant du duc.

Celui-ci reconnut les yeux de son fils et en déduisit que l'autre ne pouvait être que Constantine Magnus Tyrone Brady.

– J'attends des explications de vous deux dans mon bureau. Vous, ordonna le duc, s'adressant à Conny, montez dans le carrosse avec M. Kirby et votre capitaine. Vous, Robin, montez sur votre cheval, qui divague par là, et retournez à Camareigh pour vous rhabiller. Dans mon bureau dans dix minutes ! Et vous, James ! commanda-t-il en se retournant vers le gamin qui commençait à s'éloigner prudemment, je serais désireux d'écouter ce que vous avez à dire, sur le chemin du retour, immédiatement !

Dante Leighton fut réveillé par une douleur lancinante à la tempe. Gémissant légèrement, il leva la main vers celle-ci et sentit avec surprise un bandage de gaze enroulé autour de son front. Ouvrant un œil vague, il constata qu'il n'était plus sur la route mais dans un lit très confortable. La lumière avait été masquée par des rideaux italiens de soie verte doublés. Un feu crépitant brûlait dans une cheminée ouvragée près de laquelle se tenait une femme qu'il n'avait jamais rencontrée auparavant et qui semblait dormir, confortablement installée dans un fauteuil. Ce n'était manifestement pas une chambre d'auberge. Dante tourna la tête à la recherche de la porte. Elle se trouvait de l'autre côté de la pièce, ce qui l'obligerait à passer devant la femme pour l'atteindre. Il avait été bien traité, il n'y avait pas de doute à cela. Un bouquet parfumait la chambre depuis son vase chinois, posé sur une table d'acajou. Continuant ses investigations, Dante repéra un verre de brandy sur la table de nuit. Il était certainement le bienvenu ! Il l'attrapa et l'ingéra sans la moindre hésitation.

Suffoqué par le goût, il s'étrangla, puis finit par tousser comme un perdu en faisant des grimaces abominables.

– Qu'est-ce que c'est que ce breuvage ? s'exclama-t-il avec rage.

– Oh ! je vois que vous reprenez vos sens, nota la femme sans bouger de sa place, apparemment peu impressionnée par l'éclair de fureur dans les yeux de Dante. Rien de tel pour se réveiller en forme !

– Bon Dieu, femme ! Vous auriez pu me tuer avec ce poison ! (Il renifla avec méfiance son verre vide.) Ce n'est pas du poison ?

– Ben, il y en a qui pensent que c'est tout comme à avaler, mais quand le rose leur revient aux joues, ils ne se plaignent pas trop, répondit la femme avec un gloussement amusé.

– Madame, je n'ai jamais désiré avoir les joues roses, l'informa Dante, vexé.

– Cela vous ferait du bien, de temps en temps, m'lord. Surtout avec un tel minois. Ce petit traitement vous remettra sur pied sans délai. Vous voyez double, non ? Vous êtes un peu vaseux ?

– Si je n'étais pas vaseux avant, je le suis certainement maintenant ! s'exclama Dante, exaspéré. Et si je puis me permettre de vous poser une question, qui diable êtes-vous ? Où est Kirby ? Et Conny ? Et surtout, où suis-je ?

– Ooooh, mais il se sent mieux ! Pas vrai ? J'vous l'avais bien dit, hein ? fit la femme, l'air souverain et triomphant, ce qui la rendait peut-être plus énervante que l'infâme petit valet. Eh bien, je suis Rawley, et votre M. Kirby est allé aux cuisines vous préparer un repas. C'est l'homme le plus insupportable et tyrannique que j'aie jamais rencontré ! Votre jeune Brady a finalement été installé de force dans une autre chambre. C'est le gosse le plus mal élevé et bruyant que j'aie jamais vu. (Il semblait que Rawley avait enrichi le champ de ses connaissances durant cette journée...) Et vous êtes l'hôte de Camareigh.

Dante fut néanmoins surpris. Il avait quand même réussi à entrer dans la place. Rawley approcha de la table où se trouvait le thé, tout en surveillant le malade du coin de l'œil. Il valait mieux être prudente avec toutes ces histoires qu'on racontait dans le château. Etait-ce vraiment exact que lady Rhea avait épousé un pirate ? Bien que marquis, celui-ci avait l'air assez farouche.

– Je serais curieux de savoir, Rawley, demanda Dante à grand renfort de politesse... (Son sourire réchauffa le cœur de la servante comme aucun sourire ne l'avait fait. Elle se détendit.) ... pourquoi Conny s'est-il si mal conduit, selon vous ? Kirby, j'y suis habitué, mais Conny ?

Rawley renifla bruyamment, les mains sur les hanches. Elle comprit qu'il s'était détendu dès l'annonce qu'il était à Camareigh. Il semblait à présent se sentir maître de la situation, ce qui était assez étrange de la part d'un homme couché sur le dos au fond d'un lit. Rawley se trouva tout à coup mal à l'aise. Le capitaine la regarda comme pour la mettre au défi de mentir.

– Oh, m'lord ! fit Rawley, très vite. Ils ne voulaient pas vous faire du mal ! Surtout pas ce qui est arrivé ! Ils voulaient vous faire peur, pour que vous ne mettiez pas les pieds à Camareigh. Juste une farce de gosses.

– Et de bon goût... Qui, ils ?

Rawley avala sa salive. Combien d'explications aurait-elle à donner ?

– C'était le jeune lord Robin et son cousin, James Fletcher. Ils ne pensaient qu'à aider, expliqua-t-elle.

Il valait mieux mettre les choses au point dès le départ.

– Aider à me pousser dans la tombe, c'est ça ? fit Dante, froidement. Lord Robin ? Oui, je m'en souviens. Rhea m'a mis en garde contre son galopin de jeune frère. Je ne le pensais pas aussi dangereux, et je ne savais pas qu'on le laissait jouer avec des pistolets. Il faudra que je m'en méfie, à l'avenir !

Rawley se mordit la lèvre inférieure.

– Vous n'en avez guère besoin, m'lord. Lord Robin a été mis au pas de façon très sonore par Sa Grâce. Je crains qu'il ne puisse s'asseoir sur son derrière avant la semaine des quatre jeudis, tout comme Master James. Le général, je veux dire son père, l'a menacé de l'envoyer à son vieux sergent-major à la moindre incartade. Je ne crois pas qu'il fera une seule bêtise avant longtemps. Bien sûr, nous savions tous que le jeune James Fletcher était amoureux de lady Rhea.

– Et je suppose que Conny n'a pas manqué l'occasion de se faire remarquer, hein ?

– Et même plus, m'lord, admit Rawley. Ils en sont venus aux poings avec lord Robin, là-bas, sur la route. Seul le duc a pu les séparer. Difficile de dire qui en a pris le plus. Ils ont tous deux les yeux au beurre noir, les lèvres enflées et des morsures partout ! J'ai jamais vu Sa Grâce en colère comme elle l'était quand elle est arrivée pour vous installer ici !

Dante ne cacha point son étonnement.
– Vous voulez dire que lord Dominick a veillé personnellement à m'installer à Camareigh ?
– C'est cela même. Il a ordonné de veiller à ce que vous ayez tout ce dont vous avez besoin, et que rien ne vous arrive tant que vous serez sous son toit. Qu'il y avait eu assez de sang versé et de malheurs dans cette famille, parce que chacun s'était mêlé des affaires des autres. Et que personne n'a le droit de changer le cours des choses, simplement parce qu'il n'aime pas la façon dont elles s'arrangent... et surtout pas en utilisant de telles méthodes ! Je l'ai entendu dire tout ça au reste de la famille. Sa Grâce était hors d'elle, sûr.
Dante Leighton était perplexe. Il n'aurait jamais cru trouver un allié de cette trempe en la personne du duc. En fait, il devait peut-être remercier lord Robin de l'aide inespérée qu'il lui avait apportée par la perfidie de son attaque à main armée.
Lisant dans ses pensées, Rawley reprit peu après :
– Milady est restée ici toute la nuit à votre chevet, mais Sa Grâce lui a intimé l'ordre d'aller prendre du repos et de penser un peu à son enfant.
Dante sourit faiblement.
– C'est un trait de caractère que j'avais toujours remarqué chez Dominick. C'est un gentilhomme, sans aucune réserve.
Peut-être n'avait-il pas fait une si mauvaise affaire en l'ayant pour beau-père, spécula-t-il en silence. S'il s'arrangeait pour se concilier ses bonnes grâces, la duchesse ne serait plus un problème.
– Comment va Rhea ? Ce voyage depuis Londres n'a pas été trop fatigant pour elle ? s'enquit le capitaine, impatient que le matin arrivât pour pouvoir la serrer enfin dans ses bras.
– Oh, très bien. Elle était si heureuse de revenir à la maison. Je pense que vous allez rester un bon moment parmi nous, tous les deux.
Dante leva un sourcil interrogateur.

– Vraiment ? Voilà quelque chose que nous devrons décider ensemble.

– Ben, à moins que je fasse erreur, m'lord, vous n'irez pas très loin avec la cheville cassée.

Pour la première fois depuis qu'il avait repris conscience, Dante ressentit une douleur à son pied. Peu disposé à se laisser dorloter, il fit un geste pour se dégager des draps et sortir du lit.

– Je ne ferais pas ça si j'étais vous, m'lord, prévint Rawley.

– Vous êtes certaine que c'est cassé ?

– Ouais. J'ai vu assez d'os cassés au cours de ma carrière pour savoir de quoi je parle. Même votre vilain nabot, qui n'a même pas assez de viande sur les os pour nourrir un oiseau, est d'accord, si ça peut vous rassurer. Je crois qu'il en a assez vu aussi pour savoir de quoi il retourne, grogna Rawley.

A ce moment précis, comme s'il était derrière la porte à attendre son tour, Kirby débarqua dans la chambre. Le petit valet jeta un coup d'œil penaud à l'adresse de la femme qui semblait en connaître tant. Il considéra néanmoins avec méfiance le verre vide sur la table de nuit.

– Comment vous sentez-vous, milord ? demanda-t-il, choisissant plutôt le titre que le grade, dans cette maison.

– Mal ! répliqua Dante maussade.

– Pas surpris de l'entendre. Vous avez reçu un méchant coup sur la tête.

– Ma cheville y est restée aussi.

– Ah, vous avez essayé de vous lever ?

Ayant enlevé en personne la culotte de son maître, Kirby regarda Rawley avec un intérêt renouvelé.

– Bah, il n'est pas allé bien loin, s'empressa de dire Rawley, qui rougit un peu. Et puis, si vous voulez bien m'excuser, je vais vaquer à mes occupations habituelles. Je vais aller dire à lady Rhea que vous êtes éveillé.

– Ne la dérangez pas, fit Dante avec une soudaine

autorité, tout comme si elle était un membre de son équipage.

Rawley resta indécise. Il semblait prêter attention à la jeune lady. Dante Leighton remontait dans son estime. Il n'était peut-être pas aussi mauvais qu'elle l'avait d'abord pensé.

– Bien, milord. Je pensais juste la même chose.

– Mme Je-sais-tout, marmonna Kirby alors qu'elle quittait la chambre.

– Tu as vu lady Rhea ? demanda aussitôt Dante.

– Ouais, toujours aussi mignonne. Elle s'est fait beaucoup de mouron pour vous, ajouta Kirby en aidant son maître à boire son bouillon de bœuf.

– Est-ce vrai que le duc a veillé à mon transport jusqu'ici ?

– Tout à fait exact. Il a aidé à vous mettre dans le carrosse lui-même. Pourtant, j'ai cru qu'il arrivait pour vous donner le coup de grâce. Il m'a surpris, faut le dire. Un vrai gentilhomme.

– As-tu rencontré la duchesse ? demanda Dante entre deux cuillerées. (Le steward resta silencieux. C'était bien la première fois que Dante le sentait gêné.) Eh bien, qu'est-ce qui ne va pas ?

– Rien.

– Allez, Kirby, reprit Dante, plus amène. Tu peux me le dire, n'est-ce pas ? Tu t'es bataillé avec cette femme ? Quel est le problème ?

– Oh, non, rien de tout cela ! soupira Kirby. La duchesse est la plus belle et la plus charmante dame qu'il m'ait été donné de voir. Un ange, m'lord. On voit de qui tient lady Rhea, m'lord.

Dante n'en croyait pas ses oreilles.

– Eh bien, vieux loup de mer ! murmura-t-il avec affection. Et j'ai raté ça !

– La duchesse essayait de consoler sa fille. Rhea vous croyait mort. Jamais vu une dame dans un tel état. Quelle crise ! Sûr qu'elle vous aime encore... (Dante se rejeta sur les coussins, soulagé.) Soyez sur vos gardes, m'lord. Y a encore du chemin avant qu'ils vous acceptent.

– La duchesse n'a rien dit ?

Kirby renifla selon sa bonne habitude.

– Elle est simplement restée là. J'peux pas dire qu'elle était vraiment amicale ni admirative. Faut rien exagérer.

– Si elle a les mêmes idées dans la tête que son jeune fils, je suis surpris d'être encore de ce monde. Elle n'avait pas un pistolet dans son châle, ou une fiole de poison ?

– Allez, vous ne devriez pas dire des trucs pareils. Si vous l'aviez vue... Elle m'a l'air si bonne qu'elle s'évanouirait à la seule vue d'un pistolet d'enfant.

Déjà à moitié somnolent, Dante tomba dans la contemplation des flammes et de leur danse, hypnotisé par la lumière tremblotante qu'elles diffusaient.

Quand il se réveilla, Rhea était assise dans le fauteuil rose, et le feu n'était plus qu'un tas de braises rougeoyantes.

– Ma petite fleur, murmura-t-il.

– Dante !

Elle sauta sur ses pieds, comme mue par un ressort.

– Je n'ai pas été oublié ? demanda-t-il alors qu'elle s'asseyait sur le bord du lit avec précaution, ses yeux violets cherchant sur son pâle visage tuméfié un quelconque signe de fièvre.

– Tu penses vraiment tout ce que tu dis ?

Elle l'entoura de ses bras, et Dante l'attira contre sa poitrine nue.

– Tu m'as manqué, Rhea, souffla-t-il contre ses cheveux d'or. Je n'ai pas eu un instant de chaleur depuis que tu m'as quitté.

– Alors, il est heureux que nous soyons enfin réunis, car l'hiver vient vite !

Elle pressa ses lèvres contre les siennes, lui ravissant l'initiative.

– Je suis bien mal en point, mais je n'ai pas perdu

tous mes sens, fit-il, son haleine chaude tout près de la bouche de sa femme. Quoi qu'en pense cette femme, Rawley...

Rhea éclata de rire :

– Alors, tu as fait connaissance avec notre Rawley ?

– Pas seulement avec Rawley, mais aussi avec son horrible potion ! déclara Dante, encore sous le choc, au moins rétrospectivement. Je suis sûr que cette femme veut ma mort. C'est vraiment pousser la loyauté un peu trop loin !

– Mon pauvre cœur ! s'exclama Rhea, riant aux larmes.

– J'attends de toi plus de compassion, et un soin amoureux très spécial, si je survis.

Le rire de Rhea s'éteignit et ses yeux se remplirent de nuages.

– Dante, je ne sais que te dire. Comment t'expliquer ce qui s'est passé ? Mon frère m'aime, oui, comme on aime à son âge. Pourras-tu jamais lui pardonner ?

A son grand soulagement, Rhea vit son mari sourire. Comment pourrait-il condamner quelqu'un qui avait les mêmes sentiments que lui envers elle ? Il savait que lui-même n'était pas toujours maître de son caractère emporté quand il s'agissait de son amour.

– Tu n'es pas furieux ?

– Je l'étais peut-être. Mais en tout cas, c'est fini. S'il le veut bien, je pourrai compatir avec ton frère Robin sur les joies et les peines de t'aimer trop fort.

Rhea reposa sa tête sur l'épaule accueillante de Dante, et commença à se dire que tout se passerait bien, maintenant que son mari était à Camareigh.

# 9

– Où est donc allée se planquer cette canaille ? grommela Kirby, qui parcourait en tous sens la galerie longue, en donnant plutôt l'impression de s'adresser aux sombres visages des ancêtres Dominick qui ornaient les murs. (Il ralentit et fouilla avec plus de circonspection derrière les meubles.) Je l'avais pourtant prévenu. Sale bête !

Pas de trace de Jamaïca. Un silence religieux. Il en était tout autrement aux cuisines. Le personnel était au bord de la mutinerie. Cette vieille roublarde de Jamaïca s'était introduit dans ce domaine réservé et incroyablement complexe, pour dévorer un plat entier de saumon fraîchement préparé, enrichi d'une sélection personnelle de rognons et de bacon. Elle s'était même arrangée pour planter ses dents dans le bifteck. Autant de plats destinés au petit déjeuner de la famille ducale !

Kirby gagna l'aile habitée par les Dominick et leurs hôtes, concluant que Jamaïca avait cherché refuge dans la chambre du capitaine, car personne n'osait toucher un poil de ce catastrophique félin tant qu'il jouissait de la protection de lord Leighton.

Presque parvenu au couloir, le valet remarqua un morceau de viande à moitié mâché, calé entre deux portes. Pris au piège !

– Ah, ah ! Je te tiens, sacripant ! Poil de carotte !

s'écria-t-il, l'écume aux lèvres, en bondissant dans la chambre.

Il referma la porte violemment derrière lui et se retrouva face à face avec la duchesse interloquée. Sur les genoux de celle-ci se prélassait l'abominable grippeminaud.

– Oooh... Euh, Votre Grâce ! gémit Kirby, la face cramoisie.

La duchesse sourit, retenant par dignité un rire plus franc.

– C'est votre chatte, j'imagine. (Kirby eut un geste d'excuse.) Et je crois deviner qu'il a fait une grosse bêtise, non ? Par exemple, n'aurait-il pas volé le saumon prévu au déjeuner ?

– Comment le savez-vous, Votre Grâce ? fit le valet en écarquillant les yeux.

La duchesse éclata de rire gaiement.

– Je peux le sentir à son haleine, répondit-elle, encore plus amusée par l'embarras du vieux serviteur.

Au grand étonnement de celui-ci, elle caressa la vieille chapardeuse sous le menton, en lui glissant des mots doux.

– Je vais la ramener aux écuries, Votre Grâce, affirma Kirby, plein de bonnes résolutions. Le capitaine, je veux dire Sa Seigneurie, serait terriblement contrarié s'il apprenait que Jamaïca est venue troubler Votre Grâce.

– Ah ? C'est donc aussi la chatte du capitaine Leighton ?

– Ben, euh, plus que le mien. C'était la mascotte du bateau, voyez-vous. C'est le capitaine qui l'a sauvée de la noyade : elle était enfermée dans un sac en rade de Port Royal.

– Je peux voir que mon gendre et moi partageons au moins deux passions, remarqua la duchesse.

– Je vous demande pardon ?

Kirby se racla furieusement la gorge. Quel rustre il faisait ! Habillée de velours vert, ses cheveux de jais retenus par des perles montées sur des épingles, la duchesse ne pouvait rien envier à une reine.

– Oui, nous aimons tous les deux Rhea et les chats. Car il aime ma fille, n'est-ce pas, monsieur Kirby ? demanda-t-elle avec un large sourire avenant, mais aussi un éclair inquisiteur dans ses splendides yeux violets.

– Oh, bien sûr, Votre Grâce, fit-il simplement. Le capitaine n'est plus le même depuis qu'ils se sont rencontrés. Il l'aime comme il aimait sa mère, lady Elayne. Il y a peu de gens ou de biens que lord Leighton respecte en ce monde ; mais une fois qu'il est conquis, c'est une part de lui-même. Il pourrait devenir fou s'il perdait Rhea ou son domaine de Merdraco.

– Un tel amour peut devenir un peu obsédant, vous ne trouvez pas, monsieur Kirby ? demanda la duchesse, qui avait l'exemple de la cousine Kate encore frais dans sa mémoire.

– Oh, certes, Votre Grâce, agréa le petit serviteur. Mais si je puis dire, lady Rhea pourrait influer grandement sur l'avenir du capitaine, je veux dire de Sa Seigneurie. Elle l'a déjà influencé et conduit sur un chemin plus tranquille. Elle pourra toujours le faire, je crois bien. Je parie qu'il ne s'en aperçoit même pas, sûr !

– Vous êtes un petit futé, monsieur Kirby, fit Sabrina Dominick, son sourire se réchauffant. Je crois comprendre que vous connaissez le... capitaine et Rhea beaucoup mieux qu'ils ne le soupçonnent. On ne doit pas vous sous-estimer, monsieur Kirby.

– S'il vous plaît, Votre Grâce, juste Kirby !

Bien que doué d'une aisance enviable, depuis son retour, Kirby était resté au service de lord Leighton.

– Si cela vous fait plaisir, Kirby, mais je vais vous dire une chose : je ne vous considère pas comme un valet ni comme un maître d'hôtel. D'après ce que m'a confié ma fille, vous lui avez sauvé la vie, et de cela, je vous serai éternellement reconnaissante. En outre, je crois que vous êtes riche, à présent. N'allez-vous pas quitter le service du capitaine ? demanda-t-elle.

– Oh non, Votre Grâce. Ma place est au côté de Sa Seigneurie et de sa famille, au moins jusqu'à ce que je sois trop fatigué. Je suis né à Merdraco. Je continuerai à servir le capitaine et lady Rhea et leurs enfants, affirma-t-il avec force.

– Et loyal avec ça. Comment va votre maître, aujourd'hui ? Accepterait-il un visiteur ? Non, répondit-elle sans attendre. J'attendrai jusqu'à ce qu'il ne soit plus à son désavantage, c'est entendu. Il voudrait se lever en ma présence.

– Certainement, Votre Grâce. Le capitaine sait encore comment se comporter avec les dames, quand il le veut, répondit Kirby sans réaliser combien cette réponse appelait toutes sortes de remarques.

– Je vois. Rhea m'a dit qu'il s'était fait corsaire, et même contrebandier, ces dernières années ? dit-elle.

– Euh... Oui, c'est sûr, mais il est très bien considéré, je veux dire, dans le commerce aussi. Puis il a été élevé comme un gentilhomme, vraiment !

– Vous n'avez pas besoin de défendre son honneur devant moi, Kirby. Entre nous, je nourris le plus grand respect pour un homme qui relève le défi. Etre un gentilhomme n'a pas dû l'aider beaucoup après avoir perdu sa fortune. Cela serait même plutôt un handicap. Je ne vois pas de mal à survivre comme on le peut. Il a le droit d'être fier de ces années de mer. Ma famille, avant que je ne me marie avec le duc de Camareigh, n'avait pas beaucoup de fortune, et même parfois, pas du tout. J'ai survécu par tous les moyens, Kirby, et je ne peux blâmer quelqu'un d'autre d'avoir fait la même chose[1]. (Kirby resta sans voix. Sa surprise fut certainement ressentie par la duchesse, qui ajouta :) Cependant, je ne veux pas dire que j'ac-

1. Voir *Lune trouble*, du même auteur, J'ai lu, n° 1673****.

cepte ce qu'il a fait concernant ma fille. Il a pris avantage sur elle, et cela, je ne le lui pardonnerai pas. Au moins jusqu'à ce que je sois certaine que ma fille est aussi heureuse avec lui que si elle avait épousé un autre homme, et dans des circonstances moins troubles.

– Le capitaine n'est pas parfait, mais, sous son aspect orgueilleux et content de lui, c'est un homme bon, Votre Grâce. Autrement, je ne serais pas resté toutes ces années à son service, à endurer ce que j'ai enduré, Votre Grâce. Je l'aurais laissé à sa destinée, répondit Kirby honnêtement.

Elle caressa un instant la fourrure du chat mascotte, pensant à autre chose. Elle se tourna vers Kirby à nouveau, puis demanda avec inquiétude :

– Et quelle aurait été cette destinée ? Il va retourner à Merdraco, déterminé à réclamer son héritage, c'est cela ? Et même regagner, ou venger son honneur ?

– Oui, Votre Grâce, admit Kirby. Mais le capitaine... enfin, lord Leighton n'est pas le même jeune homme qu'il y a quinze ans. C'est un homme qui a les moyens et les capacités de parvenir à ses fins, mais...

Kirby hésita à mettre de telles pensées en forme.

– Oui ?

– Il n'a jamais triché aux cartes ni trahi quelqu'un. Il n'a jamais perdu son honneur et ne le perdra pas. Mais d'autres pourraient fort bien ne pas jouer aussi élégamment...

– En somme vous êtes en train de me glisser dans l'oreille que ma fille pourrait être veuve avant même de donner naissance à son enfant ?

Kirby déglutit péniblement en sautant d'un pied sur l'autre.

– Oh non, Votre Grâce, répliqua-t-il finalement. Le capitaine a mené sa barque dans des situations difficiles. Il pourra récupérer son bien, et je ne crois pas que tout cela se termine au fond d'une tombe. Il réussira, quoi qu'il arrive !

– Je veux croire que vous avez raison, Kirby, conclut la duchesse.

– Je finirai par penser que ton mari a un horrible secret à cacher, Rhea Claire. Ou quelque hideuse manie en société. Voilà quinze jours aujourd'hui qu'on l'a amené à Camareigh, se plaignit Caroline Winters, qui était surtout furieuse de voir Rhea plus belle et plus mince qu'elle, alors qu'elle était enceinte. (Malgré tout, elle se resservit du riz et du gâteau aux pommes.) Pourtant, s'il est aussi beau que le proclament les femmes de chambre... (Elle lança une œillade en coulisse à Rendale.) Certainement pas aussi beau que Wesley, c'est sûr !

Malgré les tentatives ininterrompues qu'elle menait depuis deux semaines pour séduire le seigneur de Rendale, celui-ci n'avait toujours pas modifié son comportement indifférent à l'égard de Caroline.

– Il est malade et fiévreux. En plus, ce serait difficile pour lui de se déplacer avec une cheville cassée, expliqua sir Jeremy avec une patience renouvelée. Tu sais combien j'ai du mal à le faire quand j'ai une attaque, et justement...

– Papa, qu'as-tu entendu dire à Londres à propos du mari de Rhea ? J'ai essayé de m'en souvenir toute la journée, soupira Caroline. C'était au sujet de son passé, bien sûr. Mais ce ne doit pas être très intéressant pour toi, Rhea. Il a dû tout te dire à propos de sa fuite d'Angleterre. Il ne doit pas y avoir de secret entre vous !

En vain, Caroline essayait de provoquer Rhea. Richard, le frère de la duchesse, émergea de son livre.

– Pour être ennuyeux, il suffit de tout révéler.

– Oncle Richard, fit Rhea avec douceur. C'est inutile de taquiner quelqu'un qui ne peut comprendre.

– Je sais, mais elle m'irrite tant. En outre, tu ne te défends pas. C'est le privilège de l'oncle... Mais raconte-moi encore qui était cet homme, là, à bord du navire, qui connaissait mon père. C'est étonnant quand même, le destin des gens. J'aimerais parfois faire une étude sur les migrations des hommes et des familles, étudier les causes et les effets de ces mouvements. Ce serait intéressant, non ?

Rhea le regarda avec attendrissement. C'était un si charmant personnage, son oncle ! Plein d'idées comme ça.

Leurs parents morts, lord Richard Wrainton était venu vivre chez sa sœur à Camareigh, alors qu'il avait l'âge de Robin. Il était dans son univers. Il n'était pas ennuyeux et avait toujours beaucoup amusé sa nièce et ses neveux. Pour eux, il jouait plus le rôle d'un grand frère. Resté longtemps garçon, il avait finalement épousé, sa myopie s'aggravant, une orpheline protégée par le général sir Terence, bien qu'elle n'eût fait aucun effort pour attirer ce noble Ecossais qui possédait quelques domaines et un château dans les Hautes-Terres d'Ecosse.

– Oh ! Mais bien sûr ! Je m'en souviens maintenant ! s'exclama brusquement Caroline d'une voix claironnante. Le mari de Rhea était accusé du meurtre d'une jeune fille !

Toute la satisfaction était pour elle, comme l'attention de chacun.

– Mon Dieu ! Quelle horreur ! Est-ce vrai ? murmura Rendale.

Les joues de Rhea se colorèrent en sentant peser sur elle les regards perplexes de l'assemblée. Heureusement, les principaux intéressés n'étaient pas présents. Quelle réponse pouvait-elle donner ?

– Se pourrait-il que tu aies épousé un meurtrier ? C'est horrible ! reprit Caroline. Moi, j'aurais vraiment peur de rester dans la même chambre que lui ! Je veux dire... S'il a effectivement des colères incontrôlables, il pourrait bien recommencer, non ? Remarquez, il s'agissait peut-être d'un meurtre calculé...

– Caroline ! Cette fois, tu es allée un peu trop loin ! J'ai honte pour toi ! s'écria sir Jeremy, le visage écarlate. Je t'en prie, Rhea, accepte nos excuses les plus sincères...

– Oh, papa ! cracha Caroline, bravant son père. C'est toi-même qui m'as raconté l'histoire.

Les Fletcher et Francis Dominick avaient abandonné leurs cartes à jouer et jetaient des coups d'œil en biais vers les fauteuils où se trouvaient Rhea et oncle Richard.

Quand Caroline sentit enfin les regards durs qui la fixaient intensément, elle prit un air offensé et s'exclama, presque en larmoyant :

– Eh bien ! Je ne comprends pas pourquoi vous me toisez ainsi ! Ce n'est pas moi qui suis accusée de meurtre !

– Non, mais vous venez de répéter ici un de ces sinistres commérages, dans le but avoué de faire du mal, répliqua l'oncle Richard, sur un ton hargneux que nul n'attendait de lui. (Toute la famille en fut ébahie. Richard avait toujours passé pour un homme discret et courtois.) Les commérages sont faciles à répandre, mais difficiles à contenir et durs à supporter. Aucun potin ne meurt entièrement...

– Oh, vous et vos stupides citations, et vos horribles cheveux roux ! l'interrompit Caroline.

Les boucles sauvages de l'oncle Richard l'avaient de tout temps indisposée.

– Caroline ! Veux-tu t'excuser immédiatement ! Ton comportement est inqualifiable ! rugit sir Jeremy.

– Mais comment oses-tu me parler, à moi, sur ce ton ! glapit-elle, les joues gonflées de colère.

– Je regrette de n'avoir pas eu l'intelligence de te botter le derrière, il y a des années, jeune femme ! brailla son père, en bondissant sur ses pieds comme s'il allait combler cette lacune à la seconde même.

– Oooh !

Dans un grand gémissement d'horreur, Caroline quitta sa chaise en répandant son assiette par terre et disparut dans un frou-frou de satin. Sir Jeremy était trop embarrassé pour rester. Il s'excusa précipitamment, l'œil dans le vague, et suivit sa fille. Le seigneur de Rendale décida que, malgré la curiosité qui le dévorait, il était préférable pour lui de se retirer aussi. Avec son habituelle et peu encombrante politesse, il tira une théâtrale révérence et s'en fut. Francis surveilla le dos de Rendale, surpris que, pour une fois, le solennel seigneur ait compris qu'il était de trop.

– Une mauvaise surprise pour toi, n'est-ce pas ? demanda-t-il en s'approchant doucement de sa sœur. Je suis désolé que cela se soit passé ainsi. Je pourrais vraiment étrangler Caroline parfois !

– Cela m'a perturbée, certes, mais seulement parce que je ne m'attendais pas à apprendre une pareille information à propos de Dante. Je n'en crois pas un mot, et j'espère qu'aucun de vous à Camareigh n'y croira, déclara Rhea d'une voix néanmoins tremblante.

– Je pense que tu devrais poser la question à Dante, conseilla Richard. Il est bon que tu entendes sa version des faits, Rhea.

Ce disant, Richard se félicita de la maturité qu'avait atteinte Francis au cours de cette année, par rapport à ses cousins. Ce serait bien utile à l'avenir.

– Je sais et je ne manquerai pas de le faire. C'est étrange, mais Dante m'avait mise en garde contre les commérages désagréables que je viendrais à entendre. Il m'avait fait promettre de lui demander des explications directement à lui, ajouta-t-elle en se souvenant combien il était nerveux durant cette conversation.

– S'y attendait-il ? murmura Francis.

Le frère de Rhea commençait secrètement à respecter le capitaine marquis. Il éprouvait une fascination, bien compréhensible à son âge, pour la vie aventureuse de Dante, loin de sa famille et du confort facile d'un foyer. Comme le montrait clairement son comportement depuis qu'il était arrivé, le capitaine était réellement amoureux de Rhea et la traitait parfaitement. Il était malcommode de revenir sur ces observations à la suite de telles révélations.

Ayant embrassé son oncle Richard, Rhea s'apprêta à prendre congé.

– Tu vas le rejoindre ? voulut savoir Francis.

– Oui, mais si cela peut te rassurer, je me ferai escorter par un valet, au cas où Dante déciderait soudain de m'égorger, répondit Rhea.

Ce ton acide lui était inhabituel.

– Allons, Rhea ! Je ne voulais pas dire ça !

Elle ferma les yeux et se décontracta. Elle sourit à son tour :

– Je suis désolée aussi. Je ne sais pas ce qui m'a pris. Tout cela m'énerve un peu, parfois. Pardonne-moi, Francis.

– Bien sûr ! Bien sûr !

Mais il la regarda s'éloigner avec appréhension.

Dehors, derrière les vitres immenses de la galerie longue, les éclairs illuminaient le ciel comme une cascade de lumière blanche et aveuglante. L'agressif flamboiement éclaira l'espace d'un instant une ombre solitaire, debout devant l'un des portraits. A la lumière des bougies, cette peinture semblait presque médiévale. Les rouges étaient vénitiens, et les jaunes comme l'or antique, tandis que les verts paraissaient aussi sombres que le manteau d'un chasseur.

Dante continua l'observation de cet Elisabéthain, se demandant quelle sorte d'homme il avait été. Ses yeux, ses cheveux avaient la noirceur des ailes du corbeau. Ses lèvres étaient retroussées dans un léger sourire, alors que son regard demeurait glacé.

Cet ancêtre était celui qui avait fasciné la petite Rhea. Vêtu ainsi, dans des habits brodés, chamarrés d'or et d'argent, il ne ressemblait guère à un aventurier. Mais son œil ne trompait pas.

Le tonnerre ébranla la pièce, les chandeliers de cristal tintèrent légèrement, heureux contraste avec le roulement des manifestations météorologiques. La pluie tomba brusquement comme un torrent argenté sur les fenêtres. Posant la canne que Kirby s'était arrangé pour lui dénicher, Dante se reposa contre le dossier d'une lourde chaise, et ses yeux errèrent à travers la galerie longue. Rhea avait dû se promener là bien des fois, rêvant à son spadassin d'ancêtre, sans pouvoir deviner qu'un jour sa vie serait liée à celle d'un aventurier analogue.

En souriant de satisfaction, le capitaine du *Dragon des mers* s'assit dans la pénombre sur la chaise la plus proche. Il avait franchi les portes de fer de Camareigh. Le duc s'était excusé pour l'incident et avait promis que cela ne se reproduirait plus. Il avait même escorté les deux jeunes garçons, dans leurs petits souliers, pour que Dante écoute leurs excuses officielles. Des excuses faites également en présence de Kirby et Conny. Mais le capitaine avait pu voir dans les yeux de ces deux sapajous de Conny et de Robin que rien n'était arrangé entre eux.

Dante étendit la jambe qui le maintenait isolé du reste de la maison, comme un paria. La canne était providentielle.

Juste à ce moment, il perçut un pas féminin s'approchant rapidement. Caché dans l'ombre, il attendit. Mais, à sa grande surprise, car le pas semblait d'abord pressé, la femme s'arrêta devant le portrait.

– Il continue à te fasciner, petite fleur ? demanda-t-il soudain. (Terrifiée, Rhea hurla, regardant le portrait comme s'il avait parlé.) Rhea ! je suis désolé, ma chérie. Je ne voulais pas te faire peur, s'excusa-t-il en la prenant par le bras.

Le corps de Rhea resta tendu comme du bois. Debout devant lui, dans l'ombre percée par les éclairs, Rhea fixait son mari, les yeux écarquillés de terreur. Jamais Dante n'avait vu une telle expression sur son visage depuis qu'il l'avait découverte dans sa cabine, à Charlestown.

– Rhea ? Qu'est-ce qui ne va pas ? Tu ne me reconnais pas ? (La peur habitait toujours le visage de la jeune femme. Les yeux de Dante s'assombrirent devant ce visage de cendres.) Rhea ! Regarde-moi ! commanda-t-il en la secouant légèrement.

– Dante... soupira-t-elle enfin, ses yeux évitant les siens. Tu m'as fait horriblement peur. Je ne m'attendais pas à te trouver dans cette galerie... Je te croyais dans ton lit. Comment es-tu arrivé jusqu'ici ?

– Tu as cru que ton ancêtre te parlait ? devina Dante en souriant. Rhea, tu es vraiment une enfant, parfois. (Il l'embrassa gentiment sur le front en lui caressant l'épaule.) Ton cœur bat si vite. Tu vas te rendre malade ! Viens, assieds-toi un moment. (Elle recula nerveusement.) Non, continua-t-il avec une colère sourde. Ce n'est pas un fantôme qui t'a effrayée. C'est moi. Regarde-moi, par tous les saints ! C'est cela, n'est-ce pas ?

– Non, Dante. Ce n'est... Je ne m'attendais pas à entendre ta voix. Je te croyais au lit, pas embusqué dans cette galerie.

– Ce doit être ça le vrai problème, marmonna-t-il, faisant allusion au fait qu'ils n'avaient pu se donner l'un à l'autre depuis plus d'un mois. Qu'est-ce qui te tourmente, petite fleur ? Est-ce moi ? (Elle continua à bouder. C'était suffisamment accusateur.) Quelqu'un aurait-il dit quelque méchanceté à mon sujet ? Ai-je été trop expéditif avec Rawley quand elle a voulu me forcer, encore une fois, à avaler sa décoction favorite ?

– Non, Dante. C'est...

Mais les mots n'arrivaient pas à sortir.

– Allons, autant le dire maintenant...

La galerie était si paisible ! La seule perturbation provenait de l'orage qui s'éloignait en grondant. Les gouttières lâchaient leurs dernières gorgées d'eau. Trop calme, peut-être...

– Rhea ! Je ne te laisserai pas repartir avant que tu ne me dises !

– Les orages m'ont toujours rendue un peu nerveuse, voilà tout.

C'était un bien piètre mensonge.

– Soyons sérieux ! Je me souviens que tu venais te blottir contre moi lorsque le *Dragon des mers* affrontait les tempêtes tropicales. Et c'était autrement plus violent !

– Personne ne t'avait accusé de meurtre, alors ! lança-t-elle comme on se jette à l'eau.

Dante prit une longue et profonde inspiration. C'était donc ça.

– Et tu as cru cette personne ?

Rhea plaça la main sur son épaule, à la hauteur de son cou, et sentit la tension des muscles de son mari sous sa chemise et son gilet.

– Non...

Il fouilla dans l'obscurité grandissante, à la recherche d'un signe sur le beau visage de sa femme.

– J'espérais, présomptueux que je suis, que cette triste affaire ne viendrait pas souiller tes oreilles. Mais c'était idiot. Et j'aurais dû te la raconter moi-même. Que t'a-t-on dit, exactement ?

– Que tu avais été accusé du meurtre d'une jeune fille.

– Suspecté, non accusé, pour commencer. Aucune preuve n'a pu être apportée, bien qu'il y ait eu des preuves circonstancielles. J'étais innocent, mais j'avais mauvaise réputation, et je créais des ennuis, des scandales. Cela était vrai, et je n'en suis pas fier, mais, crois-moi, Rhea, je n'ai jamais assassiné Lettie Shelby.

A la lumière des chandelles de cette galerie, où était passé l'orgueilleux capitaine du *Dragon des mers* ?

– Qui était-ce ?

– Une fille de Marleigh. Son père était le régisseur de Merdraco jusqu'à ce que je découvre qu'il me volait. Je l'ai renvoyé. Il s'occupait de la vente et de l'achat du bétail, de la nourriture des animaux et surveillait les tenanciers. Malheureusement, il truquait mes livres de comptes et empochait la différence. Ce qui me semblait le plus répréhensible était sa brutalité envers le personnel et les tenanciers. Mais je l'ai renvoyé trop tard. Sans le poursuivre. Sa fille venait d'être engagée au château. La première fois que je l'ai vue, elle nettoyait les cendres de la grande cheminée. Même avec le visage couvert de poussière grise, Lettie était ravissante. Pas une beauté classique, mais elle était chaleureuse. Elle possédait une séduction naturelle et le savait. Elle s'y entendait pour attirer l'œil d'un homme avec le mouvement de ses hanches. Séduire, c'était comme respirer chez elle. Un acte pratiquement automatique. J'étais jeune, échauffé et idiot, mais je n'étais pas le seul homme qu'elle avait amadoué. J'étais pourtant celui à qui elle a volé une montre. La montre était dans sa main quand on a retrouvé le corps.

– Que s'était-il passé ?

– Elle était apparemment allée à la rencontre de quelqu'un dans la lande. Ce n'était peut-être pas la première fois. L'endroit était très abrité, tranquille, certainement adéquat pour des amants discrets. C'est une promenade connue, là-bas, dans la lande. Cette fois, leur rendez-vous se termina mal. Elle a été battue puis étranglée.

– Et elle avait ta montre ? demanda Rhea. Si ce que tu as dit sur sa réputation était vrai, et si elle travaillait au château, ce n'était pas bien suffisant pour faire peser tous les soupçons sur toi. Pourquoi n'a-t-on pas cherché d'autres suspects ?

– Parce que le jour précédant sa mort, elle s'était vantée en public de son amant gentilhomme ; il allait lui donner tout ce qu'elle voulait, il lui avait promis une grande maison à Londres et toutes sortes de vêtements et de bijoux. Elle n'avait jamais été très discrète, et bien des villageois savaient qu'elle ne refusait pas un petit tour derrière la haie avec les garçons du patelin. Mais elle n'avait jamais fait allusion à un gentilhomme auparavant. Je suppose qu'elle n'a pu résister à la joie de la fanfaronnade. Intelligente, elle en voulait. Elle savait s'y prendre avec les hommes. Elle a dû parler de moi à son père, ou il a dû nous voir ensemble, qu'importe. Comme il ne m'aimait guère, il a très vite trouvé le meurtrier sur mesure. J'avais mauvaise réputation et j'étais l'un des rares gentilhommes riches du coin. Les soupçons se sont abattus sur moi.

– Et tu n'avais pas d'alibi ? demanda Rhea avec curiosité. (Dante resta silencieux.) Où étais-tu quand elle a été assassinée ?

– J'étais avec une femme.

– Je ne comprends pas. Pourquoi n'as-tu pas dit aux autorités judiciaires que tu étais avec une autre ?

– Parce que c'était une femme respectable et que je ne pouvais pas détruire sa réputation pour sauver la mienne, qui ne valait pas cher de toute façon, expliqua Dante.

Rhea, à son tour, réfléchit en silence.

– Tu étais lié avec ces deux femmes en même temps ? Lettie Shelby et cette autre ?

Dante ricana froidement :

– Et d'autres encore ! Je t'ai répété que je n'étais pas un ange. Mais après avoir connu cette autre femme, je n'avais ni le temps ni l'inclination pour poursuivre des amours ancillaires. Curieusement, Lettie s'en moquait. L'autre homme devait déjà l'accaparer sérieusement.

– Tu aimais cette autre femme ?

Dante sourit avec amertume.

– Je le croyais à l'époque.

– Et elle t'aimait...

– Je le croyais aussi.

– Et elle n'a jamais parlé de cette nuit ? Elle t'a laissé soupçonner de meurtre, alors qu'elle te savait innocent ?

– Je ne pouvais lui demander cela. De plus, rien n'a pu être prouvé contre moi. Il n'y avait donc pas de mal. Nous étions jeunes, Rhea ; elle avait ton âge à l'époque. Nous nous croyions amoureux, et pour cela, nous risquions tout pour être ensemble. Si nous avions été découverts, beaucoup de mal en serait ressorti. J'avais passé cette nuit avec elle, nous étions amants. Ce n'était pas simple.

Rhea ne trouvait rien à dire : bien que sachant que Dante avait eu de nombreuses maîtresses dans le passé, c'était une autre affaire que de l'entendre de ses propres lèvres.

– A peu près au même moment, tout mon univers de facilité et d'aisance s'est écroulé. Ma mère est morte. Les terres que j'avais engagées pour payer mes dettes m'étaient inaccessibles, parce que l'homme qui m'avait prêté l'argent avait trahi ma confiance et méprisé ses promesses. Mauvais investissements, et tout ça. L'ensemble se combinant avec mes propres extravagances, je restais sans le sou, ne possédant plus que le château. J'étais, bien sûr, responsable d'avoir fait confiance à cet homme et d'avoir perdu mes terres. Le château ne pouvait se suffire à lui-même, évidemment. Tout était perdu.

– Mais tu ne peux être blâmé pour tout ça, Dante ! Tu étais jeune. C'est compréhensible. Comment te reprocher la trahison d'un autre ?

– Oh, même... Cette jeune femme m'aurait défendu, admettons. J'aurais dû l'épouser, sans le sou, et lui demander de supporter une existence pénible.

– Je crois que tu es trop gentil avec elle. Sa démission t'a conduit à être injustement accusé d'un meurtre horrible. Quand tu avais besoin de son amour, elle t'a tourné le dos !

– Et tu es trop dure avec elle, ma toute douce, répondit-il avec un sourire ému. Elle était jeune, élevée dans l'attente d'une vie luxueuse. Pouvais-je lui demander d'y renoncer ?

– Je n'aurais pas hésité une seconde.

– Oui, mais pour l'homme que j'étais à l'époque ? Je me demande si j'aurais même pris la peine de te demander ton avis, car je t'aurais enlevée. (Il s'imprégna de sa chaleur. Leurs lèvres s'effleurèrent.) Merci pour la confiance que tu places en moi, murmura-t-il contre sa bouche.

– Je t'ai déjà dit que tu n'as rien à craindre de ce côté, lui rappela Rhea.

Sa respiration se faisait un peu haletante, mais ce n'était plus de peur. Rhea reposa paisiblement la tête sur l'épaule de Dante et ils contemplèrent la course endiablée des nuages.

– Je ne comprends toujours pas un élément, reprit Rhea.

– Et qu'est-ce que tu ne comprends pas, petite fleur ?

Son esprit n'y était plus. Cela faisait trop longtemps qu'il n'avait plus tenu sa femme dans ses bras, et il était fatigué de cette conversation.

– Personne ne savait que tu étais ruiné, puisque tu en as fait la découverte toi-même. Cela peut paraître étrange que cette femme l'ait appris, alors qu'elle aurait pu te venir en aide, te disculper.

Dante fit une grimace appréciative :

– Tu assimiles vite. Son grand-père, qui l'avait élevée à la mort de ses parents, était un ami de ma famille. Il avait été informé de la situation par mon tuteur.

– Mais ce tuteur ? Etait-ce le même homme à qui tu avais fait confiance pour l'hypothèque de tes terres ? demanda Rhea. Comme tu lui faisais confiance, tu lui as parlé de ton amour pour cette femme. Tu lui as dit aussi que tu te trouvais avec elle la nuit du meurtre, non ? Te savoir accusé, même injustement, de ce meurtre convenait parfaitement à ses projets. Connaissant ton alibi, il aura voulu s'assurer que cela ne se saurait jamais, et répandu pour ce faire la nouvelle de ta ruine financière. Ton alibi s'effondrait, ou plutôt cessait d'exister, car il était laissé dans l'ombre.

– Tu me surprends, Rhea ! Je te croyais ingénue. Oui, effectivement, mon tuteur et ce gentilhomme sans parole étaient un seul et même homme.

– Pourquoi voulait-il te détruire ? Pourquoi cette rage contre toi, Dante ?

Il soupira. Cette conversation n'était pas aisée pour lui. Trop de souvenirs...

– Une histoire stupide qui a tourné à son désavantage... Il en a conçu une immense rancœur et nous a voué une haine injustifiée. C'était surtout un jaloux et un envieux, par nature. Ma mère a bien essayé de me prévenir...

La voix de Dante était pleine de regret et d'amertume. Il attendait sa revanche depuis de trop nombreuses années.

– Mais comment as-tu pu te fier à lui, au départ ?

– C'était un homme intelligent, malin plus exactement, qui savait masquer ses sentiments, toujours prompt à me satisfaire dans mes moindres désirs, à proclamer son attachement pour moi. Quand j'ai été accusé de meurtre, il a joué magnifiquement les amis déçus et offensés dans leurs sentiments. C'était, de surcroît, un homme respecté dans les environs. Mais tout cela, c'était hier, mon amour, et je ne me fais plus de souci pour aujourd'hui. Je t'ai là, avec moi, pour la première fois depuis trop longtemps.

Rhea recula légèrement, agitée par ses réflexions, cherchant le visage de son mari.

– Dante, ce tuteur... est-il toujours vivant ? Où est-il, Dante ?

Il était parfaitement maître de lui. Cette pondération dans son comportement, il n'en était pas coutumier.

– Bientôt, il sera en enfer, mais pour le moment, il vit paisiblement à Wolfingwold Abbey. Pour gagner ses terres, il doit emprunter la seule route qui traverse la lande, et dès qu'il atteint Marwest Cross, à la jonction des routes du Nord et du Sud, surgissent les tours de Merdraco... Il ne peut pas éviter de les voir ! A cet instant, il pense à moi, Rhea. Il sait que je suis quelque part, par là, derrière lui, peut-être, et que j'attends l'heure propice pour l'envoyer dans l'autre monde...

# 10

Dante Leighton ne fut pas véritablement étonné, le lendemain, en recevant une mise en demeure de se présenter à la duchesse de Camareigh durant la journée. La rencontre était depuis trop longtemps prévue, et Dante devina que la patience de Sa Grâce avait fondu à la lumière des dernières informations qu'on lui avait probablement rapportées au sujet de son gendre.

– Essayez d'être agréable, rappela Kirby au capitaine en brossant les poils de chat qui s'étaient répandus sur son frac bleu.

– Allons, Kirby, tu sais bien que je suis toujours agréable et diplomate.

– Sûr... quand vous voulez une faveur. Mais votre langue de miel ne fera aucune impression sur Sa Grâce, prévint Kirby. Elle y voit clair, cette dame. Si vous êtes intelligent, ça se verra.

Kirby jeta un coup d'œil critique sur l'apparence vestimentaire de son maître. Les boucles châtaines du capitaine avaient été brossées en arrière et attachées avec un ruban noir. Son jabot formait un contraste étonnant avec la peau bronzée de son visage soigneusement rasé et parfumé.

– Bon, ça va, vous êtes présentable, conclut-il.

– Dans ce cas, plus aucune raison de redouter l'œil encore plus critique de la duchesse ! fit Dante avec un sourire moqueur.

Sous une apparente désinvolture, il avait un souci profond que tout se passât bien. Rhea était déjà perturbée par le courroux de son père à l'égard de son mari. Une attitude semblable venant de la duchesse accroîtrait les tensions.

– Et n'oubliez pas le cadeau, lui rappela Kirby. Bien curieux cadeau, si vous voulez mon avis.

Kirby lui tendit un paquet.

– Mais je ne te le demande pas, ton avis, Kirby ! fit le capitaine en roulant des gros yeux, comme un démon.

Kirby leva les yeux au ciel en soupirant, puis s'empressa d'ouvrir la porte. Le capitaine cessa de ricaner en franchissant la limite de sa chambre. Le petit valet surveilla son maître s'éloignant clopin-clopant, son présent sous le bras.

Un laquais en livrée bleu et or, les cheveux cachés sous une perruque poudrée, s'effaça devant lui, à l'entrée du salon privé de Mme la duchesse.

– Lord Dante Jacobi, Votre Grâce, annonça le domestique d'une voix sépulcrale qui fit frissonner le capitaine.

Dante s'arrêta, médusé, au milieu du tapis aux motifs floraux. La pièce, abondamment meublée, semblait toutefois inhabitée. Dante Leighton était sur le point de battre en retraite quand son attention fut captée par un léger mouvement dans un fauteuil près de la fenêtre. Son étonnement ne faiblit pas.

Cette femme en présence de laquelle il se retrouvait soudain était une réminiscence du passé, un fantôme presque de sa jeunesse. Elégante, dans une robe vert d'eau pâle et rehaussée de dentelles aux manches et sur le décolleté, elle avait simplement tiré ses cheveux de jais derrière sa nuque. Dante ferma les yeux. Cette vision allait certainement disparaître, et il se réveillerait au sortir d'un songe étrange. Mais elle était encore là, entourée de deux enfants en bas âge. Elle sourit :

– Pardonnez-moi, lord Jacobi, de ne pas vous avoir

accueilli comme il se doit, à votre entrée. J'ai la manie de contempler mon jardin depuis cette fenêtre. Prenez un siège, je vous prie.

Cette apparition le replongeait vingt ans en arrière. Il resta immobile un certain laps de temps, durant lequel le malaise de la duchesse grandit, puis Dante éclata subitement de rire, presque aux larmes. C'était un rire de soulagement, en fait, qui se communiqua aussitôt aux enfants autour de la duchesse.

Ahurie, Sabrina Dominick écarquilla les yeux. Le terrible corsaire perdait la raison. Joli avant-goût. Heureusement, le rire du capitaine s'éteignit rapidement.

– Mes excuses, Votre Grâce, fit Dante. Me retrouver en votre présence m'a déconcerté au plus haut point.

– Vraiment ? Et moi donc, répondit froidement la duchesse. Au cours des années, je me suis habituée à diverses réactions de la part des personnes qui m'étaient présentées, mais jamais on ne m'avait ri au nez de but en blanc, rétorqua lady Dominick en levant le menton.

– Acceptez mes plus profondes excuses, Votre Grâce. Je ne voulais pas vous offenser, répliqua Dante avec un de ses sourires les plus engageants.

Il aurait été difficile à la duchesse de ne pas tempérer sa colère devant ce coup de charme qui semblait venir si naturellement au capitaine.

– Alors, voudriez-vous m'expliquer ?

– Il m'est venu à l'esprit, Votre Grâce, reprit Dante en s'avançant d'un pas, que vous n'aviez pas beaucoup changé depuis près de vingt ans. Et si seulement c'est possible, vous êtes encore plus belle maintenant qu'à l'époque.

La tirade était audacieuse, et elle laissa Sabrina Dominick confuse. Ce compliment, visiblement lancé du fond du cœur, était le dernier propos qu'elle s'attendait à entendre.

– Vous me pardonnerez, lord Jacobi, de n'avoir

aucun souvenir d'une telle rencontre. Je suis certaine que j'aurais gardé le souvenir d'un homme comme vous.

Son regard montrait qu'elle cherchait encore.

– Je n'avais que seize ans quand je vous ai aperçue. Vous étiez en conversation avec plusieurs personnes plus âgées alors que j'étais de l'autre côté du salon. Tout le monde n'avait d'yeux que pour vous, mais vous ne sembliez pas heureuse. Vous vous teniez avec fierté à l'écart d'hommes qui auraient donné des fortunes pour vous toucher.

– Comme c'est extraordinaire ! murmura-t-elle.

Elle se mit à songer à cette première saison dans les salons.

– Je suis retourné dans le Devon peu après, sans avoir jamais su votre nom. A mon retour à Londres, l'année suivante, personne ne semblait vous connaître. Ma vie était, il faut le dire, confinée aux cercles de jeu, à cette époque, et je ne fréquentais pas les mêmes endroits qu'une dame. C'était quelques années avant que je ne quitte l'Angleterre. Vous revoir, et découvrir que vous êtes la mère de Rhea... Maintenant, je comprends pourquoi Rhea me semblait si familière. Cela m'a sidéré.

– Vous avez, malgré le temps qui s'est écoulé depuis, su recréer avec beaucoup de vie ce que j'ai ressenti ce soir-là. J'avais un terrible besoin d'amitié. Je suis rentrée chez moi dans le Sussex, et j'ai épousé Lucien peu de temps après. Avec la naissance de Rhea, nous avons préféré vivre à la campagne, et je ne suis plus souvent retournée à Londres.

Dante observa un instant de silence.

– Oui. Je regrette aussi de n'avoir pas pris les devants, fit-il en conclusion, comme si Sabrina Dominick avait été son amie depuis des années.

– Qui c'est ? demanda l'un des enfants.

– C'est Dante Leighton, lord Jacobi, qui est le mari de votre sœur Rhea. Dites-lui bonjour, Andrew, Arden, dit la duchesse en caressant leurs cheveux blonds.

– Il est drôle !

Avec un sourire agréable, la duchesse désigna un fauteuil près d'elle.

– Prenez ce fauteuil. Nous avons beaucoup de choses à nous dire, et j'ai envie de mieux vous connaître.

Elle aida les jumeaux à descendre de ses genoux et les envoya jouer avec les dessins du tapis, tandis qu'elle s'installait avec plus de confort. Dante était encore sous le choc. Il avait du mal à réaliser que c'était elle, la mère de Rhea, cette créature de ses rêves. Maintenant, il n'y avait plus de doute : sa rencontre avec Rhea était prévue, organisée par une main invisible. C'était un signe du destin.

– Allons, lord Jacobi, asseyez-vous. Votre cheville doit vous faire mal. Nous demanderons un brandy pour vous, et un sherry fera l'affaire pour moi.

Dante sut que Kirby avait raison. La duchesse avait beau être une femme magnifique, elle n'était pas bête.

– J'ai un petit cadeau pour vous, fit-il en lui tendant le paquet qu'il avait sous le bras.

Une lueur de surprise passa dans le regard de Sabrina Dominick, mais elle accepta.

– Bien que cela soit tout à fait inutile, je dois admettre que j'aime les surprises.

Son sourire lui rappela celui de Rhea.

– Rien de grande valeur, comparé aux bijoux de Votre Grâce. Mais que pouvais-je offrir à une personne comblée par ailleurs ? Et si je peux prêter foi à ce que m'a dit Rhea, j'ai pensé que vous apprécieriez cette... moisson de la mer, expliqua Dante, un peu nerveux cependant.

Son succès n'était pas acquis. Elle pouvait très bien trouver l'idée totalement saugrenue et se gausser de lui.

Sabrina Dominick n'était pas une femme ordinaire,

et lorsqu'elle souleva le couvercle de la boîte, elle laissa échapper un petit cri de plaisir et d'émerveillement. Il s'agissait de plusieurs admirables coquillages qu'elle n'avait jamais vus auparavant.

– Superbes !

Sa voix réjouie attira l'attention des jumeaux, qui s'approchèrent en trébuchant.

– Ils sont assez communs aux Indes occidentales, fit modestement le capitaine.

– Mais non, ils ne pourraient en rien être communs, répliqua la duchesse. Celui-ci ressemble à l'aurore...

– On peut manger celui-là, maman ? demanda Andrew, en touchant de son petit doigt l'une des coquilles.

– Cela serait un peu sec, malheureusement, objecta Dante.

– C'est un cadeau merveilleux, merci... (Elle baissa la tête pour toucher du doigt son menton, l'air de reprendre le fil de ses préoccupations.) Et quelle sorte d'homme êtes-vous, Leighton ?

Elle voyait devant elle un homme qui avait joué et perdu son héritage, ruiné sa réputation, qui avait même été accusé de meurtre. Mais aussi un homme qui avait tout recommencé à zéro, qui possédait la tendresse, la pitié nécessaires pour sauver un chat condamné ou pour se faire le protecteur d'un orphelin.

Dante répondit sans la moindre hésitation :

– Je suis l'homme qui a épousé votre fille et qui la rendra heureuse. J'admettrai volontiers que, dans le passé, j'ai mal agi. Je n'en tire aucune fierté. Mais je ne trahirai pas l'amour que Rhea, pour une raison ou pour une autre, je ne sais, a décidé de me donner.

– Je ne vois rien d'étrange à ce que Rhea vous aime, maintenant que je vous découvre, confia la duchesse. Allons, asseyez-vous, ou j'appelle Rawley ! Au lieu de brandy, vous aurez un grand verre de sa potion.

La menace porta instantanément. Le valeureux marin se précipita sur un siège. Et ce fut sur cette scène de complicité joyeuse que lord Dominick et sa fille entrèrent dans le salon. Leurs réactions furent bien différentes.

– Mère ? Dante ? fit Rhea, considérant le couple qui avait l'air si détendu.

– Ma chère, viens te joindre à nous. J'allais proposer un autre verre de brandy à Dante, lança la duchesse. (Le duc n'avait pas manqué de noter l'usage du prénom de son gendre. Elle s'en félicita.) Lucien ? Tu veux faire le quatrième ?

C'était un défi. Avec un grognement, le duc s'assit au côté de sa femme. Rhea se sentait encore nerveuse.

– J'adore les aventures, comme vous le savez, fit la duchesse en s'adressant à Rhea et au duc. Mais, bien sûr, comme je suis une personne respectable, je n'ai jamais pris part à de telles activités. Les exploits de ton mari sont absolument fascinants.

– C'est bien dommage, Sabrina, que tu n'aies pas succombé à ces tentations, commenta lord Dominick en remplissant le verre de son gendre. (Le duc aurait donné sa fortune pour pouvoir se dédoubler et se trouver ailleurs.) J'imagine que tu aurais été parfaite dans ton rôle de hors-la-loi !

– Enfin, Lucien ! fit la duchesse en riant.

Mais il ne fallait pas le taquiner trop fort. Il n'était pas dans cette humeur et fixait son brandy d'un air fatal.

– Mes parents se conduisent tout le temps comme ça ensemble. Et personne n'a jamais compris pourquoi, expliqua Rhea.

– Qu'est-ce qui les fait se tenir si tranquilles ? demanda le duc, en remarquant ses jeunes enfants, jouant sur le tapis avec des coquillages.

– La moisson de la mer, fit la duchesse, allègre.

Le duc était contrarié. Il fronça les sourcils.

– Je ne saisis pas... Peut-on m'expliquer ?

– Conny et moi avons ramassé quelques coquillages sur les plages au moment de la recherche du trésor, intervint Rhea avec un élan juvénile exalté par le souvenir de ces chaudes journées sous les palmiers. Ceux-ci sont le cadeau de Dante. Il faut qu'il vous montre le coffre qu'il a trouvé, plein des magnifiques objets qu'utilisait le gouverneur espagnol avant que son bateau ne coule lors d'une tempête.

– Je n'aurais pas cru trouver en vous l'âme d'un collectionneur. Je ne pensais pas que vous ayez même le temps, lord Jacobi, marmonna Lucien Dominick.

– Tout dépend de ce que je collectionne, Votre Grâce.

Il se passerait beaucoup de temps avant que lord Dominick n'accepte son gendre. Les yeux bruns du duc se posèrent sur le visage de sa fille. Sa grossesse avançait et rien ne devait la déranger pendant cette délicate période. Il se tourna vers Dante Leighton.

– J'ai souvent remarqué, fit-il lentement, qu'il est préférable de posséder un objet de grande valeur que plusieurs de moindre intérêt. N'êtes-vous pas de mon avis, lord Jacobi ?

Le duc parlait avec une telle douceur dans le ton que Dante faillit ne pas voir le sous-entendu. Le capitaine brava le regard du maître de céans.

– Je suis ravi, Votre Grâce, de nous voir finalement d'accord sur un point.

– J'ai une demande à vous faire, à tous les deux, commença la duchesse d'un ton un peu penaud. (Elle jeta un regard furtif vers son mari.) Il serait très important pour moi, si vous étiez d'accord, que vous répétiez vos vœux de mariage dans la petite chapelle, ici. Lucien semble ne pas croire que cela soit nécessaire, mais je pense vraiment que ça serait une très bonne initiative, non seulement parce que je serai présente cette fois-ci, mais parce que... enfin...

Elle bredouillait, trouvant les mots un peu déplaisants.

– Parce que d'autres gens, moins charitables que

vous, pourraient se poser des questions sur la légitimité de l'enfant ? suggéra Dante.

– C'est horrible ! s'écria Rhea, sa main se portant automatiquement sur son ventre qui s'arrondissait. Nous nous sommes mariés à l'église.

– Bien que Lucien ne soit pas très loquace actuellement, reprit la duchesse, il sait que j'ai raison. Je suis consciente de ce que les plus vicieux commérages deviennent. Je crois qu'il y en a eu assez qui se sont associés à votre nom. Le fait que vous vous soyez mariés aux Antilles ne fera que rajouter de l'huile sur le feu.

Sabrina Dominick regarda son mari, qui, elle en était sûre, ne désespérait pas de faire annuler ce mariage, et donc ne voulait prendre aucune part à ce qui rendrait une annulation plus difficile.

Rhea se tourna vers Dante, qui annonça son accord d'un mouvement du menton avant de déclarer :

– Nous serons heureux de répéter nos vœux ici, à Camareigh. Rhea était tellement désolée de ne pas vous avoir à son mariage !

Dante était tout à fait ravi : ces secondes noces désarmeraient virtuellement toute menée que le duc pourrait tramer contre leur union.

– Je suis vraiment contente. Je sais que le révérend Smalley, qui t'a baptisée, Rhea, était très déçu. Il croyait qu'il pourrait bénir ton mariage. Il en avait le cœur brisé, le pauvre homme, ajouta la duchesse, pleine d'égards pour le vieux chapelain de la famille Dominick. J'ai aussi l'intention de profiter du plus grand bal de la saison pour présenter notre gendre. Je ne veux pas que l'on puisse croire que nous ne sommes pas satisfaits de lui, ou honteux que toi, Rhea, tu attendes un enfant.

– Ma chère, fit lord Dominick avec un petit sourire narquois, tout ceci doit être fait, si vous pensez que cela puisse aider. Personnellement, j'ai tendance à penser qu'un bal est le plus sûr moyen de répandre les commérages.

Il n'avait guère le choix quand sa femme prenait une décision. Le duc de Camareigh se leva pour verser un second verre de brandy. Il raisonnait comme Dante. Une fois cette cérémonie publiquement recommencée dans la chapelle ancestrale, qui avait vu parmi tant d'autres se lier son propre mariage, il n'aurait plus d'autre solution que d'accepter le capitaine Leighton au sein de sa famille.

# 11

Les décorations de fête avaient disparu du grand hall, déposées par les servantes avant le grand nettoyage durant lequel l'énergie des serviteurs rivalisait avec celle des vents d'ouest du mois de mars qui dévalaient les collines et frappaient contre les vitres. Bientôt, les prés seraient recouverts d'une profusion de marguerites, de coquelicots et d'autres fleurs sauvages.

Dante Leighton, debout devant l'une des portes-fenêtres, suivait le vol d'un roitelet à quelque distance. Le vent l'emportait vers un bois, de l'autre côté d'un petit lac où se trouvait l'ancienne chapelle entourée de cyprès. C'était sous les poutres médiévales de cet édifice que Rhea et lui avaient répété leurs vœux, devant une assemblée un peu serrée de Dominick et de Fletcher. Il n'avait pas eu la moindre hésitation face à l'imposant révérend Smalley derrière son pupitre. Celui qui avait baptisé Rhea ressemblait à un ancien mystique, trait qu'accentuaient les candélabres ouvragés de l'autel qui grésillaient dans le silence recueilli de l'assemblée familiale.

L'ancien capitaine du *Dragon des mers*, dont le courage n'avait jamais failli non plus face au canon, brossait ses boucles d'une main tremblante. Dante avait peur comme jamais au cours de sa vie, et il ne pouvait contrôler cet état.

Pour la millième fois, il regarda dans la direction de la chambre bleue qui donnait sur les jardins. Rhea Claire était là, étendue dans le lit à baldaquin, donnant le jour au fruit de leur amour. Dante avala péniblement sa salive en repensant aux cris qu'il avait entendus ce matin. Malgré son sourire courageux, ses yeux s'étaient assombris, et des sueurs froides le parcouraient.

On l'avait renvoyé de la chambre et ses questions étaient restées sans réponse. Rawley et la duchesse se précipitèrent au chevet de Rhea et lui fermèrent la porte au nez. Dante n'eut plus qu'à se servir un autre brandy.

Son regard erra sur les collines lointaines, sur lesquelles tombait le soleil comme de l'or fondu. Du coin de l'œil, il observait les autres personnes présentes dans la pièce. Ce n'étaient plus des étrangers pour lui. Il avait appris à les considérer comme sa famille. Maintenant, ils partageaient avec lui les souffrances de l'attente et les angoisses de ce moment capital.

En quelques mois, il était même arrivé à les apprécier et à attacher du prix à leur amitié. C'était une impression bizarre pour Dante, qui n'avait jamais eu de sœur ou de frère, ni connu les relations qui existent souvent entre père et fils.

Tout ne s'était pas fait du jour au lendemain. Leurs soupçons contre lui avaient de profondes racines. Il admettait même qu'ils étaient parfois bien fondés dans leurs craintes. Les années aidant... Avec l'aide de la duchesse, qui était devenue une de ses ferventes partisanes, il s'était trouvé inclus dans les conversations qui, jadis, l'ignoraient. Parfois, il était même le centre de l'attention, spécialement des plus jeunes, que captivaient ses aventures de corsaire.

Les Fletcher étaient arrivés la veille, à la tombée de la nuit, sur la foi d'une vision de lady Mary. Dante restait encore assez irrité par ce don encombrant dans lequel il n'avait pas entièrement confiance. Il avait du respect pour le général, sir Terence. Ils pouvaient converser sur de nombreux sujets et le retraité des armes ne nourrissait plus de colère contre lui. Même James, ce chenapan qui avait été fort près de l'occire, avait oublié l'épisode douloureux et rejoint ses frères et sœurs dans l'auditoire assidu des démêlés du capitaine Leighton en mer des Antilles.

Francis Dominick, le frère de Rhea, d'un an de moins qu'elle seulement, avait été plus dur à rallier. Le digne fils du duc lui avait tourné le dos pendant plusieurs mois. Pourtant, nul ne résistait au charme inépuisable de Dante Leighton, et Francis s'était un beau jour retrouvé avec ses cousins pour essayer de battre le capitaine aux cartes. Jusqu'à présent, Robin était son seul échec. Et il n'avait jamais espéré recevoir le moindre signe d'amitié de la part de lord Dominick, qui était visiblement résolu à lui battre froid. Il avait cependant escompté persuader le jeune Robin qu'il n'était pas l'ogre qu'il croyait voir en lui.

Il ne pouvait imaginer les relations orageuses et pleines de rancune qu'avaient Robin et Conny. Leur rivalité pour le cœur de Rhea avait grandi au fil des jours.

Conny ne représentait pas un mince problème, en réalité. Le jeune sauvage, qui ne trahissait pas ses origines irlandaises, avait quelque difficulté à assumer son rôle de pupille du marquis de Jacobi. Il avait refusé catégoriquement de se joindre aux activités des Dominick, préférant manger aux cuisines ou avec Kirby. Ce dernier, bien que fort riche, avait décidé qu'il était trop vieux pour changer ses habitudes et se faisait servir dans sa chambre, où il était à l'écart des maîtres et des serviteurs. Sa dignité ombrageuse n'admettant pas qu'il pourrait abandonner l'honneur et le devoir de servir le marquis de Jacobi, il avait néanmoins reconnu que la vieillesse pourrait le pousser un jour à se retirer sur une petite propriété, avec la permission de son maître.

Conny Brady était encore assez jeune pour apprendre les manières d'un gentilhomme et Dante Leighton désirait lui montrer qu'il n'avait aucune raison d'être honteux de ses origines.

Quand le duc et la duchesse invitèrent l'ancien garçon de cabine à leur table, Dante insista pour qu'il accepte : en tant que pupille, il attendait de lui la même obéissance que comme garçon de cabine. Le gamin s'exécuta.

– Va-t-elle mourir, cap'taine ? demanda Conny à ce moment.

– Bien sûr que non, répondit lady Mary, compatissante. Les premières couches paraissent toujours plus malcommodes. Mais Rhea est robuste. Soyez patients.

– Elle ira bien ? la pressa Dante, qui désirait bien plus que d'être simplement rassuré.

Lady Mary sourit. L'esprit de cette femme était certainement ce qui lui donnait sa beauté. Dante pouffa à son tour, pris au piège.

– Je ne comprends pas à tous les coups ce que je rêve ! répondit-elle. Donc, je préfère garder tout cela pour moi, sauf si ça peut aider quelqu'un.

– Vous avez donc « vu » quelque chose ? insista Dante.

Mary Fletcher reprit son sérieux et saisit le poignet de Dante.

– Apprenez à avoir plus confiance, Dante Leighton. (Le mystère s'empara de son regard, qui ne fut plus qu'un reflet argenté de son feu intérieur. Un imperceptible frisson parcourut l'échine de Dante.) Ce n'est pas encore le moment, reprit-elle. Mais je vous parlerai de mon rêve de thym sauvage et d'aubépine, du soleil, de la lune et de la mer.

Tout cela dans un seul rêve... Dante se renfrogna. Il l'aimait bien mais commençait à se fatiguer de ses divagations mentales. Les portes s'ouvrirent subitement. Tout le monde sursauta. La duchesse apparut pour tomber d'épuisement dans les bras de son mari, toute pâle et moite.

– Rhea ?

Esquissant un sourire fatigué, Sabrina chuchota :

– Elle va bien. Et vous, Dante Leighton, êtes le père d'un très bruyant fils.

Le révérend Smalley retourna donc en chaire pour le baptême de Christopher Leighton, seigneur de Sandrake. Lord Kit, comme on l'avait déjà surnommé, possédait effectivement une voix superbe qui empêcha le bon père de s'entendre prêcher. Son devoir accompli, le révérend Smalley regagna le château en envisageant l'éventualité d'une retraite anticipée.

– Je ne t'ai pas remerciée de l'avoir appelé Christopher, fit Dante. Une bonne surprise pour moi.

– Je n'oublie pas ce que tu me confies, déclara Rhea, lissant les fins cheveux de son fils. Ce capitaine Christopher fut très important pour toi, plus même, je crois, que ton père.

– J'ai appris à ressentir une certaine... (Dante cherchait le mot juste) ... une certaine affection, ou un attachement pour ta famille, Rhea. Et bien que ce soit d'abord un Leighton, je veux qu'il soit un membre à part entière de ta famille.

Ce n'était pas un aveu facile. Chacun le savait. Rhea couva son fils des yeux, puis l'emmena dans son berceau près du lit. Elle berça le bébé un instant. L'enfant tomba rapidement dans ce profond sommeil que seuls les nouveau-nés connaissent.

Elle s'étira longuement, puis soupira en sentant les mains de Dante masser délicatement les muscles tendus de son dos, puis la chaleur de ses lèvres à la base de son cou. Elle glissa sur lui, pour permettre à ses mains de se déplacer plus bas vers la poitrine, sous le décolleté de sa robe.

– Si nous restions un moment ici, à surveiller le petit, m'lady ? murmura-t-il contre son oreille, ses dents mordillant son lobe de velours. (Malgré ses dessous de dentelle, elle pouvait éprouver sa vigueur alors qu'il la prenait par les hanches, ses ongles crissant sur la soie.) Je crois que c'est le moment de refaire connaissance...

– Mais ils nous attendent au salon, soupira-t-elle, le cœur battant la chamade.

– Je ne puis décevoir une dame, rétorqua-t-il en la couvrant de baisers avides.

– Dante ! objecta-t-elle avec un embarras grandissant, alors même qu'elle savourait la résistance des lèvres de son mari contre les siennes.

Son étreinte lui rappela encore une fois la sensation étrange et puissante, irrésistible, qui avait le pouvoir de lui faire tout oublier, tout sauf Dante.

Celui-ci interpréta cet abandon progressif à sa passion envahissante, et un sourire de satisfaction déforma ses lèvres en plein baiser. Il la souleva dans ses bras et l'emmena jusqu'au lit à baldaquin.

– Dante... et si quelqu'un venait nous chercher...

Mais le capitaine étouffa cette faible remontrance dans un assaut passionné. Quand il relâcha son étreinte, elle était sans le souffle.

– Oublie tout le monde. Rien ne peut plus venir entre nous, maintenant, promit-il en se mettant en devoir de le prouver séance tenante.

## 12

Seawick Manor, construit sur une hauteur dominant la mer, n'était pas à proprement parler une jolie maison, mais un certain charme émanait de ses murs de granit et de son toit de lauze. Les vitres armoriées des fenêtres gothiques constituaient les seuls éléments de couleur vive. Au sud-ouest, au-delà des écuries et des jardins, passé le parc mal entretenu et quelques légères collines, se trouvait le village de Marleigh.

Directement à l'ouest, derrière les bois plantés pour abriter Seawick Manor des vents dominants, s'élevaient les tours de Merdraco. Ces tours, bien que souvent perdues dans la brume, n'étaient jamais absentes des pensées de lady Bess Seacombe, qui habitait le manoir. Lady Bess ne faisait que peu de cas du soleil couchant. Pour elle, la nuit allait tomber, une nuit sans lune, une nuit sans espoir. Tournant le dos à la fenêtre, le mauvais état des lourds rideaux de velours lie-de-vin l'irrita encore plus. En maugréant, elle les tira entre elle et le soleil semblable à une boule de cuivre incandescente.

Une nuit de compromis...

Son verre de sherry à peine versé et le carafon reposé sur son plateau, elle en avala le contenu d'un seul coup pour se remonter le moral.

– Mon Dieu, comment faire ? soupira-t-elle.

Ses mains couvertes de bijoux tremblaient furieusement.

– Je ne peux pas, se répondit-elle en tambourinant des doigts sur la table, dans un état paroxystique de nervosité. Cela serait de la folie ! (Elle jeta un regard mauvais vers le portrait, au-dessus de la cheminée.) Quel imbécile ! (Bien que mort depuis deux ans, l'homme du portrait avait encore le don infaillible de la mettre en rage.) Et moi, j'ai été encore plus stupide de t'épouser, Harry Seacombe ! Sir... Harry Seacombe ! gémit-elle. Mais qui savait, à cette époque, que tu étais endetté jusqu'au cou, un âne en affaires ! Les chevaux et les chiens, voilà tout ce qui t'intéressait ! Tu as bien su t'arranger pour m'épouser, hein ? Peux pas t'en vouloir pour ça, hein ? J'étais une déesse, dans ce temps !

En se regardant dans le grand miroir, elle se complut à penser qu'elle n'était pas trop mal encore pour son âge, après deux grossesses. Mais les couleurs avaient déserté son visage, elle était devenue trop maigre.

– Tu m'as bien eue, Harry. Non seulement tu étais fauché, mais comme amant, tu n'étais même pas à la hauteur. Pas comme...

Elle n'osa pas finir sa phrase. Cela faisait trop mal. Elle s'écarta du portrait et de son image dans le miroir, qui faisaient tous deux surgir les désagréables souvenirs du temps où elle avait fait la bourde de sa vie.

– Maman ? appela une jeune voix apeurée. Maman ? Où es-tu ?

La jeune fille n'en menait pas large.

– Ici, dans le salon, Anne ! répondit lady Bess à contrecœur.

– Que fais-tu là, dans l'obscurité ? demanda sa fille. Veux-tu que j'allume les chandelles ?

– Non, ça ne mérite pas la dépense.

– Veux-tu que j'appelle Janet, pour qu'elle allume le feu ? Il commence à faire frisquet après le coucher du soleil, dit la jeune Anne, rappelant involontairement à sa mère que l'obscurité s'étendait et que la marée allait monter.

– Non. Elle a bien assez à faire aux cuisines avec sa mère, et en plus, je ne veux pas donner l'impression que la maison est éveillée, fit lady Bess, plus à elle-même qu'à sa fille.

L'expression d'Anne se durcit : elle comprenait ce que voulait dire sa mère.

– J'avais oublié. C'est la nouvelle lune, ce soir. N'est-ce pas, maman ?

– Que veux-tu dire, mon enfant ?

– Oh, maman, tu n'as pas besoin de faire l'innocente ! Je ne suis plus une enfant ! Regarde Lucy Widdons, elle s'est mariée à mon âge, et elle avait un bébé...

– C'est une fille de village, et non une Seacombe ! lui rappela lady Bess, tranchante.

– Je ne vois pas en quoi le fait d'être une Seacombe change quoi que ce soit ! Nous avons plus de mal à mettre du pain sur la table que le plus miséreux des villageois ! Et je sais que c'est pour cela que tu laisses les contrebandiers se servir de nos chevaux. Papa en serait mort s'il avait appris ça. Enfin...

Lady Bess ouvrit la bouche. Elle voulait nier cette accusation, mais elle se ravisa. A quoi bon ? C'était inutile de mentir, surtout maintenant qu'elle s'était décidée à résister.

– Ton père, ma petite, aurait vendu son âme pour une caisse de cognac de contrebande. Mais rassure-toi, il pourra dormir tranquille ce soir, dans sa tombe, car je ne vais pas laisser les contrebandiers utiliser mes chevaux. Et même, j'irai à la foire de Westlea Abbot, samedi prochain, avec plusieurs d'entre eux, déclara lady Bess, bien qu'elle hésitât encore.

– Mais, maman ! Tu ne peux pas ! Tu ne te souviens pas de ce qui est arrivé aux Webber, l'an dernier ? Charles a dit que c'était parce qu'ils ne voulaient pas donner leurs chevaux aux contrebandiers ! s'écria Anne d'une voix blanche.

– Combien de fois vous ai-je dit, à toi et à Charles, de ne pas écouter les racontars ! s'exclama lady Bess avec colère. Charles ne sait pas de quoi il parle. En plus, ils n'oseraient pas franchir ces portes ! A qui croient-ils s'adresser ? Des gens du commun ? Des trouillards ? (Lady Bess essayait en vain de dompter sa peur.) Il y a une chose que ton père a eu le bon sens de m'apprendre, c'est à tirer, et je peux me servir d'un pistolet comme n'importe quel homme ! Qu'ils viennent seulement essayer de flanquer le feu !

– J'espère que tu as raison, maman, répondit Anne, songeuse.

Elle doutait sérieusement que des rideaux mités puissent empêcher un quelconque intrus d'entrer.

– Bien sûr que j'ai raison ! conclut lady Bess en se forçant à sourire. Maintenant, va dire à Mme Bickham de mettre le dîner en marche. Nous allons manger plus tôt, ce soir.

Lady Bess était décidée à envoyer tout le monde au lit avant que ne viennent les visiteurs de minuit.

– Maman ? Je crois avoir entendu la cloche de la porte.

– Qui viendrait à cette heure ? fit lady Bess avec un mouvement d'humeur.

Un instant après, Bickham, leur maître d'hôtel, cocher et jardinier, annonça avec un peu trop d'emphase :

– Deux gentilshommes désirent vous voir, m'lady.

– Leurs noms, Bickham ?

– Capitaine sir Morgan Lloyd et lieutenant Handley. Dois-je leur dire que vous allez les recevoir ? fit le maître d'hôtel en remarquant avec une désapprobation non dissimulée les chandelles toujours éteintes.

Il était dans ses fonctions depuis cinquante ans, bien avant l'arrivée de lady Bess.

– Mmm, très bien, mais donnez-moi un instant ! ordonna lady Bess. Allume les chandelles, Anne !

– Mais je croyais que...

– Anne, pour l'amour de Dieu, cesse de poser des questions tout le temps ! Que veulent-ils de moi ? Qui est ce Lloyd ? fit-elle en tournant en rond frénétiquement. Le nom me semble familier. Je connais Handley, pourtant. Et puis, il fallait vraiment que ce soit ce soir ! Si on les voit venir ici !... Exactement ce qu'il me fallait !

Lady Bess se remémora avec frayeur tous ceux qui avaient été assez malchanceux pour qu'on les suspecte d'avoir parlé. Avec un peu plus de concentration, elle arrangea les plis de sa robe pour cacher les lambeaux de tissu de son fauteuil.

– Allez, dis à Bickham de les faire entrer.

– Maman... Ils ne sont pas venus pour t'arrêter, hein ?

Lady Bess sursauta. Cette idée ne lui était même pas venue à l'esprit.

– Bien sûr que non, bécasse ! souffla-t-elle, mais son œil erra tristement sur les dentelles de sa robe, importées illégalement. Fais ce que je t'ai dit. Nos hôtes patientent depuis trop longtemps.

Jamais lady Bess n'avait vu visage plus sinistre que celui du plus gradé des officiers qui entrèrent dans le salon. Elle croisa son regard d'acier et ne put s'empêcher de frissonner.

– Messieurs, asseyez-vous, je vous prie. A quoi dois-je le plaisir de votre visite ? déclara-t-elle avec une courtoise désinvolture, un peu forcée néanmoins.

Le marin lui semblait familier. C'était un bel homme, mais ses yeux bleus étaient de glace, et son sourire à peine mieux qu'une grimace. En voilà un qui n'était pas faible et stupide comme son subordonné.

– Ce n'est pas le plaisir qui m'amène, madame.

Elle aurait pu aisément le deviner.

– Ah, vraiment ? Je pense toujours que mes vaches se sont encore égarées quand l'un de vous vient me voir. Mais comme mes vaches ne savent pas nager, la présence d'un officier de marine doit annoncer autre chose. Ou bien la Marine royale s'occupe-t-elle des laitières, à présent ?

La plaisanterie laissa le capitaine totalement indifférent. Ni Leighton, ni Rhea Claire n'auraient reconnu l'homme qui, quelques mois auparavant, trinquait joyeusement à leur santé.

– Je suis, madame, l'officier du plus haut rang dans la région et j'ai reçu des pouvoirs spéciaux pour mettre un terme aux crimes de contrebande, sur ordre de l'Amirauté, du bureau des Douanes et de Sa Majesté. Je viens vous donner un loyal avertissement : je compte nettoyer cette côte de tous les contrebandiers qui l'infestent et de leurs complices.

Même le lieutenant Handley, déjà témoin de ce genre de discours, semblait encore impressionné, tout comme lady Bess, qui devina que ce Lloyd était quelqu'un d'exceptionnel, pour avoir été investi de ces pouvoirs.

– Alors, lieutenant, vous allez prêter toute votre force au bon capitaine ?

Elle n'avait jamais pu supporter les gens obséquieux et serviles du style de Handley. Il y avait généralement une raison inavouable à un tel comportement.

– Naturellement, m'lady. J'ai assuré sir Morgan de ma plus complète collaboration. J'espère seulement que je pourrai lui être d'une aide quelconque.

Lady Bess enregistra immédiatement le dégoût qui se lut sur le visage austère du capitaine.

– Mais, capitaine, quel est le rapport entre votre mission et moi ? Je ne suis qu'une triste veuve avec deux enfants à élever.

– Je veille également à la sécurité des gens de ce pays qui vivent sous la menace permanente de cette bande de malfaiteurs, expliqua sir Morgan.

– En d'autres mots, sir Morgan, vous cherchez un informateur ?

– Quiconque me donnerait des renseignements

utiles rendrait un très grand service à son roi et à la communauté locale, et pourrait aussi sauver sa tête.

– Là, je ne suis pas d'accord. Cette personne rencontrerait plus rapidement la mort que les autres. Ceci dit, je ne vois pas en quoi cette affaire me regarde. Je ne connais rien à ces histoires de contrebandiers.

– Alors, pardonnez-nous de vous avoir importunée, madame, répondit sir Morgan d'une voix rauque.

Le mépris contenu dans sa voix frappa lady Bess comme un soufflet.

– Mais pas du tout, capitaine. Accepteriez-vous une goutte de brandy, ou du thé, peut-être ? demanda-t-elle, redoublant d'amabilité.

Mais son visage rougit d'embarras en croisant le regard d'airain de sir Morgan, qui allait de la bouteille de sherry à lady Bess. Le thé ne semblait pas être la boisson de leur hôtesse.

– Merci, madame, mais j'ai d'autres visites à faire, dit sir Morgan, son ton impliquant un reproche à peine voilé.

– Je ne voudrais pas vous retenir, fit lady Bess, vexée.

Elle se leva, donnant le signal aux deux officiers. Le capitaine se dressa lentement, et elle vit son œil aller des tapis et des draperies dans un état calamiteux à l'emplacement vide d'un tableau qui avait servi à payer la note du boucher. Le cœur de lady Bess se serra de honte. Le lieutenant Handley ne put tout à fait retenir ses sentiments : il soupira d'exaspération.

– Bien que j'aie dit à sir Morgan que Merdraco est vide, il insiste pour aller voir le château. Et de là, nous devons retourner à Westlea Abbot, où j'espère persuader le capitaine de se réconforter avec un verre de rhum, avant de continuer jusqu'à Wolfingwold Abbey.

– Vraiment ?

– Oui, je crois avoir vu une lumière sur une des

tours de ce château il y a quelques nuits, ajouta sir Morgan.

– Merdraco n'est pas près d'être habité à nouveau, si vous voulez mon avis, répliqua lady Bess.

– Ah ? Vous croyez ? Et pourquoi cela ? demanda sir Morgan.

– Vous ne seriez pas étranger à ce coin, vous sauriez pourquoi. Le marquis, lord Jacobi, a quitté son domaine il y a bien longtemps, et nul n'en a plus entendu parler, répliqua le lieutenant, très au fait de tous les ragots.

– Je vois...

– Oh, il serait là, continua Handley, il rendrait notre travail plus facile.

– Ah ?

– Oui, c'était une forte tête, d'après ce qu'on m'a dit. Pas recommandable du tout. Il a même été accusé de meurtre... Une jeune fille, je crois.

– Et quel est le rapport avec notre mission, lieutenant ? voulut savoir sir Morgan, avec une certaine cruauté.

Son antipathie pour le cavalier des dragons grandissait à chaque seconde, d'autant plus qu'il connaissait parfaitement la réponse de Handley.

– Ça serait un suspect tout trouvé, comme chef de la bande. Il a perdu son héritage en le jouant. Quel meilleur moyen que la contrebande pour se refaire une santé financière, hein ?

– On ne pend pas quelqu'un parce qu'il a mauvaise réputation, lieutenant Handley.

– Euh... Excusez-moi, sir. Bien sûr, vous avez raison, sursauta le lieutenant. Mais je ne comprends toujours pas pourquoi nous devons aller traîner là-bas. Mes chevaux ont toujours peur quand j'y vais.

– Ah ? Vous avez eu beaucoup de motifs de vous promener au château, lieutenant ? demanda posément sir Morgan.

Lady Bess se promit de ne jamais parler à tort et à travers en présence du bon capitaine. Rien ne lui échappait. Le lieutenant Handley toussa nerveusement.

– Mon détachement a le devoir de patrouiller tout le long de la côte, sir. Sans exception. Donc de passer par Merdraco. Il n'y a même pas une souris pour l'habiter, confia le lieutenant avec une grimace d'ennui, sachant qu'il allait passer pour fou. Je crois vraiment que cet endroit est hanté. Oui, vraiment... Il y a toujours des gens pour y voir des lumières clignoter. Personne n'y monte plus...

– Quelle meilleure cache pour les contrebandiers, dans ce cas ?

– Difficile, pourtant, sir Morgan. Dragon's Cove est un endroit terrible pour aborder, même pour un petit bâtiment.

Lady Bess observa avec plus d'attention le visage du capitaine.

– Lloyd ? Je savais bien que ce nom m'était familier.

– Vous connaissiez peut-être mon frère, Benjamin, fit le capitaine, dont le visage s'allongeait. Dernier capitaine du H.M.S *Hindrance*, qui a sombré dans Dragon's Cove, il y a moins de six mois...

– Mais bien sûr ! s'exclama lady Bess. (Pas étonnant qu'il ait obtenu ce commandement à terre et des pouvoirs spéciaux. Il devait certainement avoir une bonne réputation par ailleurs.) J'ai été très impressionnée par ce naufrage horrible. J'avais rencontré plusieurs fois votre frère.

– Merci... Bien, ce fut un plaisir, madame, dit sir Morgan, en hochant la tête avec le minimum de politesse décent. Nous avons encore beaucoup de chemin à parcourir, lieutenant.

– Je vous ai entendu parler de Wolfingwold Abbey ? demanda lady Bess.

Sir Morgan ne cacha pas son impatience. Lady Bess décida de garder son information pour elle.

– Oui ?

Lady Bess eut un sourire d'excuse.

– Présentez mes amitiés à sir Miles, si vous le voyez...

Elle avait croisé sir Miles, la veille, sur la route de Londres. La porte refermée, lady Bess continua à sourire en pensant au long voyage que les deux officiers allaient entreprendre en vain. Il semblait même qu'il allait pleuvoir. Grandeur et servitude militaires.

Lady Bess passa la brosse dans les longs cheveux noirs de sa fille, d'un geste lent et solennel, puis elle sépara les mèches en trois parties pour les tresser.

– Maman ?

– Mmm ?

– Il y avait vraiment une lumière sur l'une des tours de Merdraco, l'autre nuit. Je l'ai vue.

– Mais non, fit-elle, absente, et sa voix se durcit soudain. Tu écoutes aux portes, maintenant ? Ne t'ai-je pas déjà prévenue ?

– Je venais voir si vous vouliez du thé, expliqua Anne sans perdre son sang-froid. C'est hanté, aussi.

– Bien sûr que non.

– Lady Elayne n'a-t-elle pas sauté des falaises près de là ? On dit que c'est elle qui se promène la nuit dans le château.

Lady Bess soupira. Elle ne se sentait pas dans les conditions idéales pour des histoires de fantômes.

– Elle est tombée, godiche.

– Les contrebandiers ne l'auraient pas poussée ?

– Il n'y avait pas de contrebandiers à l'époque, ni à Merdraco ni ici, murmura-t-elle.

Tout ce qu'il y avait eu de bon dans sa vie s'était passé quinze ans plus tôt. Anne Seacombe remarqua son soupir incontrôlé et regarda sa mère avec curiosité.

– C'était au même moment que le marquis a disparu, n'est-ce pas ?

– Oui, c'est cela.

– Il était aussi violent qu'on le dit ? Et beau ?

– Oui. Je le suppose.
– Il a vraiment tué cette fille ?
– Tu en poses des questions...
– Alors ?
– Non.
– Tu as l'air sûre de toi. Comment le sais-tu ?
– Je le sais, c'est tout. Je ne pouvais croire une chose pareille, venant de Dante. Quand tu aimes quelqu'un, mon enfant, tu ne peux pas croire qu'il soit capable de mal agir.
– Mais tu as rompu tes fiançailles, pourtant. Si tu l'aimais, pourquoi ? Ouh ! Tu me tires les cheveux !
– Parce qu'il avait perdu son héritage aux cartes, voilà pourquoi ! fit lady Bess en nouant un ruban rouge dans les cheveux de sa fille. Malheureusement, il faut penser parfois à mettre du pain sur la table, et Dante semblait plutôt décidé à y mettre des cartes à jouer. De plus, ç'aurait été ridicule. Il était arrogant, et moi égoïste. Nous nous serions tués en moins d'un mois !
– Tu es toujours amoureuse de lui, maman ?
Lady Bess se tut. Elle n'osait même pas se l'avouer à elle-même. Sa vie n'était-elle pas assez vide comme ça ? Sans espoir ?
– Je sais que tu n'étais pas heureuse avec papa.
Après une pause, Bess lui demanda franchement :
– C'était si visible ?
– Comment tu aurais pu être heureuse avec lui ? Il était saoul du matin au soir, et quand il ouvrait la bouche, il ne parlait que de ses cabots infâmes, déclara Anne, surprenant sa mère par sa fidèle mémoire. Tu penses toujours à lord Jacobi ?
Bess sourit en jouant avec les tresses de sa fille.
– Oui. Et plus que je ne le devrais. Qui sait seulement s'il est vivant ? Et puis, s'il revenait, il m'éviterait probablement, et avec de bonnes raisons. Je l'ai trahi, après tout. Et jamais il ne me pardonnera, répondit-elle tristement, sachant qu'elle, en tout cas, ne se le pardonnerait jamais.

– Oh ! maman, non ! Il t'aime encore. Il t'aimerait certainement s'il te revoyait, parce que tu es très belle, maman, déclara Anne, mue par l'admiration des enfants pour leur mère.

– Petite coquine, minauda lady Bess, plutôt satisfaite de ce compliment. Mais mon grand-père m'a interdit de le revoir, après ces histoires. Et comme il a su plus tard que Dante était innocent, il a été convaincu de ma culpabilité.

– Culpabilité de quoi ?

Bess hésita :

– Quelque chose que j'ai dit. Un secret entre moi et Dante. Mon grand-père ne m'a jamais pardonné cela, ou bien d'avoir porté préjudice à Dante en me taisant. Moi, je ne me le pardonnerai jamais.

– Je me demandais toujours pourquoi grand-père venait si peu souvent.

– Ce n'était pas contre vous. C'est un honnête homme, mais rigide. Je l'ai profondément choqué en ne respectant pas son code d'honneur, et, si curieux que cela puisse paraître, Dante n'a jamais cessé d'être un gentilhomme, aux yeux de mon grand-père. Bon... (Bess déposa un baiser sur le front de sa fille.) Au lit, jeune fille !

– Bonne nuit, maman.

Elles s'embrassèrent. Anne gagna la porte en faisant des entrechats, puis s'arrêta brusquement.

– Tu n'as pas entendu quelque chose, maman ? fit-elle, soudainement effrayée.

Lady Bess avala difficilement sa salive, mais s'arrangea pour garder un ton ferme.

– Non. Va te coucher.

Une fois la porte refermée, lady Bess soupira d'épuisement, mais ses yeux se portèrent vers les fenêtres plutôt que vers le lit. Sa chambre surplombait les écuries. Elle se retint de jeter un coup d'œil, au cas où quelqu'un surveillerait. Elle se mit à trembler. Enroulant un châle autour de ses épaules, elle calma ce mouvement involontaire. Ses dents se serraient...

Lady Bess se réveilla, son cœur cognant dans sa poitrine, comme fou. C'était trop calme. Qu'est-ce qui l'avait éveillée ? Elle avait tiré le grand fauteuil près de la cheminée... Elle venait d'entendre l'heure sonner. Rien ne s'était encore passé. Elle respira profondément, puis déroula ses jambes pour chercher ses pantoufles. Son pied toucha un objet froid, métallique. Dans la pénombre, elle attrapa cet objet : c'était le cadenas qu'elle avait posé sur la porte de l'écurie principale, plus tôt dans la soirée...

– Tu pensais vraiment qu'ça me gênerait, lady Bess ? fit une voix éraillée derrière elle.

Le hurlement de lady Bess mourut dans sa gorge. Un homme était négligemment couché sur son lit, un verre de brandy dans sa grosse main calleuse. Immense, il était large d'épaules et mince de hanches. Il portait des culottes de cuir et un manteau sombre en drap. Il ressemblait à n'importe quel villageois. Ses lourdes bottes à lacets étaient encore couvertes de boue. Il était accoutumé à marcher.

– Vous ! souffla-t-elle d'une voix rauque.

– Lady Bess ! Je vous croyais plus finaude !

– Sortez ! Comment osez-vous mettre le pied dans cette maison ?

Sa voix était assurée mais son corps tremblait.

– Insensible femelle ! Repousser un homme qui a travaillé dur toute la nuit ! Sûr que tu m'as déçu, lady Bess.

Il était ici, buvant librement son brandy, vautré comme un porc. Sa bande et lui imposaient leur loi partout dans les fermes et les villages de la côte. Personne ne dictait sa loi à Shelby, et il avait défié les autorités royales depuis trop longtemps pour les craindre.

Elle se trouvait face à cet homme, qui s'était introduit chez elle et qui maintenant la contemplait avec un rictus sadique. Son regard de chat inspira pourtant à lady Bess une autre sorte de peur. Cet homme avait toujours adoré prendre les femmes par la force.

Comme l'éclair, elle sauta sur ses pieds et arriva même à atteindre la porte, l'ouvrant à demi, avant qu'il ne la jette à terre sans ménagements. La porte refermée d'un coup de pied, il la prit d'un seul bras pour lui éclater de rire à la face, au milieu d'effluves de brandy et de cognac. Puis il se jeta sur la peau tendre de sa gorge et la lécha.

– Mais tu es toujours une sacrée beauté, Bess Seacombe, cracha-t-il avant d'imposer ses lèvres sur celles de sa proie.

Celle-ci sentit sa main lui tâter la croupe. La chemise de nuit diaphane offrait très peu de protection. Ses gros doigts lui passèrent sur le dos. De cette manière, il pouvait aussi bien caresser sa colonne vertébrale que la briser. Dans un vertige insurmontable, elle sentit le tissu de sa chemise se déchirer entre les doigts de Shelby. La bouche de l'homme était sur ses seins, les léchant, les mordant tour à tour, comme un animal sauvage. Lady Bess se mit à gémir...

– J'ai souvent pensé à te prendre, Bess. Je t'ai vue te promener dans la lande avec ta petite mioche. Je brûlais d'envie de sentir ta peau nue contre la mienne... Annie, c'est son nom, hein ? Un peu comme toi, quand tu allais te marier avec le jeune lord. Il a jamais eu la chance de te peloter comme moi, hein ? fit Jack en passant la main sur la cuisse nue de Bess.

– Laissez-moi ! pleurnicha-t-elle.

– Non, je ne crois pas. Il était trop occupé à séduire ma Lettie, pas vrai ? reprit-il.

Ses yeux brillaient de plus en plus, de plaisir et de haine mélangés. Il agrippa la gorge de lady Bess comme les rênes d'un cheval.

– Non, s'il vous plaît ! Vous vous trompez ! Il ne l'a pas tuée, il... il était...

– Ferme ça, femelle ! beugla Jack Shelby. Toujours le béguin pour lui, hein ? On me la fait pas ! Je sais qui a tué Lettie, et maintenant, je vais comprendre ce qui lui a fait tant plaisir avec toi, à ton petit lord. Tu sens bon, Bess, fit-il en plongeant son visage brûlant entre ses seins.

Il la jeta brutalement sur le lit et s'abreuva du spectacle de sa chair nue en déboutonnant sa culotte. Bess ferma les yeux et l'entendit marmonner une parole inintelligible, avant que le lit ne grince quand il lui tomba dessus.

Son corps la recouvrit, mais il ne bougeait pas. Ouvrant un œil terrifié, elle aperçut sa fille, debout près du lit, un tisonnier encore dressé au bout de sa main tremblante.

– Seigneur ! Anne ! s'écria Bess.

– Je l'ai tué, hein ?

La voix d'Anne avait l'air de sortir d'un long tunnel.

– Bon Dieu, non ! Il est encore vivant, je le sens respirer ! Vite, tire-le pendant que je me dégage ! Je ne veux pas qu'il se réveille maintenant !

Jetant le tisonnier, Anne rassembla ses forces et saisit un bras de Shelby, pour le haler de toutes ses forces sur le côté. Ce fut suffisant pour que sa mère puisse se dégager et chercher frénétiquement une robe de chambre.

– Maintenant, que va-t-on faire de lui ?

Elle inspecta cette masse inerte de muscles avec dégoût. Elle aurait eu une épée à la main... Anne se mit à pleurnicher sans crier gare, ses épaules se secouant hystériquement.

– J'ai eu si peur !

Lady Bess l'enveloppa dans ses bras et la serra très fort.

– Mon enfant, tout va bien, à présent. Tu m'as sauvée... Mais comment savais-tu qu'il s'était introduit ici ?

Anne renifla encore, puis essuya ses larmes du revers de la main.

– J'ai entendu la porte d'entrée couiner. J'ai cru que c'était toi, et je suis venue pour bavarder. Je n'arrivais pas à dormir. C'est alors que je l'ai vu monter l'escalier. J'étais morte de terreur. Jamais eu aussi peur de ma vie !

– Heureusement que le vieux Bickham n'huile jamais ces vieux gonds rouillés. Tu aurais dû rester couchée, tu sais. Shelby est dangereux. Il aurait pu te faire très mal !

– Mais je ne pouvais te laisser seule avec lui ! J'ai pris ce tisonnier au passage, et... et...

– Ma chère enfant... (Lady Bess jeta un coup d'œil sur ce tas de chair, le criminel le plus redouté du Devonshire.) Je rendrais service à tout le monde en l'achevant, mais...

Elle voulait surtout ne pas être là quand il s'éveillerait.

– On pourrait le passer par la fenêtre, chuchota Anne, cachée derrière sa mère.

Lady Bess considéra fébrilement les différentes éventualités.

– Excellente idée, ma petite. On arrivera peut-être à le passer par la fenêtre.

Par cette fenêtre, il tomberait sur le toit pentu des cuisines, et ensuite dans les rhododendrons. Anne sursauta : elle croyait avoir entendu un râle.

– Ne me plante pas là maintenant, ordonna lady Bess. J'ai bien l'intention de déloger ce porc de ma chambre avant qu'il retrouve ses esprits.

Elle s'empara d'un bras, Anne de l'autre, et elles le passèrent par-dessus leurs épaules en même temps. A deux, elles arrivèrent à le tirer en arrière, puis, de toutes leurs forces, elles le firent basculer par l'ouverture.

Il roula sur le toit avant de provoquer un dernier craquement de branches brisées. Un choc lourd et étouffé dans les feuilles froissées. Tout était calme, maintenant. Lady Bess entendit quelques imprécations à voix basse, un mouvement de feuillage. Tirant Anne de leur poste d'observation, elle referma les battants précipitamment, puis dévala les escaliers pour aller verrouiller les portes des cuisines et du hall, sans prendre le temps de songer que Shelby aurait pu s'être déjà réintroduit dans le manoir.

– Nous sommes sauvées... pour le moment, murmura Bess Seacombe.

Le soleil allait bientôt se lever. Anne se précipita dans les bras de sa mère.

– Maman ! Que ferons-nous s'il revient ? Qui va nous protéger ? S'il amène sa bande avec lui !...

Lady Bess posa son menton sur la tête de sa fille.

– Je ne sais pas, mon enfant... (Sa voix tremblait d'émotion. L'heure précédente lui avait semblé durer une éternité.) Il est rancunier et vicieux. Mais il ne savait pas que tu étais là. Il ne doit jamais le savoir, promets-moi.

Anne hocha la tête en sanglotant, ses larmes mouillant la robe de chambre de lady Bess.

– On ne pourrait pas demander à cet officier qui était là... de nous défendre, maman ?

– Non ! Ce serait la pire des stupidités ! Lloyd aimerait voir Shelby au bout d'une corde, tout le monde sait que c'est lui qui a tué son frère Benjamin, mais Shelby et sa bande sont trop forts. Lloyd sera supprimé... Il est seul. Personne ne peut nous aider. Il faut essayer de survivre de notre mieux. Prions que quelqu'un vienne pour distraire l'attention de Shelby ! Et que ce soit le diable en personne !

## 13

– J'parie que tu peux pas tenir plus longtemps que la dernière fois ! brailla lord Robin Dominick.

Conny venait d'être désarçonné pour la deuxième fois de la matinée par la petite jument qu'on lui avait attribuée.

– C'est bon, Master Brady ? demanda Butterick, qui avait la peu enviable mission de veiller sur la sécurité des deux galopins.

On lui avait confié la charge d'apprendre à monter au jeune Conny, et il ne voulait pas que cela finisse mal, bien que certains aient semblé avoir d'autres projets dans ce domaine.

– Ne désespérez pas, Master Brady. Je suis bien arrivé à apprendre ça à lord Robin, cria Butterick.

– Est-ce vrai que Robin est tombé tant de fois sur la tête qu'elle s'est presque aplatie ? lança Stuart Fletcher, avant que Robin lui donne un coup d'épaule dans les côtes.

Le rire de Butterick ne contribua pas à détendre l'atmosphère.

– Allez... On en fera un cavalier bien assez tôt, conclut-il.

– Ne m'avez-vous jamais dit, Butterick, que l'on reconnaît un gentilhomme à sa façon de tenir en selle ? demanda Robin, mielleux. Cela veut bien dire qu'un mauvais cavalier ne peut être un gentilhomme ?

Les lèvres de Conny tremblèrent de rage. Serrant la bride de toutes ses forces, il prit son courage à deux mains, essayant de ne pas glisser de la selle, pour ne plus donner d'occasions de rire au petit lord. Il fit le tour du manège.

– C'est mieux, l'ami, mais ne tiens pas ta bride si fort. Détends-toi, cria Butterick. Voilà, ça va mieux maintenant ! Allez ! Donne-lui un petit coup sur le flanc, et mets-la au trot !

– On en a pour jusqu'à demain minuit avant qu'ils reviennent à l'écurie ! lança l'intarissable Robin.

Butterick lui adressa un regard de profonde désapprobation. Il devenait un petit faiseur d'ennuis, ce garçon. C'était déjà un chenapan, mais il n'avait jamais fait de mal. Avec l'arrivée de Conny Brady, Robin s'était senti menacé dans son royaume. Son comportement était celui d'un sauvage. Butterick se demanda si la duchesse s'en était rendu compte.

– Va, c'est bien, mon garçon. Continue ! cria Butterick à Conny, qui faisait trotter la jument avec une aisance croissante.

– Je parie qu'il va dégringoler avant de revenir ! souffla Robin.

Il repéra aussitôt ce qu'il cherchait et lança un grand coup de pied dans un seau qui traînait sur une marche du bâtiment. Le vacarme qui s'ensuivit provoqua la troisième chute de Conny en effrayant la jument.

– Vous allez bien, Master Brady ? demanda Butterick, accouru à l'aide du malheureux.

– Sûr ! Il en faudrait plus pour qu'un petit bas-bleu, qui ne ferait pas la différence entre une bonnette et une écoutille, arrive à me dégoûter du cheval ! fit Conny en se frottant le coude.

Butterick ne comprit pas tout le sens de cette réponse, mais il avait au moins une certitude, c'était que le petit Irlandais, dans une rencontre « entre quatre yeux », serait le plus fort, parce que, là où il avait appris à se battre, il ne devait pas y avoir beaucoup de jeunes gens nobles.

– C'est suffisant pour aujourd'hui, décida Butterick.

Les esprits s'étaient par trop échauffés et, en outre, des visiteurs venaient d'arriver. Il allait devoir s'occuper de leurs équipages. Un grand bal avait lieu, ce soir.

– Allez ! Dégagez ! Tous !

– De toute façon, nous n'en aurions pas vu beaucoup plus aujourd'hui, lança Robin.

– Maintenant, cul-terreux, répliqua Conny avec violence, j'aimerais te voir en haut du mât de cacatois, ou sur une vergue de perroquet. Là, tu perdrais un peu de cette belle jactance. C'est sûr ! Oh, bien sûr, le capitaine fait ça tout le temps, et Sa Grâce serait capable de le faire aussi, parce que c'est un homme, lui. Même lord Andy serait là-haut en cinq sec ! Salut, les petits, j'me taille, sinon Butterick va nous engager comme garçons d'écurie !

Furieux, Robin se précipita à la poursuite de l'Irlandais, suivi par le reste de la bande. Conny n'était pas très loin : Robin le rattrapa au pied d'un des grands chênes centenaires qui bordaient le chemin d'accès au château.

– Tu crois tout savoir, c'est ça ? fit Robin.

– Certainement pas, mais sûrement beaucoup plus que toi.

– Comme quoi ?

– Comme ça !

Robin Dominick, entouré de ses cousins, vit avec stupéfaction le jeune protégé de Dante Leighton retirer ses bottes et sauter dans les premières branches du chêne. Il disparut dans le feuillage avant de réapparaître plus haut, faisant d'horribles grimaces provocatrices.

– Ooooh ! Comment tu as fait ! s'exclama Maggie, les yeux ronds d'émerveillement.

– Rien de plus facile, si tu sais comment t'y prendre ! C'est du gâteau à côté des vergues du *Dragon des mers*, se vanta Conny. Ici, ça ne bouge pas !

Il s'évanouit dans les feuillages pour émerger encore plus haut.

– On pourrait presque voir la mer !

– Si tu étais intelligent, tu saurais qu'on est trop loin à l'intérieur des terres ! s'esclaffa Robin.

– Tu crois ça, hein ? Au moins, je peux voir derrière Camareigh, et même plus haut, par-derrière les collines ! Plus loin que tu n'as jamais été !

Conny grimpa encore plus haut dans l'arbre.

– Et pourquoi t'essaies pas de toucher le soleil, pendant que tu y es, Master Brady ? se moqua Robin.

– Et que n'essaies-tu toi-même, lord Robin ? Peur de monter ? Peut-être gentilhomme sur le dos d'un cheval, mais sur un navire, tu gratterais et laverais les ponts !

– Tu vas le laisser te traiter de trouillard ? fit Stuart, content d'être en dehors du coup.

– Vous avez l'air ridicule, de là où je suis ! continua la voix des sommets.

– Je vais dégonfler ce vantard ! grogna Robin.

Robin Dominick s'élança, tandis que la bande reculait pour mieux apprécier la progression. Personne n'avait remarqué un cavalier, arrêté non loin, et qui observait la scène avec attention.

Robin montait toujours, mais sans plaisir. Son visage était écarlate et il manquait sérieusement de souffle. Les branches avaient l'air de lui échapper. Il chercha en vain Conny. Le jeune lord ferma les yeux et s'agrippa au tronc, se collant contre l'écorce rugueuse. Après quelques efforts, il parvint à garder son déjeuner dans l'estomac.

– Ça va, Robin ? demanda une voix lointaine, vers le bas, donnant au fils du duc une idée de l'altitude qu'il avait atteinte.

Il ouvrit les yeux et son regard porta jusqu'aux collines. Il vit aussi le toit de Camareigh d'un point de vue tout à fait inhabituel, et, réflexion faite, pas réellement indispensable.

– Robin ! Tu m'entends ? cria Stuart.

– Tu as perdu ta langue ? cria Conny, à côté de celui-ci.

– Comment as-tu fait pour descendre si vite ?

Conny les regarda avec une fausse stupeur.

– Et vous croyez que je serais assez fou pour monter si haut ? Allons, j'ai bien le sentiment que certains sont plus stupides qu'on ne le croit.

Robin était maintenant cramponné à cet arbre comme à sa vie.

– Et d'autres sont moins malins qu'ils le proclament, ajouta une voix beaucoup plus grave derrière le groupe.

Ce fut au tour de Conny de sursauter ; il cligna des yeux avec nervosité.

– Monsieur Marlowe !

– Qui est le malheureux que tu as envoyé là-haut et qui semble se heurter à de sérieuses difficultés ? ajouta Alastair Marlowe avec quelque inquiétude.

– C'est mon cousin, lord Robin Dominick, répondit Anna Fletcher, les larmes aux yeux.

– Le petit frère de lady Rhea ?

Il fallait être inconscient pour mettre son hôte dans une telle situation. Conny haussa les épaules par défi.

– Il doit bien savoir ce qu'il fait. Sinon, il ne ferait pas le fanfaron tout le temps. Oh, bien sûr, il n'a pas l'air d'être à la fête, là-haut sur son perchoir !

Le garçon de cabine était visiblement satisfait.

– Et tu vas le laisser là-haut, Brady ? demanda Alastair Marlowe, très calme.

Conny essaya de jauger l'humeur de son ancien chef. Marlowe ne semblait pas excessivement inquiet de la situation difficile de lord Robin.

– Il est monté sans mon aide.

– Oui, mais probablement sans trop réfléchir non plus, hein ?

– J'suis sûr qu'il peut parfaitement descendre. S'il avait besoin d'aide, il appellerait.

Ce n'était pas très convaincant. Le jeune lord demeurait toujours à la même place, agrippé au tronc. Alastair Marlowe sourit.

– Tu sais qu'il ne le fera pas, Conny. Toi non plus, tu ne le ferais pas, n'est-ce pas ? Tu ne voudrais pas perdre la face...

– Robin est drôlement entêté, à ses heures, confia Stuart, allant dans le même sens. Il en fait qu'à son idée. Mais c'est pas un mauvais garçon, vous savez. Et il est toujours là quand on a besoin de lui. Peut-être devrais-je prévenir oncle Lucien ?

Conny sauta dans l'arbre sans dire un mot. Alastair pouffa de rire : il ne s'était pas trompé. L'idée de voir le duc de Camareigh au pied de ce grand chêne ne devait pas être étrangère à cette heureuse décision. Quelques minutes passèrent avant qu'ils n'aperçoivent le visage de Conny à côté de Robin.

– Lord Robin ? fit Conny, debout sur une branche légèrement inférieure. (Pas de réponse.) Je crois que... j'avais tort. Vous ne vous débrouillez pas mal. J'en connais peu qui seraient arrivés si haut avec des chaussures. Et sans ordre. Bon, si vous descendez, je vous attends. Tenez... Asseyez-vous sur cette branche et je vous donnerai la main pour celle-ci. Je peux m'en passer de mon côté.

Conny n'était pas très sûr que Robin allait bouger, et il se voyait partageant avec lui de sérieux ennuis dans le bureau du duc. Il était sur le point d'abandonner quand Robin bougea un pied. Avec l'aide de Conny, le jeune lord atteignit la branche inférieure.

Détachant son regard du ciel, il rencontra les yeux sombres de Brady sans y trouver aucune expression de mépris.

– Merci, vous n'aviez pas besoin de venir jusqu'ici, mais vous l'avez fait. Je pense que vous avez gagné, Conny Brady.

– Je crois que vous vous êtes pas mal débrouillé

pour une première fois. J'aimerais pouvoir dire la même chose pour le cheval.

Les deux garçons descendirent, lentement cette fois-ci. Les silhouettes, en bas, se précisèrent. Juste avant de sauter à terre, Robin s'arrêta pour reprendre son souffle.

– En fait... je dois admettre que c'était pas mal du tout, Master Brady, considérant que vous n'étiez jamais monté à cheval.

– Vous croyez, lord Robin ? fit Conny, content de ce compliment.

– Sûr ! fit Robin, en imitant la grimace favorite de Conny. Et Butterick est le meilleur. Dans une semaine, vous sauterez les obstacles.

– Vraiment ? fit Conny avec méfiance.

Il n'était pas du tout convaincu. Les deux garçons sautèrent au sol en même temps.

– Alors, ça ne s'est pas trop mal passé... fit Alastair Marlowe.

– Oh, sûr, monsieur Marlowe. C'était pas difficile, hein ? répondit Conny avec un clin d'œil à l'adresse de Robin.

Ce dernier expliqua tous les aspects de l'ascension avec force détails. Revenu sain et sauf sur le plancher des vaches, il fit bénéficier ses cousins d'une description très colorée de la vue magnifique qu'on avait d'en haut.

Conduisant son cheval vers le château, à pied, Alastair Marlowe avait jugé plus habile de rentrer avec le petit groupe d'enfants. La demeure était imposante et il n'était pas trop sûr, même avec une invitation, de l'accueil qu'il y trouverait.

– Voici M. Marlowe, lord Robin, expliqua Conny. C'était le subrécargue du *Dragon des mers*, le meilleur ami du capitaine...

Alastair Marlowe avait considérablement amélioré son apparence vestimentaire depuis le retour du navire. Mais son beau costume gris et ses bottes neuves ne l'empêchèrent pas de se sentir embarrassé quand il attira sept paires d'yeux émerveillés et curieux.

– Tu exagères...

Alastair, qui avait toujours passé pour un homme courageux, fut désolé de voir la petite bande se disperser une fois dans le hall encombré de valets en livrées toutes différentes. Escorté jusqu'au salon chinois, le vaillant subrécargue attendit anxieusement, en priant pour que Conny aille plus vite que le chambellan. A aucun moment de sa vie pourtant mouvementée, Alastair ne s'était trouvé dans une telle atmosphère. Le grand bal s'ouvrait ce soir et la moitié de Londres était là.

– Alastair ! Vous êtes venu !

En se retournant, le jeune homme buta sur Rhea. Elle était divinement belle dans cette robe rose. Il en resta hébété.

– Comme c'est merveilleux de vous revoir enfin ! Alastair ?

– Pardonnez-moi, lady Rhea, s'excusa Alastair Marlowe. Mes souvenirs...

– Oui, je comprends. Moi aussi, ça me prend de temps en temps... Je pense aux beaux jours... lui confia-t-elle.

– L'équipage serait ravi de voir que vous portez leur cadeau, et qu'ils n'ont pas été oubliés, fit-il en indiquant la broche.

Avant que Rhea pût répondre, la porte s'ouvrit et Dante Leighton apparut. Le capitaine vit parfaitement leurs mains se détacher subrepticement, et le regard légèrement coupable de son second. Il savait qu'Alastair n'avait pu empêcher une douce flamme de brûler en son cœur pour la femme de son capitaine.

– Capitaine ! Drôlement content de vous voir si... bien portant !

– Je ne suis plus capitaine, Alastair. As-tu oublié que je suis un homme respectable, maintenant ? lui demanda Dante en passant le bras autour de la taille de Rhea.

– Vous n'avez jamais cessé de l'être, à nos yeux, m'lord, répliqua le jeune homme avec emphase.

– Je ne suis pas non plus « milord » pour mes amis, ordonna Dante d'une voix de capitaine. Et je crois me souvenir d'un temps où tu ne me croyais pas suffisamment respectable pour convoler en justes noces avec Rhea. Je me trompe ? fit Dante avec un sourire taquin.

– Dante, vraiment... fit Rhea en gloussant.

– Comment pourrait-on résister à une telle beauté ? Malheureusement, la seule issue qui me reste est de composer des poèmes et de me désespérer dans un coin.

– J'ai eu la chance du diable, dirait-on, déclara Dante.

– Je ne vous contredirai pas sur ce point, ajouta Alastair, plus tranquille. Puis-je vous présenter mes plus sincères félicitations pour la naissance de votre fils ? Je dois admettre que j'ai été surpris !

Il les dévisagea tous les deux tour à tour.

– Merci, répondit le père dont le visage reflétait la fierté extraordinaire qu'il avait ressentie lorsqu'il s'était trouvé pour la première fois en présence du jeune Christopher... Tu étais à Londres, ces derniers temps ? poursuivit-il, ressentant brusquement une certaine nostalgie pour son navire et son équipage. Ils sont tous partis ?

– Je crois bien. Je sais que Cobbs a acheté une maison dans le Norfolk. Il semblait fêter cet événement dans toutes les tavernes de la cité. Je suis tombé plusieurs fois sur lui, dans un état plus ou moins avancé d'ébriété.

– A propos, vous devez être fatigué et mourir de soif. Nous n'avons aucune pitié pour votre malheureux gosier, intervint Rhea, qui comprenait tout à coup l'état d'esprit de son mari.

Il aurait préféré peut-être se trouver sur le pont de son bâtiment.

– Fatigué, je le suis assurément. Mais je ne voudrais pas non plus apparaître dans des vêtements poussiéreux devant mes hôtes. J'espère que ma voiture n'est pas trop loin. Je dois dire que ces années de mer m'ont rendu claustrophobe. Je ne peux voyager dans un carrosse fermé ! Ni supporter le bavardage incessant du valet qui a bien voulu accepter de me servir. Un homme extrêmement ombrageux... Il aura certainement une crise de nerfs en voyant mes bottes, soupira Alastair.

## 14

Emerveillé, et même ensorcelé, par la splendeur des lustres illuminés que reflétaient à l'infini d'immenses panneaux de miroirs, le long des murs blanc et or de la grande salle de bal, l'œil du novice se perdait au milieu des scènes mythologiques peintes au plafond, à quinze mètres au-dessus des têtes des invités, mais se trouvait chassé par la luminescence des chandeliers de cristal, dont la multitude rappelait les étoiles du firmament.

Des accents mélodieux de musique de chambre s'échappaient de la galerie en surplomb au bout de la salle, se mêlant à la houle des voix. Même Bacchus n'aurait pas désavoué le festin préparé pour cette soirée. Tout le long du mur, plusieurs tréteaux avaient été posés pour être garnis de victuailles, et les planches ployaient sous le poids des mets.

Le regard d'Alastair, las d'observer le flot continu des nouveaux arrivants, ou les groupes bigarrés qui conversaient entre eux, se posa sur le couple sympathique que formaient le duc et la duchesse de Camareigh. Sabrina Dominick était habillée de soie écarlate et ses cheveux avaient été coiffés avec beaucoup de goût. Son sourire était réchauffé par le scintillement des perles et du gros rubis qui ornaient son cou laiteux. Le duc était le même patricien altier qu'il avait paru être lors de leur première rencontre à

Londres, et plus encore ce soir, dans son costume de soie doré et moiré.

L'ancien capitaine de vaisseau corsaire offrait une apparence des plus respectables, ce qui avait désappointé au plus haut point les invités. Ils devaient s'attendre à rencontrer un pirate borgne, revêtu d'oripeaux chapardés sur le corps de ses victimes. Dante avait aussi la chance phénoménale, à laquelle il faisait allusion plus tôt dans la journée, d'être au côté de Rhea, qui était, sans conteste, la plus belle femme dans cette salle.

Alastair fut contraint de battre en retraite dans la foule, à l'approche de Caroline Winters, toute de rose vêtue et emplumée. Dante l'avait mis en garde en lui racontant l'ennui des premières semaines à Camareigh, avec sa cheville convalescente, en compagnie de cette terrible jeune personne.

Pourvu sans effort d'un troisième verre de vin, Alastair commençait à se plaire. Il s'apprêtait même à répondre aux avances d'une dame qui lui faisait de l'œil derrière son éventail ondulant, quand l'impressionnante voix du chambellan annonça :

– Sir Miles Sandbourne !

Alastair fit volte-face, négligeant totalement la dame à l'éventail, pour concentrer son attention sur Dante Leighton, muet et immobile comme une pierre, qui toisait l'homme qu'il haïssait depuis quinze ans sans relâche et qu'il avait juré de tuer à son retour en Angleterre.

– Excusez-moi, sir, demanda Alastair à l'improviste, en s'adressant à l'invité le plus proche de lui. Est-ce bien le sir Miles Sandbourne de Wolfingwold Abbey ?

Après un coup d'œil dédaigneux, l'interpellé consentit à répondre à cet individu pas trop mal vêtu, si cavalier et si mal au courant. La réponse traduisait un ennui profond pour ce type de question.

– C'est cela même. Je dois avouer être aussi étonné de le voir ici. Il n'est pas ce qu'on appelle au mieux avec lord Jacobi. Mais je suppose qu'ils ont dû enterrer la hache de guerre.

– Probablement vont-ils se la lancer dans le dos, murmura Alastair, qui décida de se rapprocher de son capitaine.

Rhea n'avait rien perçu de la brusque montée de tension. Sir Miles était un invité comme un autre à ses yeux. Mais le nom avait dû pincer une corde sensible dans la mémoire du duc, en revanche, car celui-ci lança un bref coup d'œil en direction du visage pâlissant de son gendre.

Sir Miles avait une grande sensualité et une certaine allure, malgré ses cinquante ans passés.

– Sir Miles, fit le duc avec raideur.

Vêtu de velours noir, bordé de dentelles blanches qui contrastaient fortement avec son visage sombre, sir Miles était un modèle d'élégance.

– Votre Grâce, fit-il, se tournant vers Sabrina Dominick, l'œil mignard. Comme toujours, votre incomparable beauté me laisse sans voix.

Il fit une révérence particulièrement profonde, et la duchesse sentit son haleine chaude sur sa main gantée.

– Pas tout à fait quand même, sir Miles, répondit la duchesse avec un faible sourire.

Elle éprouvait fort peu de sympathie pour cet homme qu'elle soupçonnait volontiers d'être creux et hypocrite. Elle avait cette impression depuis bien longtemps et ne connaissait pas son lien avec Dante Leighton. Son charme, cependant, enchantait de nombreuses personnes, ce qui mettait l'opinion de la duchesse en minorité.

Toutes sortes de bruits avaient en outre couru, concernant les mœurs de sir Miles, sans que rien fût prouvé. Nul n'osait fermer complètement sa porte à un homme aussi puissant.

– L'esprit égale la beauté, murmura sir Miles. Comme Sa Grâce a eu de la chance de vous enlever avant que je n'aie eu l'occasion de vous rencontrer ! Elle n'aurait pas eu la partie si facile, avec moi.

– Il me semble que vous me sous-estimez, sir Miles, répondit le duc avec froideur.

Il n'avait jamais eu aucune patience avec les gens de cette espèce, qui tournaient autour de sa femme avec un air de tranche-montagne. Sir Miles glissa vers Dante Leighton. Les deux hommes, de taille comparable, se dévisagèrent sans un signe, sans un mouvement. Rhea sentit alors entre les deux hommes la tension qui lui avait échappé au départ. Elle reconnaissait le regard cruel et sans pitié de Dante quand il lui avait parlé de ce traître d'autrefois.

– Eh bien, qui vois-je ? marmonna sir Miles, en considérant le capitaine de la tête aux pieds avec le plus grand mépris. Je me demandais si c'était vrai, comme le déclarait Shakespeare, que le plus petit étron sera toujours écrasé.

Dante sourit. Un sourire dur, glacial...

– Seul le temps pourra nous le dire, sir Miles. Du temps, j'en ai beaucoup. Mais vous ? Je n'en suis pas si sûr.

Son ton dubitatif laissait supposer que sir Miles n'était pas loin de son lit de mort. Son ennemi juré fit un gros effort pour sourire. Il était surpris de voir Dante dans une forme aussi exceptionnelle, et de sentir en lui une force de caractère peu commune. Dante Leighton n'était plus un piètre adversaire comme autrefois. Il avait l'œil froid et calculateur.

– Les choses ne changent guère, n'est-ce pas ? reprit sir Miles sur le même ton désinvolte. On m'a raconté à Londres toutes sortes de charmantes histoires sur votre triste carrière. Cela ne m'a pas surpris, vous le pensez bien. Vous avez un goût marqué pour le risque, au jeu comme avec les femmes. Vous aurez toujours la même réputation, mon pauvre ami ! (Sir Miles soupira de dépit et se tourna vers le duc et la duchesse, un air de commisération étalé sur la face.)

Je veux croire que vous leur avez raconté tout ce que compte votre sombre passé.

– Si vous faites référence à cette accusation calomnieuse de meurtre, oui, nous savons tout du passé de Dante, intervint Rhea, cachant fureur et dégoût avec la plus grande peine.

Nul ne savait comment Dante n'avait pas déjà sorti sa rapière.

– Ah, lady Rhea Claire ! Comme vous êtes ravissante ! continua sir Miles sur le même ton duplice. Et quelle horrible nouvelle que cet enlèvement ! Curieuse coïncidence que vous ayez rencontré Dante à cette occasion. (Il ricana sans vergogne.) C'est aller de mal en pis... Vous avez toute ma sympathie, ma chère.

– Gardez-la pour vous, sir Miles, répliqua Rhea. J'aime mon mari.

– Comme c'est noble de votre part... Il faut bien maintenir les apparences, fit sir Miles, compatissant. Je doute que vous ayez eu le moindre choix en la matière. Je connais Dante... Ah, ai-je bien entendu, n'est-ce pas que vous êtes devenue mère ? Comme je le disais à l'instant, rien ne change sous le soleil.

Le comportement apparent de Dante ne traduisit aucun trouble. Ce déluge d'insinuations calomnieuses semblait ne pas l'atteindre.

– Certaines choses changent, détrompez-vous, sir Miles, répondit lord Jacobi, très maître de soi.

Face à cette patience, sir Miles commençait à fulminer. Il se passa son mouchoir sur les lèvres.

– Vraiment ?

– Oui, et vous le découvrirez très bientôt, ajouta mystérieusement Dante.

– Quelle conviction, mon cher Dante ! On m'a dit que vous aviez eu de la chance, mais ne perdez pas de vue qu'en dépit de tout certains biens resteront hors de votre portée.

– Peut-être, répondit Dante. Ne soyez pourtant pas trop sûr de tout savoir, sir Miles.

Sandbourne essayait de jauger les possibilités de

Dante, de saisir ses intentions. Quelque chose l'ennuyait, et il réalisa bien vite que Dante savait de quoi il s'agissait. Un muscle de sa mâchoire se contracta spasmodiquement.

– Je suppose que vous voudriez revenir à Merdraco ?

– Naturellement. J'en suis toujours le maître, vous le savez bien, fit Dante, en ajoutant ce qui avait le pouvoir d'irriter sir Miles au plus haut point : comme tous les Leighton l'ont été depuis des siècles.

Mais sir Miles ne réagit pas comme Dante l'attendait. Au contraire, un fin sourire déforma l'angle gauche de sa bouche. Dante se mit sur la défensive avec un sourd malaise.

– Cela fait bien longtemps que vous avez quitté Merdraco. Et, comme je vous ai dit, il y a eu des modifications depuis que vous avez pris la fuite, dans ce beau pays. Seriez-vous resté, au lieu de vous comporter comme une mauviette, nous aurions peut-être pu arranger les petits différends à l'amiable. Mais c'est ainsi et... (il lança un regard moqueur à Dante) ... je suis désolé d'avoir dû vendre les terres qui, autrefois, appartenaient à Merdraco. Je crains que ce grand domaine ne soit plus ce qu'il était. Oh, bien sûr, vous êtes le seul coupable, vous avez tout perdu au jeu. Et puis, il n'y a aucun moyen de récupérer ces terres... Même si j'en possédais les hypothèques, croyez-vous que je vous les revendrais ? Il ne vous reste plus que le château, mais rien de la grandeur de vos ancêtres. Il n'y a plus de terres, rien que ce tas de vieilles pierres. Joli coin pour rêvasser, n'est-ce pas, Dante ?

Sir Miles croyait toujours s'adresser au jeune énergumène sans caractère, mais son interlocuteur s'était trouvé dans des situations plus dangereuses que tout ce que pourrait lui faire endurer sir Miles. Dante Leighton ricana, et son équipage aurait su tout de suite se méfier de ce signe.

– Je ne vous tuerai pas ce soir, sir Miles, parce que

je veux que vous souffriez l'agonie de l'incertitude et de la défaite, comme je l'ai subie entre vos mains. Je vais me réjouir de voir votre monde s'effondrer en lambeaux sous vos yeux impuissants. Enfin, si vous m'en suppliez, je mettrai fin à vos souffrances.

Cette déclaration stupéfia autant Rhea et ses parents que sir Miles. Ce dernier sentit une grande inquiétude monter de façon irrépressible en lui.

L'arrivée d'un autre invité mit fin à cette conversation. Le duc hocha la tête et libéra ainsi sir Miles, qui disparut dans la foule.

– Quel horrible personnage ! souffla Rhea, avant d'accueillir tous sourires dehors le couple qui s'approchait.

Un peu plus tard, elle demanda avec incrédulité :

– C'était donc ça, ton tuteur ?

– Eh oui... soupira Dante, cherchant encore la noire silhouette dans l'assemblée.

– Mais comment a-t-il pu être ainsi investi d'une telle mission ? Prendre soin de ton héritage ?

– Pourquoi ne l'eût-il pas été ? Après tout, c'est mon beau-père...

Les premières lueurs mauves de l'aube éclairaient le ciel quand Dante Leighton pénétra dans le cabinet privé de la duchesse. Il traversa la pièce et se planta devant une des grandes fenêtres à meneaux. Rhea, qui était assise devant le feu avec ses parents, pouvait aisément deviner les préoccupations de son mari. Ils étaient restés trop longtemps à Camareigh, et Dante ne pouvait plus attendre.

– Quand désires-tu partir pour Merdraco ? demanda-t-elle.

Le duc et la duchesse comprendraient sans aucun doute.

– Il est déjà parti pour le Devonshire, répondit Dante.

– Je suis vraiment désolée pour cette soirée, Dante, fit la duchesse. (Elle craignait que Dante ne conclût à une préméditation de leur part.) J'ignorais tout de votre différend avec sir Miles.

Le duc de Camareigh, qui massait en silence sa balafre, s'excusa à son tour :

– Votre lien avec lui m'avait échappé. Et même, comme vous le savez certainement, notre liste est préparée par les secrétaires, et elle ne change guère. Sir Miles aurait pu tout aussi bien venir comme ça.

– Je ne vous tenais nullement pour responsables. Cette rencontre était inévitable à un moment ou à un autre ; et je suppose que sir Miles l'a un peu provoquée.

– Je ne crois pas que cela se soit passé comme il l'entendait, fit remarquer la duchesse. Il s'y était fort mal préparé. Vous avez dû pas mal changer depuis la dernière fois qu'il vous a ridiculisé, j'imagine ?

– C'est un fait, et il ne me chassera pas de Merdraco, cette fois-ci ! jura Dante sur un ton qui traduisait fort bien tout le plaisir qu'il aurait à savourer la défaite de son ennemi.

# 15

Cinq jours plus tard, une caravane de voitures et de chariots bâchés traversait lentement et pesamment le paisible village de Camare, soulevant un épais nuage de poussière sur son passage.

– Tu n'es pas tout excitée, Rhea ? demanda Robin, les yeux luisants d'enthousiasme. (A part une visite occasionnelle à Londres, il n'était jamais sorti de Camareigh et de ses terres. Et maintenant il se retrouvait dans ce carrosse, en route pour les pays de l'Ouest.) Tu ne pleures pas, n'est-ce pas ? ajouta-t-il avec impatience.

Ils partaient pour une grande aventure, et Rhea se devait d'être heureuse. Conny Brady, qui était assis à côté de Robin et en face de Rhea, observait la jeune femme avec inquiétude : pour lui, les dames réagissaient d'une manière imprévisible, de temps à autre. Mais Rhea les étonna en souriant :

– Ce voyage vous plaît ?

– Depuis que j'en entends parler, j'ai bien envie de le voir, ce Merdraco !

Rhea soupira de satisfaction. Accompagnée de Francis et de Robin, elle n'avait pas trop l'impression d'abandonner ses parents et sa maison. Francis était si mal à l'aise en demandant d'accompagner le couple dans le Devonshire ! Dante avait accepté avec d'autant plus d'empressement qu'il pouvait ainsi resserrer les liens avec le parti Dominick. Les voyageurs avaient vu se joindre à eux l'ancien subrécargue, Alastair Marlowe. Ce dernier avait même plaisanté sur la possibilité d'acheter un domaine là-bas, auquel cas ils auraient à le supporter pour le reste de leur existence.

Mais la vraie raison de sa présence était certainement son indéfectible loyauté à son capitaine. Une épée de plus n'était pas à négliger... Huston Kirby avait choisi de voyager avec les serviteurs de la nouvelle maison, prétextant qu'il était le seul à pouvoir les mettre au courant des règles de service à Merdraco, dont il était l'unique dépositaire.

Les nouvelles recrues étaient pour la plupart des enfants du personnel de Camareigh qui cherchaient à améliorer leur position en se mettant au service de Rhea Claire.

L'imposant cortège comptait aussi les valets des deux frères de Rhea, la nourrice de lord Kit et l'infortuné serviteur d'Alastair, qui n'avait jamais imaginé qu'il se lancerait dans une telle expédition. Enfin, au milieu des malles, dans les dernières voitures, s'entassaient les cuisiniers se destinant aux cuisines de Merdraco.

Sentant un courant d'air dans les jambes, Rhea arrangea une petite couverture autour de son fils, qui dormait paisiblement. Posant la tête sur le dossier rembourré, laissant le paysage s'échapper sous ses yeux, Rhea regrettait de n'avoir pas la même facilité que Robin et Conny pour oublier ses soucis. Mais les mots de sa tante Mary ne pouvaient sortir de sa tête.

Mary l'avait prise à part, juste avant leur départ, une expression un peu soucieuse sur son visage aux joues glacées.

– Ma chère enfant, il se peut que vous rencontriez quelques difficultés, une fois arrivés, mais ne désespère pas et ne te fie pas aux apparences, sinon tes doutes t'arracheront à un grand bonheur. J'ai eu beaucoup de visions, mais je ne les comprends pas très bien, je ne veux donc pas te troubler inutilement. Va à Merdraco le cœur tranquille. Cependant, il ne faut pas que tu oublies ces mots, c'est vital : « La réponse se trouve dans la tombe. » C'est du délire, je le sais, mais... méfie-toi quand même !

– C'est promis, tante Mary, rêpondit Rhea avec un grand sérieux.

C'était tout à fait incompréhensible. Lady Mary l'embrassa du bout des lèvres et s'éloigna.

Le soleil était haut dans le ciel dégagé quand les voyageurs interrompirent leur voyage pour se restaurer et reposer les chevaux. De longs paniers regorgeant de victuailles furent installés dans un pré, tandis que de grandes couvertures étaient dépliées sur l'herbe épaisse. Bientôt, le soleil agit comme un somnifère. L'univers semblait si tranquille ! Rhea ouvrit les yeux, encore prise dans les brumes de sa sieste, mais remplie d'une agréable impression de sécurité et de paix. Pourtant, dans un moment, ils allaient reprendre la route et faire face à leur destin. Elle contempla le visage de son mari conversant avec Alastair et Francis. Elle se remémora la conversation qu'ils avaient eue, quelques jours auparavant, au sujet de son fameux tuteur. Dante lui avait expliqué comment sir Miles Sandbourne avait prétendu être l'ami et le confident du jeune homme qu'il était, privé de son père très tôt dans la vie, tout en organisant sa revanche contre l'héritier d'une famille qu'il haïssait.

Dante lui avait d'abord parlé de sa mère, lady Elayne, orpheline dès sa plus petite enfance et recueillie par son grand-oncle, le vieux marquis de Jacobi. Ayant grandi avec son cousin, des fiançailles avec le fils du marquis ne furent une surprise pour personne, excepté pour un homme qui savait que lui, et non John Leighton, avait le cœur de la belle lady Elayne. Cet homme était sir Miles Sandbourne, cadet d'une famille peu fortunée, et qui donc n'aurait eu aucune chance dans cette compétition. Même pourvu d'une grande fortune et d'un titre, il n'aurait pu s'opposer à la volonté de fer du vieux marquis : voir lady Elayne mariée à son fils. Comme elle se sentait liée au vieil homme autoritaire, qui avait tout mis à sa disposition pendant des années, elle avait accepté de se soumettre à cette décision, mais son cœur était resté à sir Miles. La belle Elayne avait donc épousé l'héritier de Merdraco. Lord John était mort prématurément après sept ans d'union, en laissant un fils derrière lui.

Miles Sandbourne, que le décès de son frère aîné avait laissé en possession d'un domaine, Wolfingwold Abbey, et d'un titre, avait pu alors se présenter à la désirable veuve. Rien ne s'y était plus opposé. Ils s'étaient mariés peu après. Mais sir Miles, qui n'avait jamais pu oublier l'affront de ce premier mariage, avait nourri une haine grandissante, au cours des années, contre lady Elayne et contre les Leighton. Et ce fut un homme transformé par des années de ressentiment qui prépara une subtile revanche contre ceux qui l'avaient humilié. Ce ne fut que trop tard que lady Elayne comprit ce qui se tramait.

A ce moment, sir Miles avait détruit sa vie et celle de son fils, qui était pour lui un rappel constant de cette humiliation. Dès son enfance, le jeune héritier Leighton fut transformé en instrument de vengeance dans les mains de sir Miles, installé à Merdraco dès la mort du vieux marquis.

Lady Elayne eut à subir la présence des maîtresses de sir Miles dans leurs appartements, mais finalement, elle avait compris que son fils avait été sciemment débauché et monté contre elle. Elle s'était aussi aperçue que son fils serait bientôt rejeté par tous, car la fortune des Leighton, gérée par sir Miles, était au bord de l'effondrement. Les Leighton allaient déclarer banqueroute.

En effet, sir Miles avait poussé sa générosité de tuteur jusqu'à acheter les terres de Merdraco à Dante, contre la promesse de les lui revendre dans sa vingtième année, et ainsi de les sauver de la dispersion. Aux yeux de la société, sir Miles en avait fait plus qu'assez pour le jeune lord Jacobi, que chacun savait être un viveur sans caractère.

A son vingtième anniversaire, Dante avait constaté qu'il ne pouvait plus bénéficier que d'un quart de son héritage, ce qui était tout juste suffisant pour couvrir ses énormes dettes.

Ce fut au même moment, en plein automne, que Dante Leighton avait été accusé de meurtre et que sa fiancée s'était détournée de lui à cette occasion. Sa mère avait essayé en vain de le mettre en garde contre l'homme qu'il avait considéré comme un père.

La mort tragique de sa mère l'avait ramené à la réalité. Il était arrivé trop tard pour l'enterrement, mais il avait appris de la bouche de la femme de chambre de lady Elayne que celle-ci n'avait peut-être pas glissé de la falaise par accident. Ce n'était pas seulement le désespoir de voir son fils victime de son mari qui l'avait tuée, mais, plus directement, les coups que sir Miles lui avait infligés, la nuit précédant sa mort. Son visage pur était gonflé et méconnaissable, et elle s'était enfuie pour trouver la mort.

Dante Leighton, sentant confusément la vérité et étant allé trouver son beau-père pour lui demander des comptes, s'était retrouvé face à l'amère vérité. Sir Miles et lui s'étaient battus. Bien que plus jeune et plus agile, Dante était trop passionné pour vaincre. Sir Miles aurait pu facilement le tuer, mais il avait préféré l'humilier : l'ayant désarmé, il l'avait fouetté jusqu'au sang et jeté hors de sa propre maison. Les sarcasmes triomphants de sir Miles sonnaient encore aux oreilles de Dante.

Pourtant, en laissant la vie à son ennemi juré, sir Miles avait signé son propre arrêt de mort.

Le jeune homme mûrit, devint froid et déterminé, et cela en partie à cause du traitement que lui avait fait subir sir Miles.

Durant ses dernières années de mer, Dante racheta

la plupart des terres volées par sir Miles, en se servant d'un homme de paille. Chaque transaction avait été menée par une personne qui ne pouvait pas éveiller les soupçons de sir Miles.

Revenu de la mer, Dante Leighton retournait aujourd'hui à Merdraco. Bientôt le château résonnerait des pas de son maître parcourant ses couloirs trop longtemps abandonnés.

Mais la demeure était-elle restée la même, inchangée pendant quinze ans, ou bien s'était-elle transformée, comme son maître ?

# 16

L'*Auberge de la Tombe-l'Evêque* avait été ainsi nommée d'après un évêque qui avait trouvé la mort dans une tempête de neige cent ans auparavant. Son corps gelé avait été retrouvé trois jours plus tard sur le chemin menant aux écuries de cette auberge.

Le bâtiment principal, construit en lourdes pierres de granit recouvertes de lichens, avait un étage. L'endroit ne semblait pas accueillant de prime abord, mais le voyageur pouvait se réchauffer devant une grande cheminée qui trônait dans une vaste salle rustique, et se ragaillardir avec la mixture locale, faite de cidre et de crème. Dora Lascombe était célèbre pour ce breuvage. Ensuite, le voyageur trouvait une chambre agréable mais modeste et un lit préalablement bassiné, pour passer une nuit à l'abri des tempêtes. Cette nuit de début avril était précisément une nuit de tempête, une nuit dont on se souviendrait à l'*Auberge de la Tombe-l'Evêque*. Car ce fut cette nuit-là que Dante Leighton revint à Merdraco.

Nul n'aurait osé sortir par une nuit pareille, de peur de rencontrer les chiens sans tête du Chasseur noir. Et tout le monde ici savait que cette histoire n'était que pure vérité : deux pêcheurs n'avaient-ils pas été noyés juste après avoir vu la Dame blanche, un mois auparavant ? Et le frère de Dora Lascombe, Ted Samples, qui avait vu le spectre sur les rochers de Merdraco, pour disparaître peu après ?

Cette nuit-là, l'auberge était soigneusement calfeutrée contre les pluies glacées qu'apportaient les puissants vents d'ouest.

La petite caravane avait atteint Marwest Cross et, dans un roulement de tonnerre, avait franchi le portail pour se protéger au fond des écuries désertes. Après les voitures, peinaient encore sous le poids des bagages tous les lourds chariots dont les roues étaient encrassées par la boue collante.

Dante Leighton ouvrit brusquement la porte de la première voiture et chercha dans l'obscurité les occupants transis de la cabine. La lanterne de veille avait rendu l'âme une heure auparavant.

– Rhea ? Comment vas-tu ? lança-t-il au hasard.

On ne voyait que des ombres indistinctes emmaillotées dans des couvertures.

– Il fait frisquet, répondit-elle en claquant des dents.

Lord Christopher se manifestait bruyamment.

– Je suis gelé, déclara Robin en éternuant.

– Mince ! Il fait plus froid qu'en hiver au milieu de l'Atlantique, par ici, capitaine ! ajouta Conny.

– Où sommes-nous ? demanda Rhea.

Le souffle du vent s'était apaisé, mais la pluie continuait à tomber sur le toit de la voiture.

– Est-ce Merdraco ? demanda la voix désappointée de Conny.

Dans cette obscurité, il ne pouvait rien voir des tours dont lui avait parlé le capitaine pendant des années.

– Non ; nous ne pourrions atteindre le château par ce temps. Nous sommes arrivés à Marwest, jusqu'à l'auberge. C'est assez pour aujourd'hui.

– Tout le monde est présent à l'appel, annonça Alastair Marlowe, oubliant qu'il n'était plus à bord d'un navire. Les derniers miles ont été difficiles ! Lady Rhea ?

– Nous allons bien, Alastair, mais vous, vous devez être glacés et trempés jusqu'aux os ! s'inquiéta celle-ci.

— Je vais sortir le propriétaire du lit. Je doute fort qu'il attendait des clients ce soir ! s'exclama Dante. (Il prit le jeune Christopher sous sa cape et serra Rhea par la taille pour l'aider à descendre.) Il y a normalement des valets d'écurie pour s'occuper des bêtes. Mais il faut regarder le dernier attelage, ceux de volée semblent se fatiguer vite.

— Bien, capitaine ! répondit Alastair avant de disparaître sous la pluie.

Sa cape protégeant sa femme et son fils, Dante gagna la porte, qui s'ouvrit subitement à son approche. Un rayon de lumière accueillant en jaillit.

— Je ne pouvais imaginer âme qui vive dans cette tempête ! C'est alors que j'ai entendu les chariots et les voix ! Dora m'a dit que je rêvais ! J'avais raison !

Ouvrant largement sa porte, Sam Lascombe entraîna ses hôtes à l'intérieur. Il n'en croyait pas ses yeux : les écuries étaient pleines de monde, alors qu'il maudissait la tempête, il y avait à peine une heure, de le mettre sur la paille. Plus tard, cependant, il regretta de n'avoir pas laissé sa porte close et écouté Dora, car le diable et ses démons étaient entrés chez lui.

Pour l'instant, Sam était aux anges. Ce travail imprévu lui alluma une lueur de satisfaction dans les yeux quand il guida les premiers arrivés dans la salle à manger encore sombre.

Sans perdre de temps en vaines conversations, il alluma un grand feu et partit aider Dora aux cuisines. Ceux-là étaient sûrement affamés et beaucoup de chambres devaient être préparées. Voilà des gens qui n'iraient nulle part ailleurs pour la nuit : la pluie battait les carreaux des fenêtres avec une rage redoublée. Avant de quitter la pièce, il ne manqua pas de remarquer que les vêtements des messieurs qui venaient d'entrer étaient de bonne qualité, bien que mouillés. Un petit homme, enveloppé dans un manteau, buta contre lui. Sam s'excusa avant de continuer son chemin. Il regarda derrière lui, mais le petit homme avait déjà disparu. Il lui rappelait quelqu'un de familier. Mais qui ? Il avait tellement de travail (pour commencer, il devait tirer Dora de son lit) qu'il oublia aussitôt cet incident sans importance.

Dora, encore ensommeillée, fut réveillée avec une bonne tasse de café arrosé. Les femmes de chambre mirent le feu en marche dans la cuisine et, deux minutes après, une grande marmite dansait au-dessus des flammes, envoyant de la vapeur partout dans la pièce. Les théières furent remplies, et une vaisselle de la meilleure qualité mise en place sur les plateaux. Sam avait parlé d'une dame de qualité, qui, certainement, accepterait volontiers une tasse de thé bien brûlant.

Dora s'empara du plateau et gagna la grande salle.

– Bonsoir, milady ! fit-elle en entrant, un large sourire commercial aux lèvres.

Sam avait repéré des armes sur la portière d'une des voitures... Dora installa le thé sur une table proche de la cheminée, devant laquelle Rhea se réchauffait les mains.

– Merci, dit-elle, rayonnante. Je sens quelque chose qui met l'eau à la bouche et qui vient des cuisines. Mon mari m'a dit que le Devon est renommé pour ses petits pains.

– Il a bien raison, milady, répondit Dora sur le même ton affable. Votre mari vient de ce comté, milady ?

– Oui, mais il n'y est plus revenu depuis quinze ans.

Rhea se demandait quelle tête feraient l'aubergiste et sa femme quand ils découvriraient l'identité de leur hôte. Mais lord Christopher manifesta son enthousiasme à cet instant et détourna la conversation.

– Oh ! Comme il est mignon ! C'est là votre fils, milady ?

– Eh oui ! répondit Rhea, très fière.

Lord Kit avait séché ses larmes depuis son retour au sec et au chaud.

– Eh bien, qui l'aurait cru d'une si jeune femme ? Ces petites boucles châtaines lui viennent de son papa, assurément ?

– C'est cela, Kit ressemble à son père.

Rhea se rassit et accepta le thé. Dora Lascombe fut encore plus perturbée par l'arrivée de deux jeunes garçons, les manteaux dégouttant de pluie, les mains engourdies.

– Le cap'taine nous fait porter ça pour le berceau de lord Kit, déclara Conny avec un clin d'œil au bébé, en le bordant d'une nouvelle couverture.

– Va-t-il venir bientôt ? demanda Rhea.

– Dans une minute, m'lady. Il a dit qu'il voulait vérifier l'état du dernier attelage, répliqua Conny, les yeux rivés sur la théière ventrue.

– Servez-vous, les enfants !

– Et les petits pains vont bientôt sortir du four ! ajouta Dora, qui avait sans peine compris ce qui se passait dans l'estomac des gamins. Bon, il faut que je retourne aux cuisines !

– Vous veillerez à ce que nos gens prennent leur thé bien chaud, ainsi que leurs petits pains, lança Rhea en voyant entrer les jeunes servantes transies.

Dora traversait le hall quand un personnage de haute taille fit irruption à son tour. Quand il retira son chapeau de feutre et baissa son col, Dora eut un coup au cœur : elle reconnaissait trop bien ces yeux gris pâle. Et cette réaction ne fut pas amoindrie par l'entrée du petit homme aux jambes arquées, portant un chat dans ses bras. Autrefois, elle en avait pincé pour ce petit bout d'homme.

– Madame Lascombe, n'est-ce pas ? fit une voix froide et basse, à vous donner le frisson. Que d'années se sont écoulées, non ?

Dora avait tout de l'apparence de cet évêque qui avait donné son nom à l'auberge.

– Ô Seigneur ! marmonna-t-elle, la gorge nouée.

Son malaise augmenta avec le sourire de Dante.

Que Dieu les aide ! Il était encore plus beau aujourd'hui que quinze ans plus tôt.

– C'est exactement la réaction que je m'attendais à produire ici, conclut-il dans la plus parfaite sérénité de ton. Comment pourrais-je seulement imaginer que les mentalités changent dans ce pays ?

Si Dora Lascombe ne retrouvait plus sa langue, Sam arrivait en revanche en criant : il venait d'entendre un des valets nommer son maître. Il entra dans la pièce et se trouva face à l'incarnation de ses pires craintes.

Quelle serait la réaction de Shelby quand il apprendrait que Dante Leighton était de retour chez lui et que lui, Sam Lascombe, lui avait donné le vivre et le couvert ?

– Lord Jacobi...

– En personne, et c'est aussi un plaisir de vous revoir, Sam Lascombe ! déclara Dante, d'humeur moqueuse.

Etant jeune, il s'était bien souvent arrêté pour un dernier brandy en revenant de Westlea Abbot, par les froides nuits d'hiver, avant d'affronter le chemin de Merdraco.

– J'aurais dû m'en douter, grogna Sam. (C'était bien Kirby qu'il avait heurté au passage.) Huston Kirby, toujours le même et toujours à ses côtés.

– Eh oui, certains d'entre nous savent ce qu'est la loyauté, répliqua Kirby en bravant le regard de Sam.

Ils avaient été les meilleurs amis durant leur enfance, mais Sam avait trop rapidement lâché le capitaine et cru cette sombre accusation de meurtre.

Sam n'était pas complètement insensé : si les temps avaient vraiment changé, et que le marquis de Jacobi, restauré dans son pouvoir, revenait à Merdraco, lui, Sam Lascombe, n'allait pas s'en faire un ennemi.

– Sam Lascombe n'a jamais refusé un client. Vous pouvez rester tout le temps que vous voulez.

En revanche, il était très curieux de savoir, de la bouche de Kirby, ce qui était arrivé à lord Jacobi durant toutes ces années.

Alastair Marlowe et Francis Dominick échangèrent un regard de soulagement tandis que Conny adressait un clin d'œil à Robin : ne lui avait-il pas dit maintes et maintes fois que le capitaine savait y faire avec les hommes ? Un vrai chef.

– Comment va notre jeune compagnon ? demanda Francis en montrant le berceau du menton.

– Il s'est finalement endormi, annonça sa sœur, en face de lui. Je ne crois pas qu'il attrapera froid.

Francis avait du mal à se faire à l'idée que sa sœur était mère. Il était pourtant certain qu'elle ferait une bonne mère, car elle avait le cœur tendre. Dante aurait du reste affaire à lui s'il touchait à Rhea avec malveillance. Il était content d'être venu prêter main-forte, étant donné l'hostilité que déchaînait le seul nom de Leighton dans cette région perdue.

– Mettez-vous à votre aise. Dora va servir le repas, proclama Sam.

Il poussa sa femme du coude pour l'entraîner dans les cuisines. Heureusement, la tempête empêchait d'autres visiteurs du coin de venir prendre un verre ! Sinon... l'effet serait désastreux.

Deux heures plus tard, Dante Leighton, debout devant la petite fenêtre de sa chambre, scrutait sans succès les ténèbres. L'ouragan étrillait inlassablement la campagne.

Enroulée sur elle-même, comme un chat, sur le doux lit de plume, Rhea brossait nonchalamment ses longs cheveux.

On n'y voyait goutte. La nuit était d'une noirceur d'encre.

– Merdraco...

Il tira les rideaux en soupirant d'impatience. On ne

pouvait lire l'expression de son visage à la lumière de l'unique bougie. Il s'assit sur le bord du lit et ramena Rhea vers lui pour l'embrasser sur la joue.

– Demain, nous reviendrons chez nous, après toutes ces années d'exil.

# 17

La bourrasque qui soufflait si furieusement de la mer (du trou du Diable, disaient les naturels) se maintint encore deux jours sans faiblir, isolant l'*Auberge de la Tombe-l'Evêque* du reste du monde et laissant Dante Leighton écumer d'impatience, à faire les cent pas devant les fenêtres. La route de Merdraco allait se transformer en un torrent de boue !

Il ne comprit pas, cependant, combien cette tempête fut providentielle, car elle permit à Sam et à Dora Lascombe d'apprendre quelle sorte d'homme lord Jacobi était devenu. Kirby ne manquait jamais une occasion de lancer quelques vérités sur ce qui s'était vraiment passé autrefois.

Au bout de deux jours, pour Dora Lascombe, le jeune lord Dante avait subi une grave injustice en son temps. Maintenant, elle voyait en lui un mari très amoureux de sa femme, toujours auprès de son fils. Qui aurait pu rêver d'un mari et d'un père plus noble et attentionné ? Et toujours bien poli avec ça ! C'était plus qu'elle ne pouvait en dire de beaucoup de monde par ici !

Sam Lascombe était tout aussi favorablement impressionné, mais plus intéressé par les aventures du corsaire racontées par Conny et M. Marlowe, et par la vie à bord du *Dragon des mers*. Sam ne rêvait plus que de se trouver avec l'équipage et de partager cet incroyable trésor espagnol. Pour lui, la mesure d'un homme, c'était le respect qu'il imposait à d'autres hommes. Il semblait que Dante Leighton ait été un bon capitaine, habile manœuvrier et admiré par son équipage. Le respect de Sam Lascombe était certes facile à obtenir... Les frères de Rhea avaient aidé de façon non négligeable à améliorer l'image de lord Jacobi par leur seule présence à ses côtés. De cela, comme du soutien, bien que tardif, des Lascombe, Dante ne réalisa pas l'importance pendant ces deux jours. Mais tout le monde n'aurait pas la même attitude à l'égard du maître de Merdraco.

Le troisième jour enfin, l'aube resplendit de soleil. Ce dernier s'était à peine levé que Dante, habillé de pied en cap, sortit sans ménagements Rhea de ses rêves :

– Allez, paresseuse ! Hors du lit ! ordonna-t-il de sa voix de capitaine.

Rhea roula de l'autre côté du lit en enfouissant sa tête dans les oreillers. Elle avait dû se lever au milieu de la nuit pour nourrir lord Kit, qui promettait d'avoir le même caractère que son père. Elle bâilla ostensiblement et se prépara à continuer le fil de ses rêves, un instant troublés. Mais Dante souleva les couvertures et les envoya voler dans la chambre.

– Mais enfin ! Va-t'en ! Fiche-moi la paix ! Quelle heure est-il ? Il fait encore nuit dehors, j'en suis sûre ! s'écria-t-elle en se dressant péniblement.

Son œil s'ouvrit brusquement en voyant Dante, debout devant elle, déjà prêt à enfourcher son cheval. Cette plaisanterie était détestable ! Dante se posa lourdement sur le lit et la prit dans ses bras.

– Le soleil s'est levé, mon amour, et la journée sera chargée ! Es-tu prête à tout ? Car les routes sont encore trop boueuses pour les voitures. Il faudra y aller à cheval. Je fais seller Skylard pour toi ?

La jument se trouvait parmi les chevaux que leur avait donnés Lucien Dominick. Le duc savait que Dante Leighton devait monter une écurie à partir de rien, et les chevaux de Camareigh étaient parmi les meilleurs du pays.

– Tu ne partiras pas sans moi ! prévint Rhea, bien qu'un peu endormie. Mais Kit ? Et Robin et Conny ? Nous les laissons ici ?

– Kit, oui, Nora et Betsie veilleront sur lui. Francis a prévenu qu'il prendrait Robin en croupe. Alastair en fera de même avec Conny. Je ne pense pas que nous devions nous inquiéter pour Kit, il sera en bonnes mains.

– Et Kirby ? Je ne l'ai jamais vu sur un cheval. Il restera ici ?

– Tu crois ça ? fit Dante en riant. Rien au monde ne pourrait l'arrêter dans cette expédition. Et pourtant, le cheval est un cauchemar atroce pour le malheureux.

Kirby était effectivement dans la grande salle à piaffer d'impatience. Il ne voulait pas manquer le spectacle inoubliable des sombres tours s'élevant au-dessus de la brume. Rhea se laissa emporter par la fièvre des préparatifs.

L'approche se faisait tout le long du chemin avec l'océan pour voisin immédiat. A certains endroits, l'étroit passage semblait tomber directement dans la mer. Sur les rochers, à leurs pieds, rugissaient les vagues déchaînées et l'écume s'élevait en panache pour les asperger.

De temps en temps, Rhea percevait les exclamations enthousiastes de Robin, avant que le vent les emportât. Jamais auparavant, son jeune frère n'avait visité une côte aussi sauvage et ne s'était trouvé si près de l'écume bouillonnante que chacun pouvait voir au pied de la falaise. Francis était plus réservé dans ses réactions, mais Rhea le savait très impressionné.

Conny était bien sûr dans son élément. Merdraco était pour lui un sujet de fascination autrement plus intéressant que les vagues et les exclamations de ces terriens ! Lui savait qu'on ne connaît bien la mer qu'après avoir navigué.

Dans son habit de cheval de coupe sévère mais d'une jolie couleur bleu ciel, Rhea aurait pu être en promenade près de Camareigh, mais elle était là, dans l'inconfortable proximité du ressac, cheminant sur le bord d'une falaise qui dominait une étroite bande sablonneuse et rocheuse, où venait mourir la colère marine.

Plus loin, quand il lui était possible de vaincre le vertige, son regard accrochait les hautes tours noires, minces, élancées au sommet de leur falaise. Elle ressentait les événements terribles qui s'y étaient déroulés et ne pouvait s'empêcher de frissonner. Ici, elle se sentait très proche des visions angoissantes de sa tante Mary et cela ne pouvait guère la rassurer. Son frère Francis partageait les mêmes impressions.

Dante Leighton, qui dirigeait la progression, se retourna pour surprendre un échange de coups d'œil entre le frère et la sœur. Cela l'irrita un peu : il s'inquiétait de savoir si, un jour, Rhea se considérerait comme une Leighton.

– Quelque chose ne va pas ? demanda-t-il pour permettre à la jument de rattraper son cheval.

Francis resta derrière, car la place manquait pour trois cavaliers de front.

– Nous nous demandions si cette baie avait un nom, cria Francis décidé à prendre l'initiative.

Dès que Rhea rencontrait les yeux de son mari, elle perdait automatiquement le fil de ses idées.

– Elle est connue sous le nom de Dragon's Cove.

– Les bateaux peuvent-ils entrer dans cette anse ? continua Francis. On dirait qu'il y a des récifs à l'entrée !

– Vous avez raison. Ce n'est pas indiqué s'il n'y a pas un pilote familier de cette passe avec vous. Même comme ça, quand la mer est grosse, c'est un jeu d'enfant de se faire déchiqueter.

– Il y a beaucoup de naufrages ? demanda Robin.

– Oui, fit Dante, soudain laconique.

Rhea et lui portèrent en même temps leur regard vers une haute portion de falaise, particulièrement acérée et découverte.

– Est-ce là ? demanda-t-elle avec toute la douceur dont elle était capable.

– Oui... Elle est tombée de là-haut.

La réponse était dure, dévorée par le remords.

Kirby, à cheval sur un petit poney des landes loué à l'auberge, n'avait pas besoin d'être à leur hauteur pour savoir ce qui se disait. La vision de cette falaise, qu'il avait l'impression de redécouvrir, décuplait sa haine pour sir Miles.

Le petit chemin revint en arrière pour s'élever au faîte de la colline sur le versant de laquelle ils se trouvaient.

Rhea retint son souffle en approchant du sommet, son sourire se forçant quand elle regardait en arrière vers ses frères, ou plus loin vers Alastair, que Conny, dans son dos, tenait fermement par le ceinturon.

Les sabots de Skylard semblèrent voler sur les derniers mètres de la montée. Une brise rafraîchissante les accueillit à l'arrivée, en plein visage. Devant eux, Dante et son cheval semblaient pétrifiés. Rhea n'entendit plus la rumeur de la brise marine ni le roulement incessant des vagues. Elle était là, devant les deux tours noires de Merdraco... Et devant les restes du château en ruine.

– Rhea ?

La voix lointaine de son frère lui parvint en même temps qu'elle sentit un bras ferme la soutenir par la taille. Elle se retourna pour se trouver nez à nez avec Alastair Marlowe, blanc comme un linge.

– Merdraco... détruit... soupira-t-elle.

La voix suraiguë de Conny transperça l'atmosphère, rugissante de colère :

– Crénom ! C'est une ruine ! On dirait qu'il a été démoli au canon ! Que lui est-il arrivé ?

Robin Dominick, la bouche ouverte d'étonnement,

épiait, de derrière l'épaule de son frère, ces grosses pierres grises que le vent paraissait avoir déplacées aussi facilement que des fétus de paille. Francis Dominick secoua la tête. Il n'avait jamais vu un endroit plus désolé. Ce n'était pas sans lui rappeler les ruines de Timeredalock, avant que son oncle Richard reconstruise le grand château. Il ne savait trop quoi dire. Rhea continuait à fixer le dos immobile de son mari. Tout le monde se trouvait un peu dans l'expectative. Qu'allait faire Dante Leighton ?

Il ne réagit pas d'une façon prévisible, et la colère eût été préférable à ce rire déchaîné.

– Dante ! Dante ! S'il te plaît ! Arrête ! cria Rhea.

Dante s'arrêta tout de suite, les larmes aux yeux, la mine encore hilare. Il semblait un peu confus, néanmoins. Il sauta de cheval et vint aider la jeune femme à descendre. En la protégeant du vent, il l'entraîna vers les ruines.

– Rhea ! Mon amour ! Je suis idiot ! Je ne t'ai pas expliqué ! Regarde !

Et il pointa son doigt vers une légère élévation, dans le lointain, recouverte de bois et protégée de la mer d'Irlande par la courbure de la côte. Niché dans cet abri naturel, se trouvait un magnifique manoir en granit, aux fenêtres tournées vers le soleil qui se reflétait dans les carreaux sans nombre. De grandes cheminées prenaient naissance sur les toits pentus, aussi fières que les tours de la vieille forteresse.

– Voilà Merdraco, ma maison, Rhea ! Notre maison ! Et pour les siècles à venir, la demeure des Leighton, proclama l'ancien capitaine du *Dragon des mers*, lord Dante Jacobi.

## 18

Rhea Claire Leighton se retourna vers les tours en ruine du vieux château se découpant sur le ciel bleu. Ces tours étaient tout ce qui restait de la citadelle bâtie au XIe siècle par un noble normand qui avait enlevé ces terres aux Saxons. Le site rendait Merdraco inaccessible en le protégeant par des falaises naturelles de trois côtés.

Originellement, il s'agissait d'une construction en bois avec une simple palissade. Plus tard, elle fut renforcée, et ce fut un édifice de pierre, avec des murs de cinq mètres d'épaisseur. La porte était protégée par deux tours pour garantir des attaques sur le seul flanc vulnérable.

Tombée en désuétude, la forteresse ne fut vaincue que par la mer. Créé marquis, Gilbert Leighton, sixième seigneur de Sandrake, avait considéré qu'il ne lui seyait plus de vivre dans un pareil nid d'aigle. La citadelle fut donc démantelée par les maçons, et les pierres réassemblées en une demeure plus riante, de style Tudor, avec pignons et cheminées, fenêtres à meneaux, sculptures de pierre, arches et cours. Le site choisi permettait aussi d'éviter les courants d'air continuels.

Ces deux tours demeuraient intactes, debout dans leur beauté solitaire, décharnées et grandioses, hommage permanent au fondateur de la lignée, Raoul de

Saint-Draquet, ce Normand qui avait conquis ce bout de côte sauvage.

– Eh bien ? Qu'en penses-tu ? demanda Dante, une fois au pied de la maison où il était né.

Ce n'était certes pas comparable à Camareigh et à son ordonnance classique dans un décor naturel et aimable. La demeure avait l'air vide et négligée. Sa beauté était brute. Le lierre avait envahi les murs et les arbres étaient étouffés par les rosiers sauvages. Les haies se développaient comme des buissons, hautes et épaisses, et les mousses s'étaient solidement implantées dans le pavement de la cour.

Rhea se sentit investie d'une mission, celle de rouvrir cette maison, de lui rendre la vie et d'en bannir poussière et tristesse.

Les craintes de Dante s'évanouirent immédiatement.

– Je n'aurais pas pu désirer maison plus belle que celle-ci, fit-elle, discernant à travers les ravages du temps qu'ici se trouvait un endroit où chercher le bonheur.

Robin Dominick et Conny Brady n'avaient pas cette sagesse : pour eux, cette demeure avait peut-être connu de beaux jours, mais c'était déjà loin dans le passé, avant qu'ils naquissent. Ils se demandaient même si c'était vraiment Merdraco, ce château dont ils avaient tant entendu parler.

Pour Kirby, rien n'avait changé depuis son départ pour la vie aventureuse de marin. Il ne voyait pas les ardoises manquantes sur le toit ou les carreaux brisés. Ses yeux croyaient retrouver le Merdraco du passé, fleuri jusqu'au pied des murs et toujours animé.

Pour Alastair, qui avait écouté les histoires du passé pendant tant de nuits de veille, il était facile de deviner ce qu'avait été la demeure, mais il fallait reconnaître que le travail ne manquerait pas pour lui rendre un semblant de bonne apparence.

Francis Dominick, attaché à l'architecture classique de Camareigh, trouvait cet édifice déprimant. Il n'enviait guère Rhea, bien que ce fût assurément mieux que les décombres du château normand sur le promontoire.

Bientôt, alors qu'ils s'approchaient lentement, un portail, flanqué d'une petite bâtisse de portier, leur barra la route. De lourdes portes en fer forgé devaient empêcher le libre passage, mais les battants gisaient sur les côtés, dégondés. Manifestement, cela ne s'était pas fait tout seul. Inspectant les gonds, Dante constata qu'ils avaient été effectivement forcés.

– On dirait que quelqu'un s'est invité, fit Alastair.

– Ce chemin mène-t-il seulement à Merdraco ? demanda Francis, intrigué.

Dante parut surpris par cette question.

– Oui, mais il continue un peu plus loin dans les bois. C'est la seule voie qui existe pour aller à Merdraco depuis Marwest Cross. Pourquoi cela ?

Francis se racla la gorge. Il ne voulait pas avoir l'air stupide.

– Eh bien, il m'a semblé qu'à la hauteur des ruines il y avait pas mal de traces de passage pour un endroit pareil. Ce chemin que nous avons suivi avait l'air emprunté par beaucoup de monde. Avez-vous remarqué ces ornières, et cela malgré les pluies récentes ?

– Je ne peux pas dire que je les avais remarquées. Je pensais à autre chose, admit Dante. Mais maintenant que vous le dites, le sentier était effectivement en bon état, si on considère que personne n'aurait dû l'emprunter depuis quinze ans.

– J'ai remarqué également des marques d'usure étranges : un des dragons, au pied des tours, semble avoir reçu des coups comme s'il avait servi de cible, ajouta Alastair Marlowe. Bien sûr, il se peut que mon imagination me joue des tours... mais je me demande si...

– Si ?

– Non, rien, vraiment...

– Pensez-vous qu'il s'agisse d'un fantôme, monsieur Marlowe ? intervint Conny, qui dissimulait mal son excitation, sans saisir que la question pourrait blesser le capitaine. La Dame blanche dont Mme Lascombe parlait ? Ils disent que personne ne vient par ici, tellement ils ont peur !

– Je ne crois pas que ce soit à cela qu'Alastair pensait, coupa Dante, très maître de lui. Tu pensais plutôt à une bande de contrebandiers qui auraient pu se servir de Merdraco comme cache et comme point de débarquement ? Quel meilleur moyen de tenir les villageois à distance que d'inventer cette fable d'un spectre hantant les ruines ! Une lanterne, un drap vert un peu transparent et ces paysans sont persuadés qu'il y a une Dame blanche par ici !

Rhea se souvint d'une conversation qu'elle avait eue avec Dante : il avait parlé de sa mère ; les gens d'ici avaient vu son ombre sur les falaises. Mais comment le savait-il puisqu'il revenait dans le pays pour la première fois aujourd'hui ? Elle oublia ses spéculations en entendant le rire de Dante, suivi de celui d'Alastair.

– N'est-ce pas ironique que Merdraco ait été utilisé par des contrebandiers pendant que je m'éreintais à faire fortune de la même manière, entre les Antilles et les Carolines ? fit Dante. Quand sir Morgan Lloyd me demandait ce que je savais des contrebandiers de ces parages, parce que son frère les chassait sans relâche, il devait penser que j'avais partie liée avec eux.

Il descendit de cheval et aida Rhea à faire de même.

– Vraiment ? Je n'avais pas compris ça ! dit Alastair en faisant glisser Conny de sa selle.

– Oh, c'est normal, il pouvait avoir des soupçons. J'ai des antécédents, après tout.

– Je ne vois pas comment il pouvait imaginer une chose pareille ! insista Alastair. Vous n'étiez pas revenu à Merdraco depuis quinze ans. Ce seul fait suffit à...

– Tu n'as jamais vu de marionnettes, Alastair ?

– Si, bien sûr, dit son ancien second sans comprendre.

– Eh bien, tu dois alors reconnaître qu'une personne n'a pas forcément besoin d'être visible pour diriger des contrebandiers, comme cela se fait pour les marionnettes. Quelle meilleure protection pour le chef de cette bande que de n'être pas là, sur place ? Maintenant que je suis riche, qui me soupçonnerait de faire de la contrebande ? Sauf peut-être ce bon capitaine Lloyd, qui sait que je pourrais me livrer à cette activité pour le seul plaisir !

Cet argument était à deux doigts de convaincre les frères Dominick et Conny en était déjà persuadé. Même Alastair eut un doute, avant de voir le rictus moqueur qui se dessina sur le visage de Dante et l'air exaspéré du vieux Kirby, qui n'aimait pas ce genre de plaisanterie.

Dante franchit l'arche d'entrée, gardée elle aussi par des dragons de pierre, la main gantée de Rhea dans la sienne, et tirant les chevaux par les rênes, de l'autre main.

– Venez ! Je vais vous montrer Merdraco !

La pelouse intérieure était échevelée, hirsute, mangée par les rhododendrons sauvages. Les haies débordaient de partout, et des feuilles à moitié pourries flottaient dans le bassin central, rempli d'eau de pluie puante.

Un étrange silence régnait dans cette cour, un silence de cimetière ou d'église abandonnée. Les herbes folles poussaient entre les pavés et montaient contre la jupe de Rhea. Le claquement des sabots faisait un vacarme d'enfer.

Si Dante était désappointé par l'apparence de son domaine, il le gardait pour lui. Passant devant les boxes, il lança :

– Grâce à la générosité de ton père, nous avons le

début d'une excellente écurie. J'espère seulement que nous pourrons persuader le jeune Clauson de conserver la charge des chevaux. Il connaît magnifiquement son métier.

– C'est bien naturel, avec Butterick comme maître !

– Mais je parie que Saunders s'arracherait les cheveux en voyant ces jardins ! s'exclama Robin.

– Qui est ce Saunders ? Le chef jardinier de Camareigh, c'est ça ?

Quelques marches menaient à l'entrée de l'édifice. Une lourde porte en chêne massif, richement sculptée, en barrait l'accès. Rhea s'attendait à la voir résister à la poussée de Dante. Mais elle s'ouvrit, non sans se plaindre bruyamment. Une épaisse odeur de moisi les saisit à la gorge quand ils entrèrent dans le grand hall sombre.

Un seul rai de lumière provenait d'un œil-de-bœuf de taille assez réduite, au-dessus de la porte.

Dans cet espace animé par les générations successives de Leighton, une profanation avait été perpétrée, et le spectacle que le petit groupe horrifié découvrit ne serait pas oublié de sitôt.

# 19

Dante Leighton était totalement abasourdi. Les intrus n'avaient pas seulement violé les portes. Le vice et la méchanceté pure avaient présidé à la ruine de cette maison.

Le grand hall avait été utilisé par les hommes et les bêtes comme étable. Toutes sortes de saletés et de gravats étaient partout répandus. Près de la monumentale cheminée, le mobilier avait été fracassé pour servir de bois de chauffage : la longue table massive n'était plus, tout comme le coffre profond, orné de créatures mythologiques, où s'était souvent caché le jeune Dante. Les meubles n'étaient plus que des cendres dans l'âtre. Lambris, cimaises et plinthes en bois ouvragé avaient été arrachés des murs, par lambeaux, et à leur place ne restaient que des trous béants. La rambarde du grand escalier qui menait à l'étage avait probablement subi le même sort que les meubles.

La voix de Conny résonna comme un carillon dans cet espace immense :

– Ce que ça pue, là-dedans !

Son air dégoûté et sa déception méprisante blessèrent Dante comme un embrun d'eau glacée et le réveillèrent tout à fait de ce cauchemar. Il se retourna : tous étaient interloqués, immobiles. Le visage décomposé du capitaine était bien plus impressionnant que l'aspect du grand hall. La vie semblait avoir quitté ses yeux. Sentant la pitié des autres dans leur regard, il ferma les paupières. Il ne pouvait supporter la pitié !

Avec une violence aveugle, il prit Rhea par le bras et l'entraîna dans la lumière de cette matinée bien entamée.

– Dante, dit-elle en lui prenant la manche de son manteau, je...

– Je ne veux pas que tu remettes les pieds dans cette maison ! s'écria Dante en respirant bruyamment l'air frais, encore que légèrement réchauffé par les rayons du soleil. Comprends-tu, Rhea ?

– Mais, Dante, je veux rester à tes côtés. La maison entière n'est peut-être pas dans cet état. Cela ne sera pas facile, mais il y a sûrement quelque chose à sauver, j'en suis persuadée ! répondit-elle avec un optimisme qu'elle voulait communicatif.

– Tu crois ? répliqua Dante en jetant un coup d'œil vers l'aile adjacente, par-dessus son épaule. Les porcs ! Ils paieront pour ça ! Et par tout ce que j'ai de plus sacré au monde, je jure qu'ils le paieront cher !

– Capitaine, intervint Kirby, près de lui, restez ici. Je vais retourner à l'intérieur, offrit-il, les larmes aux yeux. Je verrai ce qu'il est nécessaire de faire...

Dante hocha la tête. Avant de s'engouffrer dans le domaine de la désolation, il prit la main tremblante de son serviteur et ami, et la serra longuement.

Le bruit de ses pas décrut rapidement. Une porte claqua violemment. C'était fini...

– Il avait tellement honte, m'lady, reprit Kirby. Quels démons ! C'est une tragédie, sûr. Pauvre capitaine ! Quelle misère...

Le petit homme renifla bruyamment.

– Dante n'a pas à avoir honte. Je peux partager cette peine avec lui... mais il ne voudra jamais me laisser le réconforter !

Francis s'approcha d'elle et la prit par les épaules. Tous avaient été profondément bouleversés. Mais ils pouvaient faire face ensemble. Et Dante devait accepter leur aide !

– Le capitaine est trop fier, voilà c'qu'il est, déclara Kirby. Il a été trahi tant de fois, m'lady ! Il était si content de vous montrer Merdraco ! Il a attendu si longtemps ce retour ! Trouver tout ça dans cet état... Même si c'est la dernière entreprise qu'il me sera donné de mener dans ma vie, j'aiderai le capitaine à obtenir sa revanche, sûr !

Alastair Marlowe approuva d'un grognement véhément, en parcourant le paysage du regard, comme pour chasser le souvenir de ce sinistre spectacle.

– Qui aurait fait une chose pareille ? demanda Robin, encore sous le choc.

– Des animaux... répondit Francis.

Il emmena sa sœur vers une murette qui protégeait les jardins en terrasses.

– Des animaux ?

– Oui, l'espèce à deux jambes, expliqua Alastair, en suivant le mouvement général.

Le doux parfum de chèvrefeuille chatouilla ses narines et ses sens s'éveillèrent.

– Sûr, et même, je crois bien que j'en connais un, ajouta Kirby en s'asseyant sur la murette.

– Les contrebandiers, monsieur Marlowe ? demanda Conny, incrédule.

Lui-même ayant participé à cette activité, il n'avait pourtant jamais rencontré de contrebandiers de cette espèce.

– Ouais, fit Kirby.

– Mais pourquoi ? reprit Francis, outragé. Merdraco est un repaire parfait pour se cacher, certes, mais pourquoi avoir détruit le mobilier et souillé les pièces ? C'est quand même curieux. Je ne comprends pas non plus une chose, monsieur Kirby. N'y avait-il pas un gardien employé à Merdraco ? Je crois qu'il faudrait signaler ces déprédations aux autorités. Trouver le magistrat local pour qu'il ouvre une enquête...

Lord Francis Dominick ne voyait pas la moindre difficulté à cela. Il fut donc surpris d'entendre Kirby glousser :

– Pardon ? fit-il, sur le même ton que son père, le duc.

– Lord Francis, excusez-moi, mais, voyez-vous, ça ne sert à rien. Les contrebandiers, ici, ne craignent aucune autorité. J'en ai parlé avec les Lascombe, et il apparaît que ces Fils de Belial, comme ils se font appeler, contrôlent le pays. Tout le monde en a peur, et ceux qui oublient de les craindre... enfin ! Dora Lascombe m'a confié que son frère a été tué pour avoir voulu abandonner la bande et s'établir à son compte. Ils sont tous plus ou moins mêlés à cette affaire... Attention, ne vous méprenez pas ! Ce sont de bonnes gens, mais ils ne sont pas courageux, ajouta Kirby pour calmer la colère du jeune lord. Il y avait un intendant autrefois, oui... Son successeur est mort il y a deux ans. Même s'il avait été vivant, il n'aurait rien pu faire contre ces chiens. Ils l'auraient tué sur-le-champ.

– Mais enfin ! Il faut les arrêter, ces scélérats ! s'écria Francis, impuissant devant ce discours sans espoir.

– Un homme seul ne peut le faire. Il faudrait que certains d'entre eux trahissent leur chef et que les gens du pays nous soutiennent.

– Eh bien, d'après ce que j'ai compris de mon beau-frère, j'ai l'impression que ces Fils de Belial ont fait une sacrée gaffe en entrant à Merdraco. Ils se sont mis à dos Dante Leighton, ce que j'aurais bien pris garde de faire ! dit Francis d'un air entendu. Le marquis de Jacobi doit avoir assez de pouvoir et d'influence pour que justice soit faite !

– Si c'était aussi simple, m'lord !... répliqua Kirby avec une mauvaise grimace, en se grattant pensivement les cheveux.

Alastair Marlowe, lui, se massait le menton, en regrettant que l'équipage du *Dragon des mers* n'ait pas été mis sur la brèche. Le capitaine aurait pu compter sur eux sans réserve.

– Eaux dangereuses, marmonna le subrécargue.

– Vous y êtes, monsieur Marlowe. Mais vous ne connaissez pas le pire... soupira Kirby.

– Feriez aussi bien d'annoncer la couleur, lança Alastair.

– Oui, s'il vous plaît, Kirby, dit Rhea.

Les trois hommes se tournèrent vers elle avec étonnement. Ils avaient presque oublié sa présence, et Kirby hésita un peu avant de se lancer, de crainte de l'alarmer.

– D'après ce que j'ai glané çà et là des Lascombe, le chef des Fils de Belial n'est autre que Jack Shelby.

Le nom ne disait rien à Alastair ni aux gamins, mais Francis et Rhea savaient à quoi s'en tenir.

– C'est le père de cette Lettie Shelby que Dante est supposé avoir assassinée, expliqua-t-elle.

– Eh ! s'écria Conny, très chatouilleux quant à l'honneur de son capitaine. Vous devez faire erreur, m'lady ! Jamais le capitaine n'aurait fait une chose pareille !

– Bien sûr, Conny, mais le père de cette fille le pense encore, répondit Rhea. C'est donc pour cela que les contrebandiers ont saccagé cette maison.

– Voilà bien le malheur, m'lady, reprit Kirby. Que va-t-il faire maintenant que le maître de Merdraco est rentré ? Et si le magistrat local n'a pas déjà arrêté Shelby et sa bande, je ne vois pas pourquoi nous irions chercher son aide. Les Fils de Belial sont imbattables, et, encore une fois, le capitaine est seul... Et ça risque d'être bien pire quand sir Miles découvrira ce que le capitaine a réussi à organiser dans son dos...

Intérieurement, il avoua qu'il donnerait la moitié de sa fortune pour voir la tête de sir Miles lorsque celui-ci apprendrait la machination montée par Dante.

– Rhea, coupa le jeune Robin, Conny et moi, nous allons faire un tour dans les jardins. On peut ?

Elle fit un tour d'horizon du regard, puis considéra son petit frère avec appréhension.

– Entendu, mais n'allez pas trop loin, conclut-elle en se demandant quelle déplaisante nouvelle ils ramèneraient.

Dante Leighton remit sur pied une table renversée et éraillée, sa main effleurant la surface entaillée au couteau. Il la replaça contre le mur, à sa place, et imagina les gants de cuir de sa mère posés sur sa surface cirée. Il y avait près de la fenêtre une chaise recouverte de velours, éventrée et en lambeaux. Là, il pouvait revoir sa mère assise. Les rideaux avaient été arrachés de leurs supports, les vitres fracassées, les débris jonchaient le sol recouvert d'un tapis maculé de boue.

Dante traversa les pièces en silence. Chaque pas renforçait sa colère, jusqu'à ce que, la coupe débordant, il s'empare de ce qui restait d'une table et, avec un hurlement démoniaque, le jette par une fenêtre éborgnée. Le fracas de la table se disloquant dans la cour apaisa sa fureur. Il retourna vers la galerie centrale, et là, la tête enfouie dans ses mains, reposant contre la cheminée monumentale, il mit froidement au point les étapes de sa revanche. La lumière qui passait à travers les fenêtres, même sales, reporta son attention vers les murs nus. Tout n'était pas perdu. Sir Miles avait vendu les reliques de la famille, mais, pendant des années, un agent avait traqué ces objets pour Dante. Tous les objets vendus avaient été rachetés et gardés à l'abri. Passant la tête par l'une des fenêtres brisées, il porta son regard vers la chapelle où étaient enterrés ses ancêtres et ses parents. Au nom de ceux-là, et pour leurs descendants, Rhea et lui allaient restaurer Merdraco dans sa grandeur.

## 20

– C'est devenu bien calme, constata Rhea avec une inquiétude croissante.

Ils avaient entendu le fracas du bois et du verre se brisant dans la cour, mais, depuis une demi-heure, le silence régnait.

– Oh, m'lady, vraiment, il ne faut pas que vous retourniez là-dedans, dit Kirby. Que dirait madame votre mère ?

– Si ma mère était à ma place, elle ne serait pas restée dans cette cour. Elle serait à l'intérieur avec son mari !

Kirby se retourna vers Francis, puis vers Alastair ; aucun d'eux ne se mettrait en travers de la route de lady Rhea. Tous pouffèrent devant la mine affolée du pauvre Kirby, puis ils éclatèrent de rire quand il les contempla avec ahurissement.

– Puis-je vous demander ce qui vous fait tordre de si bon cœur ? coupa une voix glaciale, derrière eux.

– Capitaine ! s'écria Kirby en faisant volte-face.

Dante était apparemment sorti du château par une porte latérale.

– Dante ! j'étais tellement inquiète ! s'écria Rhea en lui sautant au cou.

Il n'y avait point besoin d'explications. Dante avait vu bien des braves matelots, victorieux d'un combat, éclater de rire comme des gosses sans la moindre raison. Aussi sourit-il, et la gêne tomba immédiatement.

– Et le reste de la maison ? demanda Rhea.

– A peu près dans le même état. Cependant, c'est assez curieux, mais je ne crois pas que les contrebandiers aient utilisé Merdraco récemment. Même les animaux apprécient une étable propre...

– Ces porcs ? Peuh...

Kirby manifesta son dégoût en crachant par terre.

– Leur jour viendra, ne crains rien, Kirby, déclara Dante avec une moue qui ne présageait rien de bon.

– Bien, quelle sera notre route, capitaine ? demanda Alastair.

Sa voix résonnait comme un écho du passé, un passé récent, en fait. Quand il rencontra les yeux de Dante Leighton, c'était exactement comme à bord de leur navire avant un appareillage.

Dante fut cependant surpris : il ne s'attendait pas à voir son ancien second rester plus longtemps avec lui.

– Cela va peut-être être dur...

– M. Kirby m'a déjà prévenu, répondit Alastair sans piper.

– Es-tu certain de vouloir signer encore une fois ? demanda Dante. Merdraco, comme tu le vois, n'est plus habitable avant longtemps. Beaucoup de monde ici aimerait me voir échouer...

– Allons, nous en avons vu de pires, répliqua Alastair, imperturbable.

– Bon, alors, je dois honnêtement vous mettre tous en garde : je compte détruire cette bande et voir leur chef au bout d'une corde.

Francis était la seule personne présente à n'avoir jamais connu cet aspect particulier de la personnalité de Dante. Impressionné, il pouvait plus facilement croire aux histoires de Conny Brady. Les contrebandiers d'ici ne valant probablement pas mieux que ceux du *Dragon des mers*, il n'était pas trop pressé de les rencontrer.

– Je crois que nous en avons assez vu. Si nous allions nous restaurer à l'auberge ? proposa le capitaine, qui avait visiblement un meilleur estomac que les autres.

– Kit aura faim, maintenant, décida Rhea, se sentant déjà mieux rien qu'à l'idée de quitter ces lieux. Mais je crains que nous ne puissions habiter le château dans l'immédiat...

– L'*Evêque* est confortable, non ? Un peu petit pour nous tous, mais j'imagine que les Lascombe ne se plaindront pas du désagrément, suggéra Francis.

– Ce serait parfait, évidemment, mais je ne veux pas les mettre en danger, ce qui ne manquera pas de se produire dès que Shelby apprendra notre arrivée. Assez de responsabilités comme ça.

– N'y a-t-il pas d'autre endroit ? demanda Rhea.

– Il y a Sevenoaks House, cap'ne. On peut aller là, suggéra à son tour Kirby.

Mais Dante hocha négativement la tête.

– Non, c'est trop loin de Merdraco, et je ne veux pas apporter des ennuis à sir Jacob. Il en a déjà fait assez pour moi. Nous ferons ce travail nous-mêmes. Nous n'avons besoin de personne.

– Surtout trop fier pour l'accepter, c'est tout, oui... marmonna Kirby. (Il s'éloigna subitement.) Je vais chercher les chevaux.

– Qui est ce sir Jacob ? demanda Rhea.

– Quelqu'un que je connaissais autrefois, répondit Dante laconiquement. (Se retournant en tous sens, il demanda :) Conny, Robin, où sont-ils ?

– Ils sont partis en exploration, dit Alastair. La dernière fois que je les ai vus, ils partaient dans cette direction.

La cour était vide. Aucun d'eux n'avait remarqué

qu'ils avaient disparu. Le mur, couvert de lierre épais, était aussi trop haut pour avoir été escaladé par les gamins.

Ce ne fut qu'en mettant pratiquement la main dessus qu'ils virent la porte encastrée dans ce mur, et recouverte d'une exubérante végétation. Elle n'aurait pu être mieux masquée. Mais elle fonctionnait bien, car le gardien l'utilisait lors de ses rondes les premières années. Le sentier au-delà était le royaume des oiseaux : à chaque pas, ils en débusquaient un. Le ciel bleu n'apparaissait que réduit à quelques taches très lumineuses, loin au-dessus de leurs têtes.

– Où va ce chemin ? demanda Rhea en regardant autour d'elle avec circonspection.

– Le vieux pavillon de chasse ! Je l'avais complètement oublié ! s'écria Dante alors qu'ils arrivaient en vue du bâtiment.

C'était une sorte de manoir en bois, avec des excroissances pseudo-militaires, tourelles, échauguettes, belvédère, purement décoratives, et surchargé de gargouilles en forme de dragons. Les fenêtres de taille modeste, à croisées, donnaient sur la mer et sur les tours de Merdraco.

– Quelle quiétude ! dit Rhea, juste avant qu'un oiseau ne s'envole à ses pieds, avec un cri strident d'exaspération.

– Qui va là ? cria une voix flûtée en haut de la terrasse.

Tous reculèrent. Dante poussa Rhea derrière lui pour la protéger de son corps. Tout ce qu'on pouvait voir était une longue *claymore* à deux mains et un bouclier rond.

– Permission de monter à bord ! répondit Francis en se demandant où les deux incorrigibles gamins avaient trouvé cette quincaillerie d'un autre âge.

– Mince ! Quelle frousse ! J'ai bien dû perdre deux ans de ma vie avec c't'émotion ! grogna Kirby.

– Entrez, capitaine ! fit Conny. (Il ajouta sans trop

de tact :) Cet endroit n'est pas en aussi mauvais état que Merdraco !

– Sûr ! Permission de monter à bord accordée ! lança Robin.

La devise des Leighton protégeait la porte, mais elle était presque totalement cachée sous le lierre. Un petit vestibule ouvrait sur une grande salle sous toiture. Les madriers étaient visibles et en bon état de conservation. Toutes les parties en bois avaient été sculptées. Malgré la poussière et les toiles d'araignée, ce pavillon dégageait une certaine impression de confort et de chaleur. Rhea envisagea sans peine un feu dans la grande cheminée, des meubles cirés à nouveau. Il devait y avoir à l'étage, auquel on accédait par un escalier de chêne, quelques chambres et peut-être même un petit salon. Les contrebandiers, pour une raison inconnue, avaient épargné cet endroit, qui semblait sommeiller depuis des siècles.

Dante lut dans ses pensées, et lorsque les autres se dispersèrent pour visiter les lieux, il s'approcha de son oreille pour lui murmurer :

– Ce n'est pas tout à fait ce que j'avais prévu pour nous, mais ça fera l'affaire pour le moment. N'est-ce pas, ma douceur ? Mon amour, que ferais-je sans toi ? Je viens de vivre le jour le plus noir de mon existence, mais, avec toi, j'ai l'indéfectible certitude de pouvoir triompher.

Leurs lèvres se trouvèrent, et, pendant un instant enchanteur, le monde cessa d'exister. Comme dans un tourbillon, il fut éloigné par la passion de leur étreinte.

Kirby dévala l'escalier, précédé par sa voix :

– Cap'taine ! Le reste du pavillon, la cuisine, les communs et les chambres là-haut sont en parfait état. Les contrebandiers devaient ignorer son existence ! Nous pouvons nous y installer en un clin d'œil ! J'envoie du monde ici, et...

Embarrassé, le petit valet s'arrêta au milieu de sa phrase, toussa légèrement et battit en retraite. Ils auraient bien assez de temps pour la revanche. Pour l'instant, le maître reprenait possession de son domaine.

# 21

Sam Lascombe examina d'un œil critique la réalisation de sa femme, qui encombrait toute la grande table de la cuisine.

– Ben... Dora, j'peux pas dire... J'en ai jamais rencontré avant, admit-il avec réticence.

Il lui fallait être diplomate : Dora se tenait trop près de ses casseroles et de ses poêles. Prudence !

– C'est un dragon, bien sûr ! lui souffla-t-elle.

– Oh sûr ! J'aurais jamais pensé que ça soit un autre animal ! reconnut Sam avec véhémence.

En reconsidérant sérieusement l'objet, ça ressemblait vraiment à la bête mythique en question.

– Tu crois que ça leur plaira, alors ? demanda Dora.

Elle avait le trac, car c'était le plat principal du dîner de lord Jacobi et de sa suite.

Sam Lascombe avala d'abord sa salive.

– Ben, ça sera certainement une surprise, déclara-t-il, pour ajouter avec générosité : Et je peux voir déjà combien ils vont être impressionnés, Dora ! Voilà quelque chose qu'on n'oubliera pas !

C'était en dessous de la vérité : l'œuvre de Dora était extraordinaire. On aurait réellement dit qu'une créature reptilienne s'était introduite dans l'auberge pour se poser sur ce plateau d'argent. Le monstre avait des écailles vertes, un mufle épais. Ses yeux étaient rouges, et sa queue débordait du plat. Pour ajouter au réalisme, les pattes prenaient appui sur la table même. Bien sûr les écailles étaient des tranches de concombre, ses yeux des groseilles. Dessous, se trouvaient plusieurs poulets en os, liés les uns aux autres, et bourrés de farce et de champignons. Dora posa précautionneusement la laitue autour du corps avec des radis.

– Eh bien, c'est magnifique, mais pourquoi tout ça, Dora ? demanda Sam, qui pensait que son poulet printanier, avec du riz, était bien assez bon.

– A cause d'hier, Sam... C'est Shelby qui a fait cette horreur à Merdraco. Il voulait détruire le château, comme il a tué mon frère. C'est que j'en ai marre de le voir trafiquer et terroriser tout le monde en toute impunité ! Oh ! T'inquiète pas, Sam. Je n'irai rien raconter à personne. J'suis pas aussi courageuse que mon Teddie. Dieu ait son âme !

– Je sais. C'est infâme, acquiesça Sam Lascombe en secouant la tête tristement.

L'aubergiste avait surtout honte d'être resté impuissant devant la mort de Ted Samples.

– Frappé dans le dos, probab', continua-t-elle. J'ai entendu Kirby raconter ce qu'ils ont trouvé à Merdraco. Il n'y avait aucune raison de faire ça au château. C'est de la pure malignité ! Alors, j'ai cherché ce que je pouvais faire pour accueillir le fils de lady Elayne.

– Oui... Je me demande s'ils ont fait ça volontairement...

– Comment ça se pourrait-il autrement ? s'exclama Dora, outragée.

– Oh, tu sais... Ils vivent comme des cochons, les Fils de Belial. Je crois pas qu'ils connaissent autre chose...

– En tout cas, Shelby, certainement ! conclut Dora en tranchant une tomate en si fines rondelles que Sam se demanda si elle ne pensait pas à Shelby en la coupant.

– Enfin, heureusement que le pavillon est intact ! C'est plus prudent pour nous. Déjà, ça sera difficile à faire avaler à Shelby que le marquis est resté ici tout ce temps.

– Enfin, on peut pas se plaindre. C'est bien agréable d'aller choisir des poulets dodus et des salades bien vertes et craquantes. Ne me raconte pas que la vie était belle avant que lord Jacobi arrive ! On est comme des bêtes sauvages avec Shelby dans les environs. Hier, j'ai presque réussi à oublier tout ça avec lord Kit sur mes genoux ! C'était comme autrefois, Sam ! Quand on avait pas à raser les murs !

– Ô Seigneur ! J'avais oublié ! fit soudain Sam.

– Oublié quoi ? fit Dora en reniflant. Eh ! Imogen, va jeter un coup d'œil sur les tartes ! Dans le four, idiote !

– Tu sais quelle nuit on est ? chuchota Sam avec un air de conspirateur.

– Mardi soir. Pourquoi ?

Sam éclata :

– Bon Dieu de bonsoir ! C'est la nouvelle lune !

Dora se mordit les lèvres :

– Et on est là, avec Leurs Seigneuries et leur suite, à donner un festin !

– Il va y avoir des étincelles, si Shelby se pointe ici après avoir débarqué la marchandise !

– Tu crois que c'est possible ?

– Avec la tempête, ces derniers jours... C'est pour ce soir, sûr, dit Sam, désespéré. Puis il était en France, cette quinzaine. Il cherchait un nouveau partenaire là-bas ! Pour le prévenir...

– Essaie de trouver un des gars qui seront là pour l'attendre.

– Me souviens plus bien du code depuis le temps. Les Dragons sont partout maintenant.

– Shelby va bien apprendre le retour de Sa Seigneurie, un de ces quatre. T'as pas tellement envie d'être celui qui va le lui dire, c'est ça ?

– Et toi ? T'as envie ?

– Sûr que non, fit Dora en glissant les crevettes dans leur sauce. T'as pas besoin de tout lui raconter. Dis-lui qu'il y a du monde et que ça ne serait pas très prudent de passer par là. C'est tout ce qu'ils ont besoin de savoir.

– Ouais. C'est bien tout ce que je peux faire. Sinon...

Sam s'éloigna, désemparé. Il avait soudain le sentiment que son auberge était installée sur un volcan.

Tout le monde dormait dans l'*Auberge de la Tombe-l'Evêque* quand Dante se glissa à l'extérieur, laissant Rhea endormie, le visage en partie caché par le désordre de ses cheveux. Le feu s'était éteint, et quelques braises diffusaient encore une chaleur bienfaisante. Dante se rendit aux écuries sur la pointe des pieds et y sella son cheval. Malgré l'obscurité, il opéra avec une grande économie de gestes et chuchota des mots rassurants dans l'oreille de sa monture.

Ayant franchi l'arche d'entrée, le marquis monta en selle et se dirigea vers Merdraco.

Une fois devant la vieille forteresse, il glissa à terre et, avec l'aide d'une lanterne empruntée à l'auberge, s'aventura dans le dédale des pierres. Par un escalier en colimaçon, il s'engagea dans une des tours. Chaque marche était comme un morceau de savon.

Deux des trois étages avaient depuis bien longtemps cédé à l'épreuve du temps. Aussi ne s'arrêta-t-il qu'au troisième, en espérant qu'il soit intact. Le vieux marquis avait toujours insisté pour qu'il soit réparé au fil des ans. Mais ce n'était pas tellement cela qui faisait croire à Dante que cet étage pouvait encore soutenir le poids d'un homme, c'était plutôt ce qu'il soupçonnait : que cette tour était utilisée par les contrebandiers pour lancer des signaux en mer.

Lord Jacobi ne croyait pas aux esprits.

Il inspecta cet étage avec un sourire triomphant : il y avait bien là une pile de couvertures et quelques bouteilles de rhum vides ; les nuits devaient être froides pour l'homme de veille perché dans cette tour.

Au-dessus se trouvait la plate-forme découverte. De là, il dominait toute la côte et ne pouvait manquer aucun signal lumineux. Rêvant à son passé, son regard dériva dans la direction de Seawick Manor, plongé dans l'obscurité à cette heure. Le temps avait-il épargné la séduisante Bess ?

Ce fut à ce moment qu'il repéra une lumière clignotante. Il ricana. C'était trop facile ! Vers la mer, il aperçut clairement la réponse.

La nervosité croissante de Sam Lascombe tout au long de la soirée ne lui avait pas échappé. Une nuit sans lune après cette tempête était un moment idéal pour une livraison. Quel merveilleux point de vue que les tours de son château pour observer ce petit pays ! Ses ancêtres savaient ce qu'ils faisaient.

Dante descendit l'escalier dangereux, la lanterne devant lui. Ce ne fut qu'en bas qu'il s'arrêta pour l'éteindre avant de se faufiler dans la nuit.

Rhea se dressa brusquement sur son lit.

– Dante ?

Elle se demanda ce qui l'avait réveillée. En tâtonnant, elle arriva à allumer une chandelle. Son fils dormait dans son berceau. Elle le borda avant de sortir du lit en frissonnant et fit le tour de la chambre. Les bottes de Dante n'étaient plus là. Il s'était rhabillé, mais pourquoi ?

Elle s'enveloppa dans une robe de chambre et, le chandelier à la main, sortit de la chambre. L'horloge sonna subitement, la faisant bondir d'effroi. L'aube n'était plus loin. Elle se demandait si elle allait descendre ou retrouver la chaleur de son lit moelleux quand elle perçut des voix étouffées venant de la salle en bas. Avec un soupir de soulagement, Rhea s'engagea dans l'escalier. Elle pouvait au moins se verser une tasse de thé, maintenant qu'elle était debout. Apparemment, elle n'était pas la seule à avoir des insomnies...

# 22

S'essuyant les lèvres du revers de la main, Jack Shelby baissa lentement sa chope de bière et faillit recracher la gorgée qu'il avait dans la bouche. Ses yeux s'écarquillèrent devant la vision qui se tenait dans l'encadrement de la porte. Cela ne pouvait être vrai ! Dans cette robe de soie rose, ses cheveux d'or coulant en cascade sur ses épaules, cette fille était la plus belle créature qu'il eût jamais vue.

Rhea était pétrifiée de surprise devant le spectacle qu'elle venait de trouver. Sam Lascombe n'était pas là et ce groupe d'hommes, encore en costumes souillés de boue et en bottes pleines de vase, salissaient le parquet des aubergistes, tout en buvant leur bière en toute quiétude.

– Par tous les saints ! Qu'est-ce qui nous arrive là ? fit Jack Shelby en se levant. Le vieux Sam a foutu sa rombière dehors ! Tu lui tiens compagnie maintenant ? Il est fou de te laisser sortir du lit de grand matin ! (Shelby déclencha les rires de sa bande.) Il t'envoie p't-être pour se rendre plus agréable ! Allez, viens, ma petite ! Viens voir le vieux Jack ! Quel est ton nom, p'tit sucre d'orge ? roucoula-t-il, l'œil égrillard.

Rhea fut prise d'un haut-le-cœur, qu'elle ne se gêna pas pour montrer, ce qui plut beaucoup à son interlocuteur. En fait, elle n'avait jamais imaginé être en danger dans cette auberge. Elle recula pour faire demi-tour. Une erreur de plus... Un large battoir la saisit par l'épaule et lui fit faire volte-face avec violence. Lancée comme une toupie, elle se retrouva devant la face rougeaude et hilare de Shelby.

– Lâchez mon épaule ! s'écria-t-elle avec autorité.

– Oh... mais pardonnez-moi, m'lady ! fit Shelby sarcastique. Vous êtes une cliente de l'auberge, alors ? J'aurais dû le comprendre ! Sam n'aurait pas pu se trouver une telle mignonne !

Il repartit de son rire gras, mais dans ses yeux se lisait maintenant une certitude.

– Tu crois que tu auras plus de chance cette fois-ci, Jack ? lança un de ses acolytes au visage en rasoir.

– De la chance ? J'en ai jamais vu dans la région, de la chance ! répondit-il en souriant méchamment devant la peur grandissante de Rhea. T'as entendu parler de moi, hein ?

Rhea déglutit avec peine.

– Tu l'intimides, Jack ! beugla quelqu'un.

– Comme si elle avait trop peur pour bouger, fit un autre.

– Ouais, mais elle est jolie ! Et ses yeux ! murmura Shelby sous le nez de Rhea. Aussi violets que bleus ! Sûr que j'en ai jamais vu de cette couleur ! J'parie qu'tous les copains veulent s'envoyer en l'air avec toi... m'lady...

Il resserra sa griffe sur son épaule.

– Lâchez-moi immédiatement ! fit Rhea, la voix tremblante de rage et d'humiliation.

Avant qu'elle pût l'en empêcher, il lui saisit la main et considéra son alliance.

– Tiens donc... elle est mariée, en plus. Elle pouvait pas rester vierge bien longtemps avec ces beaux cheveux blonds ! Tu sens bon, aussi ! (Son parfum s'était intensifié avec la peur.) Ton mari est là-haut... rêvant de toi. Mais il va pas nous manquer beaucoup ! J'parie que j'peux t'apprendre ce que c'est qu'un homme, un vrai, qui sait comment s'y prendre, sans avoir besoin de sortir de ses culottes ! Tu seras pas déçue, m'lady !

– Je crois que vous feriez une très grosse erreur de jugement. Il aura une raison de plus pour vous envoyer en enfer séance tenante !

Jack Shelby fut un peu décontenancé. Rhea s'étonna de sa propre audace. Elle s'était brusquement entendue parler avec courage.

Shelby éclata d'un rire puissant. Le silence régnait : aucun de ses hommes n'aurait osé lui répéter ce que Rhea venait de lancer, bien que certains en eussent envie. Rhea comprit en voyant cet homme qu'il ne contrôlait même pas sa brutalité naturelle. C'était un animal en rut. Sentant le danger, elle commença à se débattre et ses yeux la trahirent. Shelby, conscient de cela, en conçut un plaisir accru.

– Mais, pardieu, tu seras à moi avant la fin de la nuit, m'lady ! rugit-il en la saisissant par la taille.

Son bras était comme un étau. Sans aucun effort, il la souleva du sol dans un ricanement de triomphe. Rhea ne put retenir un hurlement. C'était un tyran. Tout ce qu'il voulait, il le prenait.

Habitué à son pouvoir absolu sur les paysans terrorisés, il avait oublié que d'autres, ailleurs, ne se courbaient pas si facilement. Le tout-puissant Shelby fut donc stupéfait d'entendre une voix lui ordonner de lâcher la femme. Il la laissa retomber mais maintint sa main comme une pince sur l'épaule de la jeune femme hors d'haleine. Il resta bouche bée devant l'homme qui braquait un pistolet dans sa direction.

– Dieu du ciel ! C'est ça ton mari, m'lady !

– Je ne vous répéterai pas de la lâcher, continua Francis Dominick d'une voix métallique.

– Mais c'est un bébé ! Tu vas pas me raconter que tu es mariée avec ce morveux ! Pas étonnant que t'aies l'air aussi pucelle !

La remarque déclencha l'hilarité de la petite troupe.

– Francis, tu ne saisis pas ce qui se passe. Va chercher...

Rhea s'arrêta brusquement avant de révéler la présence de Dante dans la maison.

– Francis maintenant ! cracha Shelby avec dégoût. Comme c'est charmant ! Allez, sois un bon garçon, et retourne au pieu, sinon le vieux Jack va t'y mettre lui-même ! Mais si ça te fait rien, je garde la dame un petit moment avec moi ! Et je te promets une chose : elle sera beaucoup plus femme que maintenant quand je te la rendrai ! Tu devrais vraiment me remercier, mon garçon !

Jack Shelby ne pouvait guère être blâmé d'avoir sous-estimé le jeune lord qui lui faisait front. Habillé à la diable, les cheveux défaits et les pieds nus, il était rien moins qu'impressionnant. Mais Shelby ne savait pas de qui il était le fils.

Francis arma son pistolet et, avec le déclic, les rires s'éteignirent subitement.

– Viens, Rhea... (Elle essaya en vain de se dégager.) J'ai toujours préféré me présenter avant d'envoyer un homme dans sa tombe : je suis Francis Dominick, marquis de Chardinall, conclut-il avec une froideur dans le regard que n'aurait pas désavouée son père.

Cette déclaration eut au moins l'effet de calmer les Fils de Belial. Même jeune, un homme issu de la noblesse aurait certainement l'oreille des officiers du roi. Ce n'était pas un de ces fermiers peureux comme des écureuils.

Jack Shelby, en revanche, ne démordit pas de son attitude provocatrice. L'œil dédaigneux, il ramena lentement Rhea vers sa poitrine pour s'en servir comme bouclier.

– Tu te crois assez fort pour ne pas toucher la dame ? N'oublie pas quand même qu'il y a encore près de vingt hommes derrière moi ! Et que moi, je m'appelle Jack Shelby !

Francis eut une seconde d'hésitation en apprenant l'identité de ce rustre. Cela suffit à Shelby, qui avait vécu toute sa vie grâce à l'instinct quasi animal qu'il possédait. D'un mouvement précis, il fit jaillir un couteau de son manteau. Rhea ne vit qu'un éclair projeté en direction de son frère, en même temps que celui-ci appuyait sur la détente. Le coup de feu et le cri de Rhea furent immédiatement suivis d'un silence mortel. Une odeur de salpêtre se répandit lentement avec les fumerolles sorties du pistolet. Le couteau planté dans l'épaule, Francis était adossé au chambranle. Jack Shelby étouffa d'une main le cri de Rhea. Le sang coulait sur la chemise du jeune marquis de Chardinall. Shelby ricana de satisfaction.

– Vous avez vu ? Ce type a essayé de me trucider ! Dommage, il survivra pas à sa blessure. Il pourrait bien avoir une grosse douleur, et tomber de la falaise dans son délire... Et sa jeune femme, courant après lui, pourrait bien être entraînée dans sa chute, spécula-t-il froidement.

Shelby fit un signe de tête à ses hommes, mais aucun d'eux ne bougea. Un autre homme se tenait dans l'ombre, au-delà de la porte, sans dire un mot. On ne voyait que ses bottes, mais Shelby flaira immédiatement le danger.

– Si tu étais intelligent, l'étranger, tu passerais ton chemin et tu oublierais ce que tu as vu, conseilla le chef des contrebandiers à l'homme à la cape.

– Si toi, tu étais malin, tu relâcherais la dame au plus vite, ordonna une voix qui n'admettait pas la discussion.

Deux chiens de pistolet furent rabattus en avertissement.

– Ou tu es fou, ou tu ne sais pas à qui tu parles, fit Shelby, toujours souriant.

– Oh, mais si, je sais exactement à qui je m'adresse, et je te conseille sérieusement de lâcher la dame, qui est ma femme, parce que je ne veux pas qu'une ordure comme toi la touche plus longtemps, répliqua l'homme sur le même ton cassant.

Avançant d'un pas, le maître de Merdraco apparut

dans la lumière. La surprise de Shelby fut indescriptible. Face au diable en personne, il n'aurait pas fait plus vilaine grimace. Rhea profita de son ébahissement pour se dégager, et, de grosses larmes roulant sur ses joues, elle se précipita derrière Dante au secours de son frère blessé.

– Tu me reconnais, n'est-ce pas ? fit Dante avec une soudaine douceur.

Shelby perdit son sang-froid sous le choc.

– Va au diable !

– Après toi, Jack, rétorqua Dante avec un rictus.

Shelby était hors de lui. Ses yeux chaviraient, il ne contrôlait plus sa salive. Malgré la haine qu'il ressentait pour cet homme devant lui, il savait aussi que ce n'était plus le jeune morveux qui s'était enfui comme un lapin, autrefois.

L'homme devant lui était dangereux. Pas d'émotion, les yeux de glace, totalement immobile, il lui inspira de la peur pour la première fois depuis de nombreuses années. Il n'attendait qu'un seul geste inconsidéré pour lui loger une balle au bon endroit. Shelby jeta un regard en coin vers ses hommes. Leighton était seul, après tout...

– Tu seras toujours le premier à crever, Jack Shelby, l'avertit Dante, lisant aisément dans ses pensées. Rien ne me fera plus plaisir que de t'avoir envoyé en enfer. Un de tes hommes te suivra de près s'il a la mauvaise idée de tirer.

Dante s'y entendait pour refroidir les ardeurs de la petite troupe des Fils de Belial. Jack distingua une sourde protestation dans son dos. Bande de pleutres !

– Au cas où vous auriez oublié, on est ici dans le même bain, aboya-t-il, furieux. Si je vais au bagne, j'emmène tout le monde avec moi ! Je vous connais tous bien, très bien, même ! (Certains plus braves, ou plus soucieux de protéger leur passé, s'avancèrent en entraînant les autres.) Allez, les gars ! Il est seul ! Je le veux vivant ! brailla Shelby, jubilant.

– Vous comptez mal ! annonça une voix sortant de l'obscurité derrière Dante.

Tout le monde se figea, et Alastair Marlowe apparut, un pistolet dans une main, une épée dans l'autre, suivi du vieux Kirby, clopin-clopant, brandissant des pièces d'artillerie impressionnantes, et un coutelas passé dans sa ceinture.

– Ah ! fit Kirby, qui ne manquait jamais une occasion d'en placer une. Les paris vont encore changer. Toujours lamentable aux jeux de hasard, l'ami Shelby... Comme je ne suis pas gentilhomme, comme le capitaine, mon doigt pourrait bien me démanger sous peu. Alors, je crois que vous feriez bien de vous envoler, les moineaux !

– Toi, Kirby ! lança Jack Shelby. Un de ces jours, je vais t'écraser comme une crotte. Et vous, m'lord, vous n'aurez peut-être pas la même chance ni la même protection. Nous verrons bien si vous êtes si courageux ! De retour au logis ? Quelques changements dans le mobilier, il paraît... Et ça surprend, hein, m'lord ? On dirait que vous n'êtes plus le maître que de débris bons pour les ordures !

Shelby perdait un peu le sens du temps, mais ses hommes, plus circonspects, commencèrent à s'agiter. Les plus proches lui conseillèrent de se calmer. Rhea savait que la rage pouvait emporter son mari et qu'il ne lui restait plus beaucoup de pression à donner pour que le coup parte.

– Dante, s'il te plaît. Francis est blessé et la partie est nulle, lança-t-elle sagement.

– Cap'taine, lady Rhea a raison. Il y a trop de risques pour elle et son frère, dans cette position, si vous tirez sur cette crapule, intervint Kirby.

Mais ce fut à Sam Lascombe de conclure cette rencontre : ses longues jambes velues sortant de sa chemise de nuit, il se présenta avec un tromblon entre les mains. Il promena l'immense canon de son engin sans le moindre discernement à travers la pièce, sous le regard inquiet de chacun.

– Difficile de repérer les amis des ennemis dans cette foule, déclara-t-il avec beaucoup de diplomatie. L'*Evêque* est fermé. Vous pouvez revenir plus tard ou aller ailleurs pour poursuivre votre conversation, mais ici, c'est pas le moment !

L'air endormi de Sam n'était rassurant pour personne.

Alastair ne se le fit pas dire deux fois et s'empara du blessé avec l'aide de Rhea, qui se retourna pour vérifier que Dante les suivait. Couvert par le fidèle Kirby, Dante recula sans un mot dans l'obscurité.

Shelby observa sa retraite et sentit longtemps les yeux gris le toiser sans relâche. Le message était clair : la prochaine fois, un seul d'entre eux repartirait sur ses jambes.

## 23

– Aïe... Plus serré, Kirby, mon bras va tomber !

Francis Dominick se démancha le cou pour inspecter la qualité du bandage que le petit valet venait d'enrouler autour de son épaule.

– Allez, lord Francis ! Rien qu'un peu de chair coupée ! Une histoire à raconter à vos petits-enfants ! Vous avez eu de la chance. Shelby a perdu la main, sinon nous vous aurions enterré ! répondit Kirby.

– Alors, c'était donc lui, Jack Shelby ? demanda Francis en s'adressant à tous ceux qui l'entouraient. Si je l'avais su en entrant, j'aurais tiré sans attendre. Il est encore pire que je ne le pensais ! Comment un homme peut-il être aussi dénué de scrupules ?

– Il a le cerveau dérangé, voilà pourquoi, marmonna Kirby entre ses dents.

Il coupa le bandage pour attacher les deux bouts ensemble.

– Non, pas si fou que ça, Kirby. Il a simplement une confiance totale dans sa force. Cela le rend un peu arrogant, et peut-être aussi imprudent, fit Dante. Du moins, espérons-le...

Rhea, satisfaite de l'intervention de Kirby et jugeant son frère hors de danger, interrogea son mari :

– Où étais-tu ? Tu n'étais pas là quand je me suis réveillée. J'étais inquiète. Où es-tu allé ?

Dante se leva pour la prendre dans ses bras.

– Je ne voulais pas troubler ton sommeil pour ça. Je suis allé à Merdraco vérifier si les contrebandiers utilisent les tours pour leurs communications. J'espérais même surprendre l'un d'entre eux.

– Mais, Dante, c'est imprudent ! Pourquoi n'as-tu pas demandé au moins à Alastair de t'accompagner ? fit-elle en adressant un regard accusateur au jeune homme, qui s'arrangea pour prendre un air coupable, bien qu'il n'eût aucune responsabilité dans les errances nocturnes de son ancien capitaine. Et pourquoi ce soir ?

– Ma très chère, tu oublies que je connais mon métier. C'est la première nuit sans lune après une tempête...

– Alors, tu as décidé d'y aller seul ? Comment peux-tu faire des choses pareilles ? s'écria-t-elle.

– Je n'ai de ma vie éprouvé autant d'émotion que lorsque je t'ai vue avec Shelby, alors que je le cherchais partout, répliqua Dante.

Il se remémorait son retour à pas de loup pour ne déranger personne, le coup de pistolet, et le cri de sa femme comme un cauchemar. Il s'était précipité, pensant tomber sur un spectacle d'apocalypse. Francis était étalé devant la porte, perdant son sang, et, au milieu de la pièce, Rhea luttait en vain pour se libérer.

– Et utilisaient-ils la tour ? demanda Francis avec impatience.

– Oui. Je suis monté jusqu'au sommet sans rencontrer une seule toile d'araignée. Au troisième étage, il y avait plusieurs couvertures et des bouteilles d'alcool vides. Le veilleur doit y passer des nuits bien inconfortables...

– Dommage qu'il n'y en ait pas eu un là-haut quand vous y êtes arrivé ! déclara Francis.

Rhea envoya un coup d'œil furibond à son frère.

Un frottement de pieds derrière la porte, suivi d'un impérieux appel du poing, mit tout le monde sur le qui-vive. Alastair se plaça sur le côté, tandis que

Dante servait de rempart à Rhea et saisissait l'un des pistolets qu'il avait posés sur un coffre près du lit.

– Entrez !

Bien qu'il eût vu les Fils de Belial quitter l'auberge à l'aube, il restait méfiant. Mais ce fut le bon Sam qui entra dans la chambre, avec de la bière et du thé débordant du plateau.

– Dora a pensé que vous auriez p't-être besoin d'un réconfortant, expliqua l'aubergiste en installant le plateau. Elle a pensé que madame la marquise ne refuserait pas une tasse de thé... Il fait un peu frais de bon matin...

– Merci, fit Rhea en apparaissant derrière son mari. Cela me réchauffera. Quelle angoisse !

Elle sourit pour rassurer Sam Lascombe. L'aubergiste se sentait en partie responsable du drame de cette nuit. Le fils d'un duc blessé sous son toit, ce n'était pas une bonne affaire.

– Si nous avions une de ces terribles potions de Rawley ! ajouta-t-elle en s'adressant à Francis.

– Je crois que Dora a ajouté un petit élixir à elle dans votre tasse, reprit Sam Lascombe. C'est une potion secrète de son oncle Alf. Curieux homme... Il tenait pas en place, celui-là ! Je crois qu'il a fini par s'installer dans le Sud. Aucune nouvelle de lui. Heureusement, car on entendait jamais rien de bon de lui. Un Tzigane, comme la mère de Dora... (Sam resta immobile, comme perdu dans la brume de ses réflexions sur l'oncle Alf, sans vouloir quitter la pièce.) Je... Je suis désolé, euh... m'lord, pour ce qui est arrivé à lady Rhea et à lord Francis... J'espère que vous me croyez ?

Il se frottait les mains avec nervosité.

– Vous les aviez prévenus, n'est-ce pas, Sam ? demanda Dante à brûle-pourpoint. Je suis familier avec les méthodes de contrebande, comme vous l'avez certainement appris de notre ami Conny Brady.

Sam Lascombe rougit. Etre suspecté de contrebande est une chose, mais l'admettre ouvertement, c'était différent.

– Ben... On voit toutes sortes de choses par ici... C'est la seule auberge entre Marleigh et Westlea Abbot. (Ce fut tout ce que Sam voulut bien reconnaître.) Je sais la querelle qui vous oppose à Shelby, et si je pouvais empêcher cette vermine de mettre les pieds ici, je le ferais volontiers, mais... (La voix de Sam se fit traînante.) Beaucoup de choses ont changé depuis que vous êtes parti, m'lord... Il faut se méfier, sinon on vous repêche comme du haddock.

– Pas besoin de m'expliquer, Sam. On fait ce qu'on doit faire pour survivre, répondit Dante à l'aubergiste, rasséréné. Et ne vous faites plus de souci. Il n'y aura plus d'incidents dans votre établissement, et ainsi moins de risques que celui-ci soit brûlé. Nous allons résider très bientôt au pavillon de chasse. C'était déjà trop bon de votre part de nous donner l'hospitalité.

La délicatesse naturelle de Dante toucha Sam au fond du cœur.

– Ben, c'était un honneur pour nous... pour sûr ! fit l'aubergiste avec une malhabile sincérité.

Il était surtout rassuré : il allait certainement mieux dormir la nuit prochaine.

– Je ne crois pas que vous aurez à vous faire du souci au sujet de Shelby, reprit Dante. Il va être très occupé à se venger, et l'auberge est trop importante pour son petit commerce. Il ne la brûlera pas sur un coup de tête. (Sam Lascombe s'inquiétait aussi de la sécurité du marquis. Le danger que courait Dante n'était étranger à personne dans cette pièce, et à Rhea moins encore. Cette idée traversa l'esprit de Dante.) Et vous pouvez vous attendre à quelques changements dans le coin. Je suis redevenu le plus gros propriétaire de la région, et je ne me laisserai pas dominer par cette racaille, je puis vous l'assurer, Sam.

Cette révélation ne put qu'étonner l'aubergiste, qui pensait sir Miles Sandbourne en position de force, et détenteur notamment des terres des Leighton. Dans cette nouvelle optique, le marquis avait un ennemi de plus. Le changement promis par Dante Leighton ne serait pas du goût de tous. L'aubergiste tourna son regard vers sa jeune épouse. Que deviendrait-elle si un malheur arrivait à l'intrépide revenant ?

## 24

Les efforts d'une journée entière de nettoyage et de polissage commençaient à porter leurs fruits dans la grande salle du pavillon de chasse. Cuivres et bois resplendissaient. Les fenêtres laissaient filtrer une lumière claire comme l'eau de source. Alastair sortit au grand air pour s'étirer. L'atmosphère était chargée d'odeurs de bruyère et de chèvrefeuille, qui poussaient en toute liberté dans ce qui avait été un jardin. L'actrice principale de cette scène était la mer : Alastair ne pouvait détacher son regard du moutonnement de la surface. La nostalgie lui serra la poitrine. La mer... Il était captif de sa magie. C'était sa seule maîtresse. Sur cette équivoque pensée, apparut Rhea, les bras chargés d'un grand panier de fleurs fraîchement coupées, et portant lord Kit.

De son poste d'observation, dans l'une des petites tourelles, Dante contempla d'abord sa femme qui venait d'apparaître de sous les arbres. Ensuite, il put voir arriver trois cavaliers le long du chemin. Rhea et Alastair tournèrent la tête, un peu étonnés de cette visite impromptue, pour essayer de deviner l'identité des nouveaux arrivants. Une femme semblait diriger cette expédition. Vêtue de rouge, montée sur un bel étalon noir, elle était environnée du tintement des clochettes qui ornaient les brides de son cheval. Ses cheveux étaient très noirs avec des reflets d'argent. Elle s'arrêta à un demi-mètre d'Alastair et de Rhea.

– Où est votre maître, ma fille ? demanda-t-elle avec autorité. (Cette morgue était de naissance chez elle.) Eh bien ? Je vais attendre combien de temps à vous voir bayer aux corneilles ? (Son cheval était aussi impatient qu'elle.) Alors ? Vous avez une langue vous deux ?

Confronté à tant d'impertinence, Alastair était resté ahuri. Mais, voyant plus d'amusement que de colère dans l'expression de Rhea, il réalisa qu'après avoir rendu le manoir habitable pour la nuit, ils ressemblaient à des serviteurs.

– Puis-je savoir qui le demande ? dit Rhea avec douceur.

Son accent de bonne naissance ne manqua pas d'étonner la cavalière, mais le ton resta emporté. Son caractère ne lui permettait pas de reconsidérer les rapports qu'elle croyait établis.

– Certainement pas ! Qui donc êtes-vous ? Qui est votre maître ? Où est-il ? Que fait-il ici, à Merdraco ?

Quelqu'un s'éclaircit la gorge au-dessus d'eux, non sans une certaine jubilation. Lady Bess Seacombe leva la tête dans l'intention de rabrouer l'impertinent personnage.

Quand elle vit l'homme qui l'observait tranquillement de son perchoir, elle faillit tomber de cheval. Elle n'avait pas vu d'aussi bel homme depuis longtemps... quinze ans, pour être précis. Celui-ci arriva au rez-de-chaussée, sa poitrine nue miroitant de sueur.

– Dante ! articula-t-elle, la voix hachée par la stupéfaction. Vous êtes toujours vivant ! Vous êtes revenu !

– Je puis vous rassurer, Bess. Je ne suis pas un esprit, sourit Dante, savourant la réaction de lady Bess.

Elle était encore belle femme... peut-être plus séduisante que lorsqu'elle avait quinze ans.

Fascinée par le retour d'un homme qu'elle pensait à jamais sorti de sa vie, lady Bess n'en croyait pas ses yeux. Il était devenu incroyablement attirant avec les années, il gardait le pouvoir de lui faire vibrer le cœur.

Soudainement, elle se demanda s'il se souvenait de ces longues nuits passées ensemble, et... de sa lamentable trahison.

Mais les yeux de Dante étaient surtout rieurs. Allait-il se moquer d'elle ? la ridiculiser en public ? Elle s'attendait à de la colère, mais pas à une telle légèreté.

– Comment saviez-vous que j'étais de retour ? demanda Dante en se joignant à Alastair et à Rhea, plus près de son fils.

– Je n'en savais rien. J'ai vu de la fumée en passant, et des chariots se rendre ici. Je... J'ai pensé qu'il fallait voir ce qu'il se tramait par ici, expliqua Bess en rougissant. Je dois dire que je ne vous croyais pas de retour, surtout dans cet endroit.

Elle n'aurait pas supporté de se l'entendre dire, mais Bess vivait depuis longtemps dans l'espérance d'un semblable événement. En faisant ce détour, elle était sûre d'avoir bien agi, même s'il devait la renvoyer. Il avait tous les droits de la haïr, mais peut-être lui avait-il pardonné ? Pourrait-elle vivre enfin dans cette maison qu'elle avait toujours convoitée ?

– Pourquoi êtes-vous au pavillon ? reprit-elle. J'aurais pensé que vous habiteriez le grand château. Ou bien ne désirez-vous pas rester à Merdraco ?

– Nous sommes revenus pour y vivre, sans aucun doute, répliqua Dante. Mais, pendant mon absence, quelqu'un, et je crois que tous les deux nous savons qui, s'y est introduit pour rendre délibérément la place inhabitable.

Le ton était véhément, et Bess comprit que Dante savait haïr à présent.

– Nous ? demanda-t-elle en haussant les sourcils.

– Oui. Je ne suis pas revenu seul, fit Dante en prenant le menton de Rhea, qui ne put s'empêcher de rougir.

Il n'avait pas beaucoup changé : toujours le même

coureur de soubrettes. Pour la séduction, il s'y entendait. Peut-être était-il devenu plus expert ? Lady Bess se demanda ce que ce serait d'être dans ses bras à nouveau, après tant d'années. Mais elle s'irrita de voir l'attention de Dante accaparée par sa domestique. Sans maîtriser cette soudaine jalousie, elle se plaignit ouvertement :

– Vos serviteurs sont des impertinents, Dante. Cette petite bonne m'a même demandé mon nom quand je l'ai priée d'appeler son maître !

– Son maître ? s'étonna Dante.

Il comprit que le costume de Rhea et le foulard qu'elle portait pour se protéger les cheveux pouvaient prêter à confusion. Avec Rhea et Alastair, qui ne se retenaient déjà plus, il éclata de rire.

– Je doute, reprit-il, les larmes aux yeux, que celle-ci me considère comme son maître, n'est-ce pas, petite fleur ? (Il prit une fleur coupée qui se trouvait dans le panier et devança la réponse de Rhea.) Je suis bien coupable de ne pas vous avoir présentée à ces deux personnes... trois personnes. (Il prit son fils des bras d'Alastair. Le sourcil de Bess s'arqua démesurément, ce qui relança l'hilarité des trois complices.) J'avais oublié combien vous êtes régalienne, ma chère. Ce jeune homme était mon second à bord, pendant de nombreuses années, et reste un excellent ami. Cette dame est ma femme... et cet enfant est mon fils, conclut Dante, détruisant en quelques mots les rêves de lady Bess.

Elle avait espéré... Non ! elle n'y avait même pas pensé ! Elle toisa de son équestre perchoir la femme de Dante Leighton.

Rhea et Alastair reprirent une attitude plus digne.

– Rhea, reprit Dante avec un sourire épanoui, lady Bess Seacombe est une vieille amie à moi. Il y a des années de cela. Presque trop pour les compter.

Bess devait l'accepter : quinze ans, c'est long, et cette femme était incontestablement belle. Les mots n'en étaient pas moins durs.

– Eh bien, quelle surprise ! Et quand tout cela a-t-il eu lieu ?

– L'an dernier. Aux Antilles !

– Je comprends. Je ne m'expliquais pas la tenue de votre femme. Je serai très heureuse de l'introduire aux manières des dames d'ici.

– Je ne pense pas que cela soit nécessaire ni que vous soyez qualifiée pour ce faire, coupa Dante. En fait, vous avez bien dû rencontrer ses parents...

– Vraiment ? Je ne pense pas, répondit Bess sans se départir de sa morgue.

– Le duc et la duchesse de Camareigh.

Lady Bess reçut le choc en pleine poitrine. Combien de vexations allait-elle endurer encore ?

– Eh bien, c'est un honneur pour moi. J'ai en effet rencontré vos parents en de multiples occasions à Londres.

– Lady Bess, c'est un plaisir de faire votre connaissance, dit poliment Rhea.

– En tant que vieille amie de Dante, je sais qu'il est parti d'ici sans le sou. Je vois qu'il a su revenir à Merdraco avec une jeune femme de grande fortune... Vous ne devriez pas avoir trop de peine à réparer les dégâts ! Mais, mon cher Dante, vous l'avez prise au berceau ! Elle est à peine plus âgée que votre fils !

Toujours trop fière, elle tenait absolument à se moquer de l'homme pour lequel son cœur battait encore un peu. Mais Dante ne semblait pas en être affecté outre mesure. Il fixa les deux cavaliers.

– Bah... On dirait que Rhea n'est guère plus âgée que votre fille, Bess, lança-t-il. Je ne crois pas l'avoir déjà rencontrée, ni ce jeune garçon. Votre fils ?

Les narines de lady Bess s'arquèrent de ressentiment, mais elle finit par sourire avec fierté.

– Oui. Ma fille, Anne, et mon fils, Charles. Les enfants, voici Dante Leighton, marquis de Jacobi.

Approchant son cheval avec lenteur, Anne dévisagea avec une curiosité amusée cet homme qui aurait pu être son père et dont sa mère n'arrêtait pas de parler.

– Bonjour, fit-elle.

Elle commençait à comprendre pourquoi sa mère n'avait pas oublié Dante Leighton.

– Très jolie fille, Anne. Tu me rappelles ta mère quand elle avait ton âge. Elle n'était pourtant pas aussi timide. N'est-ce pas, Bess ?

Il se souvenait encore de leurs courses à cheval à travers la lande, les cheveux au vent.

– Tu as bonne mémoire, Dante, non ? fit Bess en laissant tomber un regard de pitié vers Rhea. Dante et moi étions très proches, autrefois. Je ne crois pas qu'il vous ait dit que nous étions fiancés.

Elle était certaine que Dante n'avait rien dit de son ancien amour à cette jeune femme. Pour jeter le trouble dans l'esprit de Rhea, voilà qu'elle soulevait un sujet qui aurait dû rester enterré.

– Mais si, lady Bess, répondit Rhea d'un ton égal, avec un très léger sourire entendu. Dante m'a tout raconté de cette liaison avec vous.

Les lèvres de Bess Seacombe se plissèrent de colère, puis de honte, en rencontrant le regard sans appel de son ancien amant.

– Je vois... marmotta-t-elle, mortifiée.

Quand ils découvriraient que l'orgueilleuse lady Bess n'était plus qu'une veuve poursuivie par ses créanciers, ils se tordraient probablement de rire tous les deux.

Mais Bess Seacombe ignorait quel genre de femme était Rhea Claire Leighton. Voyant toutes ces vagues d'émotions parcourir en tous sens le visage de l'infortunée, Rhea déchiffra parfaitement l'angoisse que Bess pouvait éprouver dans cette situation. Elle ne savait pas qu'une telle arrogance cachait unc profonde détresse financière, mais elle savait en revanche que Bess avait perdu Dante par sa propre faute, et par lâcheté aussi, et cela lui faisait pitié. La jeune femme fit donc un pas en avant.

– Ce doit être un long chemin pour retourner chez vous. Nous serions honorés si vous et vos enfants vouliez bien accepter une tasse de thé. (Cette amicale proposition prit Dante et Alastair de court, tout autant qu'elle stupéfia lady Bess. Tous regardèrent la jeune marquise comme si elle avait perdu la tête.) Je regrette que cette maison n'offre pas tout le confort possible et soit même encore un peu sens dessus dessous. Nous avons dû donner un coup de main, comme vous pouvez le constater, mais le thé sera fort et chaud. Les petits pains de Hallie sont tout à fait délicieux, acheva Rhea avec un sourire d'une grande franchise.

Le jeune Charles Seacombe manifesta tout à coup un intérêt qui lui avait manqué jusque-là.

Lady Bess était prise au piège. Elle avait parfaitement compris le sens et l'esprit de cette offre : la sincérité ne se cachait pas sur le visage de Rhea. Et tout ce qu'elle désirait était de pouvoir détester l'épouse de Dante, qui avait détruit ses espérances.

La fierté de Bess Seacombe était probablement à l'origine de sa déchéance. Elle était sur le point de refuser, le menton haut, quand un trot de chevaux se fit entendre dans le chemin, et l'attention de tous fut captée par ces nouveaux visiteurs. Ceux-là semblaient venir avec une bonne raison.

# 25

Lady Bess et Anne Seacombe furent les seules à ne rien trouver de surprenant à cette intrusion. En revanche, Dante, Rhea et Alastair furent interloqués de reconnaître leur ami sir Morgan Lloyd, qu'ils croyaient en train de labourer la mer des Antilles. L'autre officier leur était tout à fait inconnu. L'uniforme rouge était une carte de visite amplement suffisante.

Dante comprit d'instinct que cette visite n'était pas celle d'un ami.

En échouant dans sa tentative pour capter le regard de Dante, Alastair Marlowe put comprendre que quelque chose se préparait, pour que l'attention de son ancien capitaine soit si tendue, et avec cette soudaineté. Mais Rhea ne vit rien d'extraordinaire à tout cela et s'engagea sans arrière-pensée dans une mauvaise direction. Elle se porta spontanément à la rencontre de son ami.

– Sir Morgan ! Quelle merveilleuse surprise !

Ni le lieutenant Handley ni lady Bess n'avaient pensé une seconde que lady Rhea et ce capitaine de la Marine royale si grincheux pouvaient se connaître. D'autant que la récente conversation de Seawick Manor avait montré que sir Morgan ne paraissait rien savoir de Merdraco et de son maître.

– Lady Rhea ! lança sir Morgan d'un ton amical

que lady Bess, comme Handley, ne connaissait pas chez le marin. Toujours le même souffle de printemps après un hiver glacial !

– Vous allez me faire rougir, sir Morgan. Je vous croyais reparti pour les Carolines. C'est une excellente surprise, mais je crains que nous ne soyons bien mal préparés pour vous divertir. Nous sommes en plein emménagement. Mais nous serions néanmoins ravis si vous restiez avec nous. Ce sont mes parents qui vous ont envoyé ici ?

Elle projetait même de s'enquérir de la santé des siens quand son mari la prit par le bras pour l'interrompre doucement.

– Je ne crois pas que sir Morgan soit venu dans l'intention que tu lui prêtes, ma chérie.

Tiré d'embarras, sir Morgan lui adressa un regard d'officiel.

– Je crains, lord Jacobi, que ma mission ne passe d'abord, avant toute autre considération. C'est mon devoir...

– ... de vous avertir que j'ai l'intention de nettoyer cette côte des contrebandiers qui l'infestent, le singea lady Bess. Et moi, je vous avertis que sir Morgan est un homme à prendre avec le plus grand sérieux. Il a le sens de ses responsabilités, presque au point d'en être ennuyeux.

– Lady Bess, reprit l'officier avec patience. (Ses yeux avaient retrouvé leur froideur boréale.) Pardonnez-moi, je n'avais pas remarqué votre présence. (C'était manifestement impossible en considérant la tenue écarlate de lady Bess, d'une couleur presque plus soutenue que l'uniforme du lieutenant des dragons, et le contraste que cela faisait avec son cheval noir.) Je dois vous féliciter de votre remarquable mémoire. Je ne peux qu'espérer de vous le bon sens de suivre mon conseil, non que vous vous borniez à m'imiter.

– Effectivement, sir Morgan, releva lady Bess avec le sourire. Je pèse bien souvent votre avertissement dans ma tête. Mais quoi ? Vous connaissez cette jeune dame ? Quelle étrange coïncidence ! Ou l'avez-vous fait exprès pour poursuivre une vieille amitié ? Je dois dire que cette idée a du mérite, ajouta-t-elle avec un coup d'œil en coin à l'intention de Dante.

Elle se souvint, hélas ! trop tard, de la raison pour laquelle sir Morgan avait choisi ce commandement. La honte lui monta au visage.

– J'ai rencontré sir Morgan aux Antilles. Il m'est venu en aide à cette époque, et je le considère comme un ami depuis lors, déclara Rhea, rougissant après coup de la lourdeur de son propos.

– Ah ? Comme c'est intéressant ! Vous semblez avoir beaucoup voyagé pour quelqu'un de... si jeune. Je présume que c'est ainsi que vous avez rencontré Dante ? Ou à Londres ? Je ne suis pas étonnée de n'avoir pas eu vent de votre union : ça fait une éternité que je n'ai plus mis les pieds à Londres, ni dans une soirée, je...

Elle marqua une interruption stratégique, pour ne pas dévoiler son manque d'argent.

– Le capitaine n'est pas seulement un héros et un ami, mais un très beau parleur, reprit-elle au bout d'un moment. Il faudra surveiller votre femme, Dante, avec ces deux jouvenceaux dans les parages. Je n'aimerais pas avoir à vous consoler.

Son œil trahissait ses véritables sentiments.

– Vous n'avez jamais brillé dans ce domaine, Bess, rétorqua Dante.

Bess sentit ses joues s'enflammer de confusion, et, pour aggraver son désarroi, elle croisa le regard perçant du capitaine Lloyd. Elle eut l'envie violente de le cravacher. Cet homme étalait sa supériorité de façon odieuse !

– Mais peut-être n'en auriez-vous point besoin et s'agit-il d'un de ces mariages arrangés ? Du moins de votre part, mon cher... (Elle se tourna vers Rhea.) Il peut être si persuasif... Bien sûr, le pauvre Dante a toujours tiré le diable par la queue, et je peux imaginer que vous avez dû apporter une jolie dot !

– Maman ! Je t'en prie ! réagit Anne, à qui tant d'indignité donnait du courage, malgré la menace d'une punition par la suite.

– En réalité, madame, intervint Alastair Marlowe, qui ne pouvait en supporter plus, Dante est très riche. Il n'avait guère besoin d'une femme riche de surcroît. Et si vous étiez plus observatrice...

Ignorant totalement le jeune homme, lady Bess s'exclama :

– Est-ce vrai ? Etes-vous vraiment riche, Dante ?

– Je ne serais pas revenu à Merdraco dans le cas contraire, répondit celui-ci. Et Rhea aurait-elle été une mendiante dans la rue, ma décision n'aurait pas varié.

Les deux époux échangèrent un regard sans équivoque qui blessa lady Bess au tréfonds de son cœur.

– Eh bien, je dois dire, je suis muette de surprise !

Elle brava l'œil de sir Morgan, pour défier le capitaine.

– Si vous n'êtes pas venu pour votre plaisir, quelle est donc votre affaire, capitaine ? questionna Dante pour rendre la conversation moins oiseuse.

Le ton du marquis restait parfaitement désinvolte.

Pendant un instant, le capitaine admira le bébé dans les bras de Dante, puis mit visiblement le sujet à l'écart dans sa tête, et reprit d'une voix autoritaire :

– Je vous donne un avertissement, lord Jacobi, recommença-t-il quasi machinalement.

– Oh, flûte ! C'est reparti !

Lady Bess avait parfois des difficultés à contrôler sa langue.

Sir Morgan la foudroya du regard.

– En tant qu'ancien contrebandier, lord Jacobi, vous êtes un suspect de choix par ici, affirma l'officier de marine. Pour être précis, le lieutenant Handley, que voici, estime que vous êtes le chef de la bande locale.

Le lieutenant se sentit brusquement mal à l'aise sur sa selle. Il lui semblait préférable de faire de tels commentaires ailleurs que devant l'intéressé, surtout si ce dernier s'avérait être un marquis, riche et marié avec la fille d'un très puissant duc.

– Certes, euh... fit-il avec un rire gêné. Je ne crois pas que j'aie dit cela comme le capitaine vient de le rapporter. Mais vous comprendrez certainement, m'lord, que tout le monde doit être suspecté au départ si nous voulons en finir avec ces Fils de Belial.

– Vous avez tout à fait raison. Tout le monde doit être suspecté au départ, agréa Dante, ce qui déconcerta Handley.

Les deux anciens ennemis des Antilles se consultèrent du regard pendant une fraction de seconde.

– Difficile à croire, votre histoire ! intervint lady Bess tandis que les plumes de son chapeau s'agitaient en signe de dénégation. Vous, le marquis de Jacobi, un vulgaire contrebandier ? J'en connais qui vont bien rire ! Est-ce comme cela que vous avez fait fortune ? Eh bien, ça donne à réfléchir ! (Ce propos inconsidéré arracha un raclement de gorge à sa fille Anne. Les lèvres de sir Morgan se courbèrent légèrement dans une esquisse de sourire.) Et alors ? Comment pensez-vous que mon tailleur se procure de la dentelle ? Après tout, sir Morgan, même le vicaire boit du thé de contrebande ! ajouta-t-elle pour rattraper sa bévue.

– Mais je ne vous accuse de rien, lady Bess, répondit sir Morgan. Ne vous lancez pas dans de périlleux voyages sur mer, car, voyez-vous, lord Jacobi n'a pas fait fortune dans la contrebande, mais en trouvant un trésor parfaitement inoffensif. Simplement, les méthodes qu'il a utilisées pour parvenir à ses fins furent tout à fait remarquables... Je m'en souviens très bien, capitaine Leighton, soyez-en sûr. Et je vous préviens que si vous essayez de reprendre de quelconques activités de contrebande à partir de Merdraco, ou si vous êtes vraiment le chef de cette bande, je n'aurai aucune indulgence à votre égard...

Cela ne ressemblait pas au sir Morgan d'antan. L'homme avait bien changé depuis cette joyeuse entrevue à Londres, dans l'auberge.

– Sir Morgan, commença Rhea avec quelque hésitation, écœurée, je crains que vous ne soyez plus le même homme qui m'a sauvée à Saint-Jean.

– Je regrette de n'avoir pas compris qui vous étiez avant que vous ne soyez encore plus impliquée avec le capitaine Leighton et son équipage. Je crains que vous n'ayez épousé un homme incapable de mener une vie paisible. Un aventurier le reste à jamais.

– Si vous avez raison sur un point, rétorqua Dante, car l'aventure m'a plu, j'en conviens, en revanche, je ne vous suis pas sur l'autre, car je crois que je vais vivre assez d'aventures en essayant d'assumer mes responsabilités de seigneur de Merdraco pour satisfaire mes petits-enfants au cours des veillées d'hiver ! Je n'arrive pas à comprendre ce que vous faites dans le Devonshire. Qu'est devenu votre navire ? Et Charlestown ? Vous m'aviez prévenu que votre frère commandait dans les environs, et que vous le mettriez en garde contre moi et ma douteuse réputation. Auriez-vous si peu de foi en son habileté ? Ou suis-je si dangereux que ça ?

– Mon frère est mort.

Il y eut un silence de stupéfaction, avant que Rhea, sa colère évanouie, s'écriât :

– Oh ! Je suis désolée, sir Morgan !

Cette triste nouvelle expliquait les changements intervenus dans l'humeur de l'aimable officier. Dante retrouva son calme.

– Comment est-ce arrivé ?

– Il a été assassiné. Son bateau a été attiré dans Dragon's Cove, répondit sir Morgan.

– Comment savez-vous cela ? demanda Dante. (Rhea avait tressailli en entendant le nom de cette plage.) Y a-t-il eu des survivants ?

– Non, mais mon frère n'a pas coulé avec son bateau. Il a réussi à gagner le rivage avec plusieurs membres de son équipage, et tous ont été tués à coups de coutelas. Il était sans armes, et probablement à moitié asphyxié, lorsqu'il a été agressé.

– Et vous me suspectez de ce meurtre ? (Dante leva la main pour imposer le silence à sa femme et à Alastair.) Assez culotté de ma part, non ? Naufrager un cotre des douanes au pied des tours de Merdraco !

– C'est odieux ! hurla Rhea, hors d'elle. Dante n'aurait jamais fait une chose pareille !

– Si vous voulez bien m'excuser, intervint le lieutenant Handley, mais lord Jacobi fut bien accusé de meurtre, il y a des années ?

– Suspecté ! Mais jamais accusé, et certainement pas reconnu coupable ! s'écria Rhea. (Lady Bess ne put affronter le regard méprisant de la jeune marquise.) Je ne savais pas que les officiers du roi s'amusaient à colporter les ragots pour enquêter, lieutenant Handley. Et vous, sir Morgan, croyez-vous Dante capable de ce massacre ?

– N'importe qui est capable de meurtre, lady Rhea, s'il est poussé à bout ou acculé à cela.

– Quand tout cela s'est-il passé ? Votre frère devait être vivant quand nous sommes revenus en Angleterre avec vous. Dante était à Camareigh pendant l'hiver. Comment aurait-il pu diriger cette tuerie ? demanda Rhea.

– Vous suspectez Dante d'être, en quelque sorte, le chef des Fils de Belial ? s'enquit lady Bess, incrédule. C'est assez fort. Comme le disait son épouse, il n'était même pas là. Enfin, c'est bien la dernière personne qui...

– Etre impliqué dans un meurtre ne signifie pas nécessairement se salir les mains, interrompit impatiemment sir Morgan. Depuis que je suis ici, j'ai la nette impression qu'il y a un cerveau qui commande les Fils de Belial. Je trouverai l'identité de ce chef et j'arrêterai les responsables de la mort de mon frère Benjamin. Et je considérerai comme complice quiconque ayant eu des renseignements sur cette affaire les aura tenus secrets. Je m'occuperai personnellement de ceux-là, qu'ils soient hommes ou femmes.

Lady Bess s'humecta les lèvres, ravie d'avoir été interrompue avec tant d'à-propos.

Jack Shelby serait ravi. La haine que nourrissait l'ancien régisseur pour le marquis de Jacobi était inconciliable avec une telle association. On ne pouvait guère imaginer un Shelby mettant à sac Merdraco, tout en allant prendre ses ordres chez Dante. Voir le bon capitaine sir Morgan Lloyd partir sur cette piste plairait certainement à Shelby et ses amis. Le petit marin n'était pas aussi malin qu'il voulait le faire croire, en pourchassant des ombres de la sorte !

– Je dois me retirer à présent, dit gauchement sir Morgan. Aucun doute à cela, nous nous rencontrerons bientôt, m'lord. (S'adressant ensuite à Rhea :) Veuillez m'excuser, m'lady...

Mais il ne put soutenir le regard incendiaire de la jeune femme. Un petit salut alentour, et il fit demi-tour, Handley à ses basques.

– Quel impudent personnage ! murmura lady Bess.

Les deux cavaliers disparurent au détour du chemin, derrière le rideau d'arbres.

– Comme il a changé ! constata Rhea, encore abasourdie par la scène à laquelle elle venait d'assister.

– Nous changeons tous, fit Dante avec philosophie.

– C'est avec regret mais nous devons rentrer. (C'était vraiment une affreuse journée, et lady Bess sentait poindre un début de migraine.) Dante, je...

Elle ne savait trop quoi dire, et Dante ne lui laissa pas le temps de chercher.

– Au revoir, Bess, dit-il d'une voix lasse.

Prenant Rhea par le bras, il rentra dans sa maison. Bess resta immobile sur son cheval, sans voix. Seule Anne répondit à l'adieu d'Alastair en rougissant comme une pivoine. Jamais Bess Seacombe ne s'était sentie aussi seule.

## 26

Les rues de Marleigh descendaient de la colline vers la mer comme l'eau ruisselle dans la lande. Pressées les unes contre les autres le long des quais, les maisonnettes aux toits de lauze, bordées d'échoppes, se coiffaient d'une forêt de cheminées de pierre. Dominant cette tempête immobile, présidait le clocher de l'église paroissiale. Depuis son emplacement, en haut de la rue principale de Marleigh, ses cloches appelaient régulièrement les paroissiens à l'office.

C'était jour de marché, et les rues pavées étaient pleines de monde et encombrées de charrettes lourdement chargées, tirées par des attelages de bœufs. Les ramasseurs de bruyère n'avaient pas de mal à trouver des clients, car le bois de broussaille fait, à peu de frais, un bon feu pour les nuits fraîches de printemps.

Par les portes entrouvertes, le passant pouvait voir le cordonnier ou le tailleur à leur établi.

A la base de la colline, les rues débouchaient sur un quai le long duquel s'entassaient les bateaux de pêche, et qui semblait couronné par une forêt de mâts et un feuillage de voiles, car il cachait les œuvres mortes des embarcations, au gré du mouvement des marées. Les marins débarquaient leurs prises ou surveillaient attentivement la vente à la criée qu'orchestraient les marchands et les femmes du village dans un grand concert de cris et de piaillements. C'était une de ces scènes qui changeaient peu à travers les siècles.

– Voici Marleigh ! annonça Dante Leighton.

Le bourg semblait avoir coulé au bord de la falaise vers la plage de sable, comme du miel.

– C'est très joli, répondit Rhea en maîtrisant Skylard, effrayée par la foule.

– Rien n'a changé depuis que je suis parti, commenta Kirby, du haut de son petit poney.

Il essaya même de mettre un nom sur les passants.

– Vous êtes né ici, n'est-ce pas, Kirby ? s'enquit Alastair, faisant semblant de ne pas remarquer les regards curieux qu'on leur lançait.

– Nenni ! Je suis né à Merdraco ! (Ce n'était pas le fils d'un simple pêcheur ou d'un villageois !) Marleigh n'est pas un bien vieux village. La baie est simplement plus facile d'accès que Dragon's Cove.

Francis Dominick fit une grimace entendue à sa sœur. Il aimait bien le steward et les commentaires grincheux qui ponctuaient sa conversation.

– On dirait que le vieux Tom Morcombe a eu du bon temps ! ronchonna Kirby à nouveau en croisant un petit homme alerte, remorquant une longue femme épuisée, les bras encombrés d'un marmot, un autre accroché à ses jupes, et suivie d'un cortège de galopins d'âges variables, ce qui les faisait ressembler à un escalier sur pattes.

– J'parie que tu peux leur montrer comment manœuvrer les voiles ! s'exclama Robin à l'adresse de Conny, qui s'accrochait à la ceinture du second fils du duc de Camareigh, sur un deuxième poney.

– Pour sûr ! répondit laconiquement Conny.

Lui qui n'avait jamais eu le mal de mer se demandait pourquoi il ressentait une révolution dans son estomac chaque fois qu'il était perché sur l'un de ces stupides animaux.

Les cavaliers commençaient à attirer l'attention.

Tant de chevaux, de si beaux vêtements étaient rares dans les rues de Marleigh.

– Je vous laisse ici avec Kirby, je ne serai pas long, fit Dante alors qu'ils débouchaient sur la place du marché. Je vais à la taverne, en haut de la rue. Je m'y tiendrai en cas de besoin. J'espère y trouver des ouvriers pour travailler à Merdraco à la journée.

L'explication était nécessaire : il n'était pas trop sûr de la réception qui l'attendait. Les Fils de Belial n'avaient pas peu d'influence sur les villageois. Dante accepta d'un signe bref la compagnie d'Alastair, et ils disparurent dans la foule, laissant le gros de la troupe se débrouiller avec les légumes. Les deux galopins en profitèrent pour se perdre dans le dédale des tréteaux.

La taverne était coincée entre le perruquier et l'apothicaire, un emplacement de choix, sachant que le perruquier était aussi chirurgien et barbier.

Les deux hommes allaient s'engager dans l'escalier quand Dante s'arrêta pour examiner l'enseigne. Alastair, qui lui emboîtait le pas, faillit lui rentrer dedans. Il manqua ensuite de s'étouffer en regardant à son tour ce qui avait attiré l'œil de Dante. C'était la silhouette d'une femme drapée de blanc. Le nom de la taverne était inscrit en dessous : *la Dame blanche des ruines*. Dante n'émit qu'un faible soupir de lassitude avant d'entrer dans le long couloir rempli d'air vicié qui conduisait à la salle, en haut d'un escalier.

Sans s'émouvoir du silence qui s'abattit sur les groupes de bavards attablés, Dante traversa la salle et s'installa au comptoir. Un homme bien portant, au visage rubicond, les accueillit avec joie.

– Bon après-midi à vous deux, et bienvenue à *la Dame blanche* ! Que puis-je vous servir ? Vous n'êtes pas de Marleigh, hein ?

Tout en parlant, il détailla l'élégant accoutrement des deux clients. Ceux-là avaient la bourse pleine.

– Mais si, mais si, répliqua Dante. Deux bières.

– Ah ? Ben, vous avez peut-être remarqué le changement de propriétaire. J'ai racheté cet endroit. *Le Chêne royal*, que ça s'appelait. Je viens de Barnstaple. J'ai remplacé les serveuses. Z'avaient plus que la peau et les os, les anciennes... Ça vient d'une légende locale... Je veux dire le nom, continua l'aubergiste sur un ton badin. (Il posa les chopes de bière devant eux, sous l'œil impassible du grand type aux boucles châtaines.) On dit que c'est une dame de la haute, une grande famille du coin ; la dame s'est jetée du haut d'une falaise, là-haut, au château, qu'on dit. On a vu son fantôme dans les ruines, pleurant son fils, un bon à rien, j'crois bien. Enfin, pour c'que j'en dis, c'est sûr que ce nom-là, il s'oublie pas, et ça, c'est bon pour le commerce.

Il eut un rictus de satisfaction, mais l'homme aux yeux gris n'eut pas l'air de trouver l'histoire drôle. Il se rendit alors compte que sa taverne était bien silencieuse. S'éclaircissant la gorge avec emphase, il chercha dans sa mémoire où il avait bien pu commettre un impair. Tout le monde fixait le grand gars aux yeux gris.

– J'crois pas que j'aie saisi vot' nom...

Dante Leighton plissa légèrement la lèvre supérieure, dans un vague sourire, et prit une gorgée de bière. Ensuite, il fit face à ceux qui le regardaient avec tant d'intensité.

– Quelques-uns d'entre vous me connaissent. D'autres non. Je suis lord Jacobi. Je suis revenu à Merdraco. Mais en mon absence, la maison a subi des dommages... (Un euphémisme, selon l'avis d'Alastair.) J'engage du monde. Il y a du travail et une rémunération honnête.

– J'crois bien me rappeler de vous, m'lord. Seulement, dans mon souvenir, vous payiez même pas vos dettes, lança un homme d'âge mûr, juste en face de Dante. J'vois pas pour quelle raison j'pourrais vous croire aujourd'hui... sinon parce que vous avez le courage de venir ici. Certains, ici, se souviennent de quoi vous avez été accusé. Vous n'avez pas laissé beaucoup d'amis dans le coin, m'lord.

Alastair essuya la mousse qui couvrait sa bouche. Il fallait tenir cet homme à l'œil. Mais Dante resta parfaitement calme. Sa main disparut dans la poche intérieure de son manteau, et, une seconde plus tard, une petite bourse de cuir se posait brutalement sur la table de l'homme qui lui avait parlé.

– Ouvrez-la ! ordonna Dante d'une voix péremptoire.

L'homme prit la bourse, la soupesa, délia les cordelettes et étala le contenu devant lui, dans un silence uniquement troublé par le tintement des pièces d'or.

– Tout homme qui viendra travailler pour moi sera payé à la journée. Pas de surprise. Uniquement au comptant. Mais ne vous méprenez pas, ce ne sera pas de l'argent facile. Chacun travaillera son dû. J'ai travaillé dur pour avoir cet argent, et j'attends de vous que vous travailliez autant pour en faire le vôtre. Le flemmard ne restera pas longtemps chez moi.

Le marquis avait changé.

William Brownswell était de ceux qui connaissaient le jeune joueur d'autrefois. Il n'y avait pas de rapport entre l'ancienne et la nouvelle version du marquis de Jacobi. Celui-là les regardait droit dans les yeux et sans relâche.

– Et si certains d'entre vous doutent encore de ma solvabilité, je leur accorde volontiers la permission de parler à mes banquiers : à Westlea Abbot, à Bristol et à Londres !

– Et je peux vous assurer, reprit Alastair Marlowe, pour avoir travaillé à bord de son navire pendant des années, que le capitaine Leighton a toujours eu mon respect, comme celui de tous les hommes qui ont servi sous lui, ainsi que notre admiration pour son courage. Quand le capitaine fait une promesse, il s'y tient.

Pour une fois, Alastair s'était senti obligé de dire les choses comme il les pensait.

– Pourrait-il être riche comme le roi lui-même, que je me salirais pas les mains pour un type comme lui ! brailla une voix hargneuse dans le fond de la salle. Jack Shelby est mon copain, et c'est quelque chose que vous feriez mieux de pas oublier, vous tous. Jack se rappelle ses copains, et il connaît ses ennemis. J'peux lui en parler aussi.

La petite crapule fit le tour de la salle en fixant chacun de son œil de fouine.

– Si j'étais vous, je ne m'inquiéterais pas trop pour Jack Shelby, fit Dante, très calme, accoudé au comptoir.

– Tiens donc, et comment ça, milord ? se rengorgea le forban en lui crachant au pied.

– Les jours de Shelby sont comptés... Vous pouvez transmettre, bien sûr.

L'homme faillit s'étouffer de colère. Avant qu'il ait eu le temps de réagir, le marquis de Jacobi était sur lui. D'une poigne de fer, Dante immobilisa l'agent de Shelby en lui coinçant le bras dans le dos. De l'autre main, il lui agrippa la nuque comme avec une pince. Le malencontreux personnage fut raccompagné à la porte et jeté dans l'escalier, sans tambour ni trompette, mais au milieu de l'hilarité générale.

Se ramassant dans le ruisseau, la canaille reçut son feutre en pleine figure et choisit d'invectiver ceux de la taverne depuis la rue, en montrant le poing.

– Vous le regretterez, m'lord ! Et je ne vous oublierai pas non plus, les autres ! Vous le regretterez tous ! Vous perdez rien pour attendre ! Que Jack entende ça ! Vous verrez !

Il partit dans la rue en continuant ses rodomontades, les rires de la foule alimentant sa rage.

Dante fit de nouveau face à ces hommes qui le regardaient sous un jour différent : c'était bien lui, et non son fantôme qu'ils voyaient.

– Vous pouvez aussi faire dire que je cherche des fermiers pour mes terres. Les loyers seront avantageux et, en tant que propriétaire, je veillerai aux meilleures conditions de travail pour ceux qui accepteront. Ceux qui veulent travailler pour les Leighton trouveront une existence décente, et eux, comme leurs familles, seront sous ma protection.

– Je ne savais pas que ces terres vous appartenaient encore. J'croyais qu'elles étaient à sir Miles Sandbourne.

Un sourire diabolique éclaira le visage de Dante.

– Les terres de Merdraco sont retournées à leur propriétaire originel. Sir Miles ne possède plus un are des terres des Leighton.

William Brownswell rapporta la bourse à Dante. Alastair crut un instant qu'il refusait l'offre, mais l'homme déclara :

– Voici votre argent... enfin, jusqu'à ce que j'aie travaillé pour le gagner.

– Je vous attends à Merdraco.

– Sûr. Topez là. J'crois bien que pas mal d'entre nous seront contents d'apprendre qu'il y a un nouveau propriétaire. Sir Miles n'était pas très populaire. Les fermages montaient en flèche. J'parie que Kirby est de retour aussi, pas vrai ? On était de bons copains, avant qu'il disparaisse... J'ai toujours pensé qu'il devait être fourré avec vous quelque part !

– C'est ça, et il est revenu, comme moi, répondit Dante Leighton avec une chaleur que Brownswell remarqua tout de suite.

– J'vous demande pardon, mais Jack Shelby sait-il que vous êtes de retour ? demanda Brownswell.

Il s'agissait de savoir si la hache de guerre était déterrée avant de se mettre dans un des camps.

– Oui. Nous avons eu un petit face-à-face, l'autre nuit. Il sait à quoi s'en tenir, bien qu'il soit parti un peu vite.

– Vous êtes restés à *l'Evêque* ? fit un autre qui devait savoir que les contrebandiers aimaient bien s'y noyer dans la bière sans bourse délier.

– Oui. Sam et Dora ont été très hospitaliers.

– Sûrement, reprit Brownswell. Sam est pas fou.

J'passerai bien par là, un de ces jours. Beaucoup d'entre nous n'ont pas apprécié ce qui est arrivé à son beau-frère. Sûr qu'il est temps que les choses changent.

Dante jaugea son monde après cette remarque, puis acquiesça :

– Je pense qu'il y aura des changements...

Avec un sourire courtois, il lança la bourse qu'on lui avait rendue au tavernier, surpris mais pas au point de la laisser tomber.

– Veille à ce que ces personnes aient toute la bière et la nourriture qu'elles désirent.

– C'est très généreux de votre part, m'lord, dit Brownswell dans un murmure.

– Attendez de voir ! plaisanta Dante. Ils me maudiront trop vite de leur faire suer les shillings qu'ils gagneront sur mes terres ! Mais ne vous y trompez pas : mes propositions sont honnêtes et je serai généreux avec ceux qui seront loyaux avec moi.

– Eh ben, m'lord, on dirait que vous avez appris pas mal de choses dans vos voyages, dit lentement Brownswell, le porte-parole de l'assemblée. J'crois qu'on pourra faire des affaires ensemble, maintenant.

– Bien sûr, approuva Dante.

Sur un petit signe de tête, il sortit de *la Dame blanche* sous les regards de tous ceux qui se trouvaient à l'intérieur.

– Bon, voyons voir, reprit Rhea en faisant un tour d'horizon de toutes leurs acquisitions.

En levant la tête, elle aperçut Dante et Alastair qui descendaient tranquillement la rue, mais ils ne virent pas son geste de la main. Un gamin venait de les accoster, un morceau de papier à la main. Il tira la manche de Dante. Celui-ci se pencha avec un sourire et échangea une piécette contre la feuille de papier soigneusement pliée. Il jeta un rapide coup d'œil sur son contenu.

L'instant d'après, la missive avait disparu dans sa

poche, et les deux hommes rejoignaient Rhea et son groupe de porteurs.

– Eh bien ! s'exclama Dante en les accostant. Les choses sont allées beaucoup mieux que je ne le pensais !

Juste avant de repartir pour le pavillon de chasse, et après avoir rappelé à l'ordre les deux chenapans de leur suite, au milieu d'une bataille rangée avec tous les galopins du village, Rhea aperçut une silhouette écarlate s'enfuyant au galop par la rue Haute, les plumes de son chapeau s'agitant à chaque pas du cheval.

Rhea se demanda aussitôt si le message que venait de recevoir Dante n'avait pas pour expéditrice Bess Seacombe.

La jeune femme ne pouvait s'empêcher de trouver étrange qu'il fasse mystère de cela. Pour la première fois depuis leur mariage, Rhea Claire Leighton douta de la sincérité de son mari.

# 27

– Je dois dire que vous étiez plutôt inamical l'autre jour, déclara Dante Leighton d'une voix qui, bien que modérée, sonnait comme le tonnerre dans le silence de la nuit.

Sir Morgan se retourna brusquement, frappé par la voix légèrement railleuse qui jaillissait des ténèbres.

– Vous arrivez toujours en avance à vos rendez-vous ? demanda sir Morgan, démonté par la façon dont Leighton avait réussi à le prendre au dépourvu.

– Pas plus tôt que vous, rétorqua Dante en se révélant à la lumière de la lune.

Sir Morgan était bien un quart d'heure en avance.

– Vous avez donc reçu mon message ?

– Naturellement. Je n'abandonne pas mon lit douillet pour battre la campagne à minuit sans une bonne raison. J'attendais des nouvelles de vous, pour ne rien vous cacher. J'étais sûr que vous m'aviez joué une petite comédie, l'autre jour. Enfin, je l'espérais...

– Si j'avais vraiment cru à votre responsabilité dans la mort de mon frère, capitaine Leighton, vous auriez reçu un mandat d'amener, au nom du roi, et pas une visite courtoise, répondit sir Morgan avec le plus grand sérieux.

– Je me sens néanmoins responsable car son navire s'est perdu dans Dragon's Cove. Les eaux de cette anse sont notoirement dangereuses. Et même les meilleurs capitaines ont perdu le contrôle de leur bâtiment dans ce coin.

– Comme je vous l'ai dit, il est arrivé sain et sauf au rivage, capitaine. C'est là qu'il a rencontré la mort, lui rappela sèchement sir Morgan.

Il n'admettait pas de discussion sur ce point.

– Il est aussi certain que les naufrages attirent des hordes de charognards qui volent tout ce qu'ils peuvent. L'un d'eux aurait pu s'affoler en voyant les uniformes du roi, et tuer...

L'explication était raisonnable, mais il en fallait plus pour persuader le frère du défunt.

– Mon frère a été trahi, et il suspectait déjà le traître. Il y avait fait allusion dans sa dernière lettre. Seulement, il a dû faire une erreur et l'a payée de sa vie, rétorqua amèrement sir Morgan. C'était un bon capitaine. Il connaissait bien la côte. Ben était très prudent de caractère. Quelqu'un a dû l'attirer dans ces parages. Je pense même que Benjamin n'a eu connaissance de sa position que trop tard. Probablement, des signaux trompeurs émis de la côte l'ont dirigé vers les récifs. Je crois que ce massacre avait été préparé avec grand soin, parce qu'il était sur le point de démasquer le traître.

Le dos contre un des dragons de pierre, Dante cherchait à lire l'expression de sir Morgan dans l'obscurité.

– Et pourquoi ne me soupçonnez-vous pas ? Comme vous le disiez, je pourrais parfaitement être derrière tout cela, malgré ma longue absence. Ou bien même, mes sympathies pourraient rester aux contrebandiers. Beaucoup d'entre eux sont de pauvres fermiers qui ont trouvé là un moyen comme un autre de survivre, et je pourrais très bien ne pas voir de mal à leurs activités frauduleuses. Pourquoi une telle confiance en moi ?

Sir Morgan se passa la main sur le front :

– Vous êtes un marin, capitaine Leighton. Pas un

naufrageur. Deux activités inconciliables, je le sais. Et j'ai navigué suffisamment longtemps dans vos eaux pour savoir quel homme vous êtes. Pour être franc, je n'aurais jamais cru que nous serions un jour alliés. Mais, en tant que maître de Merdraco, vous êtes spécialement intéressé dans cette histoire. Vous devez désirer que justice soit faite, non ?

– Vous êtes au courant, alors ?

– Oui. C'est le genre de bruit qui se répand vite. Et j'en suis désolé, croyez-le bien, mais j'ai présumé que vous aviez maintenant une bonne raison d'en finir avec ces contrebandiers. Et spécialement avec Jack Shelby.

Dante approuva :

– Avez-vous aussi remarqué que Jack Shelby est persuadé d'être dans son bon droit en perpétrant ces crimes contre moi et mes biens... et ma famille, maintenant ? demanda Dante pour voir ce que savait sir Morgan.

– C'est le père de cette fille qu'on vous a suspecté d'avoir tuée. Vous me l'aviez dit à Londres, enfin, vous y aviez fait allusion. Cela dit, j'étais à Marleigh ce soir, et j'ai entendu des propos tout à fait flatteurs à votre sujet dans une taverne très populaire. Avoir vidé de la sorte le sbire de Shelby vous a taillé un succès certain. Il semble de toute façon que la moitié de la population trouve Shelby... cinglé, et cela depuis quinze ans. D'autres se rappellent quel genre de fille était la jeune Lettie. Finalement, il serait facile de trouver d'autres suspects pour cette vieille histoire, parmi lesquels une ou deux femmes jalouses.

– Oui, j'ai l'impression qu'ils veulent bien me donner le bénéfice du doute à présent. Surtout parce que je suis revenu riche.

Dante ne faisait pas montre de beaucoup d'émotion ni d'illusions.

Sir Morgan sourit tristement.

– Vous êtes bien amer, capitaine Leighton. Je suppose que c'est normal. Mais vous êtes modeste, et vous avez fait à ces villageois une autre démonstration que celle de votre richesse. Votre présence et... le petit incident leur ont beaucoup plu. Ils ne vous voyaient pas comme ça, mettant la main à la pâte. Je ne voudrais pas rendre les choses plus difficiles pour vous, capitaine, mais j'ai besoin que vous restiez mon suspect numéro un, afin de tromper les contrebandiers. Je veux qu'ils fassent des erreurs pour les appréhender tous, et l'un d'eux en particulier. Les prendre sur le fait sera plus sûr. Les responsables du naufrage du *Hindrance* seront punis avec toutes les rigueurs de la loi.

– Vous et votre frère étiez très proches ?

– Oui. Mon père est mort alors que nous étions enfants. Je suis devenu le chef de famille, en quelque sorte. Le reste de ma famille n'est plus, et le seul moyen qui me reste de veiller sur mon frère, c'est de le venger.

– Faites bien attention à avoir le vrai coupable sous la main.

– A part le grand chef qui est derrière, je sais exactement qui je cherche, le rassura sir Morgan.

– Shelby ?

– Oui.

– Et peut-être votre petit lieutenant Handley ? devina Dante.

– On ne peut rien vous cacher...

– Votre méfiance à son égard ne m'a pas échappé. Vous ne pensez pas qu'il pourrait être le cerveau que vous cherchez ?

– Je ne crois pas qu'il soit suffisamment intelligent pour mener une telle entreprise, si bien rodée. Ou bien est-ce un merveilleux acteur ? Mais j'en doute : il suit les ordres... comme les autres.

– Et Shelby ? Il est malin comme un singe.

– Mais il s'emporte trop facilement, surtout pour une opération aussi délicate que le naufrage du *Hindrance*, ou même pour mettre une telle organisation sur pied. Il prend ses ordres ailleurs.

– Donc, vous voulez faire croire aux contrebandiers que vous me suspectez de les diriger... Shelby sera aux anges ! prédit le marquis. Si je marche dans votre combine, je tiens à participer à toute l'action. C'est ça ou je fais cavalier seul contre Shelby.

– Comme il n'y a pas beaucoup de monde par ici en qui j'ai confiance, je ne crois pas que je puisse me passer de vous.

Les deux anciens ennemis allaient signer un pacte. Chacun avait cependant des motifs différents.

– Je redoute pour vous la réaction de Rhea : elle mettra du temps à vous pardonner, pour l'autre jour !

– Je regrette profondément de l'avoir blessée, mais il me fallait convaincre le lieutenant Handley. J'espère que, quand tout cela sera fini, lady Rhea me donnera une chance de m'expliquer.

– Allons, sir Morgan : Rhea est une personne très compréhensive. Une fois qu'elle aura compris, vous serez pardonné.

– Eh bien, je préfère cela. Mais... à propos de Bess Seacombe ? demanda soudainement sir Morgan.

– Bess ?

Sir Morgan remarqua l'hésitation dans la voix de Dante, comme l'usage de son prénom.

– Vous avez l'air de la connaître.

– Bess et moi avons grandi ensemble. Nous étions même supposés nous marier un jour. Elle a changé d'avis. Je ne la blâme pas : j'étais endetté jusqu'au cou et l'on me regardait comme un meurtrier à cette époque.

– Ah ? Je l'ignorais. Je suppose que vous savez qu'elle est veuve ?

– Oui. Je suis au courant, fit Dante, sans divulguer ses sources.

– Elle est aussi très endettée, l'informa sir Morgan.

– Ah ? Non, je ne savais pas cela.

Dante se remémora l'époque où elle l'avait éconduit.

– Que s'est-il passé, le savez-vous ? demanda-t-il.

– Oh, rien d'extraordinaire : son défunt mari a fait de mauvaises affaires. Il n'avait pas les pieds sur terre. Une société par actions dans laquelle un des plus gros actionnaires s'est soudain désisté et a retiré sa part : sir Miles Sandbourne et sir Harry Seacombe se trouvaient malencontreusement dedans. Pour éviter la ruine et le discrédit, et même la prison pour dettes, les investisseurs ont couvert le déficit et y ont laissé leur chemise. Je crois que sir Harry était le moins solide. (Sir Morgan expliqua tout cela sans la moindre pitié. Chargé d'une femme et de deux enfants, il n'aurait pas pris un risque aussi ridicule.) Il semble aussi que sir Harry s'intéressait plus à la santé de ses chiens et de ses chevaux qu'à celle de sa famille. Il passait son temps au chenil ou aux écuries. Je me demande pourquoi elle l'a épousé, soupira-t-il pour conclure.

Dante resta silencieux, puis il dit :

– Oui, je me souviens de ce Harry Seacombe. Vous avez raison, il était un peu toqué, mais pas dangereux. Je peux comprendre les raisons de Bess. Il y a quinze ans, c'était un bel homme riche, et il savait faire rire les dames.

– Lady Bess est toujours très jolie femme, n'est-ce pas ?

Sir Morgan posait la question piège, qui ne marcha pas comme il l'entendait :

– Oui, effectivement. Elle est aussi jolie que lorsque j'ai quitté le Devon, admit Dante. Pourquoi ? Vous êtes intéressé par les veuves sans le sou ?

Les ténèbres permirent à sir Morgan de masquer son embarras. Il surprit Dante en déclarant sur un ton administratif :

– Mon intérêt est purement officiel, car je la crois complice des contrebandiers, impliquée jusqu'au cou... et je détesterais voir le cou d'une femme abîmé...

Mais Dante eut clairement l'impression qu'il ne

reculerait pas devant ce désagrément pour que justice soit faite.

– Bess ? Complice ? Cela voudrait dire complice de Shelby, et cela me paraît improbable, réagit-il.

– Quand quelqu'un a besoin d'argent, surtout quelqu'un comme elle... Tenez, vous, par exemple : votre déconfiture financière vous a conduit à entreprendre des... enfin, vous avez fait feu de tout bois, lui rappela sir Morgan.

Dante resta songeur.

– Je ne vous aiderai pas à envoyer Bess au cachot, dit-il d'un ton définitif.

– Vous êtes toujours autant attaché à elle ? demanda sir Morgan avec une soudaine sécheresse.

Pensait-il à Rhea ou à son frère mort ? Aux deux, sans doute.

– J'ai mes raisons pour cela, répondit Dante sur le même ton.

– Je vois.

– Non, je ne crois pas, mais ça ne fait rien, car je vous aiderai à arrêter Jack Shelby et ces Fils de Belial, promit Dante. Quel est votre plan ?

– Là... Là, Kit, chuchota Rhea pour calmer son fils. Maman est là.

Les yeux de Rhea étaient pourtant rivés sur la place laissée vide par Dante dans leur lit.

Ouvrant sa chemise de nuit, elle amena la petite tête de Kit vers sa poitrine, et se rassit sur les coussins pendant qu'il tétait. Bientôt, ses petites mains s'arrêtèrent de s'agiter et il s'endormit, rassasié. Rhea le recoucha dans son berceau et arrangea ses couvertures.

Elle s'approcha ensuite de la fenêtre. Un rayon de lune argenté coula dans la chambre. C'était presque comme en plein jour. Où était-il ? Elle promena son regard sur le jardin en désordre. Elle avait un mauvais souvenir de la dernière fois qu'il était parti en pleine nuit. Accoutumée à l'obscurité, elle ne pouvait cependant pas percer la végétation touffue. Dans le lointain, la mer ressemblait à du vif-argent. Des ombres paraissaient se mouvoir dans les buissons autour du pavillon. Illusion d'optique ? Rhea écarquilla les yeux. Elle apercevait maintenant les arbres en mouvement.

Elle sursauta en voyant une ombre élancée se détacher et grandir. Son cœur battit plus vite. L'ombre se détacha totalement de la masse et s'approcha du pavillon. Elle sourit de soulagement : c'était Dante... Elle se conduisait comme une fillette de treize ans. Rhea continua à observer son mari, puis il disparut de son champ de vision en arrivant devant la porte. Elle allait quitter son poste d'observation à la fenêtre quand une autre ombre se glissa entre les arbres. Elle crut défaillir : c'était sans aucun doute possible une femme vêtue d'une longue robe blanche flottante.

Le cœur comprimé dans sa poitrine, Rhea comprit que la Dame blanche des ruines était sous ses yeux...

# 28

La lumière glacée de l'aube envahissait progressivement la chambre. Pour la centième fois, Rhea s'interrogea sur ce qu'elle avait vu dans les fourrés. Une forme avait indubitablement remué sous ses yeux. Elle préféra n'en rien dire à Dante. Son esprit fut du reste accaparé par le fait qu'il nia avoir quitté le pavillon. Il négligea tout simplement de dire quoi que ce fût à ce sujet. Elle se souvint alors du billet qu'on lui avait fait passer à Marleigh et dont il n'avait pas parlé non plus. Etait-il allé retrouver la personne qui lui avait envoyé ce message secret ? Etait-ce l'ombre qu'elle avait vue de sa fenêtre ? Au fond d'elle-même revenait continuellement la silhouette écarlate s'éloignant au galop.

Il n'avait apparemment aucune intention de la mettre au courant. En entrant dans la chambre, il reconnut seulement n'avoir pu dormir et être allé boire un cognac en bas. Il avait un verre à la main, et, à le voir à moitié déshabillé et pieds nus, elle l'aurait presque cru.

La jeune femme soupçonna néanmoins que ses bottes crottées et son manteau devaient être restés en bas, et que le cognac avait surtout pour but de le réchauffer de cette promenade nocturne.

Il n'était pas parti à la recherche de la bande : la nuit était claire, la lune haute. N'avait-il pas dit que les contrebandiers préféraient l'obscurité impénétrable ?

Il sourit et sembla se détendre. Mettant le verre sur la table de nuit, il la prit dans ses bras comme si de rien n'était. Rhea sentit la douce pression de ses lèvres sur son cou et ses mains caressantes autour de ses épaules. Son haleine parfumée de cognac enflamma le visage de sa femme et leurs lèvres s'unirent pendant un long moment.

A son corps défendant, Rhea sentit un frisson de chaleur monter en elle. Non ! Elle n'allait pas céder cette fois-ci. Pas avec un mensonge entre eux. Et surtout avec les soupçons qu'elle avait...

Elle dégagea ses lèvres et détourna le visage. C'était la première fois qu'elle le repoussait depuis qu'ils s'étaient déclarés l'un à l'autre. Rhea se souviendrait à jamais de l'expression de stupéfaction qui se peignit sur le visage de Dante. Leurs yeux se croisèrent puis il la lâcha brusquement.

Sautant sur ses pieds, il se tint immobile devant elle, comme un animal blessé et furieux. Rhea aurait voulu arrêter cette torture, mais sa conscience l'en empêcha.

– Qu'est-ce qui ne va pas ?

– Rien, mentit-elle, incapable de soutenir son regard.

– Tu n'es pas une bonne menteuse, ma chère... (Il lui attrapa le menton avec l'agilité d'une panthère et la força à soutenir son regard.) Je te le demande encore une fois : qu'est-ce qui ne va pas ?

Les cachotteries n'étaient pas le genre de Rhea. Elle fit face à son regard.

– Je me trouvais devant la fenêtre. Je t'ai vu traverser les jardins. Je sais que tu es sorti. Tu n'as pas besoin de me mentir non plus, Dante.

– Oui. J'ai effectivement quitté le pavillon. J'avais besoin de faire quelques pas.

Ce n'était manifestement qu'une partie de la vérité. Une partie accessoire...

– As-tu rencontré quelqu'un ? demanda-t-elle avec hésitation.

Dante éclata de rire.

– A cette heure ?

Comme Rhea paraissait toujours aussi inquiète, et même plus que cela, il s'agenouilla auprès d'elle et prit ses mains dans les siennes.

– Rhea, ma petite fleur, fit-il avec tendresse, tu n'as pas à être jalouse d'une autre femme. Est-ce cela qui te fait peur ? Crois-moi et fais-moi confiance. Je t'ai demandé une fois de me promettre que tu ne te détournerais jamais de moi, quoi que tu entendes et malgré tes doutes. Aussi sûr que le soleil se lèvera demain matin, tu peux être assurée que je t'aimerai toujours !

Un peu plus tard, quand il la prit dans ses bras, elle ne lui résista plus. Et dans le feu de la passion, elle oublia de lui parler de l'ombre blanche des buissons. Ou simplement ne voulait-elle pas entendre la vérité ?

Vers le matin, un peu avant que la maison ne s'éveillât, Rhea descendit contempler le hall nettoyé et ciré, fleurant bon les épices et les bruyères. Elle s'arrêta devant le tableau de lady Elayne et de son enfant au regard encore innocent. Elle soupira en songeant à la tragédie qui s'était abattue sur ces deux êtres si longtemps après que ce tableau fut achevé.

– Mmm !... Vraiment une honte, ce qui s'est passé ! fit une voix triste et grincheuse derrière elle.

Rhea fit un bond de surprise.

– Kirby ! Vous m'avez flanqué une de ces frousses !

– Excusez-moi, milady. Je ne l'ai pas fait exprès... (Il portait un petit plateau avec un service à thé chinois.) Je vous ai préparé une tasse de thé.

Il attendit qu'elle fût assise pour la servir.

– Vous devez être sorcier, mon cher Kirby. Toujours en train de prévenir mes moindres désirs ! Il est excellent, le complimenta Rhea.

– J'ai remarqué que vous aimiez le thé, m'lady, répondit-il avec un sourire gêné.

– Vous auriez dû apporter une tasse pour vous-même, fit-elle aimablement.

Elle se demandait surtout quand Kirby finirait par admettre qu'il n'était plus un serviteur.

– Mais que penserait le capitaine s'il descendait et nous voyait boire le thé ainsi ?

– Il penserait : tiens, voilà deux amis buvant le thé ensemble, répliqua Rhea. (Elle changea brutalement de sujet :) Comment était-elle, Kirby ?

Elle montra le portrait du menton.

Kirby soupira profondément.

– Ah, lady Elayne était une sainte, sûr. La plus gentille et la plus sage dame qu'il m'a été donné de rencontrer, excepté vous-même, m'lady... et, bien sûr, Mme votre mère. Elle adorait Dante et ne vivait que pour lui. Je suppose que c'était parce qu'elle n'était pas heureuse avec lord John. C'était un original. Il s'occupait que de ses livres et de ses œuvres d'art. Il aimait les jolies choses comme ça. Il a même ramené des statues de ses grands voyages, des femmes à moitié nues et des hommes encore moins habillés...

– Une sorte de dilettante, en somme. On dirait qu'il ne voulait s'entourer que de beauté.

– Je crois bien que vous avez raison. Même parfois, lord John confondait sa femme avec ses statues. Il était toujours furieux contre Dante, qui était un gamin assez agité. Il craignait pour ses figurines. Tout ce que voulait ce garçon, c'était un peu d'affection de la part de lord John. Et si vous voulez mon avis, lady Elayne était bien plus jolie que toutes ces statues de marbre sans leurs vêtements... Me faites beaucoup penser à elle, m'lady. (Kirby devint cramoisi.) Euh, m'lady, je ne voulais pas dire cela comme... euh...

– Allons, Kirby, je sais ce que vous vouliez dire, et je suis ravie d'être comparée à lady Elayne.

Kirby leva mélancoliquement la tête vers le portrait.

– Bon, je vais voir à faire lever votre femme de chambre. J'espère qu'elle a brossé votre habit de cheval. Je ferai en sorte que tout ça soit prêt à temps.

Kirby savait que lady Rhea était toujours trop bonne et trop indulgente avec ces fainéants.

– Je ne crois pas que j'en aurai besoin aujourd'hui, l'informa-t-elle en replaçant sa tasse sur le plateau.

– Ah, mais, m'lady, l'arrêta Kirby alors qu'elle quittait le hall, le capitaine a dit que vous alliez à Westlea Abbot aujourd'hui.

Elle se retourna.

– C'est curieux. Dante ne m'en a pas parlé...

Kirby prit un air lamentable.

– Je crois bien qu'il devient distrait, m'lady. Beaucoup de soucis. Trop de problèmes lui trottent dans la tête. Un peu comme nous tous.

Westlea Abbot était un bourg plus grand et plus actif que le village de pêcheurs de Marleigh. La baie était très calme, et les habitations se dispersaient en petits cottages sur les collines. C'était aussi un lieu de passage plus fréquenté. Les cavaliers n'attirèrent donc pas autant l'attention. Ils traversèrent la ville sans encombre pour gagner une propriété de l'autre côté de la haie.

Sevenoaks House se trouvait au bout d'un chemin sans issue, entourée de trois chênes, dont un, d'une taille gigantesque, masquait la maison en brique, centrée sur une coupole octogonale.

Du personnel prit immédiatement soin de leurs montures, tandis qu'un valet de pied ouvrait la porte aux visiteurs.

– Bonjour, lord Jacobi, fit le maître d'hôtel, raide comme un piquet.

– Oliver ! Cela fait longtemps ! Mais vous n'avez pas du tout changé, répondit Dante en tendant ses gants et son feutre au valet qui se trouvait à côté.

– Merci, m'lord... Et, si je peux me permettre,

m'lord, c'est bien bon de voir Votre Seigneurie de retour à Merdraco.

– Merci, Oliver. C'est gentil de votre part... Votre maître est-il chez lui ?

– Oui, milord. Dois-je lui dire que vous désirez le voir ? demanda Oliver avec un regard poli mais ferme vers les inconnus qui accompagnaient le marquis.

– Oui, effectivement, je suis distrait : ma femme, lady Jacobi, son frère, lord Chardinall, et M. Alastair Marlowe. Ces jeunes gens sont mes hôtes au pavillon de chasse.

– Votre femme, m'lord... répéta Oliver, légèrement décontenancé. (Il exécuta une profonde révérence.) Je vais vous annoncer. (Il fit quelques pas avant de revenir en arrière.) J'ai entendu de bien tristes nouvelles à propos de Merdraco... Je suppose que si vous êtes au pavillon, c'est que... C'est exact ?

Oliver lut la réponse sur le visage de Dante et secoua la tête en signe de compréhension, puis repartit en marmonnant. Il revint un instant après et les guida vers un salon à l'entrée duquel il annonça d'une voix exceptionnellement magistrale, avoisinant le rugissement.

Rhea se retrouva au milieu d'une pièce encombrée de gros fauteuils moelleux et de poufs à la turque de couleur rouge bourgogne. Au centre trônait un énorme bouquet de fleurs.

– Dante ! Mon garçon, comme c'est bon de te revoir enfin ! s'écria une petite voix à leur entrée.

– Sir Jacob ! fit Dante tout aussi enthousiaste en se précipitant au-devant d'un vieil homme tout cassé pour l'embrasser comme du bon pain. Que de temps est passé !

Rhea était stupéfaite.

– Eh bien, tu es magnifique, et je me fiche que tu sois d'accord ou pas, mais ça t'a réussi de quitter Merdraco ! La mer ! Voilà une vie pour un homme ! Je suis fier de toi ! fit sir Jacob avec un grognement d'approbation. J'aimerais avoir vingt ans de moins et pouvoir te suivre.

Sir Jacob partit d'un grand éclat de rire qui plongea Oliver dans une profonde consternation.

– Dois-je apporter du thé, sir Jacob ?

– Mmm, quoi ? Ah, euh, bien sûr, Oliver, mon bon, répondit sir Jacob en lui faisant des gestes d'adieu. Allons, mais qui sont donc tous ces gens ? Je n'ai plus une aussi bonne vue, mais je sais encore reconnaître une jolie femme quand j'en vois une ! fit sir Jacob avec un clin d'œil audacieux.

Dante était d'une bonne humeur exceptionnelle.

– Toujours le coup d'œil pour les dames, vieux brigand ! Mais attention, gardez vos distances, car voici ma femme Rhea Claire. Rhea, je te présente sir Jacob Weare, le meilleur ami qu'un malandrin comme moi puisse avoir. Mes yeux et mes oreilles dans le Devonshire depuis combien... dix ans ?

– Et même plus ! Mais j'ai quand même vu que tu n'étais plus le même forban qu'à ton départ. Je me suis bien amusé sans toi ! Pas fou !

– Les années importent peu : je n'aurais jamais pu réussir sans vous, sir Jacob. Vous avez ma gratitude éternelle !

– Bah, ça va comme ça ! C'était bien le moins que je pouvais faire pour toi, et puis l'éternité, je suis trop près d'en voir le bout pour en parler. (Il s'approcha de Rhea et lui prit les mains, la considérant avec bienveillance.) Alors, voilà la petite dame qui est finalement arrivée à te passer la corde au cou, eh ?

– Elle n'a pas eu beaucoup de choix, sir Jacob. Une fois que j'ai eu croisé ses yeux violets, je n'ai eu de cesse de la faire mienne, expliqua Dante, au grand embarras de sa jeune épouse.

– Rien à redire, mon garçon, elle est magnifique. Vous l'aimez ? demanda-t-il à Rhea en agitant ses sourcils broussailleux.

– De tout mon cœur, sir Jacob, répondit Rhea sans ciller, ce qui plut à sir Jacob.

– Ah, c'est une bien jolie femme, Dante, fit sir Jacob en levant un peu le menton de Rhea de son index osseux. Trop mignonne, mon garçon. Il faut que tu lui donnes un enfant.

– C'est chose faite, avoua Dante, un peu embarrassé par les élucubrations de son ami, en jetant un coup d'œil en biais vers la vieille femme qui occupait un fauteuil près de la fenêtre pour faire de la broderie.

Sir Jacob comprit ce regard.

– Ne t'en fais pas pour Essie. Elle est sourde comme un pot. Je pense qu'elle ne s'est même pas aperçue que nous sommes là. Elle s'endort toujours à cette heure-ci. Essie vient pour coudre et elle finit par ronfler.

La tête de la vieille femme était recouverte d'une longue coiffe.

– Qui est-elle ? demanda Dante.

– Ma cousine... ma nièce ? Je ne sais plus. Je deviens tellement vieux moi-même que je m'y perds dans les générations, répondit sir Jacob en agitant les sourcils en tous sens. Enfin, c'est une vieille sans défense. Et qui sont ces jeunes gens ?

– Sir Jacob, voici Alastair Marlowe, un ami et un ancien de mon navire, et mon beau-frère, Francis Dominick, lord Chardinall.

– Très honoré, firent simultanément les jeunes gens.

– C'est un honneur pour moi aussi ! fit le vieillard en leur serrant la main avec insistance. Dominick ? Je connais ce nom... Il y a un rapport avec Lucien Dominick ? Je me souviens de ce garnement à Londres, autrefois... Il est de la famille ?

– Mon père, sir Jacob.

– Votre père... Ah, tiens donc ? dit sir Jacob en hochant la tête. Votre père ? Seigneur, je suis vraiment l'ancêtre, ici ! Ah ! voilà Oliver avec le thé. Il faudra du cognac pour celui de lord Jacobi, Oliver...

– C'est cela, sir Jacob. J'ai aussi pris la liberté de

vous amener votre médicament ajouta le maître d'hôtel, déférent mais ferme. Vous savez ce que le docteur a dit...

– Tous les jours, oui... C'est un idiot, et je m'y connais. J'étais déjà vieux avant sa naissance ! Les années m'ont rendu plus intelligent, et je sais maintenant ce qui est bon pour moi depuis le temps, grogna sir Jacob en faisant un clin d'œil à Francis. Un verre de cognac tous les jours, voilà le secret de la vieillesse longue et heureuse ! Jeunes gens, retenez ça ! Et vous vivrez peut-être aussi vieux que moi ! Et aussi futés ! (Sir Jacob éclata de rire devant la mine horrifiée de lord Francis.) Bien, asseyons-nous. Laissons Essie faire sa sieste. Elle n'a rien à dire de toute façon. Pas si loin, ma petite fille, ma vue est mon point faible... depuis longtemps, du reste. (Il se renfrogna en considérant la faible quantité de cognac qu'Oliver versa dans son thé.) Je vais vous flanquer à la porte, un de ces jours, Oliver...

– Vraiment, sir Jacob ? Vous êtes seul juge, fut la réponse du maître d'hôtel, qui avait l'air presque aussi vieux que son maître.

Aussi loin que remontaient ses souvenirs de Sevenoaks House, Dante avait entendu ce même dialogue entre les deux inséparables partenaires. C'était une constante de la vie de cette maison.

Tout le monde prit place autour du plateau de thé, Rhea et Dante de chaque côté du vieil homme.

– Maintenant, je veux tout entendre. Et prends garde de ne rien oublier ! Parce que tes lettres d'affaires... parlons-en ! se plaignit sir Jacob. Je veux que tu me racontes les pirates, tes exploits ! Les plus sanglants, surtout !... Bon, qu'est-ce que je disais ?... s'interrogea-t-il brusquement avec un mouvement d'impatience.

– Vous vous plaigniez des lettres de Dante, lui rappela Rhea.

– Ah ? Sacrée histoire, hein, Dante ? Il va en faire,

une bobine, Miles ! Je dois dire que j'étais bien content de t'aider ! Quel plaisir !

Avec un sourire de satisfaction sur les lèvres, Dante répondit à la question contenue dans le regard de Rhea :

– Sir Jacob était mon mandataire et mon prête-nom. Il a racheté les terres de Leighton pour mon compte. Miles s'est-il méfié ?

– Miles ? Non, bien trop malin pour lui. Parfois j'ai utilisé des intermédiaires, pour qu'il n'ait pas la puce à l'oreille. Mais il avait bien trop de problèmes avec cette fameuse banqueroute. Sinon, ç'aurait été une autre paire de manches.

– Un vrai coup de chance, cette banqueroute ! s'exclama Francis.

Les deux acolytes échangèrent un regard entendu. Tous les deux savaient que la chance n'avait pas joué un bien grand rôle dans cette opération : Miles Sandbourne avait seulement décidé d'investir dans une entreprise qui avait été coulée volontairement par un autre gros participant financier, Dante Leighton en l'occurrence. L'obligation de couvrir avait amené Miles à vendre les terres des Leighton.

Dante s'éclaircit la voix :

– J'ai appris que d'autres gens ont été mêlés à ces opérations et ont souffert considérablement. C'est une responsabilité qui me revient...

Sir Jacob maugréa pour l'interrompre :

– Pas besoin de t'en faire, mon garçon. Je les ai suffisamment mis en garde. Sans faire de remous, bien sûr, pour ne pas avertir Miles. Mais ils ne voulaient pas m'écouter. Je leur ai prouvé le contraire, conclut sir Jacob avec une grimace de satisfaction. Tu voulais parler de Harry Seacombe ? Pauvre Harry... Il était au courant du danger... Il n'a eu que ce qu'il méritait. Il a voulu écouter sir Miles. Tu n'as pas besoin de te sentir coupable de ce qui leur est arrivé, à lui et à sa famille.

– Harry Seacombe ? demanda Rhea.

– Mmm, le défunt mari de Bess.

– Bess est la petite-fille de sir Jacob, expliqua Dante.

Etonnée, mais renseignée sur l'origine des informations de Dante, Rhea n'était pas totalement satisfaite : Dante savait-il ce que Bess était devenue ? Avait-il désiré une réconciliation avec elle ?

– Comment vont les relations, entre Bess et vous ? demanda Dante.

– Pas différentes, ronchonna le vieil homme. Elle ne m'écoute pas et n'a que son dû.

– Elle vous ressemble trop, sir Jacob, rétorqua Dante. Vous l'avez toujours adorée et le problème vient de là : vous l'avez gâtée.

Sir Jacob fixa longuement des yeux son jeune ami.

– Peut-être est-ce ma faute, oui... (Il observa les cheveux de Rhea, qui paraissaient s'enflammer avec les rayons du soleil.) Je pense qu'elle va se mettre dans tous ses états quand elle aura rencontré ta femme...

– C'est déjà fait.

– Holà ! Elle n'a pas perdu de temps, hein ? fit-il. Bonne excuse pour bavasser, j'imagine.

– Nous avons aussi vu ses enfants.

– Oui... Je ne les vois pas autant que je le voudrais. Comment s'appelle sa fille, déjà ? Une jolie petite, je crois bien. Commence à ressembler à Bessie à son âge. Il faudra que je veille à ce qu'elle ait une bonne dot. Comment est le gamin ? Bess avait l'air un peu hagard la dernière fois que je l'ai vue.

– Anne est une très jolie fille, c'est exact, intervint Rhea. Et Charles me semble un peu réservé. Il n'a pas dit un mot de toute la visite.

– Je le savais bien ! Il a besoin d'un homme pour l'élever convenablement.

Sir Jacob avait longtemps pensé que sa Bess aurait encore sa chance au retour de Dante. Ce dernier aurait certainement élevé Charles dans toutes les règles de l'art. Mais, mise en compétition avec Rhea Claire, la pauvre vieille Bess n'avait pas une chance.

– Je crois avoir vu en Bess une des plus belles femmes qu'on puisse imaginer, déclara Rhea dans un sursaut de générosité qui servait à masquer son ressentiment profond.

Elle ignora l'influence qu'elle attribuait à Bess sur son mari, du fait de leur relation antérieure. La jeune femme connaissait bien le pouvoir d'un premier et brûlant amour.

Francis désapprouva cette attitude mais se garda de le montrer.

– Si tu le veux bien, Dante, poursuivit-elle, nous pourrions inviter Charles à Merdraco. Conny et Robin ont à peu près le même âge que lui.

– Qui ? demanda sir Jacob. Tu as eu des fils, mon petit Dante ?

– Un seul. Mais Robin est le petit frère de Rhea, lord Robin Dominick. Conny se nomme Constantine Magnus Brady, enfin je crois, répondit Dante en se tournant vers Rhea pour chercher une confirmation.

– Constantine Magnus Tyrone Brady, le corrigea Rhea.

– Oui, un nom presque plus grand que son bénéficiaire, reprit Dante. C'est mon pupille. Il a servi à bord du *Dragon des mers*. Un vrai chenapan. Ils sont restés avec leur grand ami Kirby.

– Ah, je pensais bien que tu avais toujours ce vieux têtu. Comprends pas comment tu peux supporter ce nabot au caractère de cochon !

– Il ne m'a jamais quitté, même quand je ne méritais pas sa présence. Maintenant, je ne sais pas ce que je ferais sans lui.

– Une telle loyauté ne se trouve pas souvent, admit sir Jacob à contrecœur... Un fils ? Tu as un fils ? Je comprends maintenant ! Je veux dire ton calme alors que ce beau garçon est au côté de ta femme.

Alastair Marlowe se mit à rougir involontairement.

– Christopher est né en mars à Camareigh. Telle mère, tel fils. Il est ravissant !

Ce fut au tour de Rhea de rougir. Sir Jacob éclata de rire.

– Il n'a pas changé d'un poil : toujours le même séducteur. Je ne suis pas surpris que tu aies un fils, mais beaucoup plus que tu n'aies qu'une femme accrochée à ton cou !

– Une seulement : celle-ci, et le fils est d'elle !

– Ah ! C'est l'amour ! Excellent ! Formidable ! Tu dois donc être un peu à sec avec tout le rachat de ces terres. N'hésite pas à me demander mon aide, mon garçon ! J'aurais bien aidé Bess, mais elle est trop fière pour faire appel à moi. C'est bien le moins que je puisse t'offrir. J'ai beaucoup d'argent et bien peu de temps pour le dépenser !

– Merci, sir Jacob, fit Dante, touché par cette générosité. J'espère que vous avez encore beaucoup de temps pour cela, car vous ne savez pas que j'ai eu la chance de trouver un trésor espagnol aux Caraïbes ! Et ma part me laisse tout à fait à l'aise. J'ai laissé entendre que j'emploierai du monde à Merdraco.

– Et comment cela se présente-t-il ? demanda sir Jacob avec intérêt.

– Mieux que je ne le pensais au départ. On dirait que quelques hommes, par ici, désirent en profiter. Certains parce qu'ils se sont lassés de leur ancien patron.

– Méfie-toi de Shelby...

– Nous nous sommes rencontrés. Cela s'est mal passé et cela continuera dans ce sens : je lui ferai payer ce qu'il a fait à Merdraco.

– C'est un homme puissant, Dante. Avec ses Fils de Belial, il dirige une bande de tueurs. C'est imprudent de le provoquer.

– C'est ça ou prendre un coup dans le dos au moment où je m'y attendrai le moins. Je ne me laisserai pas faire.

A ce moment la vieille femme commença à grogner en se réveillant. Avec une lenteur qui faisait mal à regarder, elle se mit debout. Sans prêter la moindre attention au groupe qui tenait salon à côté d'elle, elle se dirigea péniblement vers la porte. A peu près à mi-course, elle fit tomber sa broderie. Avant même qu'Oliver pût faire un geste, Dante bondit et ramassa l'ouvrage.

– Vous aviez perdu votre broderie, dit-il d'une voix puissante.

– Eh ?

– Votre broderie, vous l'aviez laissée tomber, répéta Dante patiemment.

Une étrange expression traversa ses yeux alors qu'il fixait la vieille femme sourde et si frêle.

– C'est très joli, mais j'en ai déjà une moi-même, merci, répondit-elle d'une voix chevrotante. Vous faites du très joli travail, jeune homme.

Dante entendit Francis et Alastair pouffer de rire derrière son dos. Il glissa la broderie dans le panier de la vieille et la guida vers la porte, où Oliver le relaya. Au même moment, quand la porte se referma, sir Jacob fit main basse sur la bouteille de cognac et en versa une bonne rasade dans son thé, faisant un petit clin d'œil complice à Rhea.

– Maintenant, je veux tout savoir à propos de ce trésor ! s'exclama-t-il en se jetant en arrière dans son fauteuil avec satisfaction

## 29

— ... Et le cou encore ensanglanté, il força ce Portugais à manger ses propres oreilles, affirma Conny Brady à son ami Robin qui l'écoutait, captivé.

— Vraiment ? s'exclama Robin avec horreur.

— Tout juste... Et ce n'était pas là le pire des crimes de ce monstre, conclut Conny, assez satisfait de l'effet obtenu sur son complice Robin.

Ils approchaient des deux tours dressées vers le ciel dans leur solitaire beauté.

Les deux jeunes garçons, dans leurs vêtements de fine étoffe, bas de soie et boucles d'argent aux chaussures, erraient dans les prés à la recherche d'un trésor ou deux, tout en s'avançant vers le château médiéval.

— Tu crois que vous allez bientôt devoir rentrer à Camareigh ? demanda Conny.

— Je ne sais pas. Francis n'a rien dit à ce propos. Et nous n'avons pas de nouvelles de là-bas non plus... Mais ça ne va pas tarder quand même.

Robin avait un peu le mal du pays.

— Tu reviendras pour nous rendre visite, peut-être avec le duc et la duchesse...

— Oh, sûrement, surtout quand nous aurons parlé à tout le monde de Merdraco. Et puis, tu viendras à la Noël.

— Tu crois ?

– J'ai même entendu Rhea et ma mère parler de la possibilité que tu restes à Camareigh pour étudier avec moi. M. Teasdale serait d'accord pour t'enseigner des tas de choses.

– L'école ? fit Conny avec dégoût. Plus besoin d'école, moi !

– Tu sais lire et écrire ?

– Sûr ! M. Marlowe m'a appris. Il disait toujours que c'est important, spécialement si je veux commander mon propre navire.

– Et le calcul ? les additions et les soustractions ? Tout ça ? demanda Robin avec prudence, car ce n'était guère son sujet favori.

– Mais bien sûr ! clama Conny avec fierté. J'aidais M. Marlowe pour compter la cargaison et la pacotille et tout ça ! Fallait être bien certains qu'on ne se faisait pas rouler. Le capitaine m'a appris le maniement du compas, et à faire le point et toute la navigation. Je sais tout ce qu'il faut savoir pour naviguer !

– Le latin, tu sais le latin ?

– Le latin ? Mince ! Pourquoi ça ? demanda Conny. J'sais parler un peu le français, l'espagnol et même quelques mots de hollandais. Faut ça aux Caraïbes.

– J'parie que tu pourrais apprendre des trucs au vieux Teasdale.

Pour lui, les longues heures d'études ne seraient pas aussi ennuyeuses si Conny participait à la classe.

– Bah, ça sera le capitaine qui décidera. Moi, je sais que j'ai plus rien à apprendre, surtout à l'école, conclut Conny.

Mais le doute s'était installé dans son esprit. Ils arrivèrent au pied des tours, devant les dragons de pierre.

– J'parie que j'arrive au sommet de la tour avant toi ! lança Robin.

Les ruines résonnèrent tout à coup d'un vacarme inhabituel : une cavalcade frénétique accompagnée de cris hystériques d'enthousiasme.

Hors d'haleine, gloussant de rire en se bousculant,

ils atteignirent la dernière marche avec soulagement : le sommet de la tour leur offrit un panorama extraordinaire à des miles et des miles dans toutes les directions. Seulement, Robin était moins à l'aise que son camarade à cette hauteur.

– Une belle chute ! s'exclama Conny en montrant les vagues s'écrasant au pied de la falaise, tout en bas.

Robin se rapprocha de Conny et détourna la tête. Il avait comme un haut-le-cœur.

– Eh ! Robin, tu es tout verdâtre, brusquement ! s'écria Conny. Tiens, prends donc un petit pain. Je les ai dérobés aux cuisines quand Hallie avait le dos tourné.

Il fit passer le pain croustillant sous le nez de Robin sans se rendre compte du désagrément qu'il causait au jeune lord. Robin saisit le petit pain comme s'il s'agissait d'un serpent. Son dégoût s'accentua en voyant Conny se gaver avec tant de plaisir, les joues arrondies, et les miettes bordant sa bouche. Il mordit à son tour à pleines dents, prévoyant qu'il allait tout rendre dans la minute. Peu à peu, le malaise s'évapora.

– Il vaut mieux descendre, fit Conny, gagné par la nostalgie de la mer.

– Bonne idée, répondit Robin avec moins de regrets.

– On va tout en bas ? proposa Conny.

– Tu vois une autre solution ?

– Je veux dire : jusqu'en bas, sur la plage, expliqua l'ancien garçon de cabine. C'est possible : la marée est basse.

Robin ne voulait pas avoir l'air d'un lâche devant les propositions de son aventureux ami.

– Comment on y va ?

– Regarde !

Conny pointa un doigt vers un étroit sentier accroché à la falaise.

– C'est ça, le chemin ?

– A moins que tu aies des ailes...

Robin inspira profondément et suivit Conny dans l'escalier en spirale. Ils dévalèrent le sentier boueux en un rien de temps. Avec l'inépuisable énergie des enfants, ils coururent sur la plage sablonneuse jusqu'à la mer, sans remarquer la noirceur des nuages qui s'accumulaient au-dessus de leurs têtes.

Le roulement du tonnerre interrompit leurs jeux, et leur attention se porta enfin vers les volutes sombres qui se mélangeaient aux eaux.

– Oh ! Regarde, une tempête en préparation ! s'exclama Conny avec un sifflement appréciateur.

– On ferait mieux de rentrer si on ne veut pas se faire tremper ! conseilla Robin.

– Allons, on a un bon moment avant que la tempête nous tombe dessus ! T'en fais donc pas.

Ils traînèrent encore quelques minutes à contempler la succession des éclairs. La mer se démontait rapidement sous leurs yeux.

– Je pense qu'il vaut mieux y aller, dit Conny.

Le grain se développait plus vite qu'il ne l'avait prévu au premier coup d'œil.

Pendant leurs pérégrinations le long de la plage, ils avaient dévié vers l'extrémité de celle-ci, et, en se retournant, ils réalisèrent que la marée était montée entre-temps. Sans la tempête, ils auraient pu courir assez vite pour atteindre le chemin avant que les eaux ne leur coupent la route. Ils auraient tout au plus mouillé leurs chaussures. Mais le grain était sur eux, et les plus grosses vagues battaient le pied de la falaise.

– Allons-y ! cria nerveusement Robin. On peut y arriver !

– Non ! Je connais ça ! Les sables se dérobent sous les pas ! Et je ne sais pas nager ! avoua Conny à contrecœur.

– Tu ne sais pas nager ? Mais tu étais marin !

– Eh ben ? Si tu as un bon capitaine, pas besoin d'apprendre !

– Montons !

Conny inspecta le flanc de la falaise au-dessus de leurs têtes : un faux pas, et cette plage serait leur tombeau.

Robin avait déjà entrepris l'escalade, et Conny lui emboîta le pas, car la mer les talonnait. Mais il savait que la marée recouvrirait en moins d'une heure le rebord auquel ils pouvaient accéder sans difficulté. Leur sort serait ainsi réglé. Conny reçut une vague en pleine figure et accéléra le mouvement. Il faillit retomber plus bas quand Robin glissa sur un rocher friable.

Hors d'atteinte de l'eau pour l'instant, ils s'assirent, épuisés. Les éléments déchaînés autour d'eux faisaient un bruit assourdissant. Les jambes de Conny étaient molles. Il leva le nez : ils ne pouvaient plus monter. La fuite leur était coupée. Une vague les aspergea légèrement dans un grand fracas.

– La marée va monter plus haut, Robin. On ne peut rester ici.

– Plus haut ?

La masse écumeuse les menaçait de noyade à chaque instant.

– Beaucoup plus haut ! cria Conny en montrant de l'index la marque du niveau maximum, bien au-dessus d'eux. Il faut monter plus haut que cette limite ! (Cette fois-ci, la peur s'étala sur le visage de Robin.) Allons-y, on pourrait peut-être escalader un petit peu plus, reprit Conny, surtout pour insuffler de l'espoir à son ami, bien qu'il en manquât sérieusement lui-même. Par là, le replat se courbe, il n'y a pas d'issue.

Lentement, les deux enfants se frayèrent un chemin sur les rochers rendus glissants par les embruns. Le replat rétrécissait à vue d'œil.

Ils se retournèrent simultanément. Derrière eux, l'espace qu'ils avaient emprunté pour avancer avait disparu. Ils reprirent leur progression avec frénésie. Devant eux, le rebord disparaissait dans la falaise : c'était l'entrée d'une caverne invisible de la plage.

Sans la moindre hésitation, ils entrèrent dans ce trou qu'éclairait vaguement une lueur grise venue de l'entrée. Ils n'avaient pas le choix. Ils durent d'abord s'accoutumer à la lumière très faible. Robin se colla contre la muraille et reprit sa respiration. Le calme était aussi revenu à leurs oreilles. Ainsi le danger semblait s'éloigner...

Conny explora presque tout de suite cette grotte naturelle, tâtonnant dans l'obscurité et respirant bruyamment.

Observant son ami, Robin lança :

– Ne me raconte pas qu'on ne peut rester ici !

Conny fit une grimace que Robin ne put voir... Heureusement !

– Comment crois-tu que se forment les cavernes, l'ami ?

Une vague pénétra en force par le trou d'entrée en bouillonnant d'inquiétante façon. Un sifflement grave accompagnait le phénomène. Robin se retrouva trempé ; il comprenait enfin. Les conclusions qu'il pouvait en tirer étaient alarmantes.

– Il y en a beaucoup comme ça, aux Antilles. Si nous avons de la chance, il y aura peut-être une autre issue par là. Les cavernes se creusent comme ça et se succèdent de chambre en chambre, très profondément dans le sol. Il y en aura peut-être une au-dessus de cette marée-là.

Le rugissement de la mer prenait une ampleur sensible à chaque seconde qui passait. Pour combien de temps en avaient-ils ?

# 30

Skylard fit un brusque écart à la vue d'un éclair qui illumina la distance.

– Là... là... Du calme, ma fille, fit Rhea en lui flattant le cou.

– J'ai bien l'impression que nous sommes bons pour nous faire saucer, s'écria Francis, affermissant sa prise sur les rênes.

Sa voix fut en partie couverte par le grondement du tonnerre. Les éléments se confondaient dans le lointain : il était difficile de distinguer la mer et le ciel.

– Je crois que nous en avons pour trois quarts d'heure avant que la tempête soit sur nous.

– Je ne serais pas aussi optimiste, capitaine : une demi-heure tout au plus, rectifia Alastair. Mais j'espère que vous avez raison car je porte un de mes habits neufs.

La côte devait se trouver sous un feu roulant d'embruns.

– J'espère que Conny et Robin ne sont pas dehors. Je leur ai dit de ne pas s'éloigner du pavillon, dit Rhea.

Elle connaissait cependant trop bien les deux gamins pour s'attendre à être obéie.

– Ne t'en fais pas, la tranquillisa Dante avec l'assurance d'un homme habitué à voir suivre ses ordres. Ils doivent être devant un chocolat chaud. Ils ne sont pas fous, eux.

Mais Rhea et son frère connaissaient Robin depuis trop longtemps pour se rassurer aussi facilement.

Le départ de Sevenoaks House, fortement réchauffé par le cognac, n'avait pas été facile : sir Jacob les eût gardés volontiers plus longtemps.

Brusquement, Dante, lisant dans les pensées de Rhea, se retourna pour demander :

– Il t'a plu, sir Jacob ?

– Beaucoup... Mais je ne suis pas certaine que je lui ferais confiance, dit Rhea au grand étonnement de son mari. Au moins pas au jeu. Il n'est pas aussi distrait qu'il veut bien le faire croire, et par exemple, je suis sûre qu'il connaissait très bien le prénom de son arrière-petite-fille. Ce doit être un vieux renard.

Dante trouva la remarque très spirituelle :

– Il faudra lui dire qu'il ne t'a pas séduite !

Francis et Alastair étaient stupéfiés par cette affirmation car ils n'avaient vu en sir Jacob qu'un très vieux gentilhomme parfaitement inoffensif, même amusant, en fait. Mais Dante approuva les propos de sa femme :

– Tout le monde adore sir Jacob mais l'enthousiasme faiblit quand il n'arrête pas de gagner aux cartes et qu'il fait passer ses partenaires sous la table à coups de verres de cognac. Il n'est pas fou, malgré ce qu'en pensent certains. C'était le type idéal pour récupérer mes terres sur Miles. Personne n'aurait pu le suspecter d'un tel double jeu, Miles moins qu'un autre. Et surtout, nul n'aurait pu le soupçonner d'avoir mes intérêts à cœur. Tout le monde sait qu'il a interdit à Bess de m'épouser au moment de ma ruine et du meurtre. Aucune raison ne pouvait faire croire à un changement d'attitude de sa part.

– Qu'est-ce qui l'a fait changer d'avis ? demanda Alastair.

– Il a découvert une preuve de mon innocence. Je ne puis la révéler, mais en tout cas, j'ignorais cela jusqu'à ce qu'il me contacte. C'était à l'occasion d'un retour en Angleterre de la *Perdita*, alors que je n'étais pas revenu depuis trois ans. Nous rentrions pour nous ravitailler à Portsmouth. Le bateau était en rade depuis à peine une semaine quand je l'ai aperçu déambulant sur le quai à ma recherche. Je ne sais pas ce que j'attendais d'une telle rencontre à l'époque, mais certainement pas son amitié. Et ce fut ce qu'il m'offrit. Ce fut aussi le début de notre alliance secrète. En ce temps-là, je n'avais pas beaucoup d'espoir, mais c'était tout de même bon de voir revenir un vieil ami. J'avais pu racheter quelques biens de famille, mais, pour le reste, je ne savais pas par quel bout commencer. J'étais tout le temps en mer. Sir Jacob ne semblait pas s'en émouvoir, même pour ce qui était de racheter des terres Leighton à Miles. (Dante sourit.) Quand je suis revenu, sir Jacob avait rempli sa maison d'une foule d'objets, de meubles, d'argenterie et de baccarat. Mon rêve était devenu possible. Je dois tout à deux hommes : sir Jacob et mon capitaine, Sedgewick Christopher, qui m'a jadis accordé un peu de sa confiance pour repartir de zéro.

Francis Dominick était profondément ému. Dante et son père avaient beaucoup en commun, au fond. Il décida d'en parler à sa mère dès son retour : elle seule avait le secret pour faire revenir le duc sur ses décisions.

Pour Rhea, sir Jacob était un homme d'une qualité exceptionnelle pour être ainsi allé à Dante et lui avouer qu'il l'avait mal jugé, et ensuite, pour l'avoir aidé à récupérer ses biens. Rhea ne pourrait pas oublier cela : c'était l'origine de son bonheur à elle.

– Est-ce que lady Bess sait que son grand-père t'a aidé ? demanda Rhea, au milieu du grondement du tonnerre.

– Non. C'était un secret entre lui et moi. Tu sais, le meilleur moyen de garder un secret reste encore de ne le confier à personne. Pourquoi ?

– Oh, comme ça. J'étais simplement curieuse.

Mais alors, pourquoi lady Bess avait-elle parlé à son grand-père de la nuit du meurtre ? Rhea ne formula pourtant pas cette question. Westlea Abbot était désert quand ils le traversèrent. Seul le vacarme des sabots de leurs chevaux troubla le silence qui régnait dans les rues. Quelques marchands rentraient à la hâte leurs produits, tandis que les poissonniers bradaient leurs derniers poissons. En arrivant sur la place, ils virent un carrosse stationné près d'une échoppe. Rien qu'en voyant le visage de Dante se décomposer de rage, Rhea devina à qui appartenait cette voiture. Malheureusement, une fâcheuse manœuvre d'une charrette à bras les obligea à s'arrêter. Ils purent donc être témoins de la sortie du propriétaire de la voiture, avec à son bras une femme très élégante. Une autre femme, tenant par la main un enfant en bas âge, attendait dehors. Sir Miles ne la vit que lorsqu'elle l'accosta. Du magnifique point de vue qu'ils avaient sur leurs chevaux, ils constatèrent sans aucun doute la surprise de Miles Sandbourne. La femme qui s'adressait à lui semblait sérieusement en colère. Même à distance, c'était visible.

Elle souleva l'enfant pour le mettre sous le nez de sir Miles, puis, d'une main décidée, ramassa une pleine poignée de crottin de cheval et la jeta sur les élégantes chaussures de Sandbourne.

Rhea ne put s'empêcher de sursauter quand sir Miles, pour toute réponse, frappa la femme à toute volée, en plein visage, l'envoyant basculer violemment en arrière. Sans autre forme de procès, il pénétra dans son carrosse, qui démarra en trombe, laissant à peine le temps au valet de pied de sauter sur le siège arrière.

– Sir Miles est toujours un parfait gentilhomme avec les dames, fit remarquer Dante, se souvenant des mésaventures de sa mère. Sir Miles semble tout à fait réticent à accepter ses responsabilités envers son ancienne maîtresse et le jeune bâtard qu'il a engendré. La charité n'est pas son fort. Comme il en a assez d'elle, il la jette tout simplement au caniveau avec son gosse.

Le carrosse s'arrêta à leur hauteur et la tête de sir Miles surgit à la portière.

– J'ai entendu dire que vous aviez finalement trouvé le courage de retourner à Merdraco ? lança-t-il.

Rhea eut tout de suite une idée très claire de ce qu'avait pu être la vie avec ce beau-père.

– Et moi, je suis surpris que vous ayez le courage de rester, répliqua Dante du tac au tac. D'autant plus qu'il m'a très nettement semblé que d'autres partagent l'opinion que j'ai de vous.

Dante sortit son mouchoir pour se protéger les narines de l'odeur que dégageait sir Miles. Ce dernier exprima sa colère en frappant la portière du pommeau de sa canne.

– Je vous ai déjà maté une fois, Dante, lui rappela sir Miles. Il vous faudra une autre leçon, je le crains.

Mais Dante Leighton avait l'habitude de ce genre d'intimidation et sourit largement.

– Allons, Miles, il faut que je vous rende ce qui vous appartient : je vous remercie de m'avoir procuré la chance que j'ai eue. Si vous ne m'aviez pas aussi ignominieusement trahi, je ne serais jamais parti d'ici et je n'aurais pas eu la vie dont je suis fier, ni la fortune que j'ai amassée. Vous devriez accepter la défaite en gentilhomme. Laissez tomber, Miles. Vous avez perdu, et je suis rentré à Merdraco sans intention d'en repartir.

– Mais qu'avez-vous trouvé ? J'ai entendu dire que Merdraco est à peine mieux que la porcherie que j'ai toujours connue.

– Bientôt, Merdraco sera revenue à sa splendeur d'antan. Il faudra que vous acceptiez cela, Miles.

– Sa splendeur d'antan ? répéta sir Miles avec une moue de mépris. J'en doute sérieusement. Il ne reste plus rien que votre nom là-bas... et encore. Enfin, vous pourrez toujours acheter de nouveaux tapis, mais les tableaux... Tous les portraits sont dispersés. Votre maison ne sera pas Merdraco, pas le Merdraco dont vous avez été chassé. Plus d'héritage pour vous rappeler vos charmants ancêtres. Vous avez oublié que j'ai été forcé de les vendre aux enchères, les fameux biens des Leighton ! Il ne vous reste plus rien.

Sir Miles ne put se satisfaire que des mines outragées de lord Francis et d'Alastair Marlowe.

– Comme vous allez être déçu, mon pauvre Miles ! répliqua Dante. Mais comme vous ne pourrez jamais voir les murs de Merdraco, je dois vous prévenir que j'ai pu récupérer tout ce que vous m'aviez volé. Même le portrait de ma mère. Il se trouve sur la cheminée du pavillon de chasse. Et chaque fois que j'admire son ravissant visage, je remercie le ciel qu'elle ait eu le courage de vous échapper, à vous et à votre vengeance. Maintenant que je vous ai chassé de toutes les terres des Leighton, vous me faites plutôt pitié, Miles, avec vos petits complots, vos combinaisons ridicules, car vous êtes, au fond, frustré de la seule chose que vous vouliez : votre vengeance !

Miles Sandbourne était devenu gris cendre. L'homme n'admettait pas sa défaite.

– Ah, pauvre lady Rhea, fit-il d'une voix soudain mielleuse en se tournant vers la femme de Dante, quel dommage que vos yeux doivent se remplir de larmes si vite...

– Pardon ?

– Oui. Votre mari est un imprudent, et il vous rendra veuve trop vite. Mais ne désespérez point, je suis certain que vous trouverez un jeune et beau gentilhomme pour vous consoler... comme ce jeune monsieur, là, fit-il en pointant sa canne en direction d'Alastair Marlowe, qui trépignait d'indignation. Il vous fera oublier votre faux pas. Votre enfant n'aura ainsi aucun souvenir de son bien triste père, et sera élevé en petit-fils de duc. Enfin, lady Rhea, vous serez la bienvenue quand vous le désirerez à Wolfingwold.

Il rentra la tête dans la cabine et donna un coup de canne sur le toit pour que le cocher fasse repartir le carrosse.

– Quel horrible personnage ! murmura Rhea. Il m'a plutôt effrayée.

– Il est méprisable, et ce n'est certainement pas un gentilhomme, intervint Francis, qui n'avait jamais rencontré un tel comportement chez un individu de qualité. Avez-vous entendu ces menaces, Dante ? Je veillerai à ce qu'il ne mette plus les pieds à Camareigh.

Francis Dominick ressemblait à son père dans ces moments difficiles. Alastair Marlowe se taisait car il savait que le capitaine était particulièrement dangereux lorsqu'il restait silencieux. Et il n'avait pas prononcé un mot depuis le départ de sir Miles. Aucun muscle de son visage n'avait bougé, et ses yeux fixaient avec une inquiétante intensité le carrosse qui s'éloignait.

– Dante ?

Il avait été blessé dans ce qu'il avait de plus cher au monde, sa femme et son fils. Elle lui prit la main et resta ainsi un instant avant qu'il ne s'en aperçoive. Sir Miles avait su trouver son point faible : imaginer un autre homme prenant sa place dans le cœur de Rhea et de Christopher était pire que tout pour lui. Même Rhea ne pouvait évaluer la profondeur de la blessure laissée par son enfance chaotique et sans amour.

Finalement, il se détendit et échangea un regard paisible avec sa femme, un regard à faire des envieux.

Le vent avait pris de la force et entraînait de la tempête, à présent, ce fut une surprise pour eux de croiser trois autres cavaliers. L'un d'eux était démonté et tenait son cheval par la bride.

Le soulagement de voir arriver d'autres cavaliers tourna court pour lady Bess quand elle reconnut leur identité. Ses cheveux étaient en désordre, ses bottes poussiéreuses, et elle suffoquait de chaleur.

– Bess ? (Elle redoutait tout autant qu'elle désirait entendre cette voix.) Etes-vous bien ? Vous êtes tombée, n'est-ce pas ?

Cela confirmait ses craintes : elle offrait un bien triste spectacle.

– Non ! Ce vieux garçon ne me ferait pas cela, n'est-ce pas ? fit-elle d'une voix mielleuse, en flattant le nez de son étalon. Il s'est mis à boiter alors que nous nous dépêchions pour rentrer à cause de cette tempête. J'ai pensé m'arrêter à *la Tombe-l'Evêque*, mais ça pouvait durer trop longtemps, et je n'aime pas me trouver dehors à la tombée de la nuit avec les enfants. Bristol Boy a dû se froisser un tendon, je suppose.

Dante mit pied à terre et s'approcha du cheval pour lui prendre la patte. Bristol Boy montrait des signes de grande nervosité et suait abondamment.

– Oui, vous avez raison, dit-il en reposant la patte avec précaution. Elle enfle et chauffe. Il doit avoir mal. (Il caressa l'animal derrière les oreilles.) Vous n'irez pas vite, même en coupant. Merdraco n'est pas loin...

Bess prit un air hautain.

– Je ne veux pas vous déranger. Si nous arrivons à *l'Evêque* avant la pluie, nous serons sur le chemin.

Plusieurs gouttes commencèrent à tomber.

– Bess, vous...

– Nous ne pouvons pas vous laisser sous la pluie, interrompit Rhea, sa voix couverte par le tonnerre. Et puis pensez à votre monture. Si vous ne le voulez pas boiteux à vie, il faut absolument lui passer la jambe au kaolin rapidement. Clauson est un homme très compétent, on ne peut plus compétent...

L'irritation de Bess Seacombe s'accentua d'autant plus qu'elle ne pouvait nier la sagesse de cet avis. La pluie redoubla pour le lui rappeler.

– Merci, fit-elle entre ses dents. Anne, mets-toi en croupe avec Charles.

– Mettons plutôt Anne en croupe avec l'un de nous, maintenant, coupa Dante. (Les chevaux étaient agités et le chemin pouvait être dangereux sous la pluie. Charles n'était pas suffisamment habile.) Et je crois même, continua-t-il, qu'il serait avisé que quelqu'un prenne la bride de Charles sur ce chemin. (Dante Leighton considéra les différentes possibilités et prit la décision avec autorité.) Bon, Alastair, vous aurez Anne en croupe et passerez en tête. Francis, à vous la bride du cheval de Charles. Rhea, suis-moi. Bess, vous monterez le cheval d'Anne et tiendrez Bristol Boy derrière nous.

Le ton de cet ordre était sans réplique. Pourtant, Bess n'était pas accoutumée à recevoir des ordres ni à entendre Dante aboyer avec une telle autorité.

– Mais vraiment, qu'est-ce qui vous autorise à décider que...

– Allez ! En route, Bessie, dit-il impatiemment.

Il n'était pas d'humeur à l'écouter. Sans plus de cérémonie, il saisit Anne et la plaça sans la moindre peine derrière Alastair, puis, avec la même décision, il souleva Bess et la posa en selle. Lady Bess sentit non sans émotion ces bras puissants lui enserrer la taille, et son odeur, si familière autrefois, la troubla profondément. Elle ne l'avait pas oubliée, même avec son mari qui se parfumait toujours sans modération.

Rhea fut parcourue par un frémissement de jalousie devant ce spectacle. Mais Dante parut insensible aux émotions qu'il provoquait. Il tendit les rênes à Bess d'un geste sec.

Il n'y avait pas de temps à perdre, et ils traversèrent les prés : le chemin était trop long et trop dangereux. Dante se souvint du projet de son grand-père : faire tracer une route plus directe. Voilà une idée à mettre en œuvre !

Les cheminées de Merdraco annoncèrent l'heure bénie d'un chocolat chaud. Kirby aurait certainement prévu cela.

Clauson attendait avec un calme olympien l'arrivée des chevaux, entouré d'un personnel réduit.

– M'lord, m'lady ! Il était temps ! s'exclama Kirby sur le perron.

Rhea secoua les gouttes d'eau qui recouvraient sa cape.

– Comment va Kit ?

– Il dort comme un juste...

Le sourire de Kirby disparut à la vue de leur invitée.

– Conny et Robin ? J'espère qu'ils ne se sont pas baladés trop loin ?

Rhea eut immédiatement la réponse qu'elle attendait en les voyant attablés devant leur chocolat chaud, en train de comploter, comme à l'accoutumée.

– Il faut dire que je me suis fait du souci à leur propos, m'lady. Je suis même monté jusqu'à la tour pour surveiller votre arrivée et dépister ces lièvres : ils sont rentrés par-derrière le pavillon. Chacun de leur pas faisait une flaque d'eau. Il y a une demi-heure de cela.

– Où donc sont-ils allés ? demanda distraitement Rhea en observant plutôt Bess, qui s'était rapprochée de Dante, près du feu.

Elle semblait faire de l'esprit, et Dante souriait avec bonhomie.

– Explorer les bois, qu'ils disent, répondit Kirby. Je les ai envoyés immédiatement se changer. Ils étaient blancs comme les voiles du *Dragon des mers* ! Curieux que j'les aie point vus. J'deviens aveugle, moi...

– Bien, veillez à ce que tout le monde se mette à l'aise. Je monte voir Christopher.

Rhea en profita pour faire un détour par la chambre des garçons. Kirby avait mentionné qu'ils étaient rentrés voilà une demi-heure ; or la pluie n'avait commencé à tomber fort que depuis un quart d'heure. Leurs vêtements étaient entassés dans un coin. Tous étaient ruisselants d'eau, et, après les avoir touchés, elle s'aperçut que ses doigts étaient salés.

Il faudrait qu'elle ait un petit entretien à ce propos avec eux. Mieux valait laisser Dante en dehors de cette histoire.

– Vous avez fait des miracles ici, déclara Bess en faisant le tour de la grande pièce.

– Il faut le dire à Rhea, à Alastair et à Francis. Manquer de personnel est un handicap que nous avons dû surmonter par le volontariat. C'était ça ou les araignées.

Anne Seacombe jeta un coup d'œil furtif vers les deux jeunes gens. Francis Dominick était plus élégant, mais il y avait une présence chez Alastair qui attirait l'œil d'Anne, bien que Francis fût plus accoutumé à la vie de salon et à l'aisance des gestes. Alastair se tourna vers elle. Son regard la transperça, un regard qui lui semblait tellement étrange ! C'était ridicule, il essayait simplement d'être poli...

Anne eût été surprise de connaître les pensées d'Alastair. Il luttait de toutes ses forces contre le souvenir envahissant de ce jeune corps ferme pressé contre son dos et s'accrochant à sa taille. Sa poitrine d'adolescente avait de curieux effets sur ses sens de vieux loup de mer. Il espérait que cela ne deviendrait pas trop apparent ni trop embarrassant.

– Comment va Kit ? demanda Dante au retour de Rhea.

– Très bien. Plus de thé, Anne ? proposa-t-elle avec politesse.

Charles et Robin étaient en train de boire les sornettes que racontait Conny avec une évidente satisfaction.

– Nous avons vu sir Jacob, aujourd'hui, fit Dante sur le ton de la conversation.

– Ah ? Comment va-t-il ? demanda Bess sur le même ton.

Elle évita le regard insistant de Dante.

– Bien. Il a pris de l'âge, évidemment, mais Rhea a tout de suite repéré le même vieux renard qu'il a toujours été, répondit Dante.

– Vraiment ? Oh, c'est bien vrai, allez. Il est toujours fourré dans les affaires des autres, répliqua Bess.

– Je suis surpris que, étant à Westlea Abbot, vous ne vous soyez pas arrêtés chez lui pour lui dire bonjour. Il est très seul, Bess, fit Dante.

Pour cette femme hypersensible, ces mots sonnaient comme une critique.

– Vous savez, les choses ne vont pas au mieux entre nous. Quand je vais là-bas, j'ai toujours beaucoup de courses à faire...

Elle ne pouvait avouer que le nombre de ses créanciers à Marleigh lui interdisait pratiquement l'usage de ce marché.

– Dans ce cas...

– Votre ensemble est ravissant, fit Bess pour détourner la conversation, en s'adressant à Rhea. Mais je préfère celui d'hier. Je regrette de n'avoir pu m'arrêter pour discuter un peu. Mais nous étions si pressés. Anne semble grandir d'un pouce tous les ans. Nous étions aussi chez le joaillier qui doit me ressertir des rubis. (Anne haussa les sourcils : les rubis avaient été vendus l'an dernier, et cette fois-ci, elle avait négocié une partie de l'argenterie pour acheter des vêtements.) Il faut toujours leur procurer de nouvelles chaussures !

– Quel âge avez-vous, Anne ? demanda Dante.

Il voyait en elle le portrait vivant de sa mère au même âge.

– Onze ans, coupa Bess.

Alastair Marlowe faillit s'étouffer avec son brandy.

– Maman ! s'écria Anne, furieuse. Tu sais bien que j'ai quinze ans. Nous les avons fêtés voici un mois !

– Ah bon ! fit Bess avec un petit gloussement embarrassé. Quinze ans ?

Elle se tourna vers Rhea. Cette jeune femme était d'une incroyable beauté. Bess posa son regard sur sa propre image, distordue, que reflétait son verre à cognac. Elle était vieille et décharnée...

– Mon Dieu, Dante, vous rendez-vous compte que votre femme était à peine sortie des langes que nous nous connaissions déjà ? reprit-elle avec une certaine aigreur dans la voix. (Le propos était imprudent, mais elle voulait essayer l'argument de la vieillesse contre Dante.) Cela ne se voit pas maintenant, mais dans quelques années...

Rhea éprouva une peine immense pour Bess, qui avait manqué sa chance et qui en souffrirait toujours. Cela, elle pouvait le comprendre car elle imaginait son désespoir à elle si Dante lui était ravi à jamais.

L'heure suivante parut durer un siècle tant la conversation languissait. Enfin, l'orage se calma et Bess ne voulut pas s'attarder davantage. Elle ne pouvait supporter les regards tendres qu'échangeaient Dante et Rhea.

Elle monta un cheval prêté par eux, tandis qu'il fut convenu que Bristol Boy resterait en pension chez Clauson pour quelques jours.

– Vous pouvez garder ce cheval le temps qu'il vous plaira, Bess, ajouta Dante.

– Non, merci quand même, Dante, mais j'ai une bonne écurie : c'est une des rares choses que m'ait laissées Harry.

Les Seacombe disparurent sur le chemin avec deux valets que Dante leur avait proposés pour rentrer.

– Elle n'est pas très heureuse, fit Rhea tristement. J'en suis désolée pour elle.

– Ne me raconte pas ça, sourit Dante. Je sais encore quand tu as envie d'envoyer quelqu'un en enfer.

– Elle a assez souffert de t'avoir perdu, il y a des années, pour en plus s'apercevoir qu'aujourd'hui c'est moi qui t'ai !

– Et si moi, je t'avais ? demanda Dante en riant.

Comme ils étaient seuls sur le perron, il la prit par la taille et l'embrassa passionnément. Bess se retourna juste à temps pour surprendre ce spectacle. Les yeux remplis de larmes, elle se remit droite sur sa selle. Sa bouche devint amère.

– Maman, comment as-tu pu dire que j'avais onze ans ? Tu sais bien que j'en ai quinze. On disait l'autre jour comment les jeunes filles de mon âge se marient et même font des enfants.

L'éventualité d'être grand-mère ne convenait guère à l'humeur actuelle de Bess Seacombe.

– Allons, tu sais aussi que le grand âge fait perdre la mémoire...

– Je n'arrive pas à croire combien lady Rhea est belle. Et si gentille, aussi. Et, maman, je comprends pourquoi tu étais tant amoureuse de Dante Leighton. C'est le plus bel homme que j'aie jamais vu. Il ressemble à un dieu grec. N'est-ce pas, maman ? Et tu as vu comme M. Marlowe est attirant ? demanda Anne avec un trémolo incontrôlable dans la voix.

Mais la coupe venait de déborder :

– Tu parles d'une chance de pendu ! s'écria lady Bess en larmes. Ce n'est pas assez d'avoir fait cette erreur, mais combien de temps devrai-je la payer ? Qui aurait pensé que Dante Leighton serait revenu à Merdraco riche comme Crésus ? Quelle honte !

– Maman !

– Quoi ? renifla-t-elle, en essuyant ses larmes du revers de son gant.

– Je crois que c'est Jack Shelby, droit devant. Il est avec des types de sa bande, annonça Anne d'une voix tremblante.

Shelby était devenu leur cauchemar à toutes les deux. Lady Bess se prépara à affronter bravement le torrent d'insultes. Les valets de Dante ne lui seraient d'aucun secours si Shelby devenait plus mauvais que d'habitude.

– Tiens, tiens ? Mais qui voilà ? cria-t-il, joyeux. On a fait sa petite promenade ?

Bess ne put contrôler un frisson devant cet homme. Elle se souvenait, comme d'une douloureuse brûlure, de ses mains sur son corps.

– Comme vous êtes observateur...

– Toujours très fière, la Bessie, hein ? répondit-il. (Il ne l'avait jamais vue aussi séduisante.) Je croyais vous avoir appris une leçon ou deux, à propos du respect que j'attends de vous.

Le cœur de lady Bess battait difficilement sous son jabot serré.

– J'ai dû oublier...

– Ah, Bessie, quelle femme vous faites ! Je crois bien qu'il faudra réviser cette leçon ensemble, très bientôt... Et cette fois, fit-il en se retournant vers Anne, je compte bien qu'il n'y ait pas d'interruption. N'est-ce pas, Annie ?

La fille de lady Bess était pétrifiée de terreur.

– Si vous n'y voyez pas d'inconvénient, je désire regagner Seawick avant qu'il ne pleuve encore, fit Bess.

– Mais bien sûr, m'lady. Je ne voudrais pas que vous attrapiez froid à cause de moi ! ricana Shelby. (Brusquement, il posa la question délicate :) Et que faites-vous sur ce chemin ? Il mène à Merdraco. Vous ne pouviez pas résister à l'envie de faire une visite à votre ancien beau, hein, Bessie ?

– Hors de mon chemin !

– Et comment va-t-il, depuis tout ce temps ? miaula Shelby avec mépris. Vous avez présenté vos respects à la petite mignonne qu'il a ramenée chez lui ? Il a toujours eu le coup d'œil pour ça, l'ordure !

Elle savait parfaitement comment ce sourire haineux pouvait être effacé.

– Nous avons pris le thé au pavillon, que lady Rhea a rendu absolument magnifique, déclara lady Bess d'un ton pincé. Et maintenant que Dante est revenu si riche, Merdraco ne tardera pas à ressembler à ce qu'elle était, il y a quinze ans, et même mieux encore. Et le jeune Leighton continuera cette heureuse tradition.

Effectivement, le visage de Shelby se modifiait à chaque mot qu'elle prononçait. Bess se demanda s'il pourrait supporter le coup. Mais il l'avait poussée trop loin et elle ne voulait pas l'épargner.

– Faut bien qu'il en profite, car il ne lui reste pas

longtemps à vivre, hurla-t-il. Son héritier le sera plus vite qu'on ne le pense. Y a qu'à attendre, et vous le verrez payer pour avoir tué ma Lettie.

D'un geste du menton, il fit signe à sa troupe, puis partit en ricanant.

– Maman, demanda Anne, stupéfaite, maman, pourquoi n'as-tu rien dit ? Tu aurais pu lui dire que lord Jacobi n'a pas tué sa fille. Tu en avais la preuve ! Pourquoi n'as-tu rien dit ? Pourquoi le laisses-tu traiter lord Jacobi comme ça ? S'il le tue, ce sera ta faute !

Pour la première fois de sa vie, Bess lut le mépris dans les yeux de sa fille. La honte lui monta au visage. Elle avait mal agi, mais que faire d'autre quand on vit sur un mensonge depuis si longtemps ? N'était-il pas trop tard pour dévoiler un secret si vieux ?

Un autre secret était né entre les deux jeunes garçons qui n'avaient rien dit de la façon dont ils avaient failli être noyés, ni du miraculeux dénouement d'une histoire qui aurait pu se terminer en tragédie dans le fond de cette caverne. Ils avaient tu l'étonnante découverte qu'ils avaient faite dans la seconde chambre : un passage souterrain par lequel ils avaient fui l'inondation. Ce passage, creusé par la main de l'homme, protégé par des madriers très anciens, conduisait à travers l'obscurité sur ce qui leur avait semblé des broussailles, jusqu'au pied de quelques marches d'escalier, et, de là, directement dans le pavillon de chasse. Un panneau de bois amovible, dans le corridor menant aux cuisines, cachait l'entrée de ce passage secret. Ce fut dans le couloir que Kirby les surprit, pensant qu'ils s'étaient glissés par la porte de derrière, alors qu'ils venaient tout juste de replacer le panneau dans son cadre.

# 31

D'épaisses volutes de fumée noire s'élevaient lentement au-dessus de Merdraco. Vues à distance, les flammes cuivrées sur un fond d'indigo donnaient l'impression de danser une ronde macabre au milieu de la cour, foulant au pied les squelettes calcinés des tables, des chaises et des coffres entassés dans cet immense brasier funéraire destiné à laver Merdraco de la profanation. Dante Leighton, tout près du feu, se régénérait à la chaleur de ce sacrifice rituel. Merdraco, tel le phénix, allait renaître de ses cendres.

Avec satisfaction, il rejoignit les travailleurs venus de Marleigh qui s'étaient présentés avec ponctualité au petit matin. Dante venait de leur distribuer les meubles encore utilisables qu'ils désiraient prendre pour eux.

Quand ils étaient entrés dans le château, aucun d'eux n'avait caché son indignation. Aucun d'eux non plus n'ignorait l'identité du responsable.

Parmi ces hommes, certains venaient de Westlea Abbot, envoyés par sir Jacob, d'autres étaient d'anciens fermiers de sir Miles. Le masque séducteur de ce dernier avait fini par craquer.

Dante Leighton trouva ce jour-là le courage d'entrer dans la chapelle où étaient enterrés ses parents et de se recueillir sur la tombe de sa mère. Il pouvait se présenter la tête haute aujourd'hui, mais n'était-il pas trop tard ?

Avant une semaine, on entendrait les marteaux et les scies à travers les couloirs de la grande demeure. De Londres viendraient les architectes les plus renommés pour redessiner les plans intérieurs, des forgerons pour les rampes, balustrades et garde-fous, des ébénistes pour les marqueteries. Tapis et tentures seraient livrés par la suite, les vitres remplacées. Pelouses et haies seraient taillées, les jardins et les vergers ramenés à la vie par une armée de jardiniers. La tâche était lourde et les journées passeraient vite.

Au dessert, ce soir-là, la discussion dévia de la description truculente de Bertie Mackay, un contrebandier des Antilles qu'ils avaient roulé bien des fois, à la visite que venait de rendre Alastair Marlowe à Seawick Manor, pour rendre Bristol Boy à sa propriétaire.

Evidemment, le subrécargue était parti moins pour rencontrer la propriétaire que sa fille. Dante se demanda sérieusement quelle serait la vie du pauvre Alastair avec Bess Seacombe comme belle-mère. Mais, d'un autre côté, il était content de voir son ancien second courtiser la jeune Anne plutôt que de tourner autour de Rhea comme une âme en peine.

– J'ai eu l'impression de faire face à l'Inquisition, avoua Alastair. C'était vraiment comme si lady Bess voulait tout savoir de vos faits et gestes, capitaine.

– Je suis sûr qu'Anne Seacombe a dû être impressionnée par tes années de mer, et surtout de course. Lui as-tu dit comment tu as signé le rôle à mon bord ?

– Effectivement, et lady Bess a trouvé cela très amusant.

– Je suis sûr aussi que les dames ont pu évaluer le danger que tu as couru, Alastair, fit remarquer Francis sur le même ton que son beau-frère.

– Lady Bess voulait toujours en savoir plus. Elle apprécie beaucoup ces histoires sanglantes. Je n'étais pas très certain de devoir continuer...

– Cela m'étonne de voir Anne Seacombe aussi

sensible, remarqua Dante, qui retrouvait chez la fille de Bess la chaude sensualité de sa mère. Elle n'est pas très expansive, mais le caractère impulsif de sa mère doit bien se cacher là-dessous.

– Oui, j'ai eu la même pensée, répondit Alastair avec empressement. Elle semble aussi très mûre pour son âge. Enfin... quinze ans, ce n'est pas si jeune !

Le jeune homme chercha une confirmation dans le regard de ses voisins. Rhea fut brusquement frappée de stupeur en réalisant, pour la première fois, que leur ami était amoureux d'Anne Seacombe.

– Anne Seacombe... Oui, c'est une fille diantrement jolie, n'est-ce pas ? déclara Francis en fixant le jeune Marlowe. La prochaine fois, je vous accompagnerai peut-être.

Alastair Marlowe n'en menait pas large : que pourrait-il faire en compétition avec un jeune homme aussi élégant, le fils et héritier direct d'un duc ?

– Oui, oui, bien sûr, murmura-t-il avec réticence.

– Mais je serai probablement sur le chemin du retour avant que l'occasion se présente ! (Alastair se détendit immédiatement.) J'en serai désolé, car j'ai pris beaucoup de plaisir en votre compagnie, Alastair.

Le jeune Alastair n'en pouvait mais. Il était pris au piège entre sa sincérité et ses calculs d'amoureux.

– Oh, mais vous allez me manquer également ! Vous reviendrez certainement pour rendre visite à lady Rhea ?

– Certes, mais serez-vous encore là quand je reviendrai ?

Alastair garda le silence. C'était vrai : il commençait à se plaire dans cette maison, mais ne devenait-il pas un poids ?

Lisant dans ses pensées, Rhea prit la parole :

– J'espère que vous ne projetez pas de partir alors que nous sommes en pleine reconstruction, Alastair ? Vous nous êtes d'un grand secours ! Dante est beaucoup plus tranquille, sachant que, s'il n'est pas là, vous pouvez superviser les travaux à sa place. Bien sûr, si vous devez partir, je le comprendrai très bien. Nous ne sommes pas des égoïstes, et nous n'espérions pas vous voir rester ici pour l'éternité, mais tant que vous n'avez rien trouvé de mieux, pourquoi ne pas rester ici ?

Rhea se garda bien de se tourner vers Francis ou Dante.

– Oh, bien sûr... spécialement si je peux me rendre utile, la rassura Alastair.

Dante sourit. Il se demandait parfois comment elle pouvait être aussi charmeuse. Elle savait admirablement agir avec les hommes.

– C'est entendu.

– Oh, j'ai failli oublier, fit Alastair d'un air penaud. Sur le chemin du retour, quelqu'un m'a apporté ce message pour vous, capitaine.

Sans la moindre réaction, Dante prit le bout de papier et l'empocha sans l'ouvrir, ce qui déçut la curiosité des autres.

L'avenir d'Alastair était encore un sujet de préoccupation pour Rhea, plus tard dans la soirée, au moment de se mettre au lit. Elle se brossait longuement les cheveux, alors que, derrière elle, visible par sa réflexion dans le miroir, Dante enlevait sa chemise et s'étirait en tous sens.

– Il faut être sûr qu'Anne et Alastair s'entendent au mieux. Ce serait un bon moyen de voir Alastair s'installer par ici.

– Le Devonshire est considéré comme une contrée un peu sauvage, tu sais. Ce n'est pas très attirant.

– C'est une question de voisinage et d'amitié. (Rhea se leva de sa table de toilette et s'approcha du berceau.) C'est incroyable comme il grandit vite !

Elle embrassa chacune des petites mains de son fils, puis se plaça juste devant le feu pour se réchauffer. Dante pouvait ainsi voir les contours de son corps à travers le léger voile de sa chemise de nuit. Son œil se promena le long de l'élégante ligne de son ventre et de ses hanches.

Son expression devait trahir son émoi car Rhea se mit à rougir. Elle vint à lui. En chemin, elle dégagea les épaules de sa chemise, qui glissa sur ses chevilles. Elle l'entoura de ses bras et pressa ses lèvres contre les siennes. Quand les mains de Dante effleurèrent son dos, un plaisir insidieux prit possession de Rhea. Il la serra contre ses hanches. Leur désir se conjugua rapidement et ne put être réprimé. Il la prit dans ses bras et la déposa sur le lit où elle disparut dans l'édredon de soie. Une minute plus tard, il l'avait rejointe, son corps recouvrant le sien, tandis que son visage s'enfouissait dans les mèches blondes et qu'il inhalait avec extase l'odeur de sa chair parfumée.

– Ma petite fleur... murmura-t-il contre sa bouche. Je t'aime tant...

Rhea sentit la langue de Dante passer sur les bouts de ses seins et les durcir progressivement. Sa force virile se pressa contre elle pour se tailler un chemin dans son intimité, et elle céda sans restriction. Dante était une partie d'elle-même...

Les feux de leur passion laissèrent Rhea faible mais satisfaite, et elle s'endormit aussitôt. Pourtant, elle fut réveillée quelques minutes plus tard par les mouvements du lit. Elle ouvrit les yeux et vit Dante assis sur le bord du lit et habillé.

– Dante ? demanda-t-elle, la voix endormie, que se passe-t-il ? Kit ?

– Non, tout va bien. Il faut que je sorte, Rhea, dit-il avec calme. Mais comme tu dors si légèrement, je ne voulais pas que tu te réveilles pour te faire du souci inutilement. Je ne serai pas long.

Il l'embrassa.

– Mais pourquoi ? Où vas-tu ? demanda-t-elle soudain éveillée. C'est à cause de ce message que t'a donné Alastair, n'est-ce pas ?

– Je ne peux rien te dire maintenant. Mais peux-tu

me faire confiance ? lui demanda-t-il en lui caressant les épaules réchauffées par le sommeil.

Rhea resta silencieuse. Dans l'obscurité, il ne pouvait voir l'indécision qui habitait son visage, mais il devait l'avoir pressentie malgré tout, car il chercha ses lèvres dans le noir et l'embrassa tendrement.

– Fais-moi confiance, Rhea. Je ne pourrais rien faire qui te fasse tort.

Elle prit le visage de son mari entre ses mains et l'approcha du sien.

– Je te fais confiance, Dante, bien sûr. Mais cela ne m'empêche pas de me faire du souci pour toi. C'est à cause des contrebandiers, n'est-ce pas ? Faut-il que tu y ailles ? Tu ne peux pas laisser les choses comme elles sont ?

Il se dégagea doucement en l'embrassant sur les paumes des mains, comme elle l'avait fait à Kit.

– Rendors-toi, petite fleur...

Elle entendit le claquement de ses talons sur le plancher, puis ce fut le silence.

– Si au moins je pouvais rêver à autre chose qu'à lui, même quand je suis éveillée ! se lamenta-t-elle.

Elle sauta du lit, s'enveloppa dans son châle et s'installa près du feu après l'avoir ranimé, pour attendre là le retour de son mari.

# 32

– Le traître travaille tard, commenta Dante, qui dansait d'une jambe sur l'autre pour se réchauffer.

– Il peut se le permettre, répondit sir Morgan dans un souffle.

Il écarta avec précaution les feuilles de la haie derrière laquelle ils se cachaient.

Un homme attendait de l'autre côté, également avec impatience, au pied d'un vénérable chêne.

– Qu'est-ce qui vous rend si sûr qu'il y aura une réunion ce soir ? demanda Dante, que le froid incommodait.

– Il faut savoir les appâter... J'ai laissé comprendre que je serais à Bristol après-demain.

– Il se trouve que c'est la première nuit sans lune. Et qui commande en votre absence, sir Morgan ? demanda Dante.

– Mais le lieutenant Handley, bien sûr ! Du reste, j'ai laissé faire notre vaillant dragon ces derniers temps... Nous n'avons pas arrêté de contrebandiers, mais il a découvert une cache de plusieurs caisses de cognac et de rouleaux de velours dans une ferme abandonnée... sur les terres des Leighton. Cela se présente mal pour vous, capitaine, murmura sir Morgan sans avoir l'air trop soucieux.

Dante s'appuya sur le tronc d'un arbre et considéra ce qui restait de la lune.

– Quelle ironie, n'est-ce pas ? Nous sommes là,

ensemble dans la nuit, à attendre un traître qui travaille pour de vulgaires contrebandiers.

– J'y ai pensé, fit sir Morgan.

– J'aurais payé très cher une telle information dans le passé.

– Je sais, mais vous n'avez jamais organisé le meurtre d'un officier du roi, même dans le danger. Sinon, je serais mort depuis longtemps...

– Vous prenez des risques, pourtant...

– C'est curieux : l'ironie dont vous parliez tout à l'heure, ce serait plutôt que vous soyez, lord Jacobi, la seule personne en qui j'aie confiance. En partie à cause du comportement des contrebandiers à Merdraco, certes, mais aussi parce que j'ai appris à vous connaître comme adversaire et à admirer votre savoir-faire. Cela arrive parfois de respecter son ennemi plus que son ami. Je sais depuis longtemps que vous n'agissez pas sournoisement.

– C'est trop d'honneur...

– Alors, si cela vous convient, je souhaiterais vous appeler par votre prénom, suggéra sir Morgan. Les titres, ça devient un peu lourd après un moment.

– Bien sûr. Si vous ne l'aviez pas demandé, je vous l'aurais proposé moi-même.

Leur attention se concentra brusquement sur ce qui se passait de l'autre côté de la haie. Un cheval approchait. A travers la haie, ils virent deux hommes engager une conversation sérieuse. Ces deux hommes étaient Jack Shelby, que sir Morgan et Dante avaient suivi depuis Marleigh, et le lieutenant Handley qui venait d'arriver. Sir Morgan aurait été surpris que ce dernier ne se montrât pas.

Les deux interlocuteurs se disputaient, leur conversation était donc clairement audible.

– ... et pas un sou de plus.

– ... sinon, plus d'informations.

– Pas de menaces, vous...

– ... Il fera froid en enfer avant que je traite à nouveau avec vous, monsieur Shelby, fit le lieutenant

Handley, surprenant les deux espions derrière la haie par la fermeté dont il faisait preuve.

– Un de ces jours, mon petit vieux... Tu ne perds rien pour attendre... Il n'aimera pas ça...

Une petite bourse en cuir passa de la main de Shelby dans celle de Handley.

– C'est votre problème, répliqua Handley... Bristol... Jeudi soir. Où ne dois-je pas patrouiller ?

Dante sentit ses cheveux se dresser sur sa tête quand il entendit le ricanement de Shelby. Le lieutenant Handley fit un pas en arrière.

– Dragon's Cove... L'anse du Dragon.

Sir Morgan eut un sursaut de surprise. Il tenait là sa revanche et dans le lieu même où Shelby et sa bande avaient coulé le H.M.S. *Hindrance* et tué son frère.

– Vous êtes malade ? Pourquoi là ? C'est trop dangereux ! protesta Handley.

– Qu'est-ce que cela peut vous faire, maintenant ? J'ai mes raisons ! grogna Shelby.

Un long silence suivit, troublé seulement par le tintement des pièces de monnaie. Shelby éclata d'un rire sarcastique.

– Le compte est bon ?... Sûr que vous ne devez faire confiance à personne si vous désirez vivre vieux ! (Le lieutenant disparut derrière les arbres sans un mot de plus.) Stupide animal ! râla Shelby. Ne vivrait pas si longtemps si j'étais le patron... Bon, j'vais aller faire un tour chez cette catin de luxe ! Vais lui apprendre que son amant a aussi une jolie petite femme ! Faudra qu'il le sache aussi !

Shelby disparut à son tour en maugréant. Le silence revint.

– Bien, j'ai mon traître... Et bientôt mes contrebandiers, dit sir Morgan, rompant le silence glacé. Et puis j'aurai le chef... Cette racaille ne restera pas muette bien longtemps, le nez devant la corde !

– Vous avez une idée pour le chef ? questionna Dante, lui-même perdu dans ses pensées.

— Quelques-unes... Mais pas de preuves, admit sir Morgan. Que savez-vous de sir Jacob Weare ?

Dante pouffa de rire.

— Jacob ? Vous ne pouvez pas penser que Jacob dirige cette bande ?

— Vous le connaissez bien ?

— Très bien. En plus, il est trop vieux pour sortir la nuit et cacher des fiasques de brandy dans des fermes abandonnées.

— Le chef de ces Fils de Belial n'a pas besoin de se salir les mains. Sir Jacob est très riche, alors que ses voisins ont subi des pertes énormes ces dernières années. Il a suffisamment de revenus pour mériter une enquête précise sur l'origine de sa fortune. C'est le grand-père de lady Bess Seacombe, si j'ai bien compris, et je ne me trompe pas en disant que vos fiançailles ont été rompues à cause de lui. Vous avez dû avoir un petit différend. Peut-être s'est-il vengé sur Merdraco ?

Sir Morgan continua jusqu'à ce que le rire de Dante le coupât dans son argumentation.

— Bien que cela reste un secret, et je vous donne cette information sous le même sceau, sir Jacob a été pendant dix ans mes yeux et mes oreilles dans ce pays. C'est grâce à lui que j'ai pu regagner mes terres et mes biens. Croyez-moi, ce n'est pas l'homme que vous cherchez, déclara Dante.

— Merci. Cela m'épargne bien des peines inutiles, et je vous promets évidemment de garder votre secret, jura sir Morgan. Je vous vois après-demain ?

Ils retournaient tranquillement à leurs chevaux.

— Naturellement.

— Je le pensais bien.

— Comment allez-vous empêcher le lieutenant de vendre la mèche ?

— Oh, il va avoir droit à une jolie promenade en mer pendant l'opération, avec mon groupe de marins, en qui j'ai confiance. J'aurai un navire devant l'anse pour couper la route de la mer aux contrebandiers.

– Prenez garde que votre bateau ne s'aventure pas à l'intérieur.

– Son patron aura l'ordre de rester devant la passe quoi qu'il arrive.

Brusquement, Dante s'arrêta de marcher. Sir Morgan se retourna.

– Eh bien ? Que se passe-t-il ? Quelqu'un vient ?

Ils étaient sur le point de se séparer.

– Je pensais à quelques mots que Shelby a dits avant de partir, à propos de rendre visite à une femme. Je présume que c'est Bess Seacombe, et je doute qu'elle l'attende.

Sir Morgan s'étonna :

– Bess Seacombe et Jack Shelby ?

– Ce n'est pas le genre de relation qu'elle désire. C'est facile de la contraindre à prêter ses chevaux et à stocker de la marchandise à Seawick Manor, n'est-ce pas ?

Dante guidait déjà son cheval vers le raccourci qui menait à Seawick Manor. Il avait aussi repéré un cavalier seul sur le chemin principal, mais n'en avait rien dit.

– Je l'ai mise en garde : j'attends la coopération de chacun dans la lutte contre cette bande, fit remarquer sir Morgan en suivant Dante sur le chemin venteux.

C'était une façon bien militaire et nette de voir les choses.

– C'est une têtue, Bess. Elle n'en fait qu'à sa tête. Pour ça, elle fait bien plus de mauvais pas que tout un chacun. Elle ne reconnaîtrait jamais ses torts devant quiconque, même son grand-père. Et pourtant, elle n'aurait qu'à lui faire un signe, et il se mettrait en quatre pour elle.

Ils se déplaçaient avec plus de facilité à présent, car les chevaux s'accommodaient du chemin.

– Elle n'a pas dû épargner Shelby si ce dernier s'est comporté avec elle de la manière qu'on lui connaît, reprit Dante. (Ils approchaient et tout était silencieux.) Je crois qu'il vaut mieux que vous attendiez ici. Si Shelby est ici, il ne doit pas vous voir. Sinon, il se méfierait pour jeudi. Probablement, il n'a pas meilleure opinion de vous que de tous les officiers du roi. Laissons-le dans cette idée pour le moment : il pourrait annuler la livraison.

Ils mirent pied à terre derrière les écuries, hors de vue de la maison.

– Entendu, mais si vous n'êtes pas de retour dans quinze minutes ou si j'entends un bruit bizarre, j'accours !

Sir Morgan n'avait aucune intention de se cacher quand Dante affrontait un danger. Dante se déplaça comme une panthère, sautant d'ombre en ombre, un œil sur la façade de la maison. Il repéra en effet un cheval près des communs, encore suant de sa course. Il s'approcha des fenêtres, mais il n'y avait aucune lumière. La porte principale était bien fermée. Par le potager, il se dirigea vers les cuisines. La porte était forcée : Shelby était entré par là...

Dante s'enfonça dans l'obscurité dense de la cuisine et atteignit le vestibule en tâtonnant quand il entendit le hurlement de Bess, suivi d'un grand rire d'homme. Il grimpa l'escalier juste à temps pour voir Anne Seacombe sortir d'une pièce avec un tisonnier à la main. Il la plaqua contre un mur en lui mettant une main devant la bouche pour qu'elle ne crie pas sous le coup de la surprise. La porte de la chambre de Bess était entrouverte. Il entendit alors Shelby marmonner de douleur.

Se glissant à pas de loup, il put voir Bess mordre rageusement son agresseur au pouce.

Sans aucun effort, Shelby se dégagea la main et de l'autre arracha la chemise de nuit de Bess.

Le cauchemar recommençait, et elle se sentait tout aussi impuissante que la première fois. Eût-elle jeté un coup d'œil vers la porte, elle aurait vu entrer celui qui avait une chance du diable et qui venait exaucer son vœu.

La voix impérative de Dante Leighton faillit causer un arrêt cardiaque à Shelby comme à Bess. Le contrebandier se retourna, l'air hagard. C'était comme un coup de pistolet. Ce qui aurait pu se vérifier s'il avait fait un pas de plus, car une arme à feu était effectivement braquée sur sa poitrine.

– Vous ! hurla-t-il.

Il avait le regard de l'animal pris au piège.

– Il est dans ton intérêt de prendre congé avant que je te transforme en passoire, fit Dante avec un tel calme qu'il fallut un certain laps de temps à Shelby pour comprendre la menace.

La réplique qu'il avait projeté de lui adresser comme le geste auquel il se préparait moururent devant le regard mortel que lui lançait Dante Leighton. Cet homme le regardait comme on regarde un mort, et peu s'en fallait qu'il n'appuie sur la détente.

– On dirait que vous avez le pistolet et la dame, ce soir, m'lord. Mais il y aura d'autres nuits et d'autres rencontres ! Vous n'aurez pas autant de chance, la prochaine fois. Vous m'implorerez, m'lord ! Il faudra aussi que je rende une petite visite à votre femme. Elle se sentira si seule quand vous serez dans votre tombe ! Comme cette nuit, du reste... J'me demande ce qu'elle pense de tout ça, hein ? (Il se tourna vers Bess.) Je reviendrai, Bessie... On n'en a pas fini entre nous, fit-il, son œil luisant errant sur le corps nu de sa victime.

– Non, pas par ici, dit Dante quand Shelby fit mine de gagner la porte.

– Quoi ?

– Il fait étouffant, ici, non ? Pourquoi n'ouvres-tu pas la fenêtre ? (Le visage de Shelby se décomposa.) Ne t'en fais pas pour fermer derrière toi, ajouta Dante avec une grande douceur.

La haine à l'état pur se lisait dans les yeux de Shelby. Il lança une dernière obscénité et grimpa sur le rebord de la fenêtre. C'était plus haut qu'il ne le pensait, mais le pistolet ne lui laissait pas beaucoup de choix.

Il sauta.

Il y eut un choc mou. Shelby dut atteindre la terre ferme à peu près au même endroit que la dernière fois. Dante se pencha pour voir un cavalier s'enfuir dans la nuit. Avec un sourire de satisfaction, il referma la fenêtre, tira les rideaux avant de se rendre compte de la présence de Bess en train de s'étrangler de rire.

Ses cheveux noirs et épais tombant en cascade jusqu'aux hanches, elle tremblait d'un rire nerveux.

– Pauvre Jack ! C'est la seule issue qu'il connaisse pour sortir de Seawick.

– Tout va bien, maintenant, Bess. Vous êtes sauve.

Elle commença à pleurnicher en enfouissant sa tête dans ses mains. Dante la prit dans ses bras pour la consoler, alors qu'elle sanglotait comme une enfant, les larmes dégoulinant sur le manteau de son sauveur.

Ce fut cette scène que surprit sir Morgan Lloyd quand il entra dans la pièce. Ses yeux s'écarquillèrent devant le spectacle de Bess Seacombe nue, et dont la blancheur de peau contrastait avec ses longs cheveux noirs.

– Excusez-moi, fit-il brusquement, l'image de Rhea Claire surgissant dans son esprit.

Rencontrant les yeux de Dante, il sut qu'il en était venu trop vite à de fausses conclusions et se maudit en silence quand il vit la chemise de nuit en lambeaux.

– Il n'a pas... commença-t-il.

– Elle est énervée. Pour l'instant, elle tremble encore de peur, mais bientôt elle ne tardera pas à grelotter de froid, à moins que vous n'ayez l'obligeance de la couvrir de cette courtepointe, suggéra poliment Dante à sir Morgan rougissant de honte, qui s'exécuta promptement.

– Il... Il m'a menacée depuis que je l'ai empêché de

se servir de mes che-chevaux. Ha-Harry se retournerait dans sa tombe en voyant comment les contrebandiers les ont abîmés, sanglota Bess, entre deux inspirations bruyantes. Je-je ne voulais pas les aiaider, mais j'avais besoin d'argent. Ma-ma famille ? Que faire ? Je ne pouvais pas laisser mes enfants mourir de faim, n'est-ce pas ? demanda-t-elle, implorant sir Morgan, qui était confondu de pitié, alors que les doigts de la pauvre Bess agrippaient les boutons de son uniforme.

## 33

Emma Samples n'avait jamais manqué de courage dans la vie, et elle se défendit vaillamment avant de mourir. Son corps, roué de coups, fut découvert le lendemain par une équipe de travailleurs de Marleigh qui se rendaient à Merdraco par la lande. L'ironie du sort voulut que l'homme qui la découvrit eût découvert aussi, quinze ans auparavant, le corps de Lettie Shelby, exactement au même emplacement.

Et ce fut à cause de cette histoire ancienne qu'il regarda dans la même direction ce jour-là. Il avait connu Lettie, comme la veuve de Ted Samples, qui, lui-même, avait disparu dans la lande.

Cette suite de coïncidences frappa immédiatement ce simple villageois : le marquis était juste de retour à Merdraco, et il n'y avait pas eu de crime comme celui-ci depuis quinze ans, depuis le départ de lord Jacobi...

Vêtue de la robe rose que lui avait offerte Dante, le pendentif de l'équipage à son cou, Rhea était aussi ravissante que le bouquet de fleurs qu'elle arrangeait dans le vase de cristal ce matin-là.

– Comme c'est joli, milady ! s'exclama Betsie, sa femme de chambre personnelle.

– Ah, Betsie ! Prenez les dernières et arrangez-les pour votre chambre.

– Oh, merci, milady ! gloussa Betsie en couvant ses fleurs du regard. Milady ?

– Oui, Betsie ? fit distraitement Rhea, qui jouait à présent avec son fils.

– Milady, je voulais vous dire que... moi et les autres, on est très heureux de servir à Merdraco. Et, bien que le pavillon ne soit pas Camareigh, on est contents quand même. Enfin, bon, on voulait vous remercier... Et on est bien contents que vous ayez épousé m'lord et non le seigneur de Rendale.

– Eh bien, merci, ma chère Betsie ! lança une voix mâle du haut de l'escalier, et qui surprit les deux femmes.

Dante avait entendu le dernier compliment de la femme de chambre.

– Oh, m'lord !

Betsie prit la fuite comme un papillon dérangé, les mains pleines de fleurs.

– C'est un des plus agréables éloges que j'aie jamais reçus ! Je suis préférable à ce bon Rendale ! Ma vie va en être modifiée ! fit Dante avec un sourire tendre... Toi et ton fils êtes debout bien tôt.

– L'été s'achèvera trop vite. Il y a beaucoup à faire avant la mauvaise saison.

Les grandes tempêtes annoncées lui faisaient quand même moins peur. De cette façon particulière qu'ont les amants, Dante devina immédiatement ses pensées :

– Tu n'auras pas d'angoisse à passer les froides nuits d'hiver ici, avec moi ?

– Si chaque nuit ressemble à cette dernière, je ne te promets rien... Enfin une grande partie de la nuit, reconnut-elle.

Elle avait passé des heures bien inconfortables dans le fauteuil près du feu, à l'attendre, et c'est seulement à l'aube qu'elle avait entendu ses pas dans l'escalier.

– Ce sera fini, Rhea, et nous vivrons à Merdraco comme j'ai longtemps rêvé d'y vivre : heureux et au calme. Après-demain soir, nous verrons la fin des ténèbres. Toi et ton fils aurez une vie différente de la mienne. Une vie comme celle que tu as connue à Camareigh, conclut-il en lui caressant le cou.

Leur fils poussa un petit vagissement. Ils se penchèrent sur lui : lord Kit renforçait encore plus leur amour.

Le charme fut rompu par la cavalcade des enfants dans l'escalier. Robin se laissa glisser le long de la rampe cirée.

Kirby fit irruption, les mains chargées du premier plateau encombré de petits pains et de confitures. Ces odeurs sortirent rapidement du lit Francis Dominick, encore somnolent, et habillé à la diable.

– C'est l'air de la mer qui creuse l'estomac, croassa-t-il pour se justifier.

Il se mit à chatouiller son jeune neveu.

Alastair Marlowe descendit, rayonnant de bonne humeur.

– Magnifique journée ! Je crois que j'irai rendre visite à sir Jacob : il aura peut-être quelques conseils à me donner pour un achat de terres dans les alentours.

Dante Leighton comprit que sa décision était prise.

– Je suis ravi de voir que tu as décidé de te fixer ici. Je pourrai probablement t'aider aussi, proposa-t-il, car je suis le plus gros détenteur de terres des environs depuis quelques années.

Alastair s'attabla le premier, mais avant que les autres hommes aient le temps de l'imiter, un coup de poing autoritaire retentit à la porte.

– Qui donc peut bien venir à cette heure ? s'exclama Francis, qui voyait les petits pains narguer indéfiniment son estomac vide.

L'appétit de lord Francis, comme celui de Conny, fut rapidement coupé par l'entrée de trois visiteurs impromptus, précédés du valet de pied.

Sir Morgan allait prendre la parole quand l'homme

vêtu avec élégance dans un costume de soie prune proclama d'un ton solennel :

– Je réclame l'arrestation de ce meurtrier ! (Il désigna d'un doigt tendu Dante Leighton. La stupéfaction s'empara de tout le monde, et particulièrement de l'intéressé.) Vous m'avez entendu, capitaine ? répéta sir Miles.

Ses petits yeux furetaient dans la pièce et ne manquaient rien du confort dont le pavillon de chasse regorgeait, ni de la table dressée pour le petit déjeuner, ni même de l'atmosphère d'amitié que leur entrée venait troubler.

– Oui, je vous ai parfaitement entendu, sir Miles, mais je préfère me servir de mon propre jugement dans cette affaire, répliqua sir Morgan avec le plus grand calme.

Son visage hâlé montrait néanmoins des signes évidents de fatigue. Cette pâleur traduisait sa détresse, surtout quand il dut affronter les yeux violets de Rhea.

– Que se passe-t-il, capitaine ? demanda Dante d'une voix cassante. Vous êtes sous mon toit, et je ne supporterai pas d'être ainsi accusé dans cette maison ! Cet individu a osé pénétrer sur les terres de ma famille, alors qu'il en a été interdit de séjour.

– Il y a eu un meurtre, commença sir Morgan avec lenteur. (Il se tourna vers le troisième homme.) Mme Samples, Emma Samples, la belle-sœur de M. Lascombe ici présent, a été découverte étranglée dans la lande ce matin. Elle a été vue pour la dernière fois à Marleigh pendant la nuit alors qu'elle allait à un rendez-vous.

Dante Leighton ressemblait plus au capitaine du *Dragon des mers*, à ce moment, qu'au maître de Merdraco.

– Et pourquoi me suspecter immédiatement ? Non, laissez-moi deviner, fit-il en levant le bras avec autorité. Le corps de cette femme a été trouvé au même endroit que celui de Lettie Shelby, c'est cela ?

Peut-être y a-t-il d'autres similarités entre les deux assassinats ? Et comme on m'a suspecté du premier meurtre, on me suspecte du second. Correct ?

– Ajoutez à cela que vous êtes le seul suspect, milord ! corrigea sir Miles en ricanant.

– C'est proprement honteux ! Comment osez-vous vous présenter chez moi pour accuser mon mari de meurtre ! s'écria Rhea avec colère, en se plantant entre Dante et sir Morgan.

Sir Morgan détourna le regard.

– J'en suis désolé, lady Rhea, mais je dois accomplir mon devoir, quelles qu'en soient les conséquences.

– Et même s'il s'agit de mensonges ? demanda-t-elle avec incrédulité. Oh, sir Morgan, je me suis lourdement trompée sur votre compte : vous n'êtes pas un ami ! Vous ne l'avez jamais été !

– Rhea, non... fit doucement Dante, derrière elle.

Mais il ne pouvait en dire plus sans en révéler trop. Sir Morgan était le seul alibi qu'il avait sous la main, mais leur plan était en jeu.

– Je comprends très bien la raison de votre présence, sir Morgan, reprit Dante, et je respecte votre mission. Mais je ne saisis pas la raison de votre présence à vous, sir Miles. Est-ce par curiosité malsaine ? Etes-vous satisfait ainsi ?

Sir Morgan fut encore plus embarrassé quand sir Miles déclara avec grandiloquence :

– J'ai toutes les raisons d'être ici, et même plus que sir Morgan, bien qu'il ait été muni de pouvoirs civils. (Une note de ressentiment était perceptible dans sa voix.) Je suis le juge local. Et, comme tel, j'ai l'autorité nécessaire pour appréhender n'importe quel suspect !

– Quelle preuve avez-vous ? interrogea Dante.

– C'est étrange de constater qu'un meurtre s'est produit il y a quinze ans, avant votre départ, où l'on a retrouvé votre montre dans la main de la victime, et qu'un meurtre identique survient, à peine êtes-vous rentré d'une si longue absence.

La voix de sir Miles était déjà celle d'un procureur prêt à réclamer une tête.

– Toute cette argumentation est parfaitement ridicule ! explosa Alastair Marlowe.

– Je suis sûr, insinua sournoisement sir Miles, que n'importe quel juge trouvera difficile de croire qu'un meurtrier autre que vous attendrait quinze ans pour recommencer dans le seul but de vous impliquer dans ce crime !

Il était indéniable qu'un tel raisonnement pouvait avoir du poids. Sam Lascombe sautillait avec gêne sur ses pieds.

– Moi, j'sais pas si c'est la vérité, dit-il finalement, ce qui irrita sir Miles, qui aurait préféré un témoin muet. Sûr que ce n'est pas très en faveur de Sa Seigneurie, mais c'est quand même curieux que cet autre assassinat ait lieu juste au retour de Sa Seigneurie, pourtant...

Sam s'arrêta sans trop savoir comment ne pas tourner en rond.

– Pourtant ?... le pressa sir Miles.

Le juge local sortit sa montre et soupira à sa vue.

– Ben, c'était ma belle-sœur. Elle a épousé le frère cadet de ma femme Dora, et, euh, Dora et moi pensons que ce sont les contrebandiers qui les ont assassinés... tous les deux. Voilà ! C'est ça que nous pensons !

– C'est simplement ridicule ! coupa sir Miles avec mépris. Pourquoi les contrebandiers attaqueraient-ils une villageoise ? Allez, dites-moi, combien lord Jacobi vous paie-t-il pour votre témoignage ? Si vous vous récusez, je vous promets que je m'occuperai de vous, pour vous être mis en travers de la justice !

Cette menace non déguisée effraya Sam Lascombe, qui se tut.

– S'il vous plaît, laissez-le finir, intervint sir Morgan avec humeur.

Sam Lascombe reprit, mais avec réticence :

– Nous pensons, Dora et moi, que ce sont les mêmes qui ont tué Ted et Emma. Elle devait en savoir trop. Ted, vous voyez, il avait menacé de quitter le groupe, alors ils l'ont tué. Ben, je crois bien qu'Emma leur a causé du souci également... Ted lui aura dit ce qu'il soupçonnait dans la bande. Elle a dû trop bavarder... Nous allons prendre son gosse à l'auberge, maintenant, conclut Sam Lascombe en considérant ses mains calleuses. J'aurais jamais pensé, quand elle est passée à l'auberge, l'autre nuit, en chemin pour Westlea Abbot, que c'était la dernière fois qu'on la verrait vivante, ma femme et moi.

– Et je suppose que Lettie Shelby en savait trop sur les contrebandiers, elle aussi ? fit sir Miles avec mépris. Tout cela est absurde. Nous avons notre coupable, c'est Dante Leighton. Comme la dernière fois ! Mais, cette fois-ci, je veillerai personnellement à ce qu'il soit pendu pour ces crimes !

– Pourtant, sir Miles, il n'a pas tué Lettie Shelby, il y a quinze ans, déclara une voix féminine à la porte. Il était avec moi, cette nuit-là, et il ne m'a pas quittée avant le matin...

Bess Seacombe avait enfin avoué ce qu'elle avait sur le cœur. Sir Miles Sandbourne l'aurait étranglée sur-le-champ.

– Comme c'est curieux que vous n'ayez rien dit à l'époque ! fit-il d'une voix rauque. Même si c'était vrai, ce dont je doute fortement, cela n'explique pas la nuit dernière. Avant d'entrer, nous avons trouvé à l'écurie un cheval encore fatigué. Quelqu'un a quitté cette maison pendant la nuit. J'imagine que c'est Dante et je me demande où il est allé, s'interrogea sir Miles sur un ton doucereux.

Tomber sur ce cheval avait été une chance incroyable pour lui.

– Vous avez parfaitement raison, c'est Dante qui a pris ce cheval cette nuit, reprit Bess. Pour venir chez moi, et il ne m'a pas quittée avant que le soleil ne se lève.

Les yeux de lady Bess rencontrèrent brièvement ceux de Rhea, interloquée. Elle regarda Dante, dont le soulagement se mêlait d'inquiétude : il était blanchi du meurtre d'Emma Samples, mais perdu aux yeux de sa femme. Dante se tourna vers Rhea, qui fixa le plancher avec une moue de dédain.

– Je crois qu'il faut nous retirer, maintenant, soupira sir Morgan, que ce dénouement providentiel n'enthousiasmait guère.

Si tout marchait convenablement, ils pourraient révéler la vérité à la malheureuse lady Rhea le lendemain soir.

– Quoi ? Vous allez prêter foi aux sornettes de cette femme ? Cette catin qui s'est vendue à lui ? Vous n'êtes pas sérieux ?

La voix de sir Miles n'était plus qu'un grincement, tellement il était frustré et hors de lui.

Sa colère tourna à la stupéfaction en entendant Rhea s'exprimer :

– Vous tous, et surtout vous, sir Miles, savez très bien que lady Bess dit la vérité. Dante vous a confié ce fait, il y a quinze ans, en toute sincérité. Mais vous aviez choisi de garder le silence à l'époque, car cela servait mieux vos intérêts, qui étaient de perdre le nom des Leighton. Lady Bess est venue aujourd'hui pour dégager Dante de cette accusation, comme de la nouvelle : il vaudrait mieux que vous cherchiez ailleurs votre assassin, ou un autre moyen d'éliminer Dante.

Tous les témoins de la scène restèrent sans voix : lady Rhea venait d'apprendre un instant avant l'infidélité de son mari et paraissait à présent tout à fait insensible à cette nouvelle

– Vous êtes folle, lady Rhea, jeta sir Miles en reculant devant Dante. Il l'a forcée à mentir, une fois, deux fois ! Je n'ai jamais cru à cette histoire, et c'est uniquement pour ça que j'ai gardé le silence il y a quinze ans. (L'effort qu'il venait de faire était inutile : la haine le dominait trop visiblement.) Sir Morgan, j'insiste pour que vous continuiez votre enquête dans ce sens ! J'ai des amis à Londres qui se chargeront de vous déférer en cour martiale si vous refusez de faire votre devoir correctement !

– Je vous ai déjà dit, sir Miles, que je suis seul juge de ma conduite dans cette affaire ! Maintenant, je suggère que nous partions ! (Il sourit malicieusement.) Je ne pourrai être tenu pour responsable de votre sécurité après mon départ, sir Miles.

Sam Lascombe emboîta le pas du capitaine. Mais sir Miles resta en arrière, fulminant de courroux. Avant de franchir enfin la porte, il ne put résister à un dernier trait :

– Rappelez-vous ceci, lady Rhea ! Dante Leighton ne mérite aucune confiance ! Il vous a fait perdre la tête, et celle-ci (il désigna Bess Seacombe du menton) s'est perdue à cause de lui. Soyez damnés, tous les trois !

Un terrible silence tomba après le départ des trois hommes. Chacun montrait une expression d'étonnement différente. Rhea ne put en supporter plus. Dans un murmure d'excuse, elle monta à l'étage avec son enfant.

Arrivée en haut, elle sentit un grand vide. Son fils était là, dans son berceau, et rien d'autre...

– Rhea ? (Elle resta immobile, indifférente.) Rhea ? Pour l'amour du ciel, ne te détourne pas de moi ! s'écria Dante en entrant dans la chambre.

Il essaya de la prendre dans ses bras, mais en vain. Il se mit à arpenter la pièce. Il ne devait pas lui dire la vérité. Que se passerait-il si l'opération échouait, si Shelby s'enfuyait ? Il mettrait en danger la vie de sir Morgan et la sienne aussi, mais il ne pouvait pas jouer avec celle de Rhea ! Non, ce n'était pas possible. Il s'arrêta pour constater que sa femme le considérait avec curiosité. Elle était indécise. Il la fixa droit dans les yeux.

– Rhea, je t'ai demandé il y a un an de me faire confiance. Je t'ai aussi suppliée de ne pas croire ce qui pourrait, un jour, te sembler la vérité, comme ces prétendus témoignages qui font de moi un menteur et un homme de peu de foi, une sorte de tricheur. J'étais effectivement avec Bess ce matin, mais rien ne s'est passé. Rien, je te le jure, Rhea...

– Dante...

– Je t'aime, Rhea, coupa Dante avec véhémence. De tout mon cœur. Rien ne m'est plus cher que toi. Tu es mon amour, ma femme et mon amie. Je te fais confiance comme jamais je n'ai fait confiance à personne, et je ne ferai rien qui puisse détruire ce lien. Crois-moi, Rhea, je sais que je te demande beaucoup, mais... je ne peux survivre sans ton amour...

– Tu auras toujours mon amour, répondit-elle simplement. Et si tu m'affirmes qu'il n'y a rien eu entre toi et Bess cette nuit, alors je te crois. Je dois te croire, Dante. Car, sinon, je ne puis t'aimer. Et si je ne puis t'aimer, alors, je ne puis vivre plus longtemps non plus. C'est aussi clair que ça... (Elle prit le visage de son mari entre ses mains et l'embrassa sur la bouche.) Quelle que soit ta tâche, sache que je t'attendrai toujours, promit-elle.

D'un baiser, elle scella cette garantie d'un amour indestructible et d'une loyauté sans faille. Dante était, à présent, certain de triompher.

# 34

Protégé par les ténèbres, le lougre des contrebandiers approcha une fois de plus de la côte. Deux signaux lumineux, suivis de trois autres : la voie était libre. Sans hésitation, son patron mit le bâtiment en panne à trois milles du rivage pour livrer sa marchandise aux chaloupes qui allaient se présenter.

A terre, un groupe d'hommes attendait en silence le moment de transporter les caisses de cognac, de thé et de tabac vers le haut de la falaise, et de là, vers la ferme la plus proche, où les caisses seraient chargées à dos de cheval.

Mais les événements tournèrent mal. Un cotre des douanes sortit soudain de nulle part et prit le lougre en chasse : habilement manœuvré, le cotre coupa le vent aux contrebandiers, et avec toute sa toile, se trouva à portée de canon dans les meilleures conditions.

Après une bordée bien ajustée, le cotre du roi força son adversaire à mettre en panne. Une partie des marins prit le lougre à l'abordage et s'assura de l'équipage sans qu'il y eût la moindre foulure au pied à déplorer parmi ceux du roi.

A terre, les contrebandiers se trouvèrent simultanément attaqués, et la plage totalement investie par les troupes de la marine et les dragons. Les soldats jaillirent de derrière les rochers et tirèrent quelques coups de semonce, mais les bandits étaient mieux armés que leurs acolytes en mer, et ils préférèrent répondre au feu par le feu, défendant le terrain en hommes qui n'avaient rien à perdre. On se battit à coups de bâton et de couteau sur la plage.

Dante Leighton se lança dans la mêlée avec l'image de sa femme constamment dans la tête, ses yeux violets le regardant sans arrêt. Reprenant haleine, il sentit des gouttes d'eau fraîche et salée sur son visage. Une main l'agrippa par l'épaule. Il arrêta juste à temps un geste mortel de sa main armée.

– Ne perdez pas de vue que nous sommes du même bord, lui lança sir Morgan dans la confusion du combat, au milieu des cris de rage et de douleur.

Sir Morgan veillait sur lui avec attention. Sous ses yeux, il trouva un contrebandier flottant, la face immergée, les bras en croix, au gré des vagues.

– Vous allez bien ? lui demanda sir Morgan.

– Oui, et grâce à vous, fit Dante en toussant.

Mais sir Morgan ne l'écoutait plus : il était engagé dans un nouveau combat avec un brigand. Il était invincible, cette nuit, car il vengeait son frère.

Dante regagna la plage contre la force de l'eau. Jusque-là, l'homme qu'il cherchait s'était arrangé pour se dérober.

Jack Shelby jeta un coup d'œil par le trou du panneau qui ouvrait sur le couloir du pavillon de chasse qu'occupaient Leighton et ses amis. Il respirait bruyamment car il avait fait tout le chemin à travers les cavernes et le tunnel le plus rapidement possible, fuyant le théâtre de ce combat sanglant et inégal. Les yeux de Shelby brûlaient d'une folie meurtrière, engendrée par le vacarme assourdissant de la bataille, des cris, des coups de feu, et par la danse folle des torches enflammées et de leurs reflets sur l'eau. Il se souvenait des yeux gris le cherchant dans ce carnage. Il ne se souvenait plus que de cela.

Dante Leighton courait comme le diable après son âme. Shelby pensa à sa petite Lettie, si pleine de vie...

Et lui, Leighton, était toujours de ce monde, riant, profitant de l'existence, alors que Lettie pourrissait dans sa tombe. Leighton était revenu, plus puissant, plus riche, prêt à diriger le pays. Les hommes de Marleigh et de Westlea Abbot avaient déposé les armes devant les soldats du roi, ou même s'étaient retournés contre les meilleurs éléments de sa troupe, ceux de Bristol et de Londres.

Avec un sourire de dément, Shelby tira le panneau et entra furtivement dans le grand salon.

## 35

Assise à sa coiffeuse, Bess n'aimait pas du tout ce qu'elle voyait en face d'elle dans son miroir. Elle s'était toujours beaucoup plu à se contempler, mais maintenant, plus elle se regardait, moins elle s'aimait.

Elle évitait surtout de se regarder droit dans les yeux. Elle ne pouvait oublier la mine désemparée de Rhea après ses fameuses révélations. Après tout, cette femme était sa rivale. Pourquoi devait-elle se soucier des sentiments de Rhea ? En fait, elle se souvenait aussi de l'expression de Dante, et son instinct lui disait que s'il était apparemment facile grâce aux circonstances de semer la zizanie dans leur couple, il était aussi clair qu'elle avait définitivement perdu Dante. Dante était fidèle à son épouse et à elle seule. La tendresse dont il faisait preuve à l'égard de Rhea Claire était difficile à ignorer.

Lady Bess n'arrivait pas non plus à détester la jeune femme qu'avait ramenée Dante. Rhea était follement éprise de son mari, et il était aussi impossible de ne pas admirer la droiture de cette toute jeune épouse.

Prenant ses cheveux d'une seule main, elle en fit un nœud au-dessus de sa tête et se leva. Cette fois-ci, elle savait ce qu'elle devait faire...

Elle jeta un coup d'œil sur l'horloge. C'était tard, mais elle n'allait pas endurer une nuit de plus d'insomnie. Qu'il fût tard et qu'elle n'eût pas d'invitation en règle, elle irait quand même à Merdraco.

Jack Shelby se glissa dans l'ombre : ils étaient tous autour du feu à deviser, inconscients du danger. « Quel dommage ! » pensa-t-il en admirant les beaux cheveux d'or de Rhea. Mais le coup le plus dur serait de priver son ennemi de ce qu'il aimait le plus : sa femme. Avec un sourire de satisfaction, il battit en retraite dans le couloir.

– Je ne te comprends vraiment pas du tout, parfois ! dit Francis avec douceur.

Il ne voulait pas déranger Alastair, qui était assis à côté, plongé dans un livre.

– Pourquoi ? demanda Rhea, posant sa broderie.

– Pourquoi ? répéta Francis en élevant la voix sans le vouloir. Mais parce que tu as autant de crédulité ! Voilà pourquoi !

Exaspéré, il passa sa main dans ses cheveux.

– Tu veux dire Dante ?

– Bien sûr, je veux dire Dante ! s'écria-t-il. Tu restes là avec ton fils et ton aiguille alors qu'il court à nouveau ! Et nous aurons bientôt droit à une visite de Bess Seacombe, qui viendra proclamer triomphalement qu'il a passé une nouvelle nuit avec elle !

– Tu ne comprends pas, Francis, dit calmement Rhea. Tu n'as jamais été amoureux. Un jour, tu verras que si tu ne fais pas complètement confiance, tu ne peux aimer complètement. Dante m'a demandé de me fier à lui. Si je prétends l'aimer autant que je le dis, alors comment ne pas le croire ? Comment puis-je être honnête avec moi-même si je ne le suis pas avec lui ? (Francis était médusé.) Plus tard, tu comprendras, Francis. Bien qu'il ne m'en ait rien dit, je crains que Dante ne soit en train de traquer les Fils de Belial, et ça, c'est beaucoup plus dangereux qu'un éventuel rendez-vous avec Bess Seacombe. Dante a toujours nié qu'il y ait quoi que ce soit entre elle et lui, et je le crois. (De plus, elle se souvenait du début de la soirée et de leur étreinte : elle savait qu'il ne pouvait aller de sa femme à Bess avec autant de facilité.) Pourquoi était-il avec Bess, je ne sais. Mais quand il pourra le faire, Dante me le dira, ajouta-t-elle avec sérénité.

Francis se leva et l'embrassa sur la joue.

– Tu es trop bonne, ma chérie. J'espère seulement que tu as raison. Vraiment... car je me suis pris à l'aimer beaucoup, ton mari.

Il vit Alastair lever le nez, une expression réfléchie sur le visage, comme s'il se pénétrait de ce qu'il venait d'entendre. Francis sourit de toutes ses dents et posa la tête sur le dossier de son fauteuil pour fermer les yeux un instant. Il les rouvrit aussitôt en trouvant que le feu enfumait diantrement la pièce ; mais dans l'âtre, les bûches se calcinaient mollement. Le salon entier était rempli de fumée. Soudain, il vit les flammes lécher les fenêtres du dehors.

– Rhea ! Mon Dieu ! hurla-t-il en bondissant juste au moment où les vitres éclataient sous l'effet de la chaleur.

Comment le feu pouvait-il se répandre aussi rapidement ? Les flammes avaient déjà envahi la partie ouest du pavillon. En une minute, ils seraient complètement encerclés ! Il leur fallait prendre la fuite par les cuisines !

Rhea montait déjà les escaliers pour aller chercher les enfants.

– Je vais prévenir Kirby et les domestiques ! cria Alastair en courant vers les communs, auxquels on accédait par un couloir de la cuisine.

Francis arriva en haut en même temps que Rhea et lui prit le bras. Ils n'avaient plus de souffle, ni l'un ni l'autre...

– Je ne comprends pas comment le feu se répand si vite. Il était au pied de la maison il y a moins d'une minute.

Les flammes étaient maintenant visibles aux fenêtres de l'étage. Rhea pouvait voir la fumée épaisse sortir de sous la porte de sa chambre, où se trouvait Kit.

Francis entra en trombe dans la chambre de Conny et de Robin, et se mit à secouer les enfants comme des pruniers, l'un après l'autre.

– Debout ! hurla-t-il en arrachant frénétiquement les couvertures et les draps.

– Francis ! Mais fiche-moi la paix ! pleurnicha Robin, qui dormait avec l'intensité de son âge.

– Le pavillon est en feu ! Il faut sortir de là au plus vite !

Rhea apparut dans le couloir avec un paquet de linge dans les bras, qui contenait le bébé en larmes.

– Francis, où est le salon ? Je ne vois plus le salon ! cria-t-elle.

– Le seul chemin possible, c'est par les cuisines. Alastair a dû prévenir les domestiques, maintenant !

La fumée s'était répandue partout et chacun pleurnichait sans contrôle et toussait à s'arracher la gorge. Les flammes se faisaient la course à travers le grand salon, plus hautes que les enfants eux-mêmes.

– Francis ! cria son frère. Je ne vois rien ! Où es-tu ?

– Ici, mais où est le salon ?

– Ici ! (Le reste de la phrase se perdit en raclements de gorge.) Rhea, tu vas bien ?

Conny s'était agrippé à sa ceinture ; Francis se retrouva devant un rideau de feu qui approchait progressivement. De l'autre côté, c'était la même menace. Les flammes léchaient l'escalier. Ils étaient pris au piège.

Bess Seacombe vit les flammes depuis la lande. Bristol Boy se hérissa et rua comme un dément à l'odeur de la fumée. Même d'aussi loin, il était facile de deviner que c'était l'enfer.

Alors qu'elle approchait des portes au trot, une ombre massive jaillit du fourré et attrapa sa bride d'un geste sec. Des mains puissantes l'enserrèrent par la taille et la jetèrent au sol avec brutalité. Elle resta choquée un court instant, l'action ayant été trop soudaine. Elle leva la tête pour distinguer la silhouette reconnaissable entre toutes de Shelby. Il dessellait le cheval équipé « à la fermière ».

– Vous !

– Tu allais voir ton amant, hein, Bessie ? grogna-t-il. Il est sur la plage, encore vivant peut-être. Mais il souhaitera bientôt être mort, car sa petite famille a brûlé avec la maison !

– Vous les avez enfermés dans le pavillon ? Mon Dieu ! Mais pourquoi eux ? Qu'est-ce qu'ils vous ont fait, ceux-là ?

– Il les aime ! Comme j'aimais ma petite Lettie, qu'il a assassinée ! Il va connaître ce que j'ai enduré pendant des années ! Il va pleurer ses morts comme j'ai pleuré ma Lettie ! Il ne reverra plus sa jolie petite femelle et son marmot !

Il bondit à cru sur Bristol Boy, qui se cabra.

– Insensé ! Vous êtes complètement fou ! Vous avez perdu l'esprit, Jack Shelby ! hurla-t-elle. Dante Leighton ne l'a pas tuée, votre Lettie ! Il était avec moi, la nuit du meurtre ! Il était avec moi !

– Tu mens, Bessie ! Tu essaies de sauver sa peau, mais un de ces jours, je l'achèverai ! Je reviendrai pour lui !

– Je ne mens pas, Shelby ! Mais c'est trop tard ! Je suis responsable de tout ça ! vagit-elle en sanglotant.

Shelby ne bougea pas. Il la fixa étrangement, comme habité par un doute soudain.

– Dis-moi la vérité ! grogna-t-il.

Bess le vit braquer un gros pistolet d'arçon vers elle.

– La vérité, Shelby ? Bien sûr, mais elle ne sera pas à votre goût ! Leighton était avec moi, cette fameuse nuit où Lettie a été tuée ! Il est resté avec moi toute la nuit, et ne m'a quittée que le matin. Le lendemain, quand nous avons appris la mort de Lettie et les soupçons qui pesaient sur lui, je n'ai rien dit. Pourquoi ? J'étais égoïste, et mon grand-père m'avait dit que, d'après sir Miles, Leighton était endetté. Je ne voulais pas perdre ma réputation dans cette affaire. Je voulais faire un beau mariage. J'étais jeune. Dante ne révéla rien de notre relation et perdit sa réputation pour préserver la mienne.

– Tu pourrais toujours mentir, répondit Shelby, qui essayait de remettre les morceaux bout à bout.

– Evidemment... Mais la femme qui a été tuée dans la lande a été retrouvée au même endroit que Lettie ; elle a été assassinée de la même façon. Cette fois, j'ai donné à Dante son alibi, car bien sûr, on le suspectait à nouveau; mais j'ai...

Shelby l'interrompit :

– Quelle femme ?

– Vous ne le savez pas ?

– Non. Quel meurtre ?

– Emma Samples. Je trouve du reste assez étrange que vous ne sachiez pas cela, car les Lascombe pensent qu'elle a été tuée pour en avoir trop su sur votre bande. Mais enfin ! Vous ne comprenez pas que si Dante n'a pas tué Lettie, il y a quinze ans, et si un autre meurtre a été commis exactement de la même manière, hier, et qu'il ne l'a pas commis non plus, alors quelqu'un d'autre a tué Lettie et Emma. Vous avez vu Dante à Seawick la nuit dernière. Vous voyez bien qu'il n'a pas pu tuer Emma Samples.

– Il aurait pu le faire avant ou après, lança Shelby.

– Non. Sir Morgan Lloyd était avec lui pendant toute la nuit, même à Seawick. Dante n'est pas votre assassin. Pourquoi, sinon, aurait-il fait ressembler le meurtre d'Emma à celui de Lettie ? J'ai parlé avec celui qui a trouvé le corps d'Emma. Il a vu sur le corps le même coup que sur celui de Lettie. Un coup assez curieux.

Shelby avait repris son calme.

– Quel genre de coup ? demanda-t-il finalement.

– Il a dit que ça ressemblait à une tête de chien,

quelque chose comme ça. Il est sûr que c'était sur la tempe de Lettie également.

Bess Seacombe prit immédiatement conscience du changement qui s'opéra sur le visage de Shelby. Le cheval le sentit également et lança un hennissement bruyant. Les pièces manquantes du puzzle prenaient place dans la tête du contrebandier fou, et le pistolet, qu'il tenait encore à la main, commençait à trembler. Il marmonna juste un mot :

– Miles !

Et il fit demi-tour pour disparaître au grand galop dans la nuit, en laissant Bess les jambes flageolantes.

– Damnation ! Je ne vois pas comment il a pu s'enfuir ! s'écria Dante, rageur.

– Je ne crois pas qu'il ait pu le faire. Un certain nombre de corps ont été emportés par le flot, lui rappela sir Morgan. On le retrouvera à un moment ou à un autre.

Dante et sir Morgan avait atteint le haut de la falaise et avançaient à travers les ruines quand ils aperçurent tous deux les flammes immenses qui se dressaient dans le ciel, derrière le rideau d'arbres, illuminant les nuages d'une lueur orange.

Dante sauta en selle le premier et ne s'arrêta que devant les flammes. Alastair Marlowe était là, la tête entre les mains, sanglotant comme un enfant.

Le jeune homme sentit une main se poser sur son épaule et devina qui était là. Il hocha lentement la tête.

– Capitaine, fit Kirby, dont la voix était voilée et le visage noir de fumée strié de larmes, c'est arrivé si vite ! En une minute, tout était embrasé. M. Marlowe est arrivé à temps pour nous réveiller. Il a dit que Francis... (La voix de Kirby se brisa.) Lord Francis et lady Rhea sont montés chercher les enfants. Nous les avons vus redescendre, puis il y a eu un rideau de flammes qui leur a subitement coupé la route. C'est la dernière fois que nous les avons aperçus. Ô mon Dieu, je... je...

Kirby partit dans l'ombre en s'étranglant de sanglots.

Sir Morgan était devant le brasier, se protégeant les yeux de la lumière brûlante dégagée par cette fournaise. C'était incroyable qu'ils aient disparu comme ça.

Le capitaine Lloyd n'avait jamais vu un homme aussi désemparé et sans vie que Dante Leighton à cet instant. Quelque chose s'était éteint en lui dès qu'il avait appris la mort de sa femme et de son fils. Quelqu'un prit le bras de sir Morgan, derrière lui. Il se retourna : Bess Seacombe était là, échevelée, livide, les vêtements en désordre.

– C'est Jack Shelby. Je venais ici pour expliquer ce qui s'était passé l'autre nuit quand il m'a sauté dessus à l'entrée et m'a volé mon cheval. Il s'est vanté d'avoir mis le feu au pavillon. Il est fou à lier ! Il a fait ça à cause de Lettie. Il pensait encore que Dante l'avait tuée. Je lui ai expliqué... Je crois qu'il a fini par me croire. Mais il est parti en disant un nom...

Bess manqua de souffle et haleta un instant, en déglutissant avec peine.

– Quel nom ? la pressa sir Morgan.

Il la soutint par la taille, car elle vacillait sur ses jambes.

– Il a dit « Miles ». Je n'ai jamais vu une lueur aussi meurtrière dans le regard d'un homme.

– Mais que lui avez-vous dit ?

– J'essayais de le convaincre que Dante n'avait pas tué sa fille ni Emma Samples. Je lui ai parlé des coups bizarres reçus par les deux femmes...

Bess, exténuée, ne se rendait pas compte que personne ici n'était au courant de ce témoignage.

– Quels coups ? haleta sir Morgan, presque en criant.

– Des coups qui ressemblent à des têtes de chien.

Les mêmes que sur le corps de Lettie. C'est à ce moment que Shelby a dit « Miles »...

– Dante ! Non ! Revenez !

Sir Morgan poursuivit en vain le marquis. Il avait entendu la conversation. Il était trop facile de deviner où il allait...

Dante Leighton avait déjà le pied sur l'étrier et son cheval s'élançait. Il se jeta sur sa selle, puis subitement en descendit d'un seul bond, et resta là, debout, comme paralysé.

– Mais que diable se passe-t-il ? murmura sir Morgan, immobile, en retrait.

Dante se rua dans le pré, courant à toute vitesse vers les tours de la vieille forteresse. Pendant un instant terrible sir Morgan crut que Dante avait perdu la tête et allait se jeter du haut de la falaise.

Ce fut à ce moment qu'ils aperçurent des silhouettes qui venaient à la rencontre de Dante. Elles étaient quatre, et l'une d'elles portait un paquet contre sa poitrine.

– Ô mon Dieu, merci ! s'écria Kirby en comprenant de qui il s'agissait.

Déjà la jeune femme courait au-devant de son mari.

Francis Dominick avait le visage noir de suif, et ses dents brillaient encore plus par contraste. Rhea sembla disparaître dans l'embrassade de Dante. Il ne desserrerait jamais plus son étreinte !

# 36

Le ciel resta embrasé toute la nuit. A l'aube, les premiers rayons de soleil furent filtrés par la fumée qui flottait sur le pays, et le ciel de l'est devint lui-même écarlate jusqu'au-dessus de Merdraco.

Le pavillon de chasse était réduit à l'état de cendres s'envolant au vent. Et tout ce qui restait de la bande des contrebandiers, leurs pas dans le sable, fut lavé par la marée.

La nouvelle de l'incendie se répandit rapidement, et, sur l'invitation de sir Jacob Weare, les rescapés prirent la route de Sevenoaks House.

Mais, avant de s'accorder un quelconque repos, le marquis de Jacobi voulait affronter son ennemi. Ainsi, il laissa sa femme et son fils sous la protection de sir Jacob et se lança à bride abattue sur le chemin de Wolfingwold Abbey, où se trouveraient certainement sir Miles Sandbourne et Jack Shelby.

A ses côtés, galopaient sir Morgan, Alastair, Francis et Kirby. Pourtant, en arrivant, le spectacle qu'ils trouvèrent n'était pas celui qu'ils avaient imaginé.

Les domestiques de sir Miles se tenaient dans la grande salle voûtée de l'ancien monastère, arborant des mines terrifiées. Shelby était bien arrivé pour voir sir Miles, et, apparemment, l'avait trouvé dans le salon.

Aucun des serviteurs n'avait eu l'audace d'ouvrir la

porte à double battant depuis qu'ils avaient entendu un coup de feu venant de l'intérieur.

Dante et sir Morgan, d'un coup d'épaule conjugué, enfoncèrent la porte verrouillée. Ce qu'ils trouvèrent dans le salon était à la fois insolite et écœurant, suffisant pour rendre malade un homme robuste et familier des spectacles de violence. Jack Shelby avait enfin compris qu'il avait été dupé pendant quinze ans par sir Miles. C'était ce triste personnage, et non Dante Leighton, qui avait lâchement assassiné Lettie Shelby. Jack, dont la fureur était à son comble, s'était rué sur le juge local pour l'étrangler. Mais le vieux roublard avait eu la force d'extraire un petit pistolet de son frac et, avant de mourir lui-même, avait ouvert le feu à bout portant sur la poitrine de Shelby. Ce dernier n'avait pas lâché prise et avait écrasé la gargamelle du criminel.

Ils avaient roulé ensemble sur le tapis du salon, complices dans la mort comme dans la vie.

Dante et ses amis ne s'attardèrent pas longtemps à Wolfingwold Abbey.

De retour à Westlea Abbot, chez sir Jacob, Dante retrouva une Rhea sortie fraîchement du bain, débarrassée de la fumée qui avait encrassé ses cheveux et sa peau et vêtue d'une robe prêtée par la parente de sir Jacob, Essie, la sourde. Sir Jacob était encore dans sa chemise de nuit et la vieille Essie, comme d'habitude, dans son fauteuil. Chacun se cala le plus confortablement possible sur les chaises et les sofas du salon, après s'être nettoyé énergiquement le visage.

Dante passa une main fatiguée dans ses cheveux en désordre. Oliver versa de grands verres de cognac, et Rhea vint s'installer à côté de son mari.

Jamaïca, ayant compris qu'elle était ici à titre d'invité, prépara la question du repas en s'installant près d'Essie.

– Ils se sont entre-tués... fit Dante.

– Sir Miles est mort ! répéta sir Jacob, encore

étonné par cette bonne nouvelle, pour se pénétrer de sa vérité.

– Oui. Mais il s'est arrangé pour tuer Shelby avant de mourir.

– Bonté divine, quelle folie ! reprit sir Jacob en hochant la tête. Maintenant, ils ne feront aucun mal là où ils sont. C'est fini, je suppose ? Toutes ces années perdues à cause de cet individu corrompu et bas ! Pourquoi Shelby s'est-il jeté sur lui si soudainement ? Miles était pourtant le chef de cette bande, et les deux hommes travaillaient ensemble depuis des années. Pourquoi s'est-il retourné contre son chef ?

Pour lui, Shelby avait dû agir comme un chien enragé qui se serait retourné contre son maître. Tous les yeux se portèrent vers Dante, qui expliqua :

– Sir Miles était bien leur chef, mais Shelby était le seul qui agissait à visage découvert, sous le contrôle de son supérieur de Wolfingwold Abbey. Je suppose que je suis partiellement responsable de la création de cette organisation, ayant causé une fameuse banqueroute dans les affaires de sir Miles. Il tirait un certain revenu de la contrebande, constata Dante, en cherchant la vérité au fond de son verre d'un air dubitatif.

– Ridicule, mon cher Dante. Miles était né fauché. Je n'ai jamais pu le supporter. Continue...

– Apparemment, Emma Samples connaissait l'identité de Miles comme chef des Fils de Belial. Son mari a dû le découvrir et c'est pour cela qu'il a été tué. Il l'avait dit à sa femme, et elle a été également éliminée.

– Ah, je commence à comprendre, dit sir Jacob en se grattant le menton. Le meurtre d'Emma Samples présentait des similarités avec celui de Lettie Shelby. Sir Miles voulait qu'on t'accuse à nouveau.

– Oui, mais Miles en a trop fait : il s'est sali les mains et c'était imprudent de sa part. Il voulait être sûr de garder l'anonymat, de ne pas se trahir aux yeux de Shelby ; alors, il s'en est chargé lui-même, sans pouvoir résister à la tentation d'attirer les soupçons sur moi. Il a perdu la tête...

– Mais comment Shelby en est-il arrivé à soupçonner Miles du meurtre de Lettie ? insista sir Jacob.

– Si j'ai bien compris, un coup reçu par Emma Samples ressemblait à un de ceux reçus par Lettie. Une impression de tête de chien sur la tempe. Evidemment un coup donné avec un pommeau de canne.

– Une tête de loup, non de chien ! Sir Miles et son intarissable vanité ! s'esclaffa sir Jacob. Il s'est condamné lui-même ! C'est étrange... Shelby était un lent, mais il s'en est quand même souvenu !

– En fait, nous le devons à Bess, déclara Dante, surprenant le grand-père désabusé.

– Bess ?

– Oui. Elle a rencontré Shelby sur la route juste après qu'il eut mis le feu au pavillon de chasse, dit Dante en prenant la main de Rhea. Elle lui a dit que j'étais avec elle toute la nuit de la mort de Lettie. Et que j'étais avec sir Morgan et elle durant la nuit de l'assassinat d'Emma. Je ne pouvais avoir commis aucun de ces meurtres. Jack savait ça, m'ayant vu chez Bess. Puis elle lui révéla le détail du coup. Elle a rapporté qu'il s'était décomposé comme devant le diable en personne.

– Mais que faisait Bess sur cette route ? Il devait être tard !

– Elle était venue me dire que rien ne s'était passé entre elle et Dante, déclara Rhea. Elle voulait que je sache la vérité.

Elle expliqua alors à sir Jacob comment Dante, Bess et sir Morgan s'étaient concertés pour préserver le but essentiel : démasquer le traître parmi les dragons et détruire dans une embuscade toute la bande des contrebandiers. Bess avait accepté le marché afin de se débarrasser de Shelby une fois pour toutes.

– Sir Morgan m'a confié qu'il aurait tout raconté à Rhea si Bess ne l'avait fait avant lui, expliqua Dante.

– Où est le capitaine Lloyd ? demanda Rhea.

– Il a dû rester à Wolfingwold Abbey pour l'enquête. Il veut faire comparaître Handley devant ses pairs sans délai.

Sir Jacob posa sa vieille tête déplumée sur le dossier de son fauteuil et soupira :

– Il est difficile de réaliser que Miles ne soit plus de ce monde, et pour de bon ! Je me suis fait tant de souci à cause du danger qu'il représentait ici !

– Vous vous faisiez du souci ? grogna Kirby. Pensez à toutes ces années que j'ai passées, sachant que le capitaine allait revenir ici et se venger de ce chien ! J'n'en dors plus depuis que nous sommes arrivés !

– Vous avez l'air d'une épave, mon pauvre Kirby, compatit sir Jacob.

– Et j'ai bien cru que c'était la fin du voyage avec cet incendie !

Kirby avala une sérieuse gorgée de cognac en marmonnant. Sir Jacob se tourna vers les rescapés de la dernière chance. Les deux enfants, comme Francis Dominick, avaient le regard fixe, marqué.

– Comment diable êtes-vous sortis de cette fournaise ? demanda le vieil homme.

Francis avait encore la vision des flammes devant les yeux. Il se tourna vers les deux garçons.

– Nous en sommes redevables à nos deux intrépides explorateurs. Ces deux chenapans ici présents avaient gardé pour eux la découverte d'un passage souterrain allant du pavillon à la plage. Ce même souterrain avait permis à Shelby d'échapper au piège du capitaine Lloyd et de venir mettre le feu dans le pavillon. Je pensais que nous étions perdus quand Conny et Robin nous ont parlé du passage secret. Ils ont commencé à fourrager dans un couloir pour retirer un panneau. Et nous sommes sortis au dernier moment. Une minute plus tard, et...

Dante donna l'explication finale :

– J'avais oublié l'existence de ce passage. Il avait été creusé au moment de la Révolution, quand mes ancêtres eurent besoin d'échapper aux troupes du Parlement. J'aurais pensé qu'il s'était effondré depuis bien longtemps. Jack Shelby devait l'avoir découvert quand il était régisseur, et s'en était souvenu en devenant contrebandier. Je me demande si Miles connaissait son existence, ou si Shelby avait gardé cette carte en réserve pour son usage personnel. Je ferai une petite reconnaissance dans ce tunnel avec vous, les enfants.

Il fallait aussi surveiller ces petits démons de plus près.

– Je me demande ce qui serait arrivé si sir Miles n'avait pas tué Emma Samples et si Bess n'avait pas parlé de ce coup à Shelby hier soir, dit Alastair, qui se résolvait à ramener leur aventure à une série de coups de chance.

Sir Jacob Weare s'agita dans son fauteuil, et Rhea aurait pu jurer avoir vu dans les yeux du vieil homme une lueur d'excitation. Il annonça, péremptoire :

– La conclusion aurait été la même, sauf pour Miles : il n'aurait peut-être pas été tué de la main de Shelby.

– Comment pouvez-vous en être si certain ? s'enquit Dante.

– Je pense qu'il est temps de tout révéler, proclama le vieil homme avec emphase. (Il se tourna vers la petite vieille assise tranquillement à caresser Jamaïca.) Essie ? Ne crois-tu pas ?...

Les autres furent étonnés qu'elle n'eût aucune peine à entendre la voix normale de sir Jacob. Quand elle se leva, ses mouvements se faisaient avec une aisance totale.

Elle leur fit face, en pleine lumière, et, d'une main décidée, sans trembler d'aucune façon, se transfigura complètement sous leurs yeux. Elle retira successivement la coiffe de voile épais qui recouvrait son visage et une partie de ses cheveux, et une perruque grise, qui cachait ses cheveux blonds, retenus très serrés par un nœud et des pinces. Tous ces gestes venaient d'être faits d'une façon théâtrale, mais avec une grande économie de mouvements.

Utilisant un mouchoir, elle nettoya son visage du maquillage poudreux qui le masquait en le vieillissant, et enfin, elle retira ses binocles de métal.

C'était la femme du portrait.

– Mère ! s'écria Dante, la poitrine prête à exploser. (Il bondit auprès d'elle et la prit par les épaules.) Mère !

– Dante, mon fils ! Mon fils adoré ! murmura-t-elle doucement à l'oreille de ce fils perdu qui avait finalement retrouvé le chemin de Merdraco, pour aller sans le savoir au-devant de sa mère, qu'il croyait morte depuis quinze ans...

Deux semaines passèrent. Ils restèrent les hôtes de sir Jacob, et la mère et le fils purent apprendre à se connaître à nouveau. Lady Elayne se lia également d'amitié avec son petit-fils, et lui chanta les rondes qu'elle avait autrefois chantées à son propre fils.

Cette soudaine apparition dans le salon de sir Jacob resterait un moment capital dans leur vie à tous, et tout particulièrement dans celle de Rhea.

Lady Elayne avait vécu cachée à Sevenoaks House pendant les dix années précédentes, sir Jacob tenu sous serment de garder le secret, bien qu'il eût marqué son désaccord au début. Les années s'écoulant, il se rangea à l'avis de lady Elayne et comprit toute la sagesse de cette décision.

La nuit de sa fuite de Merdraco, elle avait d'abord hésité à prendre sa décision finale. Elle ne pouvait plus faire face à la brutalité sans bornes de sir Miles, et à l'évidence de sa culpabilité dans le meurtre de Lettie Shelby. Sir Miles avait mis en garde sa femme : le sort de Dante serait lié au sien si elle le dénonçait. A l'époque, le jeune Dante restait aveugle à cette machination.

Sachant que, si elle mourait, elle libérerait Dante de l'emprise de sir Miles, et qu'il aurait ainsi la possibilité de recommencer sa vie, elle avait choisi de donner l'illusion de sa mort. Elle avait jeté son châle du haut des falaises et s'était enfuie de Merdraco, se sachant menacée de mort par Miles.

Ce fut dans ces circonstances que sir Jacob l'avait trouvée, déambulant sur la route, méconnaissable du fait des coups que lui avait infligés Miles. Il l'avait fait monter dans son cabriolet et l'avait amenée en lieu sûr à Sevenoaks House.

Sir Jacob avait également arrangé les funérailles, puis l'avait aidée à gagner la France, où elle s'était réfugiée dans un couvent pendant cinq ans. Plus tard, elle était rentrée à Westlea Abbot pour devenir Essie, la nièce un peu dure d'oreille.

Quand la solitude se faisait trop durement sentir, lady Elayne allait se promener la nuit à Merdraco, à la recherche de ses souvenirs de jeunesse. Ce fut ainsi que naquit parmi les bonnes gens de Marleigh la légende de la Dame blanche des ruines, qui, par la suite, avait rendu un si grand service aux contrebandiers. Incapable de résister à l'envie de voir son fils, elle avait effrayé sa jeune épouse en vagabondant une nuit dans les buissons du pavillon de chasse dans son accoutrement de Dame blanche.

Rhea se tenait devant la fenêtre et un sourire épanouissait son visage, alors qu'elle surveillait du coin de l'œil la grand-mère et l'enfant. Dante s'approcha de sa femme en silence et l'entoura de ses bras, par-derrière, pour la ramener contre sa poitrine. Ils restèrent là, communiant dans le silence.

Finalement, Dante dit :

– Je pensais que, peut-être, le moment était venu d'aller rendre visite à tes parents. Ils doivent être inquiets, à Camareigh, et le duc et la duchesse seraient contents de voir leur petit-fils. Je sais que ma mère serait ravie de faire cette visite. Après, nous pourrions aller à Londres, puis revenir à Merdraco par la mer avec le *Dragon des mers*. J'engagerai un nouvel équipage pour le manœuvrer jusqu'ici.

Rhea porta instinctivement la main à la broche offerte par les marins de Dante. Ce bijou qu'elle avait mis autour de son cou, la nuit de l'incendie, leur avait certainement porté chance, et à tout jamais, elle devait le garder précieusement sur elle. Entendant les rires de sa mère et de son enfant, Dante sut qu'il ne voulait plus parler du passé et qu'il devait maintenant se consacrer à cet avenir si prometteur. Ce serait comme le soleil qui brillait dans le jardin, éblouissant... La main dans la main, Dante et Rhea sortirent de l'ombre de la maison, et traversèrent la pelouse à la rencontre de lady Elayne et de Christopher.

# ÉPILOGUE

Dans un ricanement strident, une mouette passa en glissant sur l'aile. C'était encore trop tôt dans la saison pour le thym sauvage, et les vents glacés risquaient toujours de geler les premiers bourgeons.

Au-dessus des bruyères, loin au-dessus, s'élevait la tour de Merdraco. Maintenant seule, elle n'avait plus que la compagnie des goélands. Le reste n'était plus qu'un amas de vieilles pierres mangées par les intempéries et les pissenlits.

Un des dragons protecteurs était même tombé de son piédestal : plus rien ne valait d'être gardé.

Et puis... Les vents apportèrent des cris d'enfants. Un homme et une femme, au bras l'un de l'autre, s'approchèrent de la tour, venant du grand manoir restauré dans sa grandeur. Les yeux gris de l'homme se posèrent sur l'horizon marin et ses pensées dérivèrent dans le passé, du temps où il était capitaine d'un brigantin aux Caraïbes. Il n'avait plus à se soucier de maintenir son bâtiment au vent. Il sourit à sa femme, qu'il trouvait plus belle chaque jour depuis onze ans. Tous deux contemplèrent leurs enfants : l'aîné conduisait le poney chargé de son petit frère et de sa petite sœur.

Un jeune homme d'une vingtaine d'années marchait un peu en avant du groupe, tenant par la main la benjamine de la famille, dont la démarche était encore mal assurée. Il finit par la hisser sur ses épaules en riant. Il était plein d'espoir pour sa vie future, et trouvait les encouragements nécessaires auprès de cet homme et de cette femme qui l'avaient jadis accueilli au sein de leur famille lorsqu'il n'en avait pas.

Conny Brady leva les yeux vers la tour au sommet de laquelle flottait sans interruption depuis dix ans la bannière des Leighton.

# Littérature

**extrait du catalogue**

*Cette collection est d'abord marquée par sa diversité : classiques, grands romans contemporains ou même des livres d'auteurs réputés plus difficiles, comme Borges, Soupault, Goes. En fait, c'est tout le roman qui est proposé ici, Henri Troyat, Bernard Clavel, Guy des Cars, Alain Robbe-Grillet, mais aussi des écrivains tels que Moravia, Colleen McCullough ou Konsalik.*

*Les classiques tels que Stendhal, Maupassant, Flaubert, Zola, Balzac, etc. sont publiés en texte intégral au prix le plus bas de toute l'édition. Chaque volume est complété par un cahier photos illustrant la biographie de l'auteur.*

| | |
|---|---|
| **ADLER Philippe** | ***C'est peut-être ça l'amour*** 2284/**3★** |
| | ***Les amies de ma femme*** 2439/**3★** |
| **AMADOU Jean** | ***Heureux les convaincus*** 2110/**3★** |
| **ANDREWS Virginia C.** | *Fleurs captives :* |
| | ***- Fleurs captives*** 1165/**4★** |
| | ***- Pétales au vent*** 1237/**4★** |
| | ***- Bouquet d'épines*** 1350/**4★** |
| | ***- Les racines du passé*** 1818/**4★** |
| | ***- Le jardin des ombres*** 2526/**4★** |
| | ***Ma douce Audrina*** 1578/**4★** |
| **ANGER Henri** | ***La mille et unième rue*** 2564/**3★** |
| **APOLLINAIRE Guillaume** | ***Les onze mille verges*** 704/**1★** |
| | ***Les exploits d'un jeune don Juan*** 875/**1★** |
| **ARCHER Jeffrey** | ***Kane et Abel*** 2109/**6★** |
| | ***Faut-il le dire à la Présidente ?*** 2376/**4★** |
| **ARTUR José** | ***Parlons de moi y a que ça qui m'intéresse*** 2542/**4★** |
| **AUEL Jean-M.** | ***Les chasseurs de mammouths*** 2213/**5★** & 2214/**5★** |
| **AURIOL H. & NEVEU C.** | ***Une histoire d'hommes*** 2423/**4★** |
| **AVRIL Nicole** | ***La disgrâce*** 1344/**3★** |
| | ***Jeanne*** 1879/**3★** |
| | ***L'été de la Saint-Valentin*** 2038/**2★** |
| | ***La première alliance*** 2168 /**3★** |
| **AZNAVOUR-GARVARENTZ** | ***Aïda Petit frère*** 2358/**3★** |
| **BACH Richard** | ***Jonathan Livingston le goéland*** 1562/**1★** illustré |
| | ***Illusions*** 2111/**2★** |
| | ***Un pont sur l'infini*** 2270/**4★** |
| **BALZAC Honoré de** | ***Le père Goriot*** 1988/**2★** |
| **BARBER Noël** | ***Tanamera*** 1804/**4★** & 1805/**4★** |
| **BATS Joël** | ***Gardien de ma vie*** 2238/**3★** illustré |
| **BAUDELAIRE Charles** | ***Les Fleurs du mal*** 1939/**2★** |
| **BEAULIEU PRESLEY Priscillia** | ***Elvis et moi*** 2157/**4★** illustré |

| | |
|---|---|
| **BENZONI Juliette** | **Un aussi long chemin** 1872/4★ |
| | Le Gerfaut des Brumes : |
| | **- Le Gerfaut** 2206/6★ |
| | **- Un collier pour le diable** 2207/6★ |
| | **- Le trésor** 2208/5★ |
| | **- Haute-Savane** 2209/5★ |
| **BEYALA Calixthe** | **C'est le soleil qui m'a brûlée** 2512/2★ |
| **BINCHY Maeve** | **Nos rêves de Castlebay** 2444/6★ |
| **BISIAUX M. & JAJOLET C.** | **Chat plume** 2545/5★ |
| **BOMSEL Marie-Claude** | **Pas si bêtes** 2331/3★ illustré |
| **BORGES & BIOY CASARES** | **Nouveaux contes de Bustos Domecq** 1908/3★ |
| **BOURGEADE Pierre** | **Le lac d'Orta** 2410/2★ |
| **BOVE Emmanuel** | **Mes amis** 1973/3★ |
| **BRADFORD Sarah** | **Grace** 2002/4★ |
| **BRISKIN Jacqueline** | **La croisée des destins** 2146/6★ |
| **BROCHIER Jean-Jacques** | **Odette Genonceau** 1111/1★ |
| | **Villa Marguerite** 1556/2★ |
| | **Un cauchemar** 2046/2★ |
| | **L'hallali** 2541/2★ |
| **BURON Nicole de** | **Vas-y maman** 1031/2★ |
| | **Dix-jours-de-rêve** 1481/3★ |
| | **Qui c'est, ce garçon ?** 2043/3★ |
| **CALDWELL Erskine** | **Le bâtard** 1757/2★ |
| **CARS Guy des** | **La brute** 47/3★ |
| | **Le château de la juive** 97/4★ |
| | **La tricheuse** 125/3★ |
| | **L'impure** 173/4★ |
| | **La corruptrice** 229/3★ |
| | **La demoiselle d'Opéra** 246/3★ |
| | **Les filles de joie** 265/3★ |
| | **La dame du cirque** 295/2★ |
| | **Cette étrange tendresse** 303/3★ |
| | **L'officier sans nom** 331/3★ |
| | **Les sept femmes** 347/4★ |
| | **La maudite** 361/3★ |
| | **L'habitude d'amour** 376/3★ |
| | **La révoltée** 492/4★ |
| | **Amour de ma vie** 516/3★ |
| | **La vipère** 615/4★ |
| | **L'entremetteuse** 639/4★ |
| | **Une certaine dame** 696/4★ |
| | **L'insolence de sa beauté** 736/3★ |
| | **J'ose** 858/2★ |
| | **La justicière** 1163/2★ |
| | **La vie secrète de Dorothée Gindt** 1236/2★ |
| | **La femme qui en savait trop** 1293/2★ |

| | |
|---|---|
| | *Le château du clown* 1357/4* |
| | *La femme sans frontières* 1518/3* |
| | *Les reines de coeur* 1783/3* |
| | *La coupable* 1880/3* |
| | *L'envoûteuse* 2016/5* |
| | *Le faiseur de morts* 2063/3* |
| | *La vengeresse* 2253/3* |
| | *Sang d'Afrique* 2291/5* |
| | *Le crime de Mathilde* 2375/4* |
| CARS Jean des | *Elisabeth d'Autriche* 1692/4* |
| CASTELOT André | *Belles et tragiques amours de l'Histoire* 1956/4* & 1957/4* |
| CASTRIES duc de | *Madame Récamier* 1835/4* |
| CATO Nancy | *L'Australienne* 1969/4* & 1970/4* |
| | *Les étoiles du Pacifique* 2183/4* & 2184/4* |
| | *Lady F.* 2603/4* |
| CESBRON Gilbert | *Chiens perdus sans collier* 6/2* |
| | *C'est Mozart qu'on assassine* 379/3* |
| CHABAN-DELMAS Jacques | *La dame d'Aquitaine* 2409/2* |
| CHASTENET Geneviève | *Marie-Louise* 2024/5* |
| CHAVELET É. & DANNE J. de | *Avenue Foch* 1949/3* |
| CHEDID Andrée | *La maison sans racines* 2065/2* |
| | *Le sixième jour* 2529/3* |
| CHOW CHING LIE | *Le palanquin des larmes* 859/4* |
| | *Concerto du fleuve Jaune* 1202/3* |
| CHRIS Long | *Johnny* 2380/4* illustré |
| CLANCIER Georges-Emmanuel | Le pain noir : |
| | *1- Le pain noir* 651/3* |
| | *2- La fabrique du roi* 652/3* |
| | *3- Les drapeaux de la ville* 653/4* |
| | *4- La dernière saison* 654/4* |
| CLAUDE Madame | *Le meilleur c'est l'autre* 2170/3* |
| CLAVEL Bernard | *Lettre à un képi blanc* 100/1* |
| | *Le tonnerre de Dieu* 290/1* |
| | *Le voyage du père* 300/1* |
| | *L'Espagnol* 309/4* |
| | *Malataverne* 324/1* |
| | *L'hercule sur la place* 333/3* |
| | *Le tambour du bief* 457/2* |
| | *Le massacre des innocents* 474/1* |
| | *L'espion aux yeux verts* 499/3* |
| | La grande patience : |
| | *1- La maison des autres* 522/4* |
| | *2- Celui qui voulait voir la mer* 523/4* |
| | *3- Le cœur des vivants* 524/4* |
| | *4- Les fruits de l'hiver* 525/4* |

| | |
|---|---|
| DUMAS Alexandre | La dame de Monsoreau 1841/5★ |
| | Le vicomte de Bragelonne 2298/4★ & 2299/4★ |
| DUNNE Dominick | Pour l'honneur des Grenville 2365/4★ |
| DYE Dale A. | Platoon 2201/3★ |
| DZAGOYAN René | Le système Aristote 1817/4★ |
| EGAN Robert & Louise | La petite boutique des horreurs 2202/3★ illustré |
| ETIENNE J.-L. Dr & DUMONT E. | Le marcheur du pôle 2416/3★ |
| EXBRAYAT Charles | Ceux de la forêt 2476/2★ |
| FEUILLÈRE Edwige | Moi, la Clairon 1802/2★ |
| FIELDING Joy | Le dernier été de Joanne Hunter 2586/5★ |
| FLAUBERT Gustave | Madame Bovary 103/3★ |
| FOUCAULT Jean-Pierre & Léon | Les éclats de rire 2391/3★ |
| FRANCK Dan | Les Adieux 2377/3★ |
| FRANCOS Ania | Sauve-toi, Lola ! 1678/4★ |
| FRISON-ROCHE | La peau de bison 715/2★ |
| | La vallée sans hommes 775/3★ |
| | Carnets sahariens 866/3★ |
| | Premier de cordée 936/3★ |
| | La grande crevasse 951/3★ |
| | Retour à la montagne 960/3★ |
| | La piste oubliée 1054/3★ |
| | Le rapt 1181/4★ |
| | Djebel Amour 1225/4★ |
| | Le versant du soleil 1451/4★ & 1452/4★ |
| | L'esclave de Dieu 2236/6★ |
| FYOT Pierre | Les remparts du silence 2417/3★ |
| GEDGE Pauline | La dame du Nil 1223/3★ & 1224/3★ |
| | Les Enfants du Soleil 2182/5★ |
| GERBER Alain | Une rumeur d'éléphant 1948/5★ |
| | Le plaisir des sens 2158/4★ |
| | Les heureux jours de Monsieur Ghichka 2252/2★ |
| | Les jours de vin et de roses 2412/2★ |
| GOES Albrecht | Jusqu'à l'aube 1940/3★ |
| GOISLARD Paul-Henry | La maison de Sarah 2583/5★ |
| GORBATCHEV Mikhaïl | Perestroïka 2408/4★ |
| GOULD Heywood | Cocktail 2575/5★ |
| GRAY Martin | Le livre de la vie 839/2★ |
| | Les forces de la vie 840/2★ |
| GRIMM Ariane | Journal intime d'une jeune fille 2440/3★ |
| GROULT Flora | Maxime ou la déchirure 518/2★ |
| | Un seul ennui, les jours raccourcissent 897/2★ |
| | Ni tout à fait la même, ni tout à fait une autre 1174/3★ |
| | Une vie n'est pas assez 1450/3★ |
| | Mémoires de moi 1567/2★ |

| | |
|---|---|
| GROULT (suite) | Le passé infini 1801/2★ |
| | Le temps s'en va, madame... 2311/2★ |
| GUERDAN René | François Ier 1852/5★ |
| GUIGNABODET Liliane | Dessislava 2265/4★ |
| GUIROUS D. & GALAN N. | Si la Cococour m'était contée 2296/4★ illustré |
| GURGAND Marguerite | Les demoiselles de Beaumoreau 1282/3★ |
| HALEY Alex | Racines 968/4★ & 969/4★ |
| HARDY Françoise | Entre les lignes entre les signes 2312/6★ |
| HAYDEN Torey L. | L'enfant qui ne pleurait pas 1606/3★ |
| | Kevin le révolté 1711/4★ |
| | Les enfants des autres 2543/5★ |
| HÉBRARD Frédérique | Un mari c'est un mari 823/2★ |
| | La vie reprendra au printemps 1131/2★ |
| | La Chambre de Goethe 1398/3★ |
| | Un visage 1505/2★ |
| | La Citoyenne 2003/3★ |
| | Le mois de septembre 2395/2★ |
| | Le Harem 2456/3★ |
| | La petite fille modèle 2602/3★ |
| HILLER B.B. | Big 2455/2★ |
| HORGUES Maurice | La tête des nôtres 2426/5★ |
| ISHERWOOD Christopher | Adieu à Berlin (Cabaret) 1213/3★ |
| JAGGER Brenda | Les chemins de Maison Haute 1436/4★ & 1437/4★ |
| | Antonia 2544/4★ |
| JEAN Raymond | La lectrice 2510/2★ |
| JEAN-CHARLES | La foire aux cancres 1669/2★ |
| JONG Erica | Le complexe d'Icare 816/4★ |
| | La planche de salut 991/4★ |
| | Fanny Troussecottes-Jones 1358/4★ & 1359/4★ |
| | Les parachutes d'Icare 2061/6★ |
| | Serenissima 2600/4★ |
| JYL Laurence | Le chemin des micocouliers 2381/3★ |
| KASPAROV Gary | Et le Fou devint Roi 2427/4★ |
| KAYE M.M. | Pavillons lointains 1307/4★ & 1308/4★ |
| | L'ombre de la lune 2155/4★ & 2156/4★ |
| | Mort au Cachemire 2508/4★ |
| KENEALLY Thomas | La liste de Schindler 2316/6★ |
| KEVERNE Gloria | Demeure mon âme à Suseshi 2546/6★ |
| KIPLING Rudyard | Le livre de la jungle 2297/2★ |
| | Simples contes des collines 2333/3★ |
| | Le second livre de la jungle 2360/2★ |
| | Kim 2598/3★ |
| KOESTLER Arthur | Spartacus 1744/4★ |
| KONSALIK Heinz G. | Amours sur le Don 497/5★ |
| | La passion du Dr Bergh 578/3★ |
| | Dr Erika Werner 610/3★ |

| | |
|---|---|
| | Aimer sous les palmes 686/2* |
| | Les damnés de la taïga 939/4* |
| | Une nuit de magie noire 1130/2* |
| | Bataillons de femmes 1907/5* |
| | Le gentleman 2025/3* |
| | Un mariage en Silésie 2093/4* |
| | Coup de théâtre 2127/3* |
| | Clinique privée 2215/3* |
| | La nuit de la tentation 2281/3* |
| | La guérisseuse 2314/6* |
| | Conjuration amoureuse 2399/2* |
| | La jeune fille et le sorcier 2474/3* |
| LAHAIE Brigitte | Moi, la scandaleuse 2362/3* illustré |
| LAMALLE Jacques | L'Empereur de la faim 2212/5* |
| LANE Robert | Une danse solitaire 2237/3* |
| LANGE Monique | Histoire de Piaf 1091/3* illustré |
| LAPEYRE Patrick | Le corps inflammable 2313/3* |
| | La lenteur de l'avenir 2565/3* |
| LAPOUGE Gilles | La bataille de Wagram 2269/4* |
| LASAYGUES Frédéric | Vache noire, hannetons et autres insectes 2268/3* |
| | Bruit blanc 2411/3* |
| LAVAL Xavier de | Le songe de Thermidor 2528/6* |
| LESPARRE Christiane | L'appartement 2126/5* |
| LÉVY-WILLARD Annette | Moi, Jane, cherche Tarzan 2582/3* |
| L'HÔTE Jean | La Communale 2329/2* |
| LOTTMAN Eileen | Dynasty 1697/2* |
| | Dynasty (Le retour d'Alexis) 1894/3* |
| LOWERY Bruce | La cicatrice 165/1* |
| MAALOUF Amin | Les croisades vues par les Arabes 1916/4* |
| MACLAINE Shirley | L'amour foudre 2396/5* |
| | Danser dans la lumière 2462/5* |
| McCULLOUGH Colleen | Les oiseaux se cachent pour mourir 1021/4* & 1022/4* |
| | Tim 1141/3* |
| | Un autre nom pour l'amour 1534/4* |
| | La passion du Dr Christian 2250/6* |
| | Les dames de Missalonghi 2558/3* |
| MAGRINI Gabriella | La dame de Kyōto 2524/6* |
| MAHIEUX Alix | Coulisses 2108/5* |
| MALLET-JORIS Françoise | La tristesse du cerf-volant 2596/4* |
| MARGUERITTE Victor | La garçonne 423/3* |
| MARIN Maud | Le saut de l'ange 2443/4* |
| MARKANDAYA Kamala | Le riz et la mousson 117/2* |
| MARKSTEIN George | Tara Kane 2239/6* |
| MARSHALL William G. | La sixième saison 1910/4* |
| MARTIN Ralph G. | Charles et Diana 2461/6* illustré |

2604

Photocomposition Assistance
Impression Brodard et Taupin
à La Flèche (Sarthe) le 10 mai 1989
1072B-5 Dépôt légal mai 1989
ISBN 2-277-22604-1
Imprimé en France
Editions J'ai lu
27, rue Cassette, 75006 Paris
*diffusion France et étranger : Flammarion*